李白舉杯邀月

細說……生歷程，
再現……的悲劇

王慧清 著

他的詩大起大落，大開大合，
如颶風促浪，如大河奔流，意象宏偉；
言飛天地外，思出鬼神表。
聽之則神馳八極，測之則心懷四溟。

他是「詩仙」、「酒仙」、「謫仙人」——李白！

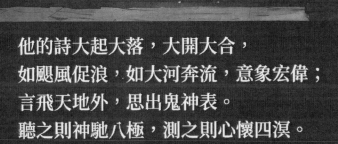

目錄

李白

第四章

目錄

第五章

目錄

主要參考書目

後記

目錄

李白

這部長篇歷史小說用21世紀當代人的目光，穿越1,300年歷史的時空，重新解構並濃彩重墨地塑造大詩人李白鮮明的形象，展現了李白浩氣磅礡的一生。全書視角新穎，筆調華麗流暢，情節跌宕起伏大開大合，給予人全新的閱讀感受。

作者描繪了李白輝煌的文學成就、驚濤狂浪般的感情世界、傲視權貴並為崇高理想奮鬥不止的精神，揭示了李白鮮為人知的家世和綺麗浪漫的愛情之謎，同時刻劃了杜甫、王維、高適、陳子昂、鄭虔、張旭、吳道子等燦若群星的大詩人和大藝術家的生動形象，再現了他們的理想與社會的矛盾、封建專制與自由精神的鬥爭，以及他們與大唐興衰成敗緊密相連的個人命運。上至帝王將相、後宮佳麗，下至漁樵農商、婦孺老少，他們的個性和生活層面在作者筆下都活靈活現、色彩斑斕。

李白

第四章

1. 「堯幽囚，舜野死。」真有那麼一天？

李白離開長安使珞薇心中不免悵然，但接連的好運使她欣喜再三，不久玉環被皇上正式冊封為貴妃，母儀天下。貴妃的三個姐姐都得到了皇帝妹夫的豐富餽贈，其中一項是賜每人一處豪華寬闊的宅第。楊釗善於賭博，玄宗為他更名為楊國忠，封他為度支郎。於是楊氏一家個個因玉環而得福，真可謂「一人得道，雞犬升天。」

如意沒有離開長安，因為她答應了韋堅的請求，要把他的養女瀟瀟培養成長安首屈一指的歌舞妓。她與李白有個無約之約，就是凡有李白的新詩她必定要在教坊。她固執地認為，離開長安的是李白的肉身，而李白的靈魂則在他的詩詞裡，她要把李白的靈魂傳達到長安的每一個角落，無處不在。

李適之被貶為宜春太守，李林甫在玄宗面前繪聲繪色地描述李適之與韋堅可能謀反的情形。玄宗深信不疑，批准了李林甫關於賜死韋堅、皇甫唯明的奏章。李林甫派出監察御使羅希奭和其他御史臺官員連夜趕往嶺南，將前些時候流放和貶謫的官員趕盡殺絕。凡李林甫想殺的人，羅希奭一個都不饒。當時御史出行，由各州縣供給驛馬，所以御史大人未到之前就有先遣的執事來通知各州縣備馬，叫做「排馬牒」。「排馬牒」所到之處，有棄官逃走的，有服毒自殺的，有全家被處死的……御史臺出了長安不到半個月，關於「排馬牒」的傳說流遍了半個大唐。一時間「排馬牒」就像閻羅王的勾魂牌，挾著陰霾捲著黑風奔向各州縣。

羅希奭的排馬牒專程到了北海郡，因為北海郡太守李邕素有肝膽，亦仗恃自己年高德劭而疾惡如仇。被李林甫視為一匹性情倔強的亂叫亂蹦的野馬，排在除去之列。羅希奭嚴刑逼供，剛烈的李邕哪能裡肯屈服？，年逾古稀的一代文豪李邕竟被酷史用刑杖活活打死！淄川太守裴敦復因有功於朝被李林甫所忌妒，羅希奭的排馬牒到了淄川，裴敦復也被活活打死。王琚與李邕都是交好的老臣，王琚聽說「排馬牒」將到，服毒自縊而死。「排馬牒」一到，韋堅一家與皇甫唯明被賜死。李適之剛被貶謫到宜春郡，「排馬牒」便接踵而至，李適之自料在劫難逃服毒自盡。李適之的兒子將父親的遺體運往洛陽，途中被李林甫派人殺害。

安祿山自「三朝洗兒」被李白臭罵一頓之後，在玄宗面前表現出委曲的樣子。玄宗見活潑的乾兒子變得快快不樂，心中過意不去，特地為安祿山安排了一場馬球賽，請宰相和大臣們來參加。貴妃和她的三個姐姐以及楊國忠的夫人裴柔都來觀看。

安祿山做出種種愚蠢的樣子，讓皇上和其他球員笑了個不亦樂乎，每個人都喜歡這位和善滑稽的為大唐立下卓著功動的肥胖胡人，安祿山的胖臉和身上都是汗水和塵土。

「祿兒，看你累的，快隨朕到內宮去洗浴吧！」玄宗說。一邊與安祿山走出馬球場。

安祿山乖巧地說：「皇上爸爸，祿兒不累，祿兒看見這些馬跑來跑去，心裡喜歡極了。好像祿兒就要變成這些馬，歡蹦亂跳一樣。」安祿山說著一邊做了一個歡蹦亂跳的樣子說：「祿兒是雜胡，從小就和馬在一起。」

「對了，祿兒本性是喜歡馬的。」玄宗說。

「皇上爸爸像天上的神仙，知道祿兒的心思。嗯……」安祿山做出一副扭扭捏捏欲言又止的樣子。

「祿兒，你心中有什麼話，儘管給皇上爸爸說。」

「祿兒想，祿兒是個粗人，皇上賜給的宅第，實在太豪華，享受起來也不安心。兒臣在胡地住慣了，要是能給皇上爸爸當牧童，給爸爸調調馬，效一點薄力，又可以在京城常常陪爸爸媽媽，兒臣就安心些了。」

看見安祿山那憨厚可愛的樣子，玄宗笑了說：「行，皇上爸爸就封你為閒廄使知樓煩監怎麼樣！」

安祿山當場立即「撲通」一聲跪下，五體投地磕了幾個響頭，口中叫道：「兒臣謝皇上爸爸鴻恩！皇上爸爸萬歲！萬歲！萬萬歲！」

安祿山謝完恩，並不起來。玄宗笑道：「胡兒還有什麼事？」安祿山說：「前些日子在凝碧池討洗兒錢的時候，皇上爸爸命吳博士繪了一張〈宮中行樂圖〉，上面有皇上爸爸貴妃媽媽的影像，請皇上爸爸把吳博士這張圖賞給兒臣，他日兒臣回到范陽，想念皇上爸爸時好拿出來觀看。」

「好個雜胡小子，什麼想念爸爸媽媽，竟想騙朕的寶貝！吳博士畫的朕與貴妃娘娘、王公大臣都唯妙唯肖，乃價值連城之寶，看在你可憐巴巴的份上賞給你吧！我的兒日後可要更加孝敬爸爸媽媽！」

安祿山聽了連連叩頭稱謝不止。

「高力士，明日你便從宮中把畫找出來給祿兒送去。」

這一夜，高力士叮囑值夜的宮女小心伺候，自己便到外間歇著。寢宮的宮燈罩著羅紗，發出柔和的光，四下裡一片安謐與寧靜，白天的事湧上心來：這雜胡盯上閒廄使這個差事，難道單單是為了朝廷養馬買馬那一筆可觀的開支？高力士將那日在翰林院李白房中撿到的那紙掏出來看。李白走後，這首詩他已經看過了，但今天不知為什麼又把它掏了出來，那上面寫的是：

遠別離，古有皇英之二女，乃在洞庭湖之南，瀟湘之浦。海水直下萬里深，誰人不言此離苦？日慘慘兮雲冥冥，猩猩啼煙兮鬼嘯雨。我縱言之將何補？皇穹恐不照餘之忠誠，雷憑憑兮欲吼怒，堯舜當之亦禪禹。君失臣兮龍為魚，權歸臣兮鼠變虎。或雲堯幽囚，舜野死，九嶷聯綿皆相似，重瞳孤墳竟何是？帝子泣兮綠雲間，隨風波兮去無還。慟哭兮遠望，見蒼梧之深山，蒼梧山崩湘水絕，竹上之淚乃可滅。

高力士是讀過書的，詩中的意思他大概懂得，他總覺得這詩句像咒語。那個傲岸的酒瘋子李白居然寫出這等留戀的詩句來，皇上對他優寵有加，他自己要執意離去，怪得了誰？皇上輕信李林甫，將大權委他，自己當時也曾向皇上提說過。那日在龍池邊，皇上的臉色從來沒有那樣難看過，嚇得自己連連向皇上叩頭請求恕罪，正如李白所言「我縱言之將何補？」原來李白也無可奈何。而李林甫大權在握之後大興冤獄殺害賢臣，朝野上下一片腥風血雨。李林甫又勾結縱養蕃將，使安祿山之流擁兵自大。記得早先張九齡也反對皇上放縱安祿山，安祿山是那樣乖巧得令他人驚奇，那樣深得皇上的歡心。邊鎮擁有重兵、糧草，而今又作了閒廄使，閒廄使所管馬匹，是大唐軍事力量的重要組成部分，一旦有事……怎麼想也想不出什麼好結果來。李白倒是說得很明白「君失臣兮龍為魚，權歸臣兮鼠變虎。」要是真的有那麼一天，「堯幽囚，舜野死」？！那正是自己擔心的，想到這裡不由不寒而慄。到底將來是怎麼回事，時局怎樣變化，誰又能知道？但願李白說的是酒話。這些文人，總愛把事情說得駭人聽聞……不管怎樣，眼下所有的王公大臣，諸王公主沒有人敢在他高力士面前不恭敬的。大後天是自己的生日，想法兒多賺些財喜才好。對了，只要好好伺候皇上和貴妃自有好處……折騰了一整天，覺得渾身筋骨疼痛，自己也是年逾花甲的人了，只想靜靜躺一下。

「吟松山莊」坐落在藍田驛東南一百里之外的商洛山中。幾丈高的大樹滿山遍野都是。山莊後聳立著一面蒼翠的崖壁，每天早晨染著初升朝陽的金輝，顯得清新而絢麗。山莊前是一條鋪滿蒼苔的小路，很少有人來訪。崔宗之辭去起居郎之後，便在這裡隱居。他釣魚、打獵，有時讀讀閒書，或在商州朋友家去玩幾天，帶些酒和書回來，比在長安悠閒而輕鬆多了。

前些日子崔宗之到商州小住，聽到李白離開的消息，又接二連三地聽到了李邕、韋堅、皇甫唯明等人的死訊，又聽說羅希奭的爪牙到商州刺史處詢問了他的住處。崔宗之再也沒有心情在商州待下去了，連夜回到商洛山中，一病不起。

每到晚間，崔宗之無法入睡，他傷心地想到白髮蒼蒼的賀老爺子，據說他聽到李適之的死訊就當即昏倒在地永辭人世。他想起那慷慨高歌的崔成甫，他想起豪雄英發氣蓋天下的李白，他的心流淚了流血了……剛一睡著，就被馬蹄聲驚醒……羅希奭！羅希奭的排馬牒！他驚恐萬狀地坐起來，側耳細聽四周沒有什麼動靜，羅希奭並沒有來，只有屋外的陣陣松濤，像自己的心在慟哭。像他這樣的年齡應該在陽光與歡樂之中度過的，而李林甫驅使著惡魔的陰影，一次又一次地籠罩他，他不後悔與賀老賓客、李適之、成甫、韋堅、李白等人的交遊。昨天，僕人告訴他，李適之死了，還有他的兒子，李適之是服毒自殺的。崔宗之從商州買了一包毒藥，備了一壺好酒，決定一旦羅希奭到來，他便服毒自盡。崔宗之不再進食，奄奄一息躺在床上，像一株被霜打萎了的草。吟松山莊的下午很靜，除了風吹樹動的沙沙聲，什麼聲音也沒有。

「大人，路上來人啦，騎著馬。」僕人進來神色緊張地說。「去看看是誰來了，不用你守在我這裡。」崔宗之說。

僕人一出臥室的門，崔宗之一下子從床上躍起，從床前的櫃裡取出那包毒藥，他的心跳得厲害，手不住地顫抖，他揭開那黃瓷闢邪壺的壺蓋，將紙包開啟把毒藥的粉末倒進去，想到這壺酒就要結束自己的生命，他悽迷地一笑。

已經聽得見門外的馬蹄聲，馬蹄聲不緊不慢的，停下有人從馬上跳下來……將馬拴在門前的松樹上……那人很快就要進來，宣布自己與韋堅、李適之的關係然後將自己殘酷地處死……崔宗之緊握住那壺，只等來人一到，他要曆數李林甫的罪行罵個痛快，然後……

「宗之賢弟！」是李白爽朗的聲音。

是他！李白！崔宗之放開酒壺，叫道：「是李十二來了！快快扶我起來，給我換衣服！」

李白已經出現在門口：「宗之！」

「太白兄，你可來了！」崔宗之不知為什麼，鼻子一陣發酸，像孤兒遇到了久別的親人。

李白走到床前扶起衰弱的崔宗之，看著崔宗之蠟黃的臉，眼眶凹陷下去，問：「宗之，你怎麼啦？」

「還不是因為排馬牒！」給崔宗之穿衣服的僕人說。「排馬牒？」

「你不知道排馬牒？」崔宗之問。

李白自出長安以來，以為此去如魚得水，如鳥歸林好不快活。一路飲酒瀟灑，出入於舞榭歌臺，寺觀名勝，並未聽見過什麼「排馬牒」的事。

崔宗之叫小童端上茶來，請李白坐下，把「排馬牒」的事件講了一番。

「你知道賀老賓客已經去世了麼？適之和韋堅他們都死了……」崔宗之說著流下淚來。

「適之他死了？」

「適之的全家，都被吉溫殺害了！」崔宗之悲傷地閉上眼睛。「成甫兄被流放到湘陰，走進水澤再也沒有出來……」

「哼，李林甫這幫禍國殃民的奸佞！」李白咬牙切齒地說。

「可是我們怎麼辦？我們沒有權力，怎樣與他們抗爭呢？」崔宗之哭著說。

「宗之，你不要哭。不要難過，我們有一支筆，就可拿這支筆來抗爭，你一定振作起來，把身體養好。宗之，你答應我！」

崔宗之垂下頭，不敢看李白的眼睛。

李白一眼瞧見了床頭桌上的黃瓷鬪邪酒壺。

「宗之，別這樣垂頭喪氣，男子漢大丈夫，沒什麼可以難倒我們，為了重新振作起來，來，我們乾一杯！」

李白提起酒壺往杯子裡倒。崔宗之撲上去將酒壺和酒杯打翻在地。「哐」的一聲，黃瓷鬪邪壺和酒杯裂成塊塊碎片，毒液橫流。

「這是毒酒！」崔宗之叫道。「啊……」

「前幾天，羅希奭的爪牙來過商州了，打聽我的情況。太白兄，這叫人怎麼活呀！」崔宗之說著倚在李白肩頭嚎啕大哭起來。

李白也黯然了。

這次是專程來約崔宗之與他一起去遊名山大川的。自出京以來，他一直想約一個朋友，去看看浩浩蕩蕩的長江黃河，一起去攀登天下的名山，讓大自然的甘露洗去心中的汙垢，彌補在長安蹉跎的時光，而此時面對身心憔悴萬念俱灰的崔宗之他又復何言？

「楚雖三戶必亡秦，連稱霸春秋的齊桓公，也有流亡國外的時候，孔子也經受過困於陳蔡的危難，淮陰侯也曾有受辱胯下的時刻，世間沒有不戰而亡的道理。宗之，是吧？」崔宗之點了點頭。

「當黑暗的惡勢力占上風，正人君子無法與他們公開抗爭，那麼暫避災禍收斂鋒芒積蓄力量以待東山再起，這叫……」

「韜晦。」崔宗之說。

「萬事萬物都是生生不息發展變化的，所謂禍兮福所倚，福兮禍所伏，種瓜得瓜，種豆得豆。荊軻雖只有三寸匕首，秦王險些喪命；諸葛雖不使刀弄槍，亦運籌百萬雄兵。我們終會有揚眉吐氣的日子的，你就跟我一起去漫遊，怎麼樣？」

崔宗之聽得出神了，點點頭。「我好好想想。」

「宗之，答應我，重新振作起來。」李白說，宗之點點頭。李白在吟松山莊住了幾日，見崔宗之臉色紅潤，身體復元，約宗之與他一齊到東魯遊泰山。「太白兄，我有我自己的想法，我知道我該怎麼做，你放心。」

崔宗之與李白離開了吟松山莊，向北走出幾十里，崔宗之與李白拱手作別。

「十二兄，你放心，我絕不會不戰而亡的，後會有期！」

2. 殼子客與高適把詩人杜甫從溝裡扶起來

李白離開長安後，刑部侍郎孫逖忙於幫助李林甫將異黨趕盡殺絕，操筆變成操刀，朝中沒有上品味文人。玄宗為此下詔，徵求天下有一門專長的士人到京師應試。求賢的詔令一下，激動著全國各州縣士子們的心。

盛夏的驕陽烤炙著大地，一頭驢馱著一位士子和一袋書籍從大道上走來。騎驢的士子大約三十來歲，身體瘦削但精神煥發，他就是杜甫。前幾天剛離開了偃師首陽山下的家，出發到長安去參加考試。杜甫是武后時膳部員外郎著名詩人杜審言的孫子，父親杜閒曾任兗州司馬、奉天縣令。但到了杜甫這一代卻是文運衰微，杜甫的文章雖如班固楊雄，偏偏考不中朝廷科舉，到了三十五歲還是白丁。但杜甫心胸開闊，精神健旺，自那次落第之後，立志「讀萬卷書，行萬里路。」南遊金陵姑蘇，北上齊魯燕趙，直煉得詩文爐火純青。杜甫自以為此次必然勝券在握，不中才是怪事。驢兒走了半天，杜甫也有些餓了，從驢子上下來，將驢牽到路邊的水塘裡飲水吃草，自己也從口袋裡掏出餅來吃，喝了些水。心想到此去立身報國之志就要實現，不由心中一陣激動，浮想連翩，佳句疊出。四望曠野竟沒有一個行人，惜乎沒有人與他論詩。看看正在一旁低頭吃草的驢子，這驢子跟他已經三年了，性格溫馴吃苦耐勞，已經成了他旅途中的好夥伴，杜甫拍拍毛驢的頸項，吟道：「……自謂頗挺出，立登要路津。致君堯舜上，再使風俗淳……不錯，夥計，我杜子美這兩句怎麼樣？水喝夠了給我跑快點，千萬不要誤了考期。等大哥我中了進士，第一件事就是給你修一件乾乾淨淨的棚子……然後給你餵上等的草料。大哥我高中那天，別人跑馬觀花，大哥我來一個跑驢觀花，讓你也去看看長安那些美麗的風光和繁華的街道，怎麼樣？」那驢像聽懂了杜甫的話似的，擺擺頭搖搖尾，歡快地叫了兩聲。杜甫心裡高興極了：「好，夥計，我們繼續趕路。」

杜甫跨上毛驢心中十分得意，彷彿已經高中狀元，正從雁塔出發走上跑驢觀花的首途，以下便是京城對他夾道歡迎的大街，高聲歡叫道：「自謂頗挺出，立登要路津。駕！」毛驢邁著歡快的步伐一陣小跑，大道上揚起一陣煙塵。

忽然遠處一陣急促的馬蹄聲，一匹快馬像離弦的箭一般衝過來，毛驢來不及躲閃被撞倒在路旁的荒地上，杜甫則被重重地摔下來，書袋壓在杜甫身上。書袋已經摔壞了，袋裡的典籍散落一地。

騎馬人是一個參軍模樣的漢子，也被馬顛下來了。那參軍從地上爬起來，提起皮鞭朝杜甫跑過來，對著杜甫劈頭蓋腦一陣亂打！

「瞎眼啦！竟敢擋爺的道！」杜甫只覺腰部一陣巨痛，沒法從地上爬起來，用袍袖擋住雨點般的鞭子，叫道：「你講不講理！」

「講理！這馬上馱的是貴妃娘娘吃的鮮荔枝，要是誤了時辰，你擔當得起嗎？沒殺你算便宜。不行，老子這一跤不能白摔，拿來。」

「什麼？」杜甫好容易從地上爬起來。「裝蒜呀你？」參軍大吼道：「錢！」

身上僅有的一千緡錢是妻子楊氏的嫁妝典當的，臨走時楊氏把錢交給他，千叮嚀萬囑咐叫他收好一路當心，路上不要出差錯，在京城沒有錢寸步難行。想到此，杜甫緊緊地按住腰間的錢袋。那參軍見杜甫不說話，伸手向杜甫緊緊按住的那地方抓來！

「哎呀，可不得了呀。我今天大運當頭，見了這黃澄澄的金子，大吉大利！大吉大利！」軍士聽有人說「金子」忙轉過身來，見一個五十來歲的糟老頭招風耳，大嘴巴，酒糟鼻，背一隻麻袋，正在向那散落地下的書使勁磕頭。

「金子，金子在哪裡？」那個參軍忙問道。

那老頭只顧磕頭，也不理他，磕完頭去收撿那散落的書籍。那軍士急了，上前一腳踢翻了那老頭，將書袋底翻上一抖，書籍嘩嘩地掉了滿地都是。

「我問你，金子到底在哪裡？」參軍氣得呼呼地叫道「你再不說，我就打人啦！」老頭背過身去，用自己的揹簍擋住了鞭子。

「我說，我說。但你得告訴我，你為什麼要金子。」糟老頭慢吞吞地說。從懷中掏出菸葉和一支竹菸袋來，彷彿要聽人講故事。

「爺哪有功夫跟你理論，再不說我打你！」那參軍叫道，又揮起動鞭子來。這時大路上走來個背著行囊，佩一支長劍的漢子，在參軍身後停下來看熱鬧。

「你別打人，我這就告訴你。」那老漢說。古人說「書中自有黃金屋，書中自有顏如玉。我是做生意的，一見這散了一地的書，這叫『見經』，『見金』可不是大吉大利麼！」

「你敢騙老子！」那參軍的吼道。

「我騙你幹嘛？你運你的荔枝，我賣我的草藥。你要有病發囈症，我給你抓點草藥治治。」那老頭兩眼盯著參軍的鞭子，一步步往後退。

「嘿，運荔枝的！」參軍身後那漢子高叫道：「你不好好辦差使，還在這裡胡來！」

「你是何人？敢教訓老爺！」

「我是御史中丞王珙的舅爺，姓賈，王珙王大人你可知道吧？」

「知道，知道。」軍士見那人氣概不凡，口氣有所收斂，不像先前那樣凶惡。提起王珙京中的地痞沒有不知道的。

「王珙的舅爺，賈爺就是本人。」

「……賈爺……賈爺……」軍士口中囁嚅著，但看這人的穿著，怎麼也不像王珙的舅爺。王珙的舅爺怎麼又沒有隨從又沒有馬。

「信不信由你。」那人坦然道。「你不用懷疑我是誰，賈爺也不會告訴你，爺為什麼會到這裡來，我只給你講一條道理，你聽了自有好處。你看，你在辦貴妃娘娘運荔枝的差事，你看你把荔枝都弄成什麼樣子了？」那人道。

參軍一看，自己只顧打人也不知道荔枝筐上遮蓋的筍葉也散落了。荔枝裝筐運馱之前，用幹筍葉將荔枝層層包裹隔熱保鮮，否則運不到長安就腐爛了。軍士慌忙跑過去，拾起筍葉往筐子裡裝。

「賈爺說對了吧，你再跟這些老少爺兒們廝混半個時辰，這荔枝就會被毒日頭晒壞，你誤了差事，還不受罰？我看你還是快走吧！」

那參軍遲疑了一下，突然叫道：「你們三人合夥來戲弄老子，這口氣老子吞不下去！」說著拔出腰刀來。

那人一見，「唰」地抽出腰間長劍，叫道「你以為爺是怕你的，有種的跟爺玩一個時辰！」說著脫去外面的長袍，露出藜黑油亮鐵一般的手臂，舉劍要往荔枝筐上刺去。

那軍士見狀，忙向那人跪下道：「賈爺求你別動手！我這就走。」

「哼，賈爺豈是你這種狗才叫的，這裡到京城不過二百把里路，賈爺騎馬，你牽馬。今天賈爺定要與你到京城一辨真假！」

那人拉過馬的轡繩，說著就要上馬。

「我的好賈爺，我是瞎了眼的狗，得罪了賈爺！賈爺大人大量，讓小人怎能吃罪得起呀！」那軍士死死抓住轡繩哀求道。

「哼！狗坐轎子不識抬舉，賈爺好言教你，反而與爺生事，看在你為皇上運荔枝的份上，饒你這遭，快滾吧！」

那參軍連忙上馬跑開了。

杜甫一瘸一拐地走過來，向那人作揖道：「多謝賈大人，多謝客官！」

那人朗爽一笑道：「什麼真大人賈大人，老兄，我們還是幫他收拾一下吧。」說著便幫杜甫把散落在地上的書拾起來。

「賈大人，別……讓我自己來！」杜甫忙蹲下去收拾，猛然腰間一陣巨痛，痛得他呲牙咧嘴倒在地上。那老頭忙跑過來問：「這是怎麼了？我給你看看。」與那漢子一起把杜甫從溝裡扶起來，扶到一塊石頭上坐下。老頭這裡拍拍那裡捏捏給他作檢查。「你這是閃了腰了，腳踝也脫臼了怎麼能走路？我給你治治。」老頭說著取出一個瓷葫蘆，倒出一點藥酒，在杜甫腰間捏捏抓抓治傷，一邊說：「這年頭人在路上走，禍從天上來。什麼荔枝使、花鳥使、山石使，這樣使、那樣使落到老百姓頭上只有一個『死』，這世上活人真難！你伸伸腰，怎麼樣！」杜甫伸伸腰，居然能直起來了，脫臼的腳踝也還上了，只是還有些痠痛。

「請問老伯尊姓大名。」杜甫道。

「跑江湖賣藥，還有什麼姓名？我這人愛說話，大家都叫我『殼子客』。你是去京城趕考的吧！」

「是啊！」

「我看不考也罷，像這樣鞭打百姓的官，就讓那些混蛋去當吧！」「賈大人」一邊幫杜甫收拾書籍一變說。一眼看到書籍中有一卷詩稿，漂亮的楷書中透露著俊氣，不由誦讀道：「岱宗夫如何，齊魯青未了，造化鍾神秀，陰陽割昏曉，蕩胸生層雲，決眦入歸鳥，會當凌絕頂，一覽眾山小！」

「賈大人」看罷，覺得此詩凝鍊概括，生動準確筆法老辣，決非眼前這位年輕書生所為，再翻閱其他篇章，竟有字字珠璣之感。便問道：「老弟，你這些詩是哪位高人所著？」說著幫杜甫把書袋馱到驢背上。

杜甫道：「不瞞賈大人說，那些詩都是在下所作。見笑見笑。」

「請問閣下尊姓大名。」

「在下姓杜名甫，字子美。」

「啊，原來是杜甫賢弟，久仰久仰。在下高適，字達夫，渤海人，也是到長安。我們同行吧！」

「原來是大名鼎鼎的達夫兄，小弟的詩還要多多向你請教呢！」杜甫說，「今天幸好碰見達夫兄和郎中，不然我今天可要吃大虧呢，到了前面集鎮上，我請兩位喝酒。」於是三人結伴同行。

殼子客見杜甫高適對人和藹，一點也沒有輕視鄉下人的意思，便說：「你們二位都是寫詩的，那太巧了。碰巧我也有一位朋友是寫詩的，不知兩位認不認得？」

賣草藥的居然還有寫詩的朋友？高適問道：「敢問你那位朋友的尊姓大名？」

「我那位朋友，提起他大家都認得，大名鼎鼎，真正了不起！」

「誰啊？！」杜甫問。

殼子客伸出大拇指：「我那個朋友，就是斗酒詩百篇，一紙國書嚇退回紇四十萬鐵騎的李太白！我們蜀中的頂呱呱！」

「李白？」高適和杜甫瞪大了眼。

「當然，那還有假，聽說當了大官了，成天在皇上面前寫書奏本。我這次到京城就是要去問他，他這個官是怎麼當的，世道都成這樣了，他為什麼不給皇上提醒提醒？」

「你是李白的朋友？那麼我們便是朋友了！」杜甫說。「我也是李白的朋友。」高適說。

殼子客驚喜地說道：「你們二位是李白的朋友？他現在好嗎？」

「我只是常讀他的書，神交已久。這次到長安，還勞您引見哪。」杜甫說。

「我也是。」

高適本來生於官宦之家，父親是廣東曲江刺史。因為父親去世很早，很小的時候就回到北方。這時家境已經破落。他迫於生計，務農、砍柴、打漁，甚至於乞討的日子也有過。但高適壯志不滅，孜孜不倦積極奮發地學習，練就了一身文武雙全的本事。高適生活在民間深知民間疾苦，歷經人世間的艱險，看盡人世間的善惡。常常想自己要是一朝大權在握，就要把老百姓從苦難中拯救出來。為此他仗著超人的學識本領，曾北上幽燕投軍，也曾被地方官舉薦到朝廷，但都不獲任用。以至於四十多歲仍是一介布衣。

對於李白，高適是十分景仰的，「由布衣而卿相」又何嘗不是他的夙願？這次到長安，如果能結識李白，也許他被壓抑的一生會從此豁然開朗，他的英才宏略會有用武之地。

3. 天生我材必有用，千金散盡還復來

三人還沒進長安城，就已經聽到李白離開的消息，一盆冷水潑得人心頭涼了半截。殼子客告別他們到西市擺了一個草藥攤子。高適與杜甫認認真真地考了三場，自認為文章做得蓋世無雙，哪知幾天之後選院宣布：「一個都不錄取！」。原來是李林甫怕年輕的士子們主張正義，把他們的奸惡昭揭於世，想出一條奸計：向皇上稟報說因為皇上聖明，天下的有識之士都得到了朝廷的任用，故爾「野無遺賢」！

「野無遺賢」的考試結果一公布，激起了滿懷希望而來的士子們的極大憤慨，有大哭大鬧的，有悲憤欲絕的……落選的杜甫與士子們一齊湧向選院，要找主考講道理。哪知選院門口早已有羽林軍執刀槍嚴密把守，赤手空拳的士子們再鬧下去只有吃虧。高適見狀，連忙擠進人群把杜甫從人叢中硬拽出來，回到客棧，背上行囊不由分說讓杜甫騎上毛驢，出了春明門。「天下竟有這等不公的事，達夫兄，為何你硬要把我拖出來？」杜甫問道。

「我來問你，這『野無遺賢』四個字可是空前絕後？」高適問。

「自古以來從未有過。」

「握權柄者製造出這種悖理的事來，自然是與天下士子們為敵。他們心懷歹毒，我怕你遭到不測。既然如此不公，考上了也沒什麼意思，又何況他一個都不取呢？」

杜甫聽了，默然無言，兩人沒精打采地離開了長安。天下雖大，自己的路又在哪裡呢？高適畢竟是多次經過挫折的人，見杜甫悶悶不樂，一路安慰他，幾天之後，來到河邊一帶山巒。高適是位打獵能手，一路教杜甫如何打獵，如何烤炙野味。杜甫依法炮製，果然大獲全勝。二人馳逐於山林草莽之中，將那萬般煩惱憂愁拋於九霄雲外，傍晚打了些山雞野兔之類。高適撕毛刳皮，開腸破肚，杜甫提了個葫蘆去附近村裡沽些酒來。

杜甫走了幾里路，找到了賣酒的人家。打了些新釀的玉浮梁，抱著酒葫蘆興沖沖地往回走去。只見晚霞滿天如大火蔓延十分瑰麗，落日紅得像血。杜甫一邊走一邊望天，等他回過神來，哪裡還找得到來路？

再說李白別了崔宗之，來到洛陽，那些仰慕李白神交已久的士子官吏們，無不想一瞻學士公的風采，有的甚至不遠萬里之遙前來請教。李白離了朝廷，有如鳥兒飛回山林，精神為之一振，那充滿靈感和真誠的詩句猶如江河在他的筆下奔湧而出。這期間李白寫了一大批影射現實，抨擊時弊、攻擊李林甫的詩，一路散發，方覺出了胸中一口惡氣。出了洛陽也不要朋友們相送，獨自一人沿黃河而去。李白在黃河邊一邊喝酒一邊望遠，只見千溝萬壑的黃土高原延綿天際，自有一種遼遠雄渾的氣概。天地相接之處，黃河如絲從落日的遠方源源而來。近處絕壁之下，金濤澎湃，一瀉萬里，波濤起伏如山巒湧動，響聲如雷，好一幅驚心動魄的圖畫！

李白到此早已物我兩忘，索性將馬放在一邊吃草，自己一邊喝酒，一邊觀賞壯麗的落日，不知不覺進入夢鄉。

一片丹崖在夕陽的照射下放出神祕的光彩，李白乘著風雲向那金輝塗抹的山崖飛去。他飛過煙霞明滅的山巒，飛過倒映著月亮的鏡湖，前面彷彿是自己從未到過的天姥山。李白登上雲霧繚繞的山路，山路兩旁開著不知名的奇花，李白在花叢中迷了路，轉來轉去，不知何去何從。看見附近熊在咆哮，龍在長吟，蒼色的雲在頭上游動。忽然雷聲大作丘巒摧崩，太陽和月亮一個在東邊，一個在西邊的天上，照輝著壁立的山崖。太陽照到的地方輝煌而絢麗，月亮照到的那邊迷離又奇譎……鸞鳳駕的車乘著蒼雲和晨風過來，老虎在車駕的前面鼓著瑟，車上坐著臉色麻木不仁的神仙，像戴了面具的偶人。那些車從李白頭上開過，恐怖的黑風亂雲在翻動……

李白張著嘴想要喊出什麼，但叫不出來，李白醒來，黃河盡頭的天邊，夕陽已經西沉，留下一抹餘暈和天邊紫色的餘霞。李白覺得很困，再次閉上了眼睛，不一會兒眼前風起雲湧，仙境飄渺。

杜甫迷了路東張西望，見一匹馬在山坡上低頭吃草，心想有馬就有人，忙過去找人問路。剛走兩步，只覺腳下一絆，重重摔了一跤，摔得兩眼火星亂冒，酒葫蘆也不知掉在哪裡去了。杜甫定定神，見腳旁有一個人，四十多歲年紀頭戴烏紗幞頭，穿一件淡香色長袍，腳蹬長靴，抱著一隻雙耳孔雀青瓷酒壺，枕著一塊青石，正打呵欠揉揉眼睛，剛才正是自己不小心，被這人絆倒的。

杜甫立即爬起來，好不容易找到失落的酒葫蘆，只聽那人喝道：「幹什麼？」

杜甫本是個老實人，聽對方一喝慌了，忙說：「……先生，我不是有意的……」

那人醉眼斜視不高興地說道：「不是有意的？我正在做一個好夢，你把我弄醒了，那你得賠我的好夢！」

「賠夢？什麼夢？」世間有賠錢、賠物、賠情的，杜甫從沒聽說過賠夢，便好奇地問道：「先生做了什麼好夢，要在下賠償呀？」要聽聽這個怪人到底說些什麼。

那人也不起身，蹺起二郎腿，悠然說道：「我夢見我乘著風在群山中遨遊，飛過月光下的湖泊，看見太陽從海上升起，空中天雞長鳴，峰迴路轉，熊嚎龍吟，森林和山泉都在顫慄，黑雲遮蔽四野，電閃雷鳴……」那人越說越興奮，眼裡閃著奇異的光，一邊說一邊跳起來來，仰面向天，索性放聲高吟道：「……千巖萬轉路不定，迷花倚石忽已暝，熊咆龍吟殷巖泉，慄深林兮驚層巔。雲青青兮欲雨，水澹澹兮生煙。列缺霹靂，丘巒崩摧，洞天石扉，訇然中開。青冥浩蕩不見底，日月照耀金銀臺。霓為衣兮風為馬，雲之君兮紛紛而來下，虎鼓瑟兮鸞回車，仙之人兮列如麻。忽魂悸以魄動，恍驚起而長嗟，唯覺時之枕蓆，失向來之煙霞。世間行樂亦如此，古來萬事東流水。別君去兮何時還？且放白鹿青崖間，須行即騎訪名山。安能摧眉折腰事權貴，使我不得開心顏！」

杜甫驚呆了，這些詩句，是「讀書破萬卷」的他，聞所未聞，見所未見的！此詩大起大落，大開大合，如颶風促浪，如大河奔流，意象宏偉；言飛天地外，思出鬼神表。聽之則神馳八極，測之則心懷四溟。彷彿一位神人以雷霆萬鈞之力司掌造化，驚心動魄而氣勢磅礴！

那怪人一邊高吟一邊站起來，向著萬壑雷動的黃河巨浪「嗷嗷」長嘯！

杜甫已經激動得忘記了一切，一把拉住那人袖袍叫道：「做夢的先生！跟我們一塊喝酒吧！」

「喝酒？哪兒有酒？」一聽說有酒，那人來勁了，一看瞅見杜甫的大酒葫蘆，便伸手過來拿。

「先生，等等，我還有位朋友在山上。我走迷了路，等找到他，我們一起喝酒，還有山雞野兔……來賠你的夢……雖然我的酒……沒法跟你那個光怪陸離驚世駭俗的夢相比！」

那人看見杜甫老實巴交的樣子，又聽說他的詩「光怪陸離驚世駭俗」不由笑了：「那麼我們一塊去找你那位朋友，要是找不到，這葫蘆裡的酒全歸我！」

杜甫頭上沁出汗珠來，眼看天快黑了，不知在哪裡找得到高適？忽然對面的山頭上樹林裡冒出一股煙來，對了，肯定是他在那裡點燃了篝火。

「在那裡！有火的地方！」杜甫拉了「做夢的先生」往對面山頭奔去。

「酒打回來啦！我還給你帶回來一位做夢的先生！」杜甫覺得，這樣稱呼最合適不過。

「好的，多一個人，更熱鬧。」高適一邊專注地烤肉，一邊說。

篝火熊熊地燒著，幾隻大木棒倒吊著剮剝乾淨的山雞野兔，高適拿著木棍反覆翻烤，火舌舔過的地方冒著白煙滋滋作響。天已經全黑下來，焦黃的烤肉散發出陣陣誘人的香味。

高適把烤好的禽獸大卸八塊，沒有酒碗酒杯，那人拿出自己的那把雙耳孔雀綠青瓷壺，將那葫蘆裡的酒倒進酒壺裡，然後拔劍將葫蘆鋸成三塊，把酒倒在三塊葫蘆瓢裡，然後三人端起不成形狀的「酒杯」叫道：「乾！」高適割了一塊烤肉遞給李白道：「做夢的先生，請嘗嘗這個，夢裡可嘗不到這個滋味！」那人咬了一塊烤肉問道：「酒肉雖香，夢裡當然又別有一番滋味，你們二人就一點不夢想？」

杜甫嘆了氣道：「也夢想，前些日子天天夢想著一旦被皇上召見，一定要好好幹一番事業，現在一切都落空了。這不，從京都到了草野，哪能像先生您一樣做著遠離塵世的夢。不過，就在我去赴考之前，我還滿懷希望做了一首詩，現在看來真是一場夢了！」

「一首詩，能吟給我們聽聽嗎？」那人饒有興味地問道。

杜甫瞅了瞅做夢的先生，想起他吟的那些奇妙的詩句：「在下的拙作，恐怕比先生的詩……」

高適也不知這人是哪路神仙，見杜甫猶豫便道：「我這老弟，是不會吟給別人聽的，這小子為了這個夢，還捱了荔枝使的一頓皮鞭，不好意思開口呢！我倒覺得挺不錯的，詩也寫得好，有志氣，你聽『自謂頗挺出，立登要路津，致君堯舜上，再使風俗淳』。怎麼樣？」高適得意洋洋地把頭一揚，好像自己也為這首詩驕傲。

那人拍拍杜甫的肩膀：「不錯，好一個壯美的夢呀！這是古往今來仁人志士都嚮往的啊！來，為了你的夢，乾一杯！」那人將酒壺倒在殘缺不全的葫蘆瓢裡，三人一飲而盡。

那人喝了酒，嘆息道：「這個夢恐怕在本朝，很難實現了！」

高適說：「先生，你知道不知道？全國幾百個士子，在長安考了好多天，考得汗流浹背，寢食難安，結果，李林甫那老混蛋宣布：『野無遺賢』！幾百個人中沒有一個夠資格，他媽的！」高適說著把手中盛酒的葫蘆摔倒地下，碎成幾片。

「你看，你看，把你氣的，這玩意兒破了，怎麼喝酒呢？來來來，我倆同飲這一瓢，你一口我一口。」說著那人把手中的葫蘆瓢遞給了高適。

高適說：「我根本就沒打算考上！考上了，我也做不來那些鞭打百姓的官吏！但我看到這些情形，叫我怎麼能不恨？」

「做夢的先生，你別以為我這位朋友是平庸之輩，你聽他寫的詩：『行子對飛蓬，金鞭指鐵驄，功名萬里外，心事一杯中，虜障燕山北，秦城太白東，離魂莫惆悵，看取寶刀雄！』」

那人雙手把酒瓢給高適說：「這位仁兄有江海之志，為了這首詩中叱吒風雲氣勢，和那個建功立業的好夢，乾！」

高適伸手接過酒瓢，激動的淚花在眼眶裡打轉：「叱吒風雲的氣勢有什麼用？建功立業的壯志又有什麼用？」

那人用雙手捧起高適端著酒瓢發顫的手：「為了澆盡你的胸中的塊壘，為了明天的希望，古往今來的仁人志士，哪一個不經過蹉跎蹭蹬？乾！」

高適感到面前的這人，真是有生以來遇到的難得的知己，感激地俯下頭來，一飲而盡。

「我們這樣還有什麼希望？這次到長安，聽說李白那樣有才華的人都已被排擠出朝……」

那人喝了一口酒道：「不管怎樣，不要放棄你們的夢。大唐正需要你們這樣的仁人志士！」「哼，我要是李白……」杜甫說。

「你要是李白便怎麼樣？」那人問道。

杜甫誠樸地說：「我要是李白就不使酒任性，也不飛揚跋扈，我要恭恭敬敬，老老實實地留在皇上身邊，規勸皇上，請他理解天下百姓的疾苦。」

「我要是李白……」高適說。

那人盯著高適意味深長地笑道：「你要是李白，又怎麼樣？」

高適將手中的那隻野雞，又在木棍子上，在小火邊上反覆炙烤，想了想說：「我要是李白，我就把我的個性悄悄地藏起來，為實現我的政治抱負腳踏實地地幹一番，如果離開了朝廷，要實現政治抱負豈不是一句空話？」

「可惜了李白不可一世的才華。」杜甫說。「埋沒了他滿肚子的經濟學問！」高適說。

那人看了看高適、杜甫，恨恨地罵道：「說得好！李白這混蛋，竟這樣莫名其妙地在長安混了兩年，一事無成，真該死！」

杜甫聽了忙說：「做夢的先生，李白是我本人尊崇備至的朋友，可不是你隨便罵得的！」

「敢問二位是……」

高適說：「我是高適，他是杜甫！」

杜甫看做夢的先生那炯炯的雙目流露出欣喜，記起剛見到他時吟的那首奇特的詩，是那麼敏捷靈透，那麼氣勢磅礡，天神一般的情思，大唐除了他還能是誰？

杜甫正要喊出來，那人輕輕按住杜甫的手說：「達夫兄，子美弟，我在長安，失去了好些朋友，我在這裡又得到了你們二位朋友，在下李白，一定還要作一番奮鬥。來，為了我們共同的夢，乾！」

「太白兄！」高杜二人驚喜地叫道。酒壺裡的酒漿汩汩地倒入葫蘆瓢裡。

高適瞧了瞧李白，又看著手中的破瓢，不好意思地說：「要是有一天我的夢實現了，我一定要用上等的美酒、上等的佳餚、上等的酒具，請二位好好喝一通！」

「乾！」三人一齊舉起酒瓢喊到。

三人開懷暢飲，說古論今，酒酣肉飽三人醉倒在草莽間。一覺醒來，但見東邊天上太陽像一個大火球，焰輝騰騰照遍了千溝萬壑，金濤澎湃的黃河，蜿蜒流過華夏中原奔向東海。李白、杜甫、高適三人奔向黃河邊迎著鮮紅的日輪，仰天長嘯！

李白高吟道：「君不見，黃河之水天上來，東流到海不復回。君不見高堂明鏡悲白髮，朝如青絲暮成雪。人生得意須盡歡，莫使金樽空對月。天生我材必有用，千金散盡還復來！」

李白與杜甫結識之後，結伴同遊梁宋、齊魯，一路登臨懷古，飲酒賦詩，尋道訪幽，好不愜意！李白與高適杜甫在同遊泰山之後分手，高適回北海，杜甫返洛陽。

李白裘馬輕狂的同時，長安宰相府裡有一雙綠幽幽的眼睛在盯著他。

李白出京之後，李林甫以為「飲中八仙」已經作鳥獸散，李適之韋堅之死，使他去掉了一塊心病，獨攬朝政的野心已經實現。正在得意之時，一連幾天早上相府守門的僕人在大門發現貼了好幾張詩文，李林甫細細看來，都是諷罵權貴的內容，便命人把吉溫找來。

吉溫告訴李林甫，最近長安的歌欄酒肆裡流傳著一種罵人的歌謠什麼《夷則格上白鳩拂辭舞》，什麼裡面罵「缺五德的禽獸」、「逐臭的蒼蠅」、「跛腳的驢子」……聽的人很多，唱的人也唱得津津有味，一時間嘲罵成風。他們蒐集到這些詩稿，有的下面明明白白落款是——李白，相府門上貼的正是這些。

李林甫將這些詩稿揉成一團，咬牙切齒地說：「找死！」

4. 我今天便為李白授籙，讓他成為道士

太玄是章趨進京後應李邕的邀請來到齊州紫極宮的。李邕被杖殺之後，太玄常向煙霞子詢問起朝中的消息。煙霞子說，貴妃的從兄楊國忠最近升了按察使，這人心性險惡，與李林甫勾結起來，不斷地鋪設羅網，陷害大臣賣官弄權。凡李林甫要加害於人之前，差不多全是楊國忠借出入宮闈之便向皇上告發，京城中常有人不明不白地下獄罹刑。好多人家破人亡，京城的牢獄爆滿不得不施設臨時監獄。

李白回到東魯任城，見了一雙兒女皆已長大，丹砂和小梅兒也有了孩子。李白聽說師父太玄和師兄煙霞子在齊州，便離了家園到齊州拜望師父和師兄。

任城到齊州有二三百里路，李白單人獨騎，一路觀山望景。一天，李白過了泰山一路走著，馳馬穿過一片黑森森的樹林，聽到灌木被踏倒的聲音，感覺到樹林深處有人在窺視，李白警覺地回頭，兩個蒙面人

已經揮刀跳了出來。李白拔了出寶劍，大喝一聲：「幹什麼的？」哪知那兩人並不答話，舉刀向李白狠狠劈來。李白閃開，心想遇見強盜了！催馬就衝出林子。李白從未到過這個地方，這片樹林又深又黑，跑了一程竟還看不到邊。後面兩個蒙面人已經策馬追來，李白心中著急，只見前面又閃出兩個蒙面人。

真是遇到打劫的強盜了！李白摸出腰間的錢袋向前面兩個強盜扔去，錢袋打在那強盜臉上，銅錢響噹噹地灑了一地，強盜一愣，李白趁勢逃開。知蒙面人並不去撿地上的錢，死命地緊追不捨。李白大驚，這是取命的歹人！連忙抓緊韁繩趕馬快逃。樹深林密，馬也跑得不快，李白心中好不著急。此時蒙面人已經追殺上來，李白奮力打拚，刺傷了兩個，自己的馬也受了傷，剩下兩個歹徒惡狠狠地向李白撲來。李白一邊抵擋一邊叫道：「你們為什麼殺我？」那蒙面人答道：「你是李適之的同黨！快快下馬受死吧！」李白一聽怒火中燒，揮劍殺去。那二人見勝不了李白，便舉刀來刺李白的坐騎。那馬受傷倒地將李白摔了下來，李白丟了馬奪路而逃，趁勢滾下山坡。眼看出了樹林又是亂石滿山，哪裡有路？後面的蒙面人已經追了上來，兩人把李白攔住，舉刀向李白狠狠地劈下來！

突然一柄拂塵攔住了鋼刀。

「煙霞子！」李白驚喜地叫道，正是闊別多年的師兄，在千鈞一髮之際，將他救下。山崖後閃出十來個道士，那兩個蒙面人見寡不敵眾便溜之乎也逃入密林深處去了。

「師弟！師父盼你好久了！」煙霞子說。「你怎麼會在這裡？」李白問。

「我每日在這觀後的山林裡帶幾個徒弟練武，聽見林子裡有響動，便趕來看個究竟，沒想到竟是師弟在這裡。」

「那邊就是紫極宮，我們走吧。」煙霞子帶著李白下了山坡，向紫極宮走去。

眼看要走近紫極宮觀前，只見遠處一隊人馬向紫極宮飛馳而來。為首的正是秦列！原來秦列在害了鄭虔之後，李林甫把他從國子監調出來，作了吉溫手下的侍御史。

「站住！李白，御史臺要你立即回京！」秦列叫道。

「為什麼？」煙霞子問道，其實心裡早已明白了七八分。「你是出家人，休得管朝中的事情，快讓李白跟我走！」

「不行！」煙霞子向李白使了一個眼色，年輕的道士們簇擁著李白奔向紫極宮的臺階。

「快把李白與我拿下！」秦列叫道，身後的一夥羽林軍一湧而上，將煙霞子與李白團團圍住。

「清靜修行之地，不得大膽妄為！」煙霞子道。秦列哪裡肯聽，帶著羽林軍步步逼近。

「爾等不得無禮！」鬢髮如雪的太玄大師從紫極宮的大門裡走了出來，聲若洪鐘地吼道。

「師父！」李白叫道，煙霞子拉著李白，跪倒在太玄腳下。

「太白……你這是從長安……回來了？」太玄的聲音含著失望。

「是的，弟子從長安回來了。」李白說。太玄扶起李白，拉著李白就要往觀裡去。

「你們還待著幹什麼，還不把李白抓起來！」秦列叫道，軍士們凶相畢露一下子圍上去。

太玄漠然地問道：「你們是什麼人？竟敢在這裡放肆！」

秦列氣昂昂地從懷中掏出一張紙來，正要上前，被煙霞子一把接過，冷冷一笑道：「這是什麼玩意兒？連印鑑都沒有！」說著把那張紙拋擲在地下。

秦列忙雙手接住，萬沒想這橫行天下的李右相的手諭會在這裡碰硬釘子，連忙道：「這……這是李右相的手諭，難道你們竟敢違抗？」

秦列話音一落，軍士們又一次撲上去。

「在這裡捕人，要皇上的手諭。」太玄從容地說。「你是誰？」秦列被太玄的氣度嚇住了。

太玄向煙霞子使了個眼色，煙霞子說：「這位大師是親自為皇上和玉真公主授道籙的太玄仙長。瞎了你的狗眼，你究竟有幾個腦袋？」

秦列的氣焰頓消，連忙躬身下拜道「仙長恕罪……下官有眼不識泰山，多有冒犯，仙長恕罪！」剛才凶神惡煞的羽林軍，一下子慌了神，你看看我，我看看你。

太玄拉著李白轉身往紫極宮走去。秦列愣在那裡，正想退下，突然鼠眼骨碌一轉，三步並作兩面步跑上前，攔住太玄說：「仙長，李白如果是您的弟子，下官當然不敢冒犯；但李白不過是個世俗的人，仙長不好多管閒事吧！」

「貧道今天就為他授籙，讓他正式成為道士。」太玄說。

煙霞子與眾道士簇擁著李白進了紫極宮。秦列不甘心地跟在後面進去，手執拂塵的道士們排成一隊將羽林軍攔在了觀門之外。

5. 唯無心而不自用者，能為隨變所適而不荷其累也

李白跟太玄進了紫極宮，「李學士！」聽見秦列在後面喊，李白回過頭來。

「看呀！這就是醉草『嚇蠻書』的李學士呀！這就是『日草萬言』的大詩人李太白呀！什麼『謫仙人』？在我面前，不過是一條夾著尾巴的狗似的！諒你也不敢隨我回去向御史臺說清你與李適之、崔成甫的關係！」秦列蛇蠍似地叫道：「你難道不覺得這是多麼失敗嗎？」

李白怒目圓睜，正要發作，煙霞子一把將他推過去，幾個年青道士將他拉走，將秦列攔在殿外。

「太玄大師在裡面等著你呢！」煙霞子說。秦列見無計可施，悻悻地離開了。

接受道籙，正式地成為道士，是一件極其嚴肅的事。用硃砂將諸天曹、官吏的名字寫在白絹上，還畫有奇異形狀的符號，那便是「籙」了。作為一位道士，要多次受籙，開始時受《五千文籙》，其次《三洞籙》，再受《洞玄籙》，再次受《上清籙》。

受籙的人必須沐浴齋戒，然後向授籙的道長呈上刻有自己名字的金環。道長將金環一分為二，與受籙人各持一半，作為成為道士的信物。

受籙的人要像罪人一樣，讓人將兩手背剪起來，環繞著法壇，一邊走一邊向神祇陳述自己的罪愆。走的時間很長，要走一個七天到兩個七天，晝夜不息。道士的屬籍可以列入宗正寺，受到皇親國戚的政治待遇。

煙霞子認真地為李白寫了道籙。經過沐浴和齋戒，李白來到設有法壇的玉清殿中。太玄道長的法座設在太上老君像前，殿中設有法壇，有三層，每層都開著法門，周圍掛著紙錢。煙霞子莊嚴地把裝金環的盒子交到李白手中，裡面是李白熟悉的兩個半金環，李白百感交集，第二次到長安，竟也以失敗而告終！

道士們極其虔誠地唱著經文魚貫而入。

李白捧著盒子，來到太玄的法座前，將盒子舉過頭頂，奉獻到太玄面前。太玄接過盒子，將其中一半金環返還給李白。

「夫欲免為刑者，莫如棄世。棄世則無累，無累則正平，正平則與彼更生，更生則幾矣。夫人間變故，世世宜異，唯無心而不自用者，能為隨變所適而不荷其累也。」

李白木然地跪在地上。太玄大師沒有逐章逐句地為他念講戒律。而是引用了《莊子》這幾句名言，他果真能夠做到「棄世」，他就是一個真正的道士了。而他最難做到的也正是「棄世」，因為他的才華而希望能為世所用，假如他是一個平庸的凡夫，倒不可能有如此強烈的用世之心。遠離世事便可以沒有精神負擔，沒有精神負擔則一切寧靜平和。只有沒有追求而不要把自己的能力變成社會動力的人，才能適應世事而不受傷害。

這些字句李白早就背得，但要做到棄世，又談何容易！

「太白，入我門後，一切災難、煩惱、紛爭都去而不回，從此超脫塵世，將一切冤恨，都化為烏有！」說罷將一份白絹寫好的誓詞交給煙霞子。

「太白，這是誓詞！快接著！」煙霞子看李白木然的樣子，碰了碰他說。李白從沉思中清醒過來，接過誓詞，沮喪地閉上眼睛，向太玄再拜而起。

「授籙！」執事莊嚴地喊道。

太玄將白絹朱文的《五千文籙》裝入虎鞶囊，給李白戴在胸前。兩個年輕道士用黃色的綬帶將李白的雙手反縛起來，引他走到圓丘前。

「宇宙周天，陰陽乾坤，三清玄元俱在，聽汝陳述罪愆。」太玄說。

李白站在法壇的入口處，走上法壇便和昨天決裂了，昨天是人世的生活。在人世的生活中，他追求著：「願為輔弼，使國泰民安，海內清一。」他要做管仲、魯仲連、諸葛亮、謝安、姜子牙、張良……「棄世」就意味著拋棄這一切。而往後他的將來是葛洪、衛叔卿，白日飛昇的仙人、仙境……那裡有諸天功曹、神仙丹鼎……雖然他遊戲人間，無可奈何半真半假地當一回道士，而走到這一步只覺心中隱隱作痛。

「太白，你怎麼啦，快上法壇！」煙霞子低聲說，以為他雙手反縛不方便上前扶了他一把。

李白慢慢走上法壇，下面的事就是一圈一圈地，一直走到精疲力竭為止。玉清殿燭光閃耀，經幡低垂，李白環顧四周有些昏昏然。巨大的玉清殿的斗栱之下，正面和兩側是面無表情的神像，神像前是排列成行的道士，燭光一跳一跳地使一切人和物都顯得奇特。道士唱經的嗡嗡聲顯得神祕而含混。李白低著頭，被反剪的雙手使身體很不舒服，也許只有這樣才能使人在混沌的情調中保持清醒。他圍著圓丘一圈又一圈走著，很多事一齊湧上心頭。他想起了匡山、趙蕤和陳子昂，想起金陵鳳凰臺的擊劍高歌，想起了京華酒樓與鬥雞徒的惡鬥。……想起了大明宮的朝會，他在萬邦使者的驚訝中走上玉階，萬乘之尊的君王迎面向他走來……他想起寄寓著他的理想的〈明堂賦〉、〈大獵賦〉、〈宣唐鴻猷〉，他希望大公無私，舉賢任良，節用愛民，重農勤桑……而他還沒有來得及提出，就被群小趕出了朝廷！……道士的唱經聲好哀傷……他走著走著一直到第二天晚上，他覺得肢體的每一部分都在疼痛，走上法壇第二層環丘，目光疲滯腳步踉蹌。他記不清是白天還是晚上，他的雙腿不由自主地移動，好像早已不是他身體的一部分。他看不清那些神像和道士的面孔，一切也就變得渾濁而模糊。第三天早上他走上第三層環丘，身心交瘁，他只覺得周圍的一切都變得朦朧，一切都在搖晃，蠟燭像渾黃的霧氣，形成奇怪的漩渦，圍繞他在旋轉。他聽到遼遠的地方不知誰在唱著〈登幽州臺歌〉：「前不見古人，後不見來者，念天地之悠悠，獨愴然而涕下……」李白只覺得漩渦裡黑黑的，邊沿上有一條條黃色的光帶一漩一漩，他被捲到漩渦的底端。

煙霞子一直擔心地看著李白，忽然他看見李白的身體猛烈地搖晃起來，然後猝然昏倒在地。

6. 我要駕著風、騰著雲，飛上天去！

幾個月之後，太玄帶著李白離開齊州，來到王屋山。王屋山是著名的道教聖地，皇上在這裡專為太玄建立了宮觀，還有宏偉的「上陽臺」。在這裡當然比齊州安全，無端迫害一位著名的詩人與道士是會受到公眾譴責的。

李白獨自在山中尋了一個幽僻的所在，認真地煉起丹來，指望有朝一日功行圓滿羽化飛昇。李白身佩「豁落圖」，腰垂虎鞶囊，披髮跣足半閉著眼沐浴著月光入定，這是他隱居王屋山的第三個月圓之夜。月明如水，給此起彼伏的山巒抹上一層銀色，一切都在深藍清澄的蒼穹之下顯得神祕而寧靜。只有秋蟲在灌木叢中唱著，時而如近處的竊竊私語，時而如遠處的洶湧潮汐。

在修持入靜者的眼中，山川變成一片朦朧混沌，分不清也沒有必要分清哪是山岩哪是樹木，哪是星星哪是月亮。

虛無是頭，生存是脊梁，死亡是脊梁的末端，生存死亡同屬一體。

春天夏天萌生和發展蓬勃的生機和繁榮的生命，秋天冬天是生命結果和莊嚴終極的必然過程；一切都取決於自然執行，成敗興衰都是造化。

自然無比偉大，自然無比永恆，自然是大道的表率，無為的象徵。

摒棄紅塵的喧囂，摒棄名利的誘惑，摒棄生死成敗的騷擾，摒棄智慧和強力，最後甚至摒棄自己的形體，化成一縷灰煙一片白雲，融入大自然與自然永遠同在。李白白天採藥，晚上煉丹，九轉金丹已煉了七次，每天晚上的「內丹」修煉李白都極認真地進行。

李白做完入定的功課，微微睜開眼，生怕驚動了眼前這片靜謐的月光。王屋山的月色空靈而又和平，比起長安的月，匡山的月，秦淮的月又別是一番風情。而今夜的月色，好像特為期待她而特別美麗的。她有瑩白的前額和雙靨，一雙細長的眼睛和眉，沒有笑容，整潔的灰布袍，頭上插著檀木如意紋釵……那天他順著她的指向，遠遠看見了自己修煉的石室，他假裝摘掉身上黏的蒼耳，仔細瞟了一眼她為他指路的那隻手，瑩白的，纖纖的，那灰色布袍裏著的身軀頎長而挺直，沒有羞澀和嬌媚，與其說是冷漠不如說是超凡脫俗，假如今夜她從月下走來，那不是一首絕美的詩麼？可惜她以前以後都不會在這裡出現，修煉的石室外與她散發著菊花的芬芳的茅舍還有好幾里路，女人白天和夜間都不會到這裡來，李白暗笑自己「情不極兮意已深」，卻仍望著月光下的山谷的方向。

多想明天再迷路一次，或許她會開口說話，他要趁機抓住她瑩白的纖手，拉住她的布袍。十年前，他就佯裝醉意，成功地掀開了若耶溪採蓮女的裙子，裙子下面有造物主的得意之作。

後來被他寫入詩中「兩足白如霜……」忽然不知什麼東西在赤腳上爬得癢癢的，李白一揮手，撲楞楞地飛走了，原來是一隻大蚱蜢！

「任心所起，……一無收制，則與凡夫無別……」李白自嘲塵心未泯在「坐忘」中出現偏差，乃重新坐正身體收斂精神背了一段太玄的〈坐忘論〉才回到石室。臨到洞口，下意識地朝月光飄渺的山谷看了一眼，進去睡了。

第二天採藥歸來已是下午，迎面飄來一陣菊花的清香，李白不由心曠神怡，抬頭望去看見了那戶人家籬上燦燦開著黃的紫的紅的菊花。這其實不是一戶人家，這是一個小小的道觀，住著一個耳聾的老道姑和宗瑛姐弟。宗瑛姐弟是一年前搬來住的，因為在山中，道觀又小，很少有人來燒香。因為偏僻，宗瑛倒很喜歡這個地方，和弟弟一起動手，把裡裡外外收拾乾淨，栽上小樹和花草，種了幾畦菜，使這個道觀倒像一戶人家。

李白腳下不由自主地朝那邊走去，這時去討碗水喝，卻是再「自然」不過，再說自己眼下片刻也不可能化灰化煙化白雲「囊括大塊」，「浩然與溟腷同科」。

李白捱過去將臉貼近爬滿巖菊的竹籬，看見院內卻不止一人，一人頭戴席帽，身著線絳袍，是御史臺的秦列，另外兩個是差役。她身著灰布袍站在院中，仍是一張冷漠的臉。

「女道士，我們到此打聽李白可是在附近修道？」秦列問道。

「不知道。」她冷漠地回答。

的確，太玄道長叮囑她弟弟宗璟關照石室那個修道的道士，並沒有告訴他是誰，只是有幾天，她才看見了那迷路採藥人，黏了一身的蒼耳子。難道他就是李白？

秦列是吉溫的爪牙，他追隨吉溫逼死了李適之，又到這裡來幹什麼？李白想。

「你不是故意裝著不知道吧？」

她沒有回答。

「聽說你是宗楚客的孫女，怎麼跑到這裡來修道？」秦列一邊問一邊轉著眼到處打量。

「我是出家人。」她說，話很簡短。無意回答秦列的問題。

「宗楚客可是有名的奸佞，殺了頭的！按律該滿門抄斬，居然，你怎麼會……」秦列顯得不滿意她這樣簡短的回答，進一步險惡地問道。

她臉上微有慍色，秦列不懷好意地看著她。

「啊，秦大人，到此有何貴幹哪？」李白從菊叢後繞出，在柵欄外叫道。秦列一行人立即出了院子，走向李白。

「我採藥從此路過，遠遠地看見秦大人來了，大人假如棄官不做來修道的話，敝人的石室倒是很清靜的呢！」

秦列不理會李白的揄揶，神氣十足地說：「御史中丞吉溫大人奉李林甫右相之命，劾辦逆黨，你的好朋友北海太守李邕，那七十多歲的老兒是被杖殺的……吉溫大人命我找你——」秦列故意陰沉地拉長了語調，看著李白臉上現出怒氣，秦列繼續說下去。

「你要幹什麼？」

「哼！不是要殺你——吉溫大人要我來看你是否真的甘心情願退出紅塵，你該明白，你已經徹底失敗。」

「要殺便殺，何必鬼鬼祟祟？」李白憤怒地舉起手中的藥鋤大聲說道「還不快滾！」

「李太白你別以為你名氣大，做了幾首詩，吉溫大人就不敢殺你。依我看，你得好好活著，看右相大人把天下想怎麼樣就怎麼樣，殺得你們死的死，亡的亡，作鳥獸散，怎麼樣？這就夠你受的了，走，我們回府！」秦列說完騎上馬與兩個差役去了。

「卑鄙！」李白大聲叫道，直接背著藥簍往回石室的路上走去，宗瑛在喊些什麼他也沒聽見。

李適之死了！李適之喝了毒藥自殺的，死的時候七竅流血……李邕死了！七十高齡白髮蒼蒼的篆刻家詩人倒在亂杖之下，普天下的忠直之士都聞到血腥味，吉溫讓秦列這樣的傢伙專程來告訴他，讓他永遠咀嚼這份失敗慘痛。讓他永遠品味那致李適之於死命的毒藥，讓他永遠感受刑杖在心靈上的撲打！今天面對吉溫的爪牙卻又無可奈何才在紫極宮做了道士。正因為一籌莫展無法可施，到處是汙濁到處是骯髒到處是陰謀，無法逃避無路可走。快離開吧快逃走吧，像列禦寇那樣乘著風飛走，像竇子明那樣羽化而登仙，快逃避快離開快摒棄這醜惡的人世！

李白高一腳低一腳回到石室天已經完全黑下來了，全然沒有心思點鬆脂照明，摸進石窟，倒在丹爐旁的柴堆上，四周是一片淹沒了天地人的黑暗和死一般的寂靜，只有石室一角岩石上的水緩慢地滴下來的滴嗒滴嗒的聲音。李白吟《南華經》也罷，默唸《玄綱》、《坐忘》也罷，心裡好像有千百根黑毛蟲在爬，怎麼也平靜不了。猛記起煙霞子前日送來的洞天乳酒，還剩得一半，摸索到屋角找到盛酒的六耳系瓶，揭開瓶蓋一手抓住瓶耳，一手托瓶底，一口氣咕咚咕咚喝了個點滴不剩。頃刻間天回玄黃地返洪荒，李白也懶得上床就在黑暗中躺下睡了。

渭北平原的天好藍，陽光燦爛照得人睜不開眼，李白乘一匹碩壯的白馬，時而御風疾馳，時而蹀躞長嘶，李白拘硬弓揮長劍，一路上殺得豺狼虎豹死的死，傷的傷，紛紛奔逃……忽然從樹林中竄出一隻兩足狐，兩足狐身後是披枷帶鎖步履蹣跚的左相李適之，怒目圓睜的崔成甫，血流滿面的韋堅，白髮蒼蒼的李邕……那兩足狐向李白狡黠地笑著。李白怒不可遏用力將弓拉成滿月，一箭射去那兩足狐哀鳴一聲倒地變成了金章紫綬的右相李林甫！李白揮劍向李林甫逼近，李林甫卻像狐狸一樣地逃走。李白自己變成了一隻大鵬，翼若垂天之雲，怒而飛，周旋天綱，跨躡地絡，蹶厚地，揭太清，簸蒼溟，搧雷霆。斗轉而天動，山搖而海傾，怒無所搏，雄無所爭，一瞬眼看見了在紅塵中如狐狸般逃竄的李林甫，李白筆直俯衝下去一雙利爪鐵鉗般地抓住了李林甫雞雛般的胸膛，一下子掏出了骯髒的五臟六腑，一灘汙物流在塵埃。李白回頭去看望李適之一行人，卻全部紛紛倒地，變成了屍體。李白奔到李適之身邊，藥碗淌著毒汁，僵死的臉似在慘笑。李白覺得自己心被利器絞割，鮮血汩汩地淌溼了衣襟，李白痛叫一聲，睜開眼睛，眼前漆黑一片。李白從醉夢中醒來，寶馬、良弓、李適之、李林甫全都不見了，沒有一絲光亮，沒有一點活物的聲息，只有角落裡岩石的滴水聲緩慢、微弱地響著。李白清醒了一些，白天的一切，夢中的一切都在心中呈現出來，李白苦笑，他只有在醉夢中殺死李林甫，這對他是多大的嘲弄啊。現實就是這樣，現實流著血，泛著毒汁，瀰漫著黑暗，而在這流血的現實面前，他只能做著夢自己騙自己。無形的哲理是多麼優遊而自在，有形的人生是多麼痛苦而實在呀！李白想到此，忽地坐起身來，雙手揪住自己的頭髮，胸中衝出一聲撕心裂肺的長嚎，穿過凝固的黑暗傳得很遠，很遠……

無計可施、無法可想、無路可走、無處可逃，李白摸出火石點燃了松明子，照著古獸般的丹爐和石凳上的煉丹用的鐵缽、瓷瓶、瓦缶。不知是夜色太濃或是溼氣太重，李白使勁煽著白煙瀰漫很久，火才慢慢地燃起來了。李白將松明子靠近丹爐，認真勾兌著草藥的液汁和礦石粉末。爐中的藥石燃燒，跳躍著紫藍色火焰，李白心情激動，那是金丹快煉成的徵兆。顫抖的手將一勺草藥液汁倒下去，一股紫白的煙從爐中竄出，洞內瀰漫著濃烈的異樣的藥味。李白添上更多的乾柴，爐火熊熊，再用勺子舀進更多的硫磺、丹砂和藥石。少傾，那奇異明亮的火焰又一次升騰起來，李白激動得使勁煽火，突然一塊柴火「劈啪」一聲跳起來，掉到丹爐的鐵缽裡。李白急忙用鐵勺子去舀，只聽砰一聲巨響，紫藍色的火焰四處噴射，鐵缽跳了起來，李白的衣服、頭髮、鬍子被燒著，他使勁用手撲滅了頭上的火，手臉已被燻得焦黑。

李白疲憊不堪地靠在岩石半臥著，一任餘火燒著柴草，望著石室上方，黑暗已經消退，魚肚白出現在頭頂。不知什麼地方，隱隱約約傳來陣陣喊聲，好像是陳子昂在叫他的名字，李白麻木的臉抽動了一下，發出一陣狂笑，喊道：「我已經無法在塵世上存在，你叫我做什麼？……」然後兩行清淚順著面頰流淌下來……

此時，早晨的第一束陽光照射進來，突然，李白發現在丹爐腳下，映著陽光兩三顆紅色小顆粒熠熠生輝……，李白撲上去扒開燙手的灰燼，拾起那些紅色的小顆粒，金丹！不錯，金丹煉成了！九轉金丹煉成了！李白髮瘋似地跑出洞口，將帶著灰燼的金丹扔進口中，狂喊道：「九轉金丹煉成了！我要成仙啦！」

李白感到一陣焦渴和狂躁，拔腿向山泉邊奔去，他跪下來，雙手捧起泉水大口大口地喝，喝完水又向山上跑去，這時一個人擋住了去路。

她——宗瑛——宗楚客的孫女，身著灰袍，頭插檀木如意釵，手提三彩雙耳罐，瑩白的額和雙靨，細長的睿智的眼睛盯著他——李白，身著不可名狀顏色的燒焦的道袍，「豁落圖」被什麼掛破，背上的布片在風中飄飛，「虎鞶囊」懸著長長的絲絳吊在腳踝旁，燻黑的滿是汙漬的臉，燒焦如亂草般的鬚髮，狂亂地望著她。

「先生，你要幹什麼？」宗瑛問。

李白格格地笑著，雙眼閃出奇異的光：「我全身發熱，身上就長出翅膀……馬上就會發生一件驚天動地的事情，閃電霹靂就要來了，那時山巒摧崩，山洞和石崖就會裂開……我要駕著風，騰著雲飛上天去，離……離開這醜惡的人世！……成仙……成仙……」

「太白先生，我是來看你的，你不要……」沒等宗瑛說完，李白一把推開站在小路當中的宗瑛，向山頂狂奔。

李白奔上山頂，看見層層雲霧中噴射出來的束束陽光，一陣眩暈覺得灰色的雲霧在圍繞他旋轉，一縱身，向太陽「飛」去。

「太白先生！……快來人啦！」緊接著是宗瑛驚悸的喊聲叫。

李白趕走了秦列，宗瑛本來是做了飯菜來向李白道謝的，沒想到見到的竟是這樣一副景象。宗瑛連忙叫了弟弟宗璟，到山崖下去尋李白。好不容易在山崖下面的荊棘叢中找到滿臉是血滿身是傷的李白，叫人把他搬到宗璟的小屋裡。

十多年前從撿回了那本詩集那天起，她的生活有了變化，姐弟倆將那些溼透的詩頁攤在草坪上，在春天明媚的陽光下晾晒，還沒等晒乾，姐弟倆就趴在地上一首一首地誦讀那些飽含才情的句子。然後一頁一頁地裝訂起來，她驚奇於他對女人的一往情深，那些詩句是他以女子的口氣寫的，不知為什麼寫得那樣體貼入微。她反覆咀嚼那些繾綣纏綿的詩句，彷彿她就是詩中的那位女子，有時想得兩腮泛紅，心馳神往。而現實畢竟是現實，李白離開武當山道觀的那天，她一直目送著他的身影消失在崎嶇的山路上，爾後竟大哭了一場，那天以後逐漸心灰意冷。而一翻開那些發黃的有水漬印的詩句，她的心又熱了……就這樣熱了又冷，冷了又熱，過了十來個春秋，後來聽說他奉詔進京，醉草〈答蕃書〉……她每年都要去見太玄大師和煙霞子，不知為什麼，他們總要提起他，好像李白就是她的家人……

這人就在宗璟的屋子裡躺著，神志不清，有時喃喃地說著囈語，她和弟弟給他洗了臉，灌下湯藥。

李白只覺口乾舌燥，渾身不由自主，頭疼得厲害，胸腹中像有一團火在炙烤，他疲倦得睜不開眼睛。忽然一股清清涼涼的漿液到了他嘴裡甜絲絲的，他大口大口地吞下去，他喝了很多很多，他努力睜開眼，眼前兩個模糊的人影。不知身在何時何地，腦子裡一片紊亂。

「我已經成仙了嗎？」他本能地問，揉揉眼。「先生總算醒過來了。」一個女人的聲音說。

他看清了眼前的一男一女，面孔很熟悉，但怎麼也記不起他們是誰。

「你們是誰，天上的神仙？」兩個人搖搖頭。

「我心裡好熱，熱得難受，是要長出翅膀的徵兆嗎？」李白自言自語，雙眼空茫地望著屋頂，彷佛他會破屋而出，飛向屋外的天空。李白支起身子，想起來，只覺眼前一陣眩暈，又倒下去。

「他病了。」男子的聲音說。

「讓他歇著吧，服了丹藥有時會使人迷狂的。」女子的聲音說。

姐弟倆有些害怕，第二天宗璟就到道觀去找太玄和煙霞子。一整天，李白還是時而清醒，時而昏迷。宗瑛給他餵了些粥，李白又昏昏睡去。黃昏時分，宗璟還沒有回來，宗瑛點起青銅仙鶴燈，黃亮的燈光充滿了小屋。

像往常一樣做自己的功課，先閉目打坐，不知為什麼，一閉眼他的形影就闖進來，好像他已經溶化在仙鶴燈發出的黃亮的燈光中，好像已經瀰散在小屋的空氣中，到處都有他的氣息，到處都有他的影像，僅管他在隔壁屋子裡。

她故意背誦經卷使自己惶亂的心靜下來，「總物而稱大，通物之謂道，在物而不染，處事而不亂，真為大矣，實為妙矣……神凝至聖，積習而成……」

宗瑛一句一句呆板地唸著，只覺那些句子枯乾而沉重，如同撲向仙鶴燈焰的飛蟲，一隻隻頹然墜地，頃刻間就失去了生動與活氣，僵死在燈下那一圈黑影裡。她的手不自覺地伸向那本發黃的有水漬印的詩文。

「燕草如碧絲，秦桑低綠枝，當君懷歸時，是妾斷腸時，春風不相識，何事入羅幃……」

十多年來，這些詩已經成了她生活的一部分。她索性站起來，信步在屋子裡徘徊，她覺得她好像變成了一隻小鹿，沐浴著春風，徜徉在燕草和秦桑之間。

王屋山充塞著無邊無際的夜色，只有山下的小屋裡明亮的燈光中，一個真情女子在低低的吟哦，像一隻小鹿用她的呦呦鳴叫去喚醒另一個生命……

「春風不相識，何事入羅幃？」李白的思緒在一片昏黑中捕捉住了兩句詩。這是寫給她的，那美麗柔弱的雅君，頗黎和明月奴的娘，這裡是安州他的家。那個曾經有歡聲笑語的家，他漂泊了很久很久，回來了。這是北壽山，她一邊在燈下做針線，一邊吟哦……聲音充滿著柔情蜜意。

他支起身來，踉踉蹌蹌走出去，猛地推開門來到有燈光的屋子。她突然看見他精神恍惚扶門而立，眼裡放出熾熱的光芒望著她，像來赴一個夢中的約會。

那不是那個他想像中的柔弱美麗的女子，她站在那裡像一棵挺直的樹，瑩白的額頭，灰色的布袍裹著頎長的身子，頭上插著檀木如意釵，細長的睿智的雙眼盯著他，剎那間，屋子裡的空氣凝固了。

「你是……你……」李白努力回憶著，他記不起他在哪裡見過這個女子。

她並不答話，轉過身去。

「你……你不是她，她在安州……她說過，要和我一起……走到一生的盡頭……她和我贈給她的桃花，永遠地留在那裡……」她低頭無語。

「我的心都被你……吟碎了。」他流下淚來，走近她。

他把她摟在自己的胸前，她感覺到滾熱的淚滴到她的臉和頸項，她無法拒絕。

第二天，煙霞子來了，看了看他被丹藥燒焦的牙齒，叫他停止煉丹服藥，好生調養。

李白在這個小觀裡度過了一個嚴冬。他想起了十多年前的那個放竹葉筏的孩子和他的姐姐，他知道關於她祖父宗楚客的全部故事。服丹藥中毒所造成的病狀已經痊癒，看來永遠離開塵世的願望是很難實現的。做不成神仙使他一度很沮喪，花了那麼多時間精力和錢財得到的竟是這樣一種結果。仕途的失敗和求仙的失敗加在一起，使李白的身心受到雙倍的煎熬。幸好有宗瑛姐弟的情誼，才使他不致在痛苦中越陷越深。

第二年的春天，薺菜開花了，粉蝶也不知從哪裡飛出來。李白幫道觀平整了大地，種上蔬菜，修剪了果木，清理了花間的雜草，告訴宗瑛姐弟，他就要離開到江南去看望張旭和崔成甫：「這一個冬天，承蒙照顧，明天，我就走了，我會常記得你們姐弟倆，記得這個地方的。」

宗瑛沒有轉過臉來，直接走進自己的房裡。

深夜，李白推窗望去，宗瑛的房裡燈光亮著，聽著宗瑛在低低地念頌：「……道名不自起，因眾生方起，起即一時起，無一物不起，忘即一時忘，無一物不忘。……」聲音像秋風中飄墜落葉。

李白再也聽不下去，開啟門栓想推門出來，走到門邊又猶豫地回來，望著落淚的蠟燭來回走著。宗瑛臨窗站著，看見李白徘徊的身影，嘆了口氣，吹滅了燈。第二天早晨，宗瑛姐弟把李白送上大路來到勞勞亭，一旦分別舉手勞勞，以表示惜別和思念，所以這地名叫勞勞亭。宗璟從三彩雙耳系瓶中倒出一碗梨花酒，遞給宗瑛，宗瑛遞給李白。一向嗜酒的李白，到了此時，卻沒有飲酒的心緒了，他凝視著宗瑛端莊的面龐，心中充滿了離愁。

「良時不再至，離別在須臾。屏營衢路側，執手野踟躕，仰視浮雲馳，奄忽互相逾。風波一失所，各在天一隅。長當從此別，且復立斯須。欲因晨風發，送子以賤軀。」宗瑛一字一句地吟出這首李陵送別蘇武的詩。像一記記重錘敲打在李白心上。

李白接過那酒，並不想喝。他不想用酒澆散那解不開的愁腸百結，因為那「結」裡有宗瑛，即使是又苦又痛的結，他也想把她保留在自己心裡。沒有人知道他此刻的心情，假如春風知道他心中的蕭條和蒼涼，那柳條就不會萌發出青青的葉子！離別終會到來，李白只覺得心碎腸斷，一仰脖子把酒喝下，他不敢再看她一眼，說聲：「保重！」埋頭走下臺階。

「太白！」宗瑛叫道。

李白回過頭來，看見宗瑛溢滿淚水的眼裡流露出怨恨。她從懷裡掏出那本發黃的沾滿水漬的《青蓮詩稿》說：「先生，這本詩稿是宗瑛和小弟十多年前拾得的，……現在，物歸原主！」

「你不用還給我，你要是喜歡，就留下作紀念吧！」李白連忙搖手說。

「讀了十幾個春秋，受益匪淺，……」宗瑛的聲音有些發哽。李白復又走上臺階，心潮洶湧：「宗小姐，我……李白……永世不忘你對……我的……」

「太白！你難道還不明白，還要我來說什麼？」宗瑛追問道。

「宗小姐……」

宗瑛終於控制不住自己，感情迸發地說：「因為我是一個罪人的孫女，天下人都看不起我，避著我，你為什麼不可以？我不想再見到你，你快走吧！」說罷伏在勞勞亭的柱子上放聲慟哭。

「宗小姐，我沒有別的意思，你好好聽我說！」李白扳過她的肩，宗瑛淚流滿面地對著他。

李白：「宗小姐，我何以不理解你的心？李白不過是一個皇帝驅逐了的布衣，一個曾經被權貴當成戲子的奴才，一個被人世間拋棄了的酒瘋子！」

宗瑛用手捂住李白的嘴，急促地、激烈地說：「不！不！別聽那些人胡說八道，你是一位偉大的詩人，你是造化之神的驕子。你的詩像浩浩蕩蕩的長江、黃河，像巍峨崢嶸的三山五嶽，像布滿日月星辰的天宇，你使我的靈魂昇華到一個新的境界，忘了屈辱，忘了寂寞，你讓我希望、讓我等待，卻為什麼要捨我而去？」

李白：「宗瑛，你是個善良的女子，我一個漂泊四方的文人，功業無就，四處碰壁……你同情我、可憐我，可伴隨我的……只有不幸！」

宗瑛揩去了淚水：「太白，朝廷並不是你唯一棲身的地方。除了長安，還有高山大川，還有兒女家園。既然我們是兩個被世間遺棄的人，為什麼不可以相濡以沫？共同分擔我們彼此的不幸呢？為了這一天，我整整等了你十多個春秋！」

一個月之後，李白與宗瑛在梁園安了家。

7. 看了此圖自可消災免難驅邪除魔

右相李林甫的榮耀達到了頂峰。右相府是京城儀仗最威嚴府第，寬闊豪華的府宅無人能與之匹敵。不算無數的美女，光男寵共有五十多人，供李林甫淫樂消遣。每當李林甫出門，幾百個衛士在前肅清街道前呼後擁，就是公卿和官吏也忙著迴避。儘管有幾百衛士作警衛，他還是覺得提心吊膽。有時坐在車中不知是哪個方向飛來的刀箭殺傷侍衛，嚇得李林甫心驚肉跳。他不斷地接到稟報，說他被陷死的仇家親屬朋友揚言要他不得好死。相府中修了很多密室，有的一間套一間像迷宮似的，有的在夾牆裡，有的地宮裡套著石室……他常常換睡覺的地方，免得遭到仇家的報復。

一天，李林甫多喝了幾杯酒，在一個歌妓的床上睡著了，醉夢中翻了一個身，手搭在歌妓的胸前，那歌妓以為李林甫要與他歡愛，伸出玉臂到李林甫胸前與他解開衣帶。李林甫恍惚中覺得有人動他的身體，以為是刺客來到大喝一聲一躍而起，將那歌妓壓在身下，雙手扼住咽喉，侍衛聞聲過來，歌妓已經奄奄一息。李林甫命人將那歌妓拖出去埋了，自己也不在那歌妓屋中歇息，便到自家裡屋一間密室。那密室的門開在衣櫃後面，侍衛移開衣櫃把李林甫送進去，留下僕人侍候。李林甫這間密室外，布置得團花簇錦，僕人知他怕黑，將一盞一人高的麻姑獻壽大銀燈點著，端來一碗「定神湯」侍候他喝了。李林甫昏昏睡去，約莫一更時分，只見燈後走出一個人來，面如死灰，衣衫襤褸，烏黑蓬亂的頭髮遮住了半個臉搭在胸前，兩隻眼像兩個黑洞，裡面有幽幽的兩點磷火在閃爍……

「你害得我好苦!……」那人說，聲音好像是從另一個世界傳來的。

「你……你是誰？」李林甫大驚，問道，只覺自己的聲音變得怪怪的。

「我是韋堅……你看，這是誰來了！皇甫唯明、趙奉璋、李適之、李邕、斐敦復……還有他們的妻子兒女……」

李林甫只覺床榻周圍盡是奇形怪狀的厲鬼。

李林甫心想這下完了，大叫「來人啦！」竟沒有一個人來救他，只見韋堅將頭一揚，頭髮飄如黑焰，滿臉鮮血如注，舌頭伸出一尺多長，大聲叫道：「奸賊，還我命來！」那邊皇甫唯明拔出一柄大大的鬼頭刀，向他砍來！李林甫大叫：「有鬼！來人啦！」

僕人正在燈下打瞌睡，聽李林甫連連囈語，忙過來看，只見手足亂動，卻不敢上前，只是大聲呼叫：「相爺！相爺！」

李林甫聽人叫，從夢中醒來，只覺心驚肉跳冷汗淋漓。僕人忙上前與他換了衣褲，又捧上一碗蓮子湯與他壓驚。但見李林甫喝了一口便放下了，坐在床沿，兩眼空茫好似望著那盞麻姑獻壽銀燈。僕人不敢問他發生了什麼事，只是垂手侍立一旁，連大氣也不敢出。

「走！到月堂去！」李林甫半天迸出一句話來。

於是僕婦、丫鬟、侍從一起點著燈籠，把李林甫送上步輦圍了個嚴嚴實實，擁進月堂。月堂本是議事的所在，為何來到月堂？原來堂中李林甫的畫室下面有一密室，密室裡又有一個石室，石室裡有臥具，就像包禮品的盒子，一層套一層嚴密包裹。

這石室不大，四周無窗牖，李林甫命幾十個侍衛在外間把守，命侍衛關了石門，自己進了石室。看看四周都是堅實的石壁十分嚴實，這才鬆了口氣上床睡了。剛睡下不久，只聽見隱隱約約有響動，睜眼一看，只見石壁交界處，先是一隻蒼白的手伸進來，然後伸進來一隻手臂。李林甫想壞了！這石頭如此堅硬，他怎能進來？左右又無侍衛，要喊人外面也聽不見。自己硬著頭皮爬了起來，將那支手攥住，死命往外推。那隻手冰涼好不怕人，哪知剛把這隻手推出一截，旁邊又伸出一隻手來，後來又是頭髮和腦袋，兩隻、三隻、四隻、幾十只、幾十個頭和身子往裡擠。李林甫嚇得魂飛魄散，連忙鑽進被窩，捂住頭。哪知那些鬼魂們將被子掀開，一個個凶惡怒恨地盯著他。有的腦袋落地流出血來，血汙淹沒了床，淹沒了他的身體。他想喊，但只覺憋氣，什麼也喊不出來……

天亮的時候，侍衛開啟石室的門，只見相爺面色灰白，望著石室的牆壁口中喃喃地說：「他們是怎樣進來的？……他們是怎樣進來的？……」

看見他失魂落魄的樣子，妻妾僕從都嚇壞了，忙找塗大夫來給相爺瞧病。塗大夫是李林甫的心腹，李林甫叫左右人等迴避，單獨與塗大夫說了好些時候。塗大夫給李林甫開了方子，告訴家人，相爺只是偶感風寒不礙事的過幾天就好。

李林甫自那次之後，到睡覺時特別難伺候，隔三岔五地就鬧騰一回，相府上下人心惶惶。眾人口中不敢說，只覺得偌大一個宰相府，到了晚間到處都有刺客鬼魂遊動。李林甫府中鬧鬼的事情不脛而走，滿長安人都知道奸賊作惡多端，害人太多厲鬼來纏。

自從秦列布置暗殺李白一事，雖未成功但已經將李白逼進了道觀作世外之人。吉溫冷眼見秦列為人苛刻，媚上驕下，與自己當年相比有過之而無不及，便讓他在錄事的位置上雷打不動。秦列哪是甘心這樣下去的人，於是時時打聽消息窺測方向，意欲脫穎而出。幾次在聚珍齋轉遊，想買一件禮品去孝敬李林甫。選來選去，選中了一件刻著咒符的玉闢邪，一講價錢要一萬緡，秦列一摸，身上只有五千緡錢。此時主人長孫朋滿面春風迎出來道：「原來是秦先生！快請進來喝茶！」夥計忙把秦列客客氣氣請進去，到一個清雅小廳坐下，僕婦端上茶來。

秦列心中奇怪，問道：「長孫先生怎認得在下？」長孫朋笑而不答，一個小童從裡間取出一張字來，上面大楷寫的是宋之問的〈春日芙蓉園侍宴應制〉。

秦列心中暗暗高興，自從他害了鄭虔，書界中人都把他看成豬狗不如，不與他往來。何況偌大一個長安人才濟濟，哪裡會把他放在眼裡？現在居然聚珍齋收藏了他的書法！忙道：「長孫兄不嫌棄，在下感激不盡！」

「哪裡的話，敝店的生意，日後還靠秦大人捧場！」長孫朋說著，叫人拿過一個寶藍革絲錦盒來，裡面是淡紫的絹底襯著那黃玉闢邪，正是秦列想買的那件。

「久聞大名，初次見面，這點薄禮望秦兄笑納！」

秦列萬不想到長孫朋對他如此看重，忙拜謝道：「長孫兄如此厚愛，在下怎擔當得起？」

長孫朋只是微笑，叫小童給茶續水，故意道：「煩勞秦兄幾次到敝店來看這個香爐，不知是秦兄自己用，還是要送人？」

「長孫兄也不是外人，在下就與你實說了吧。」秦列早已把長孫朋引為知己，於是秦列就將他聽到的相府如何鬧鬼，如何防刺客一五一十講與長孫朋聽。自己買了這個玉闢邪正是要送給李林甫相爺的。

「秦兄要進相府，在下還有一件寶物相贈。」說著從自己項上取下一個金鍊子，鏈子下端綴著一位盤腿打坐的如來佛。「秦兄一定要把他戴上。」長孫朋不由分說將佛像掛在了秦列的脖子上。

秦列十分感激。臨別，長孫朋一再叮囑秦列帶些書法作品來聚珍齋陳列。就這樣秦列與長孫朋你來我往，親如兄弟。秦列果然因此常常出入相府，心中沾沾自喜。

一日，長孫朋告訴秦列，吳道子在趙景公寺，新繪了一處壁畫名叫《三十六地獄變相圖》。觀看的人絡繹不絕，看了之後自覺精神倍增，確有消災免難驅邪逐魔之效。原門下省的周典儀一病數年臥床不起醫治無效，他的兒女用轎把他抬到趙景公寺看了壁畫，還未走出寺門，周典儀就能拄杖行走，回到家中索性連枴杖也不要了，前幾天還在茶坊與人談論。西市一家藥材行的老闆娘，已經瘋魔了一年，天天說屋裡有鬼，鬧得一家人雞犬不寧。前些日子，她男人帶她去趙景公寺上香許願，趙景公寺的長老讓她看了壁畫，當下神志清醒，好像從未害過病一樣，你說這事奇不奇怪？眾人都說，趙景公寺有一尊能壓邪的正神。

秦列見他說得真切，便道：「眼下右相正病著，要是能治好他的病便好了。」長孫朋說：「你這人心眼好，就憑你這份忠心，神靈也要感動的。要是你能將右相的病治好，日後仕途不可限量，你放在我這裡的字畫，也要漲價哩！」

秦列聽了大喜，第二天一早，拜見了李林甫的兒子，將趙景公寺的壁畫如何神奇之類活靈活現講了一遍。李林甫的兒子當即便主張擇日往趙景公寺上香。

趙景公寺是長安有名的佛寺，寺內殿宇巍峨，佛像莊嚴。為了接待右相來拜佛，趙景公寺一大早周圍就戒備森嚴，閒雜人等不得入內。寺中淨空長老和僧眾都在寺前迎接。

秦列和張利貞把李林甫扶進寺中，拈香拜過一殿如來、二殿觀音，李林甫道：「不知貴寺壁畫在何處？」

淨空長老對身邊一位中年僧人道：「了空，你帶貴施主去後殿。」

李林甫見了空眉目清朗，頭上燒著戒疤，五絡青須飄拂胸前，布衣芒鞋，面如滿月，更顯得健壯精神。李林甫只覺似曾相識，卻怎麼也記不起來是誰。

了空見了李林甫道：「施主，本寺壁畫在地藏殿中，貧僧先帶施主看壁畫，看完壁畫再向地藏菩薩許願，方得靈驗。」

李林甫跟了空，一進殿只抬頭一看，只見正中供著的是地藏王菩薩，八字分開排著十殿閻羅，下站判官、無常牛頭馬面，一派陰森森的氣氛，只有地藏王前幾對蠟燭在幽幽燃燒。李林甫進門，不由打個寒噤。

「阿彌陀佛，神佛都是助善懲惡，施主不要害怕。這壁畫就在地藏王像的後面，施主隨我來。」說著把李林甫帶到神像後面牆壁之前。

那面牆壁被玄色帳幕遮擋著，光線透過高高的天窗照在帳幔上。了空攥住帳幔一角，揮臂一揚，玄色帳幔被拉開，呈現在李林甫眼前的正是驚心動魄的〈地獄變相圖〉。

但見這幅壁畫，色彩斑斕，人物生動，畫上的鬼神一個個手執刑具，張牙舞爪蠢蠢欲動。李林甫只覺陣陣恐怖襲來，兩腿不聽使喚不往前邁。

了空：「施主，不必遲疑，這幅〈地獄變相圖〉看起來猙獰可怖，卻是貧僧親眼所見！」

李林甫：「親眼所見？」

了空：「貧僧借如來法力，魂遊地府。歸來便將地府所見所聞，託咐畫工製成這〈地獄變相圖〉，意在警懲世上作惡之人。此乃正氣所在，正人君子看了此圖災難全消；邪人歹徒看了自招惡報。施主看了自可消災免難益壽延年，定覺神清氣爽。」

李林甫只得硬著頭皮：「長老所言極是。」

了空道：「相國請觀，這畫中有十八層地獄，待貧僧一一講來。這是孽臺，凡人死後皆從此經過，照見生前善惡好歹，好人放回人世投生，歹人投入地獄受罪。」

「施主請看。」了空指著一處畫著兩個鬼卒將一個赤身裸體的人，被鬼卒當胸用鐵叉穿胸放在火上炙烤，那人垂頭哀號十分悽慘，見那面容好似王珙。李林甫正驚愕間，只聽了空說道「這人在陽間貪婪卑鄙，侵吞國財蒐括民脂，死後便用火燒盡他的貪心。」李林甫聽了心中好不是滋味。

了空又引李林甫來到另一處，那上面畫著二鬼卒押著一人，貌似吉溫披枷帶鎖走在刀山之上，雙腳鮮血淋漓，痛不欲生。「施主請看，這人在陽世使陰謀設陷阱，害得人家破人亡，死後讓他上刀山，尖刀刺骨，無時無刻不得休止。」

李林甫再看他處，只見那邊畫著牛頭馬面和凶惡的鬼卒，押著一個面目酷似李林甫的大官走向地獄。

李林甫一看愣住了，秦列有些覺察，厲聲吼道：「這畫上是何人！」

了空從容一笑：「你問他麼？這就是秦之趙高，漢之董卓，禍國殃民的大奸大惡之流。」李林甫臉色大變。

了空道：「此是血盆地獄。凡有口蜜腹劍，姦盜殺生，嫉賢害人禍國殃民者，由鬼卒押解，先在此上刀山，下油鍋，然後拔其舌，挖其心，扔下去餵銅蛇、鐵狗，然後推下十八層阿鼻地獄，五牛分屍，馬踏如泥，用石磨推成肉漿！如此反覆輪迴萬劫不復！」

李林甫驀然吃驚：「啊！」

了空：「貧僧當時所見，那些奸惡之人在酷刑之下輾轉號叫，慘不忍聽，那可是惡有惡報，毫髮不爽，莫道奸惡不知，頭上三尺有神明！」

「施主！」了空把話鋒一轉道：「施主是正人君子，一定認同。」

李林甫囁囁地：「是是！」此時神色大變，身子微微發抖，三分鐘熱風吹來，更覺慘然。李林甫兩眼空茫，一陣眩暈，秦列連忙把他扶住。

「施主，看了這畫，有什麼心願只管向地藏王菩薩說明，定會應驗的。」了空和顏悅色地說：「阿彌陀佛，請到前面許願吧！」

秦列把李林甫扶到蒲團前，李林甫腦袋發麻，哪有心思說什麼，兩腿一軟跪下，什麼也說不出來。

秦列見勢不好說道：「相爺，此地有些陰冷，我看還是回去吧！」

李林甫口中囁嚅道：「好，好，快快與我回家吧！」眾人擁著李林甫幾乎是逃出了地藏殿。

吳道子從帷幕後走出來，與了空和尚哈哈大笑：「這個狡猾的狐狸精！原來是這等心虛膽寒，今日總算被我兩個耍弄了！」

了空和尚不是別人，正是六年前出家的崔宗之。

李林甫從此一病不起，吉溫得知秦列帶右相到趙景公寺看壁畫的事情，大發雷霆。吉溫認為秦列居心不良，立即削職抄家，趕出了京城。吉溫再摸了趙景公寺底細，原來了空長老原與韋堅友好，那壁畫的經費是京城中王公貴族所捐，右相病重純屬偶然。人們傳說：右相跪在菩薩前不許願而說：「快快與我回家去」一是得罪了神佛，二是「快快與我回家去」是一句大不吉利的話。好多人都在揣度「快回家去」到底是什麼意思。

8. 披髮之叟狂而痴，公無渡河苦渡之

李白和宗瑛婚後，在王屋山住了些日子，又遷往河南宋城梁園。李白夫婦在梁園買了一處房子，按宗瑛的意思，在住宅周圍種了幾畝桃樹和花草，在小桃林中安頓了石凳石桌，顯得清雅脫俗。等著有一天桃樹長大，夫妻二人好在桃樹下對弈。等一切就緒，明春就把孩子接過來，從此不問世事，安安穩穩的過日子。李白下了一趟江南，賀知章已經去世，沒有見到崔成甫。

李白與宗瑛成婚在梁園安家的消息不脛而走，一天長孫朋和幾個在長安認識的朋友來到梁園。多年不見的老朋友特別親熱，長孫朋與李白一邊喝酒，一邊特意將崔宗之和吳道子戲弄李林甫的事講給李白

聽。李白問起長安的情況，老朋友你一言我一語說開了：首先是哥舒翰攻克了石堡城，石堡是唐與吐蕃的交通要衝，地處青海湖一帶。石堡城三面險絕，只有一面有路可以上。

為了得到石堡城，哥舒翰用隴右、朔方、河東三個方面的兵力攻下了石堡城，俘獲吐蕃四百人，但唐兵方面死了幾萬人。玄宗為哥舒翰記了大功，加官進爵予以重賞。

安祿山率兵攻打契丹，由於契丹人的猛烈反抗，安祿山大敗而回。高仙芝攻打怛羅斯，因勞師襲遠遭到嚴重的損失。劍南節度使鮮於仲通兩次攻打南詔，都遭到慘重的失敗。連年不息的對外戰爭，大大的耗損了大唐的國力財力。百姓的兵役賦稅一年比一年沉重，已經到了民不聊生的地步。長孫朋拿出一本詩稿，那上面有杜甫的〈兵車行〉，正如杜甫所寫：「邊庭流血如海水，武皇開邊意未已。」李白拿著那張詩稿，半晌說不出話來。朝廷的權貴一天比一天腐敗，戰爭到處擴張，一次又一次的失利。老百姓在流汗、流淚、流血……

再次痛苦地思憶起長安，想起那篇令人心碎的〈宣唐鴻猷〉，要是他能向皇上進言，要是皇上能採納他的意見……現在，所有的「要是」已經化為泡影，所有的「要是」都不復存在。必然的結果到來了：血淋淋的失敗，百姓陷入水深火熱中，對外戰爭一次比一次慘烈，而內憂也一年比一年沉重，權奸們像遊戲似的反覆玩著誣陷、殺人、奪取權利的陰謀……李白無法趕走那些時時襲來的消息和思緒，欲進不能、欲罷不止……

幾天後李白送別長孫朋和朋友到大道邊的涼亭，忽然遠處黃塵滾滾，一隊胡兵押著一群繩捆索綁、蓬頭垢面的人，正在向他走來。待這一行人走近，李白大吃一驚：原來這隊人裡，有汪倫和宣州治煉的工匠大山、釀酒紀師傅的兒子楠竹、還有裁縫小柱……一瞬間汪倫也看見了李白，李白叫喊著奔過去，汪倫向李白使勁搖頭，幾個胡兵揮動著刀矛跑過來，長孫朋忙將將李白拉開。一會兒胡兵們向北走遠了。

「我認得他們！胡兵押這些工匠到哪裡去？」

長孫朋說：「我早就聽說安祿山在北方打造兵器，到處抓人到北方去。」

李白只覺全身為之一震。為安祿山攻打契丹打造兵器，是明擺著的事，為何要劫持北上？打造不能公開的東西？繡制見不得人的衣袍？那麼……從前張九齡、皇甫唯明、李泌、李適之與自己所擔心的事到底要發生了？

「他這是要造反！」李白叫道。

「太白，我們可是管不了啊！」長孫朋含淚說。

宗瑛為了與李白到東魯接兩個孩子，整整忙了一個秋天，她揣度孩子的身高，用細布給兩個孩子各做了一套衣衫。在紅綾花襖的門襟上，親自繡上了李白喜歡的桃花。院裡的花草也經過一番精心布置，小小的桃樹長得很茁壯，竹籬旁春天種的菊花已經開了，綻出黃的紫的粉紅的花朵。宗瑛特別為李白布置了一間精緻的書房，牆壁上掛著崔宗之送給他的孔子琴，正面掛著李白飛揚跋扈的草書〈將進酒〉。牆角高高的癭木花架上放著一盆蘭草，書案上放著一個青瓷蓮花瓶，裡面插著一大把色彩繽紛的菊花，整個屋子散發出淡淡的清香。自己釀的玉浮粱喝起來特別甘美，菊花蟹正是肥美時節。竹籬上的瓜豆宗瑛下廚親手料理，便成了時鮮佳餚，蓮子小米粥糯軟清香，李白許久沒有吃到過這樣體貼可口的飯菜，何況還摻合著嬌妻的愛意，只覺溫馨宜人。

吃過晚飯菜，到臥室坐下。鴛鴦燈下，宗瑛羞答答地取出給孩子們做出的衣服，一件件理給李白看。

「夫子，什麼時候我跟你到東魯去接孩子們？」

李白臉上浮現出遲疑。「你不去？」

「不……我還有事要出門。」李白說。

「是不是你的孩子不喜歡我去？是不是我讓你為難了？你告訴我。」宗瑛說。

李白搖搖頭。

「我會好好待你的孩子，像親生的母親一樣對待他們。你說話呀！」

「阿瑛，我想到幽州去，明天就走。去東魯的事，以後再說吧。」李白說。

宗瑛緊緊地一把抓住李白：「什麼？到幽州去？去幹什麼？」

「阿瑛，可能……安祿山要造反了，我要去一趟幽州，看看那裡的情況！」

「安祿山作了三鎮節度使東平郡王，皇上對他優寵有加，怎麼還會造反呢？」

「安祿山狼子野心，矇蔽皇上，聽說在江南請了工匠為他們打造兵器和縫製衣服。」

「夫子，這跟我們有什麼關係？」

「我的好娘子，國家有事，我怎能坐視不管呢？」李白摟緊宗瑛，希望她同意他的意見。

宗瑛一下子推開了他的懷抱，問他：「太白，你不是說你厭倦了塵世生活了嗎？你不是說你再也不願捲入朝廷爭鬥的漩渦嗎？你不是跟我說好了，我們把孩子接來一道回梁園好好過日子嗎？」

李白愧疚地低下頭，他不能對一個愛他的女子食言。他想了想，還是說出了他想說的話：「娘子，我對不起你，我不該違背我們的約定離你而去。可是，我早說看出安祿山心懷不軌，他百般曲意侍奉皇上，掩蓋他的狼子野心，他的陰謀一旦得逞，那就會天下大亂，國將不國了！」

宗瑛抓住李白的手，冷冷一笑說：「太白，朝中有皇上、有宰相，三省六部一臺九寺，朝中大小官員無計其數，那些權貴們都不管，你這是何苦呢？」

李白一下子抓住宗瑛的肩膀正色說：「娘子，你怎麼可以把你的夫子比作那些權貴，那是一堆蛆蟲！一批敗類！他們與安祿山互相勾結，狼狽為奸。我要稟告皇上，揭露他們的奸謀，重新幫助皇上整頓朝綱，使寰區大定，海內清一，國泰民安！」

宗瑛聽了急得忙捂住李白的嘴巴，「你瘋了！你一個被趕出長安的逐臣，一個身在方士格的道士，有什麼資格去彈劾三鎮節度使，東平郡王安祿山？有誰會相信你？」

「娘子，你聽我說……」

不等李白說完，宗瑛急得滿臉通紅，叫道：「你不要命了？幽州有重兵把守，如果安祿山存心造反，到處都會嚴加防備的，那裡就是虎口狼窩，你一旦掉在陷阱裡面，就不替我想一想？你即使不替我想，難道你就不想想你自己！」

「娘子！」

「別說了！」宗瑛含著眼淚，取出一塊包袱皮，在床上攤開，把為孩子們作的衣服一件件疊好，收好，自己早早地去睡了。

李白也睡下，卻怎麼也睡不著，國家興亡匹夫有責，要緊的不是資格，而是證據。只要在幽州找到安祿山造反的證據，皇上不會不理此事。雖然安祿山屯兵東北，偌大中原神州，到處都有忠勇之士。作一個困守書齋的書生有什麼用呢？即使是活到一百歲，也只能唸唸幾句死文章，老死阡陌之間。邊塞茫茫的大漠，也許就是他為國建立奇勳的地方。大唐的歷史將因他而重寫，普天下的生靈都感受到他篋卻蒼溟的雄風而心潮激盪。像信陵君的門客侯嬴、朱亥一樣，用超人的忠勇奔赴國難，挽救危亡。荊軻和燕太子丹算得了什麼？他們在易水訣別的時候涕淚滂沱！在大義面前，他早將生死置之度外，誓死疆場，馬革裹屍乃是男兒心願。不管是龍潭虎穴，他都要去闖一闖。

宗瑛一覺醒來不見了李白！

她大吃一驚，她急忙僱了一條快船，帶上李白冬天的衣物與宗璟急急趕往汴州。找到李白在汴州的老朋友，果然說李白已去黃河渡口。宗瑛趕到黃河渡口，見李白牽著一匹馬，正要上船。

「太白！」宗瑛大叫一聲，抄近路從河岸上撲了下來，穿過蘆葦叢踉踉蹌蹌奔向李白。

「阿瑛！」李白發現了宗瑛，跑過去抱住了她。宗瑛流著淚把裝著棉衣的包袱交給李白。

「夫子，你可要好好的，一路保重！」

李白望著宗瑛紅腫的雙眼，為宗瑛理好被野風吹亂了的頭髮。哄小孩似的說：「我會好好回來的，不會出什麼事，你放心。你釀好酒，種好桃花，等我回來喝酒下棋，上回在王屋山，我倆還沒分輸贏呢！」

宗瑛強忍住淚水，點點頭：「嗯！」到底兩行熱淚還是流下來了。

李白心裡一陣痠痛，「恥作易永別，臨歧淚滂沱」是如此的難以做到！擦乾宗瑛的淚水，強裝了笑容道：「瞧你，都幾歲了?人家看見笑話，說我們像……小倆口似的……」

宗瑛聽了李白的話，破涕為笑。李白忍住淚水，說：「我會很快就回來的！你多保重！」說罷，把宗瑛的手使勁握了握，丟開宗瑛快步朝碼頭走去。

宗瑛追上去：「夫子，保重！」

李白回頭拱拱手：「娘子保重！」說罷繼續往前走，臨上船，躊躇地回頭向妻子點頭示意。宗瑛舉手勞勞，看見李白牽馬上了船，船離開了碼頭，李白遠遠地向她揮手。

遠遠地宗瑛站在風中，深秋，岸邊蘆葦似雪，陪伴著奔騰澎湃的黃河，濤聲如雷，無情地撞擊著宗瑛的心扉。船駛入風浪之中，在浪濤裡出沒，最後變成一個小點。

宗瑛面對黃河跪了下去，雙手捂住臉，頭深深地埋下去。

9. 賣草藥的詩聖杜甫終於進入了皇宮

大唐朝在各個戰場的接連敗績，使長安、洛陽一帶的物價飛漲，米價已經漲了好多倍，兩京的百姓度日也漸艱難起來。杜甫自與李白分手後為了求得入仕的舉薦，長期住在長安洛陽。他在長安沒有住宅，寄宿在親戚朋友家裡，居無定所。作為有名的詩人，也常參加文人聚會和熟人的宴請。因為沒有功名和財富，常常尾隨著客人吃一些殘羹剩酒，就算又過活了一天。拜謁權貴，獻上詩賦，沒有回音；再寫詩賦，再拜謁權貴，再獻詩賦還是沒有回音，……就這樣一次又一次地希望，一次又一次地落空，周而復始，留下來只有悲辛。他越來越潦倒，實在地說越來越飢餓，詩中的聲音也越來越悲苦……因為物價飛漲和詩意窮愁，請他的人越來越少，誰願意在作樂開心的時候去注視一個文人的窮愁呢？因此，有時候就整天地得不到一頓飯吃。杜甫這一回是兩天沒有吃飯了，揣著一卷詩賦，敲過幾家官宦的門，門子見面如菜色的他，索性說主人不在。直到下午，淨街鼓已響，一整天水米不沾牙的詩人，只覺兩腿痠軟，頭目眩暈倒臥在西市一家店鋪門前再也走不動了。

「杜二兄弟，杜二兄弟！你怎麼在這裡？」杜甫睜開眼，看見了大嘴巴、招風耳的穀子客。「穀子哥……」杜甫餓得話也說不出來了。

「我就住在附近小巷子裡，巡城的羽林軍來了，快跟我來！」穀子客一把將裝藥的麻袋背在背上，一手扶了杜甫，拐進小巷來到穀子客租住的房屋。

一碗熱粥下肚，感覺好多了。穀子客讓杜甫住下來，對他說求官的事慢慢辦吧！太倉有平價米，每人每次可以買五升，拿出一串銅錢來，叫杜甫出去買米。第二天杜甫去太倉，果然是平價米，只是買米的人擁擠不退，杜甫拼著全身力氣才買到五升米捎回來，穀子客直誇他有出息。就這樣住了好幾天。過了幾天杜甫提了口袋去太倉買平價米，走到中途，只見一隊人馬飛馳而來，馬上坐的楊國忠的親信，由劍南節度使升任京兆尹的鮮於仲通大人，後面追隨的正是他的友人賈至。杜甫見了忙奔上去見禮，賈至向他指了指鮮於仲通，又向他使了個眼色，意思是讓他尾隨而來，杜甫會意連忙跟在京兆尹隊伍後面跑起來。跑過西市，一頭撞見穀子客正在賣藥。

「杜二兄弟，你在跑啥子，快去買米呀！一吃敗仗，米又漲價了！」殼子客叫道。

「我要去拜會京兆尹鮮於大人，求他將我的詩賦獻給皇上！」杜甫氣喘吁吁地說。

「你個讀書人，咋個這麼瓜喃？等你給大老爺獻了詩賦，米就賣完咯，幾個毛錢兒還不夠喝一頓稀飯，快去！先把肚兒摟飽再說！」

「要得。」杜甫用蜀中的土語說。

到了晚上，杜甫還沒有回來。殼子客將剩下的一勺米煮了一點稀粥，用小木瓢認真地舀到一個大土碗裡，只有多半碗，他一再地將砂鍋刮乾淨。最後雙手端起砂鍋，幾乎是將腦袋伸進去，用舌頭舔乾淨砂鍋邊的米湯。

杜甫提著空空的米袋出現在門口。

「你到底還是先去找那個什麼鳥大人獻了詩賦？」殼子客苦笑了一下。

杜甫點了點頭。

「我沒得猜錯。」殼子客將稀飯端到嘴邊：「你吃了沒得？」

杜甫沒有說話，把頭埋下去。

殼子客放下碗，將杜甫拉過來說：「莫把腦殼耷起，來，我們倆一人一半。」殼子客說著拿過另一個陶碗，將大碗的粥倒一半在陶碗裡，遞給杜甫。

因為給京兆尹獻賦而誤了買米，杜甫覺得很內疚。一天沒有吃飯，這半碗粥對於他來說是太需要了，接過碗時感激地說：「謝謝殼子哥！」

「半碗稀飯，謝啥子喲！我們兩個有緣，再來遲一步，全都進了哥的肚囊皮了！在揚州賣藥的時候，哥給李學士吃的是乾飯還有酒肉！這陣不行了，世道越來越壞。」殼子客感嘆道。「我聽太白兄提到過。」杜甫說。

「嗨，他還硬是記得倒我這個哥老倌呢！你們兩個都說，堯舜那個時候，人人有飯吃，個個有衣穿，人不受凍餓，也少於出兵打仗，是不？」

杜甫點點頭：「是。」殼子客：「那就對頭，不曉得我們啥時候過得倒堯舜那會兒的日子，恐怕要你和李白這樣的人都當了大官，就有指望了。今天你去見那個大官，他咋個說？」

杜甫臉上微微有喜色說：「我找到我的朋友，他說這次機會極好了，京兆大人正要將一大批禮物送給皇上，加上我那篇格調精嚴，歌功頌德的文章，正好！」

「那就好，我是個直槓子人，話又說轉來，秀才，吃了這頓下頓又咋個辦喃？」

杜甫黯然了：「說實在的，我想了好多回，還是想回家……家裡還有妻兒，沒有我，她們怎麼過呀！」

殼子客說：「依我看，你還是暫時莫要離開長安，萬一京兆府有啥子消息，你又不在，不是白白等了八年？你又認得字，莫如跟我學賣草藥，混口飯吃，等有了官做，再回家去也要得！」

「對頭！」杜甫說。

穀子客伸出舌頭把碗舔乾淨。

杜甫用筷子將剩下的飯粒送進嘴裡，碗邊還殘留著兩三粒米粒和一點米湯，杜甫猶豫了一下，向碗邊伸出舌頭，把碗舔乾淨。

長安西市，出現了一個新的草藥攤，攤前一個布招兒上面寫著挺拔規範的幾個楷字「治病救人」，招兒下一個穿長衫的清臒俊秀的斯文人正在吟誦：「神農嘗百草，救治人間苦，莫嫌山野藥，奇效傳千古。」

那邊穿短褂的招風耳大嘴巴的吆喝在長安西市顯得特別響亮：「哎，閻王沒得捆鬼的索，攤攤自有醫病的藥，不是穀子吹得起，醫得倒頭疼、腰疼、腳疼，發燒發冷發脹，就是醫不倒肚子餓，客官快來看呀！」

一會兒就圍了一大堆人，穀子客從盤古王開天闢地講到蛤蟆精出嫁，從神農嘗百草拉肚子講到唐朝拉肚子的幾種拉法……講得嘴上白沫亂濺。所以生意也還過得去，隔幾天杜甫與穀子客到終南山太白山去採藥。一日遇見削職為民在佛寺裡與人寫字的鄭虔在寺外散步，鄭虔見杜甫在扯草藥，二人交談之下，一見如故，鄭虔便把自己多年前寫的《胡本草》交給杜甫看。杜甫一邊學一邊賣藥，居然很快就成了內行，與穀子客一起賣了幾個月藥，眼看到了冬天。

冬天的下午寒風刺骨，穀子客與杜甫在西市賣藥。穀子客正用「透骨消」酒在給一個漢子治扭傷，一位頭戴烏紗，身著髒兮兮的錦袍的人滿臉酒氣向「治病救人」的招兒走來。向杜甫喊道：「喂，東平郡王府的後門往哪裡走？」

杜甫見是個酒瘋子，白了他一眼。

殼子客聽了微微一笑，扯開嗓子叫道：「這位客官，你哪裡疼，有病？要找本府？」

那醉漢瞪著布滿紅絲的眼睛叫道：「我找的是東平郡王府後門，你這呆鳥！」

殼子客聽了火起，罵道：「好個瘟牲，我看你有病，你害的是睜眼瞎，把草藥攤攤兒認成郡王府，老子給你吃點簷老鼠的屎，醫一下，你就認得倒郡王府了！」周圍的攤販見罵得精彩，高興得拍起手來。

緊挨著藥攤的算命先生告訴杜甫，這傢伙叫秦列，原來是吉溫的紅人，不知得罪了誰落了魄，現在到處喝爛酒，喝醉了之後便大講他以前如何害李白，害鄭虔，所以殼子客才如此惡毒地罵他。

秦列見賣草藥的罵他，便衝上去拔下「治病救人」的招兒，往草藥攤上一攪，頓時弄得亂七八糟。杜甫急了，衝上前去抓住秦列門襟，雙方動起手來。這時來了兩巡街的羽林軍，見杜甫衣衫破舊，便把杜甫抓起來。殼子客忙上前來阻攔，被羽林軍打倒在地。正在這時一個提籃賣胡桃的小子，帶著一名京兆的差役，忙忙的跑過來。

「那就是杜甫！就是他！」那小子喊道。「等等。」那差役道。

「京兆府傳皇上的口諭，命偃師杜甫明日一早，隨鮮於大人進宮，皇上要考你的詩賦。」

「皇上要召見我？」杜甫興奮得兩眼放出光來。羽林軍忙鬆開了手。

那醉漢連忙湊過來說：「杜先生，小的有眼不識泰山，小的該吃屎，您老快告訴我，怎樣才能見到皇上。」殼子客一掌將他推了老遠，罵道：「快滾！」

第二天，杜甫換了乾淨衣衫，隨內侍進了明光宮。殼子客早早地收了攤，熬了一鍋粥，打了一壺渾酒，備了幾樣小菜等待著。

「我回來了！」杜甫興高采烈地說。

「怎麼樣？封了官沒得！」殼子客問。

「皇上在明光宮召見了我，好多好多的官員，翰林學士都來看我寫詩，把我圍了個水洩不通！」杜甫興奮地說。

「後來呢！」

「皇上看了我的詩，誇我做得好，那些公卿大臣都交口稱讚。這回，皇上肯定要給我官做。」杜甫沉浸在歡樂中，滔滔不絕地說著，聲音也特別響亮。

門外有人敲門一個聲音在問：「杜甫先生在嗎？」

「肯定是宮裡來報告消息了！」杜甫驚喜地說。兩人一齊奔向門口說：「快請進來。」開了門，來的並不是宮裡的人，這人頭戴一頂破舊的渾脫帽，身穿舊布棉襖，布履外面套著破麻鞋，上面沾染滿了塵土髒物，身上背著一個舊包袱，跟長安的窮小販沒有兩樣。

「你是……請問你找誰？」

陌生人說：「你就是杜甫嗎？」杜甫點了點頭。

陌生人從懷裡掏出一封皺巴巴的信來：「這是你妻子給你寫的信。」

「多謝你。」杜甫拆開信，看了幾行，信紙飄落在地上。杜甫倚著門框臉色大變，低低地叫了一聲：「天啦！」

「咋回事？」殼子客忙問道。

淚珠從杜甫的眼眶中湧出：「我的小兒子……他……已經餓死了！」

10. 把李白抓起來，本王要親自拷問他！

安祿山帶著玄宗賞賜給他的〈宮中行樂圖〉回到幽州東平郡王府。安祿山怎麼看心中都不是滋味：這是一幅六尺橫帔，畫的是凝碧池邊皇上與眾臣宴樂的場面。畫面正中高高在上的自然是皇上與貴妃，左右兩側是大臣內侍諸王公主，再則是梨園、伶、伎、樂工、鬥雞小兒以及宮女等。前面由手執鑼鼓的內侍開路，接著則是八個粗壯的宮女抬著一個碩大的搖籃，搖籃裡睡著的就是半裸體肥胖醜陋的東平郡王本人。後面是拿著笸籮討「洗兒錢」的宮女，百官嬉笑著向他施錢。貴妃和皇上笑得前俯後仰，李林甫狡黠地微笑，高力士浮腫的瞌睡眼瞇縫著，似笑非笑地看著。不遠處的假山石旁，一個偉丈夫——李白冷眼看著這一切，他卓爾不群，臉上帶著輕蔑的笑容，本來安祿山向皇上求這張畫的目的是為了時時回味他在京華的成功，誰知吳道子這種畫法使他越看越不對勁，好在他可以常看看他嚮往的那些宮殿和享樂。再說他聽皇上親口說過這張畫價值連城，看來這是郡王府最值錢的東西。再說，吳道子的確畫得唯妙唯肖，整個畫面結構緊湊，人物形象鮮明線條流暢，無論怎麼看都是一件極品，安祿山就一直把它掛在內廳的牆上。

安祿山重溫這張畫是因為聽說李白到幽州來了。「在什麼地方？」安祿山問身旁的高尚。

「有人看見他在薊北的酒店裡。」高尚說。

安祿山回過頭來說：「給我抓起來，我要親自拷問他！一刀刀地割他的肉，把他放在火上烤，洗雪我在長安的恥辱，他娘的！」

「他又沒有違反王法，抓起來行嗎？」

「有什麼不行？他到了我安祿山的地界上，是他自己找死！我要讓他親自嘗嘗，惹惱了本郡王是什麼下場！」

高尚沉吟半晌，說：「郡王，那李白在長安惹惱了你，你為什麼不把他抓起來處死？」

安祿山樂了，哈哈一笑說：「瞧你說的，在長安他是皇上的紅人，皇上都沒把他怎麼樣，我能把他怎麼樣？」

「對了，在下有一言相告。」高尚說。

「講。」安祿山說。

「在下以為，郡王不宜殺李白。」高尚說。

安祿山暴怒地叫道：「什麼？那狂妄的傢伙讓我在長安丟盡了臉，到這裡來我還不能殺他？」高尚說：「郡王息怒，在下以為殺李白會壞了郡王的大事，才斗膽進言的。」安祿山冷冷一笑：「區區一個文人，有那麼要緊嗎？那李家皇帝老兒有時想聽那麼文縐縐幾句，本王才不稀罕呢！」「請問郡王，天下除了您和李右相那幾個人之外，究竟有多少人對李白懷恨在心，知道嗎？」安祿山搖搖頭：「不知道。」

高尚站起來，來回踱步：「我聽人說，大唐有井水的地方，就有人能背誦和吟謳李白的詩，還有日本、西域、大秦、波斯人和胡人，都知道李白的詩。在眾多的人們的心目中，李白備受尊重和愛戴，而郡王要去殺一個天下人都喜愛的人，為一個無足輕重的文人，去招惹天下的怒恨……」

安祿山兩眼虎視眈眈盯著高尚說：「你竟敢替李白說話？」「在下是說郡王應該喜歡李白。」高尚笑了笑說。

「你說什麼？本郡王一字不識，去喜歡一個寫詩的人？」安祿山說。

高尚對安祿山說：「不知郡王想過沒有？如果李白歸附了郡王，天下才士就會聞風而來投奔郡王，喜歡李白的人也會喜歡郡王的，那郡王的大業……」

安祿山格格地笑了，眼睛滴溜溜地直轉，像夜間的鴟梟：「你是說拉攏李白，收買人心？」

「郡王真是天下英主！在下正是這個意思。」高尚拍手道。安祿山捋著虬鬚笑道：「有意思，有意思。俺雜胡沒有你肚子裡彎彎腸子多咧！好個軍師，給俺算計算計，把李白給我弄過來！」

「謝郡王厚愛！」

安祿山盯著那幅〈宮中行樂圖〉裡傲岸的李白，想了想說：「那李白好似是一匹野馬，愛卿用什麼辦法把他馴服？」

高尚故弄玄虛地笑了笑：「等把李白弄進王府，我給郡王看一個人——有了此人，李白一定會服服貼貼地跟郡王走！」

安祿山盯著那幅〈宮中行樂圖〉，耳畔又迴響起百官後妃的嘲笑聲。那滿臉諂媚胸前黑毛裸露的醜惡的人，與傲岸挺拔正氣凜然的李白相比，一個是地獄裡爬出來的醜鬼，一個是天神下界的謫仙，安祿山看著看著又咬緊了牙關。

「郡王還有什麼想法？」高尚問。

安祿山無法平息心中的仇恨，恨恨地說：「先把他弄來再說，要是他不歸附於我，我就讓他——下地獄。」

十月的幽州氣候寒冷，灰白的凍雲像山一樣堆積在空中，朝大地壓下來。前幾天下過一場小雪，廣闊的原野上枯草間夾雜著雪跡。幽州城外，灰黃的荒原上有一處廢墟，據說是戰國時燕昭王的宮殿，已經被戰火反覆地焚燒過不知多少回，現在只有垮坍的斷壁頹垣，長著灌木和荊棘。斷壁前方有一個磚砌的高臺，那就是幽州臺。光禿禿地兀立在那裡，與灰黃的天穹抗衡。

李白從彤雲密布的天邊策馬而來，他身著窄袖胡服，背著弓箭，腰繫蹀躞帶，腳蹬長靴。北風掀起他身披的霜鶻裘，整個人和馬像一隻在荒原上飛翔的大鳥。李白貼緊馬鞍，抓緊馬轡揮鞭摻起草上的雪粒，驚跑了藏在草中的野兔。李白感到很久以來未有過的快意，彷彿自己仍是青春少年。他在幽州臺前下馬，登上多少年魂牽夢繫的地方，他順著磚砌的臺階爬上去。好多地方的磚已經脫落風化，與其說是臺還不如說是一個臺形的土坡。臺階的磚縫裡有很多枯草，李白用劍撥開枯草爬上了高臺。現在是牧人晒太陽的好地方，檯面很寬闊可以想見燕昭王當時登臺求賢舉行儀式的盛況。有的地方已經長了樹叢，李白繞過土礅，一件鮮亮的東西映入他的眼簾：那是一個桃花與松枝編成精緻的花圈，異香隨風送到李白鼻裡。

李白一驚：是誰已經先在這裡祭奠過了？大冷天哪裡來的桃花？他走過去拿起那個花圈來，松枝是新鮮的，從樹上摺下來不久，花圈的下端捆著一條金黃的綬帶，桃花是上等的絹花，顏色豔麗嬌豔欲滴，只有長安、金陵等地的工藝作坊裡才做得出來。李白把花圈放回原處，想不出是什麼人為什麼要在幽州臺上焚香祭奠。

高天蒼蒼，大地茫茫，千年以前，燕昭王為了求得天下賢士築此高臺，在臺上放置千兩黃金，招納賢士為燕國策劃。因為燕昭王禮賢下士，先後有魏國的樂毅，齊國的鄒衍，趙國的劇辛和很多有識之士前來投奔，終於使弱小的燕國變得強盛。到了大唐，武后萬歲通天元年，陳子昂隨建安王武攸宜出征討伐叛變的契丹。由於武攸宜沒有大將的謀略，致使前軍陷沒。陳子昂滿懷熱情向武攸宜進諫，並且自告奮勇要求給他一支軍隊為大軍作開路先鋒。武宜攸以為陳子昂僅僅是一介書生，便不採納他的意見，幾天之後，軍情更加惡化。陳子昂不願意眼睜睜看著大軍繼續敗退，又向武攸宜提出建議，這一次激怒了武攸宜，不僅沒有採納陳子昂的意見，反把他貶為軍曹。陳子昂滿腔悲憤，來到薊北樓，登上幽州臺，唱出了震驚千古的〈登幽州臺歌〉。

李白點燃一炷香，插在花圈附近，斟上一杯酒，揚起酒杯將酒灑在幽州臺上，高叫道：「陳子昂先生，李白看你來了！先生，這三炷香，李白是為三個人插的，一位是先生的女兒月圓，一位是先生的好友李白的老師趙蕤，再就是李白自己。李白功業無就，蹉跎半生，唯一可以告慰的是李白已完成了先生的遺願，以禿筆作掃帚掃蕩了六朝以來的靡靡之音。可嘆我大唐國運一天比一天衰微，可惜當世，再也找不到燕昭王那樣任用賢能的君主！」

李白舉起杯來，北風呼嘯天低雲黯，他不由涕淚縱橫，望著這茫茫四野灰黃一片高吟道：「前不見古人，後不見來者，念天地之悠悠，獨愴然而涕下！子昂，陪你共飲一杯，與爾同銷萬古愁！與爾同銷萬古愁！」

李白喝罷，已經有些醉意，倚在土墩旁閉目遐想，忽聽耳邊有人叫他：「李學士，李學士！」李白心中奇怪，這荒涼的幽州臺，會有人認得他？李白睜眼一看，一位老道長，鬢髮斑白手執拂塵，穿著件羊皮袍子，一瘸一跛地走過來。

「道長認識我？」

「學士公是名人，貧道怎會不認識？」

「道長叫我，有何見教？」

「學士公十月到幽州來，恐怕不光是為著拜祭陳子昂先生吧？幽州的風雪很大，地處荒野，豺狼虎豹就比別的地方多，你從中原來，可要處處小心啊！」

李白聽他弦外之音，便問道：「請問道長尊姓大名。」

「我來這裡已經有好多年了，住在軒轅臺後的紫極宮裡，說真名你也記不住，大家都叫我跛腳道人。」

「謝道長。」李白瞟了一眼那花圈，問道：「請問道長，你知道還有誰在臺上祭奠？」

「我……我不知道。」跛腳道人躲過李白的眼神道：「貧道想請教一句，為什麼上幽州臺奠祭的都要吟那兩句詩？」

「你說的是『前不見古人，後不見來者，念天地之悠悠，獨愴然而涕下？』」

「對，就是這個。」

「那我告訴你，這兩句詩是一位叫陳子昂的詩人寫的，大唐的文士都知道這首詩，也都尊崇陳子昂先生。」

跛腳道人將信將疑地看了李白，生怕李白再問下去，說：「貧道告辭。」

「道長，等等。」李白心中要問的事還不清楚。

跛腳道人急忙走開叫道：「你看，那邊有人來了！」

李白回頭望去，果然天地交接的地方出現一些黑點。再回頭，道長已經像風似的消失得無影無蹤。

李白望望天上，一隻兀鷹正在他頭頂上的天空盤旋。李白舉起弓搭上箭，瞄準射去，那鷹中箭一下子掉下。李白飛跑下軒轅臺，騎上馬朝兀鷹墜落的方向馳去。迎著李白也來了一支人馬。

兩個軍曹模樣的人已經用戈矛對準了他，獵狗撲過來「汪汪」地咆哮著。

那軍曹惡狠狠地叫道：「什麼人，敢在這裡撒野！」李白用劍挑起死鷹：「這鷹是我射下來的！」

「好大的狗膽，竟敢搶東平郡王的獵物？」

李白冷笑一聲，拔下死鷹身上的箭說：「你看清楚了？這是誰的箭？」

「不把鷹給我，休想活著回去！」

「要鷹在爺的劍下來取！」

軍曹拔出腰刀，李白也拔出劍來：「你們想幹什麼？」

「東平郡王來了！」那軍曹叫道。

「東平郡王？」李白驀地回首。

一聲長笑，安祿山騎著馬出現在樹叢中，他後面跟著高尚和親兵。

「李學士，好久沒有見面了！」安祿山拱手叫道。「久違了！東平郡王！」李白答道。

「你二人連大唐翰林院的學士都不認識，還不與我退下！」安祿山向那兩個軍曹吼道。「學士公好雅興，竟到這邊僻之地來行獵，是哪陣風給您吹來了？」

李白瀟灑地笑笑說：「是北國不平凡的風土人情吸引了我，當然是那股帶著雪花的東北風把我吹來了！」

安祿山把腰間的刀柄握得軋軋響，但嘴上卻說：「那學士公一定以為俺幽州是好地方，既然天降貴客，那這個東道主我是做定了！」

李白一怔，不入虎穴，焉得虎子？馬上接著說：「謝郡王盛情相邀！」

「正好俺這幾日有空兒，陪學士公開開眼界！兄弟們！」

「在！」

「有請李學士！」

安祿山的大隊人馬像一陣旋風，將李白裹脅而去。

藏在遠處荊棘裡的跛腳道人探出頭來，晃了一下不見了。北風吹得更緊，彤雲密布的天上，紛紛揚揚地落下大片大片的雪花來……

11.「我看這二十州……是不是太少？」安祿山說

郡王府新修的百勝樓落成，安祿山特地安排了盛大的酒宴，邀請平盧、范陽、幽州、營州等地的達官貴人富豪商賈共同歡會。自作了三鎮節度使，他不斷擴充兵力，當時大唐鎮兵四十九萬，而安祿山在平盧、范陽兩鎮就有十二萬八千士兵，數量與中央禁軍相等，再加上他在河東的五萬五千人，軍隊數量就超過大唐軍隊總數的三分之一。再則，安祿山借李林甫排斥漢將的勢頭，大量向朝廷舉薦胡人將領，他提升奚和契丹人任將軍的有五百人，任中郎將的二千人。安祿山儼然成了諸胡部落的總領袖，在東北、渤海一帶，人們把他稱為「聖人」。為了表示百戰百勝的意思，新修的樓取名「百勝樓」，安祿山隆重舉行落成儀式，一來炫耀郡王的富貴榮華，二來，請李白給他題寫匾額，三來讓幽州士子名流商賈百姓都知道連大名鼎鼎的李學士都是他的客人。

「郡王此舉，真是一箭雙鵰，妙極妙極！」高尚說。

客人陸續來到，幽州、營州、范陽、平盧的權貴商賈幾百人濟濟一堂。安祿山正對戲臺坐在虎皮交椅上，大聲說道：「今日百勝樓落成，多謝諸公前來慶賀，今天有大唐翰林學士李太白到本府作客，本王今日備下歌舞酒宴，一來為李學士洗塵，二來為慶祝百勝樓落成！來啊，乾了這杯！」

李白舉起杯道：「謝郡王盛情！」

安祿山又道：「李學士，俺知你善飲酒，俺這酒，比那宮中的御酒如何？」

李白心想這雜胡，才喝一杯酒，便想得我的褒揚，便道：「宮中御酒，其味醇正，郡王的酒好則好，只是有些腥羶。」

安祿山把臉一沉道：「啊？你說我的酒不好？」

李白道：「李白是酒仙，天下美酒，都一一品嘗過，郡王的酒是北方的酒，帶些牛羊味道，李白是實言相對。」

高尚生怕場面弄僵，忙說：「對對，這叫真人面前不說假話，郡王是賢明的郡王，學士豈是阿諛的學士？學士公哪會在郡王面前說假話。」

安祿山說：「安某那日在薊北樓遇見學士，聽說薊北樓的幽州臺是燕昭王招賢納士的地方，學士公若有意長住幽州，本王倒早有重築黃金臺之意。」這番話安祿山本不會說，是高尚反覆教過的。

李白想這狼子野心的騷胡，居然想做燕昭王來收買我，李白豈是那等賣主求榮的小人？為了取到安祿山作亂的證據，還要進一步與他繼續周旋，便道：「在下謝郡王盛情，李白初到幽州，還沒有想到長住，只想短住一段日子，以觀郡王雄風！」

此時臺上樂工奏起樂來，出來一個女巫蹁躚跳躍，對著臺中一個繡幃拜禮禱祈，然後跳出來十分英武的一位武士，二人牽手走入繡幃，不多時出來一個小孩，穿著紅肚兜，舞著蕃刀在臺上翻筋斗。兩邊跳出來幾十個戴著豺狼面具的伶人，一邊舞蹈一邊號叫。那小孩將蕃刀一揚，那些豺狼虎豹也不敢叫了，一個個乖乖地繞場兜著圈子，此時臺下響起陣陣熱烈的掌聲。安祿山神采煥發向鼓掌的人拱手示意，更有些人從桌旁離開向安祿山歡呼，叩頭，讚頌不止。

李白看了不知這是什麼舞，為何有人要熱烈鼓掌，有人要崇拜得五體投地。高尚見他遲疑，知道他不曉得其中內容，便向他解釋說：「這叫百勝舞。先出來的那人便是郡王的母親阿史德太夫人。太夫人是胡人的巫覡，年輕時沒有兒子，向軋犖山祈禱兒子，軋犖山是胡人所祭拜的鬥戰神山，太夫人與鬥戰神同床共枕後，生下郡王安祿山。郡王生時，有奇異的光照耀穹廬，野獸都嚎叫起來，但郡王一出帳篷，野獸都嚇得不敢叫了。這是吉祥的徵兆。」

「這是誰編的？」李白盯住高尚問道。

高尚被李白這一問，冷不防一怔。定了定神，向李白笑道：「沒有誰編，這都是百姓們傳的，傳來傳去就成了這個樣子。」

李白心中好笑：這雜胡居然把生母與男人野合私通的事也搬上戲臺，高尚見李白暗笑，便又說道：「幽州乃荒蠻之地，胡人愛的就是這些稀奇古怪的事，學士公見笑了！」李白見滿堂的賓客居然將安祿山奉之若神明，不由一種難以名狀的憂慮浮上心頭。

高尚見李白不言，心知這些拙劣的把戲瞞不過他，便為李白滿滿斟了一杯酒道：「久聞學士公大名，聽說在長安大明宮中醉草〈答蕃書〉，當時有力士脫靴駟馬捧硯，何等風光！成為一時之盛談。今日來到幽州，正值百勝樓落成，請學士公為百勝樓題字，郡王自有豐厚的獎賞。在下與學士公捧硯磨墨，如何？」

李白見高尚如是說一時興起，哈哈大笑道：「拿紙筆來！」高尚想人言有錢能使鬼推磨真個不假，連李白這樣的大文豪也肯為雜胡題寫匾額。

安祿山忙說：「本王來與學士公斟酒。」「好！」李白說。

當下在大廳設下一張大案，高尚捧硯磨墨，安祿山忙上前舉著一具蟠龍金樽斟滿酒，遞給李白。李白接過金樽一飲而盡。

「欲寫何字？」李白明知安祿山不識字故意問道。「請學士公寫『百勝樓』三個字。」安祿山說。

李白提起羊毫，飽蘸濃墨正要下筆，心想：「我若與他寫了『百勝樓』，他又有了向天下人誇示的本錢，莫如……」於是大筆一揮，在那張八尺白麻紙上「唰唰唰」寫下了三個大字——「白盛樓」！

「學士公，你寫錯了！」高尚見李白寫的不是「百勝樓」，忙說道。

李白趁著三分醉意道：「高書記不是先說，李白醉草〈答蕃書〉，在長安成為一時之盛談，所以專請李白寫『白盛樓』麼？怎麼又會不是了，倒叫人有些掃興！」說著往靠椅上一坐，扭頭轉向一邊。

高尚忙說：「學士公恕罪，是在下沒向學士公說明白，這樓的名字。建樓之時，依郡王之見，是一百兩百的『百』，是勝利的『勝』，取郡王『百戰百勝之意』。還望學士公再次揮毫，重回天地，再造乾坤！」

李白見高尚懇求的樣子，倒理不理地說：「高書記也是文人，文人講究的就是個興致，你這樣一說，本學士的興致全沒了！」

安祿山狠狠地瞪了高尚一眼。

「不過，這匾倒是可以等幾天到我興致好的時候再寫，此時寫點別的也行。」李白說，順便想在大庭廣眾中炫耀一下他的敏捷之才。

安祿山喜出望外，使個眼色示意高尚說話，高尚道：「此廳乃郡王千歲宴會賓客之地，請學士公為此廳寫一幅對聯。」

李白提筆正要寫，冷不丁冒出一句：「安大人不識字，要對聯幹什麼？」

安祿山此時卻沒有發怒，只是滿臉通紅，他想倘若發怒這幅對聯就沒了，這李白在皇上面前也大大咧咧，這倒是他見過的。高尚見安祿山居然沒有發脾氣，連忙道：「郡王慕名渴求，慕名渴求！」好在安祿山不懂「慕名渴求」的意思。

李白接過安祿山的金樽，再乾一杯，提筆在那白麻紙上一揮而就：「滿堂花醉三千客，一劍霜寒二十州。」

「高尚，你給俺講講，學士寫的是什麼意思？」安祿山不認識字，要高尚給解釋。

高尚畢恭畢敬地說：「李學士寫的是『滿堂花醉三千客，一劍霜寒二十州。』上聯的意思是：在郡王千歲的客廳裡賓客盈門，人才濟濟。下聯是郡王統轄東北四鎮二十多州郡，很是威風。」

安祿山聽了，得意地捋著鬍鬚，仰在虎皮交椅上笑得大肚子一閃一閃地：「寫得好！寫得好！本王重重有賞！」話剛說完安祿山忽然一轉念頭說：「好是好，只是有一處請學士公改一改』……」

李白側過身來問安祿山：「郡王說的是哪一處。」

安祿山眼裡發出貪婪的光，探過身子對李白說：「我看……這二十州是不是……太少？」

李白意味深長地一笑：「東平郡王，你肚子裡的心可不小呀！哈哈哈……」

安祿山見李白終於給他寫了對聯，忙舉著金樽，遞到李白嘴邊，抓住李白的肩膀說：「學士公不相信？俺還可以得到更多，更多！」

「東平郡王，這可不是跳胡旋舞，鬧洗兒錢那麼輕鬆呀！」李白揶揄地說。

「學士不信？跟安某來看！」安祿山乘酒興，拉著李白就要往外走。

「去哪裡？」李白問。

「俺真人面前不說假話，今天叫你看看俺東平郡王的實力！」安祿山立即讓人備馬，與李白一起來到雄武城。

雄武城是安祿山新築的一座堅固的城池，高聳的城頭有像長城一樣的雉堞，城內的房屋宮殿都是仿長安樣式的，只不過略嫌粗獷。把守雄武城的士兵十分驃悍，在眾多衛士的簇擁下，安祿山偕同李白一起登上雄武城。城樓上的士兵吹起號角，士兵們肅然站立，軍容齊整，旌旗在北風中獵獵飄動。

佇列整齊精銳強悍的胡兵走出城樓來到城下。黑壓壓的一片。

「這就是俺的『曳落河』，學士公知道『曳落河』是什麼意思嗎？」安祿山十分滿意士兵的表現，有意問李白。

「不就是『健兒』、『勇士』嗎？」李白裝著漫不經心的回答。

所有的「曳落河」一隊隊地整齊排列在城樓下，一齊跪地高呼「郡王千歲，千千歲！」一時間響徹如雲。

接著「曳落河」們又進行射箭、刀槍、馬術、布陣等種種演習，這些是李白在中原見不到的。胡兵的精銳強悍，武藝嫻熟令李白心中暗暗吃驚。

「我這些勇士都是百里挑一，以一當十的精銳，學士公，這不是跳胡旋舞、要洗兒錢那些把戲吧？這是真格的！你實打實說，俺這支軍隊，比起長安那些尋花問柳的宮中禁衛，細皮嫩肉的五陵小兒如何？」

「驍勇強悍。」李白回答說，帶著深重的憂慮。「學士說的對極了。」安祿山說。

李白倒抽了一股涼氣。

看罷「曳落河」的演習，已經是晚上，舉著火把的衛士引著安祿山一行人來到雄武城工場。一處是製作各種衣袍鞋帽的工場，一處是打造兵器的工場。

這裡露天幾十處爐火，將半個天照得通紅，爐裡冒著紫煙，火星竄過紫煙飛向天空，濺火的木桶裡冒著『嗤嗤』熱氣，叮叮噹噹的鍛造鐵件的聲音，呼呼的風箱聲混成一片，使李白想起當年的秋浦，所不同的是監督的士兵手拿著皮鞭和兵器來往巡邏。

如果汪倫還在，他一定在這裡！李白放慢了腳步挨個掃視那些冶鐵爐前的工匠。

「李學士！是他！」汪倫看見了與安祿山一造成工場來的李白。

「他一定是來尋找我們的！」楠竹說。「他在四下裡看我們。」小柱說。

李白的猜測沒有錯，汪倫和大山、小柱、楠竹都在這裡，命他們乾的活是澆鑄兵符。他們的爐子在工場的一個角落裡，被前面的爐子擋著，李白沒有發現他們。他們看見了李白！怎樣才能讓李白發現他們呢？

再往前走一段，就走完了整個冶煉場，汪倫見李白還沒有看見他們。李白沒有見到汪倫心中也著急起來，怎麼辦？李白忽然靈機一動停下來，對安祿山說：「郡王這裡的確是場面宏偉，忽然想做一首關於冶煉的詩。」安祿山聽說李白要為他吟詩，以為李白被雄武城的氣勢折服，心中不由得意，便道：「學士公肯為雄武城吟詩，是再好不過，請問以何為題？」李白道：「自然是以眼前這熊熊爐火為題。」

「俺恭恭敬敬地聽呢，請學士公開金口吧！」安祿山滿心歡喜地說。

李白高唱道：「爐火照天地，紅星亂紫煙，赧郎明月夜，歌曲動寒川。」

汪倫聽見了李白的歌，看見了李白四下尋找的眼神。

「我們一起唱，李學士一定聽見，看得見我們。」汪倫於是和工匠唱起來。李白一下子在瀰漫的煙火中看見了汪倫、楠竹和大山，不由神情有些異樣。

「學士伯伯，小心腳下，多留點神啊！」一個人把李白的衣袖一拉，裝著扶他的樣子把他的身子拽過來。

李白看說話的那人不過二十出頭，眉目俊秀，聲音宏亮，那張臉好熟，只是記不起在哪裡見過。

李白道：「郡王這裡的工匠，還會唱李白的詩歌，真叫人開心，我要請唱歌的工匠們過來會一會。」

安祿山揚揚手說：「叫他們過來！」

少時監工的胡兵就把汪倫等人叫了過來。「在下汪倫，我們都是從江南來的。」汪倫說。

「各位還會唱李白的詩，我很感謝各位，我不會忘記各位的！」李白向他們拱手道。「我從中原來，還要回到中原去，來日方長，日後還要為各位寫詩，請各位唱！相信我記得各位的這番情誼！」

「謝學士公！」汪倫說，李白的話很明白，他還要回去，相信他會為他們辦事。「弟兄們，我們回去，一邊幹，一邊唱吧！」

回到郡王府已是深夜。安祿山與李白到了百勝樓，拿出日間寫的那幅對聯來。

安祿山揚起他那肥厚的手掌說：「俺這裡的情況，學士公都看見，還是請學士公把對聯改一改吧！」

李白坐在案前，往靠背上一仰斜了安祿山一眼說：「你想怎樣改？」

「把二十州改成四百州！」安祿山說。

果然沒有猜錯，李白驚愕地站起來，「你想謀取天下威加四海？」

安祿山獰笑不答。

高尚把李白按在椅子上坐下說：「學士不必驚訝。學士的狀況，郡王和我已經瞭如指掌。你其實在多年前就被趕出長安，如今早已不是什麼翰林學士，你的好友已經死的死、亡的亡。你已經走投無路作了道士，再也無法回到朝廷。李唐昏君醉生夢死，怎能使用像學士公這樣的大才？東平郡王擁有接近大唐一半的兵力，擁有大唐的良馬，李隆基老兒有近五十萬軍隊，但分散在東西南北各方鎮，一時調集不起來。你不得不承認郡王的勇士一個個驍勇強悍。郡王如此器重學士公，煩學士改一改怎麼樣？」

李白心想好一個狡猾的賊子，皇上竟被他瞞了個結結實實！李白道：「昔日李白待詔翰林代草王言，皇上也不曾命我改動一字一句，郡王還是適可而止吧！」

高尚見李白給了安祿山一個軟釘子，便為安祿山挽回面子道：「看不出李學士對皇上恩寵念念不忘，那皇帝老兒算個什麼？只不過給你一個供奉翰林之職，連這等不入流的職位都被張垍攪亂……」

安祿山聽懂了高尚的意思，忙道：「俺看你對皇上這分情意，倒也算得上義氣，要是你對我安祿山有這份忠心，改了這幅對聯，別說是什麼待詔翰林，安某給學士搞個二品紫袍穿穿！」

李白笑道：「郡王盛情心領了，還是不談這個好！」

「你不相信？今晚夜深了，俺們就談到這裡吧，俺等學士公三天，三天之內學士公改了對聯，安某的紫袍立即奉上！」說罷讓高尚送李白回房歇息。

李白被安排在百勝樓武英閣附近的屋子裡住，睡下已是深夜，事到如今該怎麼辦呢？李白翻來覆去睡不著，忽聽見窗外響起奇怪的腳步聲，一會兒又響起了鐵器碰撞的聲音。李白從床上驚起，披衣起來。

12. 安祿山開啟寶盒，裡面是大燕皇帝的御璽

李白趿著鞋來到窗前將窗戶紙舔破，趁著微弱的月光看見幾個士兵抬著一捆捆的東西從院裡走過來到武英閣門前，開啟門鎖進去。這些人進進出出好一陣，後來離開了，守兵在角落裡打瞌睡。李白輕輕推門出去，躲在房屋的陰影裡捱到武英閣門前，門居然沒鎖，李白推門進去，裡面黑乎乎的一片。他定了定神，努力看清裡面的東西，又用手去摸硬硬的，剛搬來一捆捆的正是這些大刀、長矛、斧、鉞等兵器。他摸索著再往前走，一個架子上擺著許多東西，他伸手拿下來一個，沉甸甸的，正是派兵遣將的魚符！忽然一隻大手搬過李白的肩頭，李白大驚回頭一看，兩個人站在他身後。

「李學士，你要幹什麼？」是安祿山熟悉而陰冷的聲音。李白手中的魚符「啪」的一下落在地上。

這時武英閣中門大開，胡兵們打著燈籠魚貫而入，把整個房子照得通明透亮。李白朝後面連連退去。安祿山看見李白驚惶失措的樣子，得意地笑了：「哈哈……學士要看武英閣為什麼不給本王說一聲？要看就看個夠吧！」

原來早就給他布下了陷阱！李白向四周望去，除了堆積如山的兵器還有成捆的朱袍、綠袍、青袍、魚袋、朝靴……

「你……你真要謀反！」李白叫道。

「這還用問，俺不早就告訴你了嗎？李學士。」安祿山平靜地說，彷彿他乾的是一件平平常常的事：「俺是個粗人，頂看不慣的就是你們文人這種磨磨蹭蹭的習性。眼前就是榮華富貴，筆下就是上天雲梯，

還在等什麼？快伸出手來取呀！別不好意思。」李白萬萬沒有想到安祿山會來這一手，怔在那裡。

高尚叫來胡兵移過一個衣架來，那架上端掛著一頂鷩冕，冕下掛的是青衣纁裳，衣上繡著各種金色的圖案，配著銀裝劍，水蒼玉珮，長一丈六尺，寬八寸的紫色的綬帶。還有鏤金嵌玉金飾劍，朱襪、赤舄，正是二品穿戴的冠服！

安祿山誘惑地：「學士公，只要你願意，這套冠服就是為您準備的。」

李白淡然笑道：「郡王，你這些東西，都屬尋常，沒有那件東西，這只不過是一堆破爛罷了。」

安祿山心中明白李白所指的「那件東西」是什麼。冷冷一笑道：「俺有！」

他向胡兵使個眼色，胡兵打著燈籠來到鐵門前，高尚從懷中掏出鑰匙，開啟鐵門。迎面垂著紫紅色帷幔，高尚「唰」一下子撩開帷幔，裡面是一把金碧輝煌的龍椅，龍椅上放著金珠輝映的皇冠冕旒和蟠龍繡金的龍袍。椅前是一具金漆嵌寶龍案，龍案上放著一個寶盒。安祿山伸出長著黑毛的手拿過寶盒，把盒開啟，裡面不是別的正是御璽！

「李學士，看清楚了吧！」安祿山說。一切都證實了。李白心中只覺陣陣發涼。

「李學士，你想看的本王都讓你看了，俺們還是回去談正事吧！」安祿山說罷，胡兵們打著燈籠來到百勝樓。

高尚命胡兵將書案抬過來，書案上仍放著那幅「滿堂花醉三千客，一劍霜寒二十州」的對聯。

安祿山說：「本郡王以誠待人，幽州的全部祕密你都看了，李學士，有何感想呀！」

高尚說：「我看學士公是個明白人，不會不知道郡王的意思！」

李白見對方說到這一步，只有費力與他們周旋，便道：「李白此次赴幽州，只是想看看北風的風土人情寫幾首好詩而已，高大人又何必問這些！」

安祿山又道：「本郡王雄踞東北，擁兵自重，志在中原。那李唐老兒沉溺酒色，荒淫腐敗不理朝政，我軍如揮戈南下，長安指日可破，識時務者為俊傑，李學士你意下如何？」

李白道：「如果你沒有忘記的話，正是郡王本人將皇上引入迷途的。李白早已入道，身在方士之格，何必要這樣緊緊相逼？」

高尚道：「李學士，哪有這樣的方士，半夜三更偷看武英閣，哪有這樣的方士，不遠萬里來探東平郡王府的祕密呢？」

「這……」李白無以答對。

「學士公既在方士之格，在對聯上改兩個字有何不可？又何必認真呢？」高尚又追問道。

既然說到這一步，李白自知已無退路，便大義凜然說道：「我李白堂堂正正，焉能與反叛為伍？實話告訴你，州亦難添，對亦難改，白紙黑字，千秋可鑑！」

高尚盯住李白，陰險地說道：「你以為你知道了這些祕密之後，還能活著回去嗎？」

不投敵便沒有生還的希望，已經沒有別的選擇，李白抓起羊毫，飽沾濃墨，一字一句地說：「李白以身許國，你就是殺了我，只當是成全了我的報國之志！」說罷在那對聯上唰唰唰揮毫塗抹，那安祿山企圖用以招徠士人的對聯，頓時變成了一張廢紙。

安祿山見狀氣得七竅生煙，「譁」地抽出腰間的番刀，咆哮道：「我宰了你，把你剁成肉漿！」兩個胡兵撲上去抓住李白。

「郡王息怒！臣有一言稟告！」高尚說。

安祿山暴怒地說：「俺不要聽什麼稟告，這就殺了他！」

高尚拉住安祿山，在安祿山耳邊說了些什麼，安祿山將番刀放回刀鞘。

「帶他進地牢！」高尚說。

「要殺便殺，耍什麼花招！」李白叫道。

李白被胡兵推搡著，從武英閣後的角門走出來到馬廄前，胡兵繞到馬廄後邊搬開一塊大石板，下面露出一個恐怖的黑洞來。一個胡兵提著燈籠從洞口下去。

「下去！」高尚說。

「你……要幹什麼呀！」李白遲疑了一下。「讓你長長見識。」安祿山說：「走！」

李白跟著胡兵走過時而寬敞、時而陰森恐怖的山洞，路長長的走了好久好久，在一個柵欄前停下來，聽得見山洞裡岩石間滴水的聲音。

火把的光射進柵欄，李白聽到一種奇怪的喘息聲，柵欄裡一個頭髮散亂不成人形的人在地上爬著，一看有了火光，連忙爬了過來。這人不是別人，正是秦列，這一次破天荒被人誣陷了！

事情是這樣的：前幾個月，秦列好不容易找到了東平郡王府的後門，見了安祿山手下，被送到幽州，當了一名錄事抄抄寫寫。秦列惡習不改，瞅空子在高尚面前搬弄是非，說這個辦事不力，那個說長官的壞話，由此高尚便十分信任他。安祿山帳內的一個軍曹粗通文墨，一輩子就喜歡李白的那首《行行且遊獵篇》，那詩中寫道：邊城兒，生年不讀一字書，但知遊獵誇輕趫。胡馬秋肥宜白草，騎來躡影何矜驕，金鞭拂雪揮鳴鞘，半酣呼鷹出遠郊，弓彎滿月不虛發，雙鶬迸落連飛鶻，海邊觀者皆辟易，猛氣英風振沙磧。儒生不及游俠人，白首下帷復何益？

這軍曹日日吟誦，心想這寫詩的李白定是一位神人，把邊城武士寫得活靈活現，不由仰慕備至。一日秦列酒後提起他在安州如何害李白，這曹軍當即就把秦列看成了自己的仇人。與一個兄弟串通到安祿山面前扎扎實實告秦列一狀，說秦列是長安派來的探子。安祿山一想，這人原來是御史臺的，怎麼會無緣無故來到幽州？的確像一個奸細。於是把秦列下到地牢，細細拷問。正值李白來到，高尚便命人將秦列所知道李白的情況問個一清二楚，奇怪的是秦列所言李白的家世，卻是中原沒有任何人知道的。

士兵把秦列從柵欄裡抓小雞一樣地抓出來扔在地上。「抬起頭來。」高尚說。

秦列抬起頭來，兩隻賊眼滴溜溜地轉動，像只驚魂未定的老鼠。

「秦列，你說你認識李白，你好好看清楚，是不是他？」高尚道。

一個士兵把秦列推到李白面前。

「就是他！他就是我說的李白。一點沒錯，我以我的腦袋擔保！」

「你？」李白驚愕地看這個半人半鬼的東西，認出了這人確是秦列。

秦列爬向安祿山說：「就是他！我在安州，奉李長史之命，到他的家鄉蜀中綿州昌明縣去查明他的底細，他不是什麼涼武昭王暠九世孫，他的父親是從西域來的逃奴，他的先祖是投降了匈奴的李陵，他是一個突厥女人生的兒子！」

安祿山問李白道：「他說的對嗎？」

李白不答，心裡暗暗吃驚，秦列為何知道得這樣清楚。

秦列突然大叫道：「郡王！李白是奸細，他才是真的奸細，我是誠心來投奔東平郡王的呀！」

安祿山向李白不陰不陽地一笑：「學士公可認識他？」

秦列聽安祿山尊稱李白為「學士公」，知道自己說錯了話，嚇得渾身發抖，爬到李白腳下，聲淚俱下聲嘶力竭地說：「學士公饒了我吧！小人不是人，小人我是狗彘不如的東西！饒了我吧！」

安祿山臉上露出厭惡的神色，軍曹忙說：「郡王，宰了這隻癩皮狗吧！」

秦列嚇得魂不附體，向李白連連叩頭道：「小人該死，小人該死，學士公替我求求情，饒了我吧！」

李白感到一陣噁心，又不知這人為何落到這一步，弄得連一隻牲畜也不如，便起了哀憫之心，嘆了口氣對安祿山說道：「請郡王饒了他吧！他已經不像一個人了！」

安祿山見李白開口向他求情，便道：「這就好了，看在學士公的面上饒了這廝！」

被折騰得苦痛不堪的秦列，哪裡還經得起大悲大喜，說了聲：「謝郡王不殺之恩！」一下子癱倒在地上。

13. 朔風獵獵，李白站在李陵碑前沉思

李白在郡王府住下，白天由高尚派人陪他打獵，逛逛街，一連幾天沒有動靜。到了十來天之後，高尚把李白帶出城去，走了好幾天，來到了一個地方。這地方地勢險要，在嶙峋的山石之間，高坡之上有一尊殘碑，上面刻著漢字「漢騎都尉李陵之墓」。經過七百多年風吹日晒，字跡已經比較模糊，墓是經掃過的，不知是什麼人，除去了墓周圍的雜草荊棘。

朔風獵獵，李白站在李陵碑前沉思，很小的時候，父親就叫他背那一段漢書：「漢李將軍廣者，隴西成紀人也……」他出蜀之前，父親把他收藏的《漢書》、《周書》、《隋書》交給他，在出蜀的路上他就明白他這一支系的來龍去脈了。他深知父親為什麼不提這位先祖的原因，而讓他似是而非地去冒充另一個隴西李氏的後裔。今天終於站在這位祖先的墳前，想起八百多年前那場居延關以北千里之外的血戰和李陵無可奈何的投降。看見那殘碑上「漢騎都尉」，一股難以名狀的情感湧上心頭。碑是子孫後代立的，子孫後代希望他是「漢騎都尉」而不是「匈奴單于的駙馬」……過了七百多年，是誰在這裡為自己這位不光彩的祖宗掃過墓？

李白想著，突然山石後爆發出一陣大笑，安祿山拍著肥厚的長著黑毛的手掌從山石後面走出來，身後跟著高尚和幾個「曳落河」。秦列縮著頭躲躲閃閃地跟著後面。

「是本郡王請學士來看你這位先祖的，學士公，你除了記得那位功名蓋世的先祖飛將軍李廣之外，是否還記得這位所謂淪沒匈奴的漢騎都尉？」安祿山道。

安祿山伸手挽著李白，這使人覺得他們之間的關係上升到親如兄弟的階段，安祿山挽著李白圍繞著墳丘邊走邊說：「本王並沒有弄錯，學士公並不是涼武昭王李暠的九世孫，你和我一樣，身上流著胡人的血。俺雜胡可是個實打實的人，自從我知道了漢騎都尉李陵是學士公的先祖之後，便派人掃墓。俺可是個講義氣講情誼的人。」

李白不作回答，木然地看著那座墓碑。

高尚走到李白面前說：「學士公不願否認又不願承認，想是對這段歷史不清楚，這件事很有意思，要麼在下講給學士公聽聽。」

不等李白開口，安祿山就說：「學士公既是俺們胡人，快說給俺這個作大哥的知曉知曉。」

李白的心在砰砰跳動，他從來沒有想到，他的十八代祖先包括他的父親迴避了七百多年的史實，在此時此地與他狹路相逢！他無法逃避無法接受但又無法辯駁李陵投奔匈奴這一史實，只有沉默。

高尚道：「天漢二年秋，漢武帝派貳師將軍李廣利出居延關以北千里出戰匈奴。李陵率五千步兵，直入匈奴腹地，遭到敵方三萬騎兵的包圍。他沉著應戰，千弩俱發，殺敵數千人。單于敗退後，又召周圍其他八萬騎兵聯合進攻。李陵英勇善戰，又殺了單于萬人。單于見不能打敗李陵，就收兵而還了。」

安祿山說：「李陵不愧是世上英傑，以五千步兵對匈奴的八萬鐵騎，有史以來，恐怕只有此公有此英雄氣概！」

高尚又說：「李陵在這場戰鬥中損失了一半以上的兵力，殺傷了匈奴騎兵一萬餘人，一連戰鬥了八天！」

「真乃蓋世英雄！」安祿山嘆道。

高尚又說：「八天以後，李陵的糧食吃完了，貳師將軍李廣利並沒有來增援，漢武帝也沒有派來救兵。李陵拖著受了重創的隊伍往回走，不料這時投敵的叛徒向單于洩露了李陵以小量兵力作戰又無援兵的消息。單于知道後，以二十倍的騎兵反撲過來。李陵率領剩餘的部眾與匈奴殊死決戰，終於因為彈盡糧絕，戰敗被俘。後來……」

安祿山立即接上說：「漢武帝殺了李陵的全家……連太史公司馬遷，也受到牽連，慘遭宮刑……」

高尚說：「漢人的皇帝是薄情寡恩的，漢人從來都說李陵是一個投敵的叛賊，一個無恥的懦夫！那些朝中權貴和漢武帝本人，絕不會冒著以三千步兵對八萬鐵騎的危險，深入匈奴二千里，在絕境中去作殊死搏鬥！」

安祿山走到李白面前，拍著李白肩膀說：「匈奴單于非常器重你的先祖，把自己的女兒嫁給了他。太白學士，你的血管裡流著匈奴人的血，來呀！」

一隊胡兵將豐盛的犧牲抬到李陵碑前。

「學士公，俺們都是胡人，來，俺和你一起祭奠李將軍！」安祿山說。

李白輕蔑地：「你？」

高尚笑道：「幾百年的罵名，倒是足以使學士公望而生畏，在下勸學士公不必介意，有道是識時務者為俊傑，你想想，一旦皇上知道了你是叛逆李陵的後代，還會重用你嗎？」

李白坦然道：「先祖背漢，出於不得已，我不能以一己之私，背叛朝廷。」

高尚道：「說得好！李陵背漢是出於不得已，一百多年前，有人亡命碎葉，又是誰讓他們離鄉背井呢？」說著從胡兵手中拿過幾本發黃的《周書》、《隋書》翻給李白看，有的章節是用硃筆勾過的。

高尚又說：「李陵投降匈奴後，匈奴單于把自己的女兒嫁給了他，立為匈奴的右賢王。李陵的後代你的七世祖李賢、李穆，把隋朝的皇帝扶上了寶座，隋煬帝恩將仇報陷以謀反的罪名，對他們大肆屠殺。逼迫你的祖父、曾祖父逃竄到萬里之外的碎葉。你對漢族皇帝，還有什麼可留戀的呢？」

「對呀，跟著俺，不會虧待你的。」安祿山說。

李白冷冷一笑說：「大唐高祖行天道，滅暴隋，大唐太宗一統天下德被四海，業績堪比商湯與周武。濟世安民治國平天下的本領，歷代君主無法企及！當今皇上也曾勵精圖治，以至天下太平，而你，不過想竭盡天下的財富來滿足你自己的私慾，想占據四海來壯大你的聲威。李白供奉翰林，焉能以一己之私利，背叛朝廷？」

安祿山聽了不但沒有生氣，反而笑了：「書呆子！李隆基和他的兒子可以做皇帝，俺為什麼不可以？做了皇帝就富有四海，想幹什麼就幹什麼？那多有意思呀！」

「要是郡王與李唐爭天下，就會屍橫遍野，血流成河，蒼生黎民就會遭到大難！」李白說。

「俺管什麼蒼生黎民，我奉承皇帝，勾結宦官，點頭哈腰低三下四，這種日子俺過夠了。這是個弱肉強食的世界，俺幹嘛要可憐螞蟻一般的百姓？」

李白被激怒了，指著安祿山說：「你這個亂臣賊子，怪不得你在皇帝面前做出各種醜態來邀寵，你當乾兒子，當王八蛋，當搖尾乞憐的狗！在眾人面前癩蛤蟆似的團團轉。天底下的男人有你這樣噁心嗎？你這醜類，簡直就是糞堆裡爬出來的蛆蟲！」

安祿山氣得臉色發白，狠狠地向李白搧過去一個耳光，被李白身子一偏躲過。安祿山進前一步，一掌將李白推倒在李陵碑前，又一把抓住李白的前襟，把他抓起來，叫道：「你這個不識抬舉的傢伙，你……你這個被李隆基扔進池子裡的落湯雞，你這個一文不值的草民，假裝清高的臭道士，酸溜溜的窮光蛋！你被人從長安趕出來，像一條喪家之犬，你為什麼不投靠俺？你為什麼？你說？你說呀……」

安祿山使勁地搖撼著李白。

李白抓住安祿山的手，盯著他的眼睛鎮定地說：「李隆基，他平韋后之亂，誅太平公主，勵精圖治創造了開元盛世，這才國泰民安，四海來朝。而你這個殺人越貨的強盜……想踩著百姓的屍骨爬上皇帝的寶座，你死了這條心吧！你這混蛋！」

李白說著將安祿山猛地一推，安祿山倒在李陵碑前，兩個衛士扶起了他。

胡兵一擁而上，刀矛森森，直逼李白！在一旁看了好半天的秦列，看見大義凜然的李白，慚愧地低下了頭。

安祿山看見在刀矛重圍中的李白，陰狠地哼了一聲，但見李白毫無懼色，不由心中又有些躊躇。便道：「本郡王倒不想讓天下人議論我欺負一個手無寸鐵的文士，本王再給你一次機會，你要是答應留在幽州作我的幕賓……本王絕不會虧待你。」

四下裡一片寂靜，安祿山一幫人在等著李白回答。

在危急之中他記起住在軒轅廟那個跛腳道長。「可以，我答應你。」

安祿山沒想到李白這一回是如此爽快，便道：「學士公何不早說！」

「但李白有一個條件。」李白說。「講。」安祿山說。

「李白是漢人，也是道士，若要投奔像郡王這樣的胡人——我必須到紫極宮向神明稟告，脫去方士之籍，再到郡王帳下，這樣免受神明譴責。」

安祿山聽了舒了一口氣，軟硬兼施地折騰了這半天終於有了結果，「好吧，我答應你，不過，得由掌書記陪同。」

14. 猛烈的風雪橫掃軒轅廟

忽然天上的烏雲像山一樣壓下來，北風呼嘯，捲著雪花和冰錐，劈頭蓋臉地朝人猛打，高尚急忙命胡兵押著李白直奔紫極宮。

「開門，開門，開門……」胡兵一個勁地捶打著紫極宮的門。

「誰呀！大冷天的。」門裡一個聲音叫道。「是東平郡王府的，有要事。」胡兵說。

道觀門開啟了，跛腳道人出現在門口，瞅了一眼李白和高尚說：「外面風大，請進來說話」。

跛腳道人把他們帶到後面客廳，小道士端了火盆，捧上茶來問道：「高大人光臨小觀，不知大人有何吩咐？」

高尚似笑非笑地說：「這位李先生，本來是一位道士。此紫極宮，要在貴觀參拜神明，脫離道士的屬籍，請道長行個方便。」

跛腳道人早就得到雲林稟報，便故意向李白問道：「李學士，入道可是一件大事，非同兒戲，哪能說進就進，說退就退？」

高尚嫌跛腳道士哆嗦，又道：「退個把道士藉又算什麼？也要東問西問！」

跛腳道士見高尚不肯說明原因，故意道：「大人，敝觀雖小，但道門的規矩大，不問清原由，怎能脫藉，神明怪罪下來可怎麼辦？」

李白道：「道長，在下此次到幽州來只是想看看風土人情，哪知郡王與掌書記一定要在下作幕賓，不然就要殺我。在下本是清靜一道徒，再入紅塵且為胡人作幕賓，早已與道門的宗旨相去甚遠，所以無奈何只有脫去道藉，來求道長。」

道長又問：「請問學士是哪裡入道的？」李白道：「是在齊州紫極宮。」

道人聽了這話便向高尚道：「高大人，俗話說，解鈴還需繫鈴人。李學士既是在齊州入道的，高大人還需送李學士去齊州脫藉。齊州的道長太玄，是天下有名的高道，連皇上都對他尊崇備至，貧道怎敢擅自為太玄大師授籙的李白道長脫籍？貧道要是擅自給李道長脫了藉，齊州的道長們日後怪罪下來，貧道可吃罪不起！」

高尚見這跛腳道人將事情推到幾千里之外，將茶碗在桌几上一擱，恨恨地說：「你這道人，些須小事，恁地不爽快，出了事情，自有郡王擔戴！」說出拔出劍來道：「你到底是辦也不辦？」

跛腳道人裝作害怕極了的樣子說：「辦，辦，大人吩咐貧道怎敢不辦！」

高尚又問如何辦法。

跛腳道人道：「需齋戒七日，然後設壇，告白神靈。送還玉籙，自懺罪孽，一共要十來天功夫。因為是貧道為他脫籍，還煩大人派人到齊州那邊告訴太玄道長，請太玄道長寫一紙允准的文書。否則，就是貧道為李道長作了法事，也不作數的。」

高尚道：「哪要得了這許多天？」

道人道：「這是道門中多年留下的規矩，並不是小道自己定下的。」

高尚道：「你如此拖延，郡王怪罪下來你可吃罪不起！依我看齋戒一天，設壇一天也就夠啦！」

道人道：「那就請大人自己向神明稟告，貧道擅自改了規矩，可吃罪不起。再說設壇也要三天。」

高尚說：「依你設壇三天，快辦吧！」說罷派胡兵將觀圍了個水洩不通，吩咐道觀出入人等一概嚴密監視。

跛腳道人安頓了高尚一行人，忙把雲林叫來，囑他到城裡酒店去打些酒來，款待高大人。

雲林抱了酒葫蘆把皮袍子緊了緊，戴好渾脫帽，用袖子遮著臉埋著頭，衝向風雪之中。雲林打了酒到了燕平大客棧，找到掌櫃的說明情況。掌櫃的說：「等你好久了，我與你一起去回話吧！」帶了雲林到後院。

王妃金陵子差不多每年都要到幽州來一次，為的是祭奠她那從未見面的父親。一個人在這幽州臺上，牽起對過去的許多懷念。想起長庚哥哥的頌詩聲，想起紫雲山下的桃花和壯麗的日出日落，想起那個美麗的千秋節之夜……，然後把這些懷念帶到烏德犍山下，反覆咀嚼那些記憶的殘片。她與摩延啜的一雙兒女已經長大，她開始教兒女誦讀李白和陳子昂的詩文。兒女們不知道母親何以要這樣做，兒女們是標準的回紇人，機靈驃悍而且善騎射。每次她為頑皮的兒女們背不出那些詩歌而生氣，摩延啜便笑嘻嘻地過來，代他們念上一段，日子就這樣一天天過去。

為了她每年到幽州臺的祭奠，摩延啜以一位富商的名義在幽州城軒轅臺捐建了紫極宮。這座道觀雖然不太大，但裡面的道士都是摩延啜的親信，專門在長安學習過道教的各種知識。另外，又在幽州城中開了一處燕平大客棧，為王妃往返提供方便。

這一次王妃金陵子拜祭完畢往回走的時候，戀戀不捨地回頭觀望，竟然發現另有一個人在幽州臺上，便命跛腳道人回去檢視。跛腳道人將李白被安祿山部眾裹脅而去的事稟告了王妃。王妃在燕平大客棧住了下來，一定要等到李白有了下落才走。跛腳道人正是摩延啜的部將烏蘭，他明白王妃的心事，立即派小道士雲林去稟告。

這後院乃是一個獨院，平時是掌櫃兩口子住的，誰也不許進去。掌櫃的與雲林來到金陵子王妃的房中，雲林把情況一講，王妃問道：「明天可是李學士齋戒的日子？」

「是的。」

「你先回去告訴跛腳道人，明天一早，我們到紫極宮來上香。」

軒轅臺後面的紫極宮來了一位年輕的副將，說是奉掌書記之命來陪李學士的。李白一看正是那天晚上在雄武城提醒他腳下留神的那位。那年輕副將讓其餘士兵支開，低聲向道：「李伯父，你可認得小姪？」李白道：「那日在雄武城只覺得面熟。」那人道：「李伯父，小姪崔季。十年前是您託何判官把我送到幽州來的。」李白喜出望外小聲道：「你是成甫的兒子！」崔季道：「正是。何判官伯伯收留了我，如今何伯伯調任到洛陽，我就留在這裡。」李白道：「我去過江南，去尋過你父親，聽人說他隱居山林今尚健在。」崔季流涕道：「現今安賊蓄謀造反，不知我哪一天才能與父母團圓？」李白道：「賢姪不必難過，一有機會，就與伯父逃回中原。」

崔季道：「安賊狡猾，伯父還要多加小心。」

第二天天氣奇冷，大雪紛紛揚揚地下個不停，跛腳道士叫小道童們燒起幾大盆火來。胡兵們凍了一夜，巴不得有火烤，便一擁而上去取暖。高尚一頓喝斥，胡兵們又散開了，只等高尚一走，胡兵們又來烤火。跛腳道人安排李白在雲房打坐，外人不得進入。高尚命幾個胡兵在雲房門口守候，他自己則在對著雲房不遠的過廳裡與崔季下棋。

一盤棋沒下完忽聽外面吵吵嚷嚷，高尚出去一看，只見幾個帶刀的胡人簇擁著一位戴帷帽的貴婦與守門的胡兵爭吵，說是要到觀裡來進香。

「高大人吩咐，這幾日不准外人進來！」小道士道。

那高大的胡人道：「從沒聽說道觀不准人進去！爾等狗奴才是否在觀裡幹什麼歹事？老子今天要來看看清楚！」說著硬要往裡闖，胡兵舉著大刀攔住，那漢子毫無懼色，一把抓過刀柄一推，那胡兵就栽到高尚腳下。高尚見來者不是等閒之輩，便道：「好漢且慢！有話講明白！」

「請問，是哪一位大人在說話？」帷帽後傳出如春鶯鳴囀的聲音來。

高尚聽了，只覺一腔暴戾之氣被這美妙的聲音化為烏有，答道：「東平郡王府平盧幽州范陽營州四鎮節度使帳下掌書記高尚，在此執行公務。」

「原來是大名鼎鼎的高大人！」那甜美的聲音又傳出，帷帽撩開一角，露出半邊傾國傾城的嬌靨來：「奴家是雲州皮貨商的妻子，千里迢迢來軒轅臺紫極宮還願，不知為何大人不准進觀？這大雪天的，就是不准進香，也請讓我等在觀內避避風雪，高大人難道讓奴家在風雪中站著不成？」說著放下帷帽。

高尚本是個好色之徒，只一看金陵子半張俏臉不覺三魂已飛去兩魂，連忙道：「夫人請進吧！」

金陵子進到觀中，並不往裡走，掀開帷帽向高尚嫣然一笑道：「謝高大人！總算是沒有站在雪地裡了！」

高尚見婦人除下帷帽，瞪大雙眼著實地從上到下將婦人打量了一番。這婦人不僅美豔絕倫而且衣飾豪華，說不準她是二十歲或四十歲，雖然軟語嬌媚，卻隱含著一種凌駕人上的氣派。那婦人並不看高尚，只任憑高尚看她，望望漫天風雪，將一雙柳眉微顰，嘆道：「想我千里來到幽州還願，竟是這般大風雪天氣，老天啦老天，真是不解我的心意！」

高尚見那婦人笑時如花沐春風，愁時如霧罩煙柳，萬種風情俱集一身，早已把自己在此的公幹忘到天外，只要與這婦人多待一會兒，就是受盡責罰也使得。不由自主地問道：「不知夫人為何大老遠地來到幽州？」

那婦人嬌聲說道：「十年前，我丈夫生意衰落，奴家身染重病命在旦夕。奴家的母親聽說軒轅臺紫極宮的神仙有靈，便千里迢迢來到這裡，在這軒轅臺許過一個願。這軒轅臺果然有神靈，我娘許的願一個個都應驗了。我丈夫從此生意興隆，成為一方富豪，我兒女雙全身體康健，為了答謝神靈，我們冒著風雪千辛萬苦來到這裡，沒想到又不能燒香還願了！」金陵子說著，倒像是有一腔幽怨無處傾訴的樣子。高尚見了，連忙湊上前去道：「夫人要上香也可以，在下願陪夫人進去！」金陵子瞟了一眼高尚道：「不怕干擾了高大人公幹？」高尚道：「哪裡，哪裡，只要有在下隨行，出了事由在下擔戴！」金陵子故意道：「那倒不敢。高大人，想這紫極宮，乃是清靜道觀，我倒想不出有什麼要緊公事，高大人是故意跟我開玩笑吧？」高尚見美婦人肯搭理他，心裡歡喜得癢癢的，便道：「是郡王的命令，命我等……」不等高尚說完，金陵子便搖了搖頭，擺擺手示意他不必說下去。金陵子道：「既是郡王命令，不必說了，我一向煩聽這些裝模作樣的事，既是高大人肯擔戴，我們就進去燒香還願。倒是要謝謝高大人！」高尚連忙說：「夫人說哪裡話來？要是平時，請都請不來呢！」金陵子走了幾步，又停下來道：「且慢，我只來進香，凡有礙大人公事上的事，請大人先提醒，萬一妨礙了大人公務，我們婦道人家可吃罪不起！」高尚此時，就是陪這美婦人轉悠一天，把觀中裡裡外外轉個遍他也是心甘情願的，忙道：「哪裡！哪裡！夫人跟著我來，保管沒事。」金陵子一行人跟著高尚到了大殿，除去帷帽披風更顯得風姿綽約。她姍姍走到太上老君像前，上了一炷香，跪在蒲團上，垂下眼簾，口中唸唸有詞，禱祝了一番。高尚此刻更是目不轉睛地看著。觀中的胡兵，都擁到大殿門口，探頭探腦看大美人兒進香。高尚見胡兵們像綠頭蒼蠅見了魚腥似的，氣得忙去喝斥趕散。金陵子默禱了好一會，侍女把她款款從蒲團上攙扶起來，金陵子對高尚道：「這回幸好有高大人在此，終於還了願了。」說著叫隨行的健僕拿出一個沉甸甸的皮袋來說：「這裡是十萬緡線，請高大人轉交給觀中的住持，是施給觀中的香火錢。高大人有公幹，我也不便打擾，就此告辭。」說著對高尚輕蔑地一笑。高尚本是機靈人，立即想自己既陪人進香，竟未將觀中道士叫出來，忙命人將跛腳道人叫出來道：「夫人，這就是觀中住持。」金陵子吩咐僕人將錢袋交給道長說：「道長，此次來進香一路風雪，幸好遇見高大人，成全了我的心願。這是我贈給觀中的香火錢，還請道長笑納。」

跛足道人接過錢袋笑道：「女施主的心意小道領了。其實女施主千里迢迢冒著風雪前來，已經將功德做的十分圓滿，小道一定在神仙面前多多為女施主祈福。」

金陵子聽道長說到「已經功德圓滿」，臉上露出喜色，微微一笑，又轉向高尚道：「這位高大人，也是位至誠君子，道長也代我在神靈面前，為他禱祝一番，算是我的答謝吧！」

高尚聽了，自覺美婦人有情於他，頓時驚喜交加，忙說道：「區區小事，何足言謝，夫人說哪裡話來！夫人如此說，倒叫在下心中不安了。莫如請夫人在幽州多住幾天，在下願意陪夫人玩耍呢！」金陵子道：「這倒不必了，大人公務在身，我這就告辭，明春再來，必定先來拜見大人！」說著望著高尚嫣然一笑道：「後會有期！」然後讓侍女為她繫好披風，戴好帷帽，出了觀門扶上馬，一行人馳向風雪中去了。

高尚不自覺地追上幾步，痴痴地站在觀前的風雪中，目送著一行人消失在街道的拐角處才回來。雖然天下著鵝毛大雪，心中卻已是一片盎然春意，半晌站在風雪中也不覺冷。回到觀中方覺有些寒意，在火盆前坐下來，將那美婦人的一顰一笑細細回味，想到明春還要再來見他，心裡好不快活！

高尚正在高興的時候，突然一個胡兵來報：「大……大人，不好了！那……那李白……不見了！」高尚大驚，連忙到雲房去，遠遠地望見那窗子後面，一個人戴著烏紗幞頭，端坐在那裡，不是李白還能是誰？便罵道：「瞎了眼的狗東西！人明明在那裡！怎說不見了！」那胡兵急得連話也說不清楚道：「那……那……不是李白！不……不相信大人自去……看吧！」

高尚進了房，但見真人大小一尊神像，身穿李白衣服，頭戴著李白幞頭，一動不動在那裡。高尚心中一驚，心想這手腳肯定是自己與那美婦人惹纏時做下的，忙叫胡兵搜查。一個胡兵剛去檢查牆壁，「譁」的一聲，那整個窗子板壁都坍下來，原來是活動的，通向後院的角門。有人從這裡把神像移進來，又把李白接走，然後原樣還上，做得神不知鬼不覺。高尚急命胡兵全院搜查，哪裡還有李白的半個影子？高尚氣得七竅生煙，問了所有的士兵，沒有一個人說看見。

「快說！李白被你們藏到哪裡去了？」高尚朝那跛腳道人吼道。

那跛腳道人哭喪著臉一瘸一跛地上前說：「自大人進得觀來，貧道吩咐他們只顧把各位大人們侍候好，燒火，造飯，掃地，不敢過問大人們的事，更不敢藏匿李道長。」

高尚道：「要是找不到李白，你們一個也休想活命！」

跛腳道人哭道：「大人冤枉呀！自大人進觀以來，小道們都盡心侍奉，大人並未曾吩咐小道要看好李道長呀！」

高尚一想也是的，自己有大隊胡兵把守，並未叫道士看管李白。這時搜尋的胡兵來說：「後院隱隱約約有腳印，好像是從後院逃走的。」

高尚仔細一想，那美婦人的情形越想越可疑，便命崔季帶一隊人馬從後門搜尋，自己帶一支人馬來追美婦人。

15. 俺卑鄙，俺不要臉，可俺是堂堂東平郡王

高尚順著腳印直追，不一會兒來到幽州城中心，崔季也到了。崔季稟告道：「腳印到了城外就沒有了，趕來向大人報告。」

「這大雪天的往哪裡躲，進城給我挨家挨戶搜查！」高尚叫道。

金陵子進了客棧，裝扮成客商的副將基羅和頡利立即迎上前，告訴金陵子李白已由頡利等救出，從幽州城外的道地進入後院。金陵子剛進後院，見頡利與穿著胡服的李白一前一後正迎出來，忽聽一個夥計慌慌張張來報告說：「大事不好，客棧被胡兵圍了個水洩不通！」

金陵子對客棧掌櫃道：「快把李學士藏起來！」說著便返身出了院門，與前來搜尋的高尚撞了個正著。

「高大人，你不是在紫極宮執行公務麼？怎麼又到客棧來了？」金陵子問。

「本大人奉命搜查，不與你多言，快搜！」高尚叫道。

「等等！」金陵子張開雙臂，攔在院門中間，「請高大人給我說說明白，我在道觀，高大人說有公幹，我在客棧，高大人又說有公幹，若有郡王之命，搜查客棧，請出示郡王的命令；今日若沒有郡王命令，休想進去搜查！」

高尚一聽急了，他出了道觀就到客棧，哪裡會有什麼郡王的命令？只怪自己謊稱郡王有令，被這婦人鑽了空子。看這婦人並非等閒之輩，定了定神咬牙切齒說道：「我看今日這事，定有蹊蹺，我不信這大

風雪天還插翅飛了不成！快與我搜！」

「不行！」金陵子寸步不讓。頡利等一起上前護住金陵子。

「今天沒有郡王的命令，你休想踏進院子一步！」金陵子叫道。

高尚道：「現在不搜也可以，你要郡王的命令得跟我到郡王面前去拿！」轉身對胡兵們說：「你們守在這裡，一步也不准離開，只等郡王的命令一下，立即搜查！」

金陵子道：「去就去！你們等著，我隨他去去就來。」頡利見金陵子為了解脫李白，竟不顧自己安危與高尚去了，急得什麼似的，只好把住院門，萬一搜出李白，自己便與他們拚個你死我活。

從李陵碑回來，安祿山確認世上不愛高官厚祿的人還沒有生出來。這次李白投靠他，是他走向皇帝寶座取得的一大勝利。高尚說得對，有了李白，不愁普天下的有識之士不來投靠他。有了很多聰明人給他出主意，還愁取不了天下？自己日後得了天下就要像這幅吳道子畫的〈宮中行樂圖〉中的李隆基老兒一樣消遣。此刻安祿山坐在鋪著厚厚墊子的龍椅上，一邊喝著奶茶一邊細細賞畫，不過畫上穿紅肚兜的安祿山本人，胸前的黑毛醜惡地裸露著，臉上堆滿了諂媚的笑容。安祿山心中發誓有一天他當了皇帝一定要把吳道子找來重新畫一幅，畫出他的威風來。

「稟告郡王，高書記到！」一個胡兵來報。

「這麼快就把李白的事辦好了？」安祿山問。

「小的不知道，高大人帶著一個女人，沒有李白。」

「叫他進來！」安祿山說。

高尚氣急敗壞地來到安祿山面前，將李白從紫極宮逃走的事一一向安祿山稟報，安祿山大吃一驚道：「發俺的命令，立即搜查！」又道：「她是何等樣的女人？叫她進來。」

金陵子從門外姍姍進來，一眼就認出了三十多年前沙州的騙子，就是他，在長安街市上死死纏住她不放的黑胖子。那一次要不是王維相救，還不知會出什麼事。金陵子心裡砰砰跳著，她定了定神，走向前去。

「是她。」安祿山馬上認出了金陵子。他驚異於她的年輕美貌，歲月流逝也使她的臉上留下了淺淺的皺紋，但使她更顯得成熟高貴別有一番風韻。

高尚看安祿山目不轉睛地看著那美婦人，認定安祿山是著了魔了，便提醒道：「郡王，這就是我說的那個女人，她與李白的逃跑，定有關係！」

「高大人，你在說什麼？你再說一遍！」

「我說她與李白的逃跑定有關係！」高尚又說了一次。

「你……你是……百戲班的……女伶吧！我在長安見到過你！」安祿山激動地說。

「等等，你們這位高大人說我與誰的逃跑有關係？」金陵子厲聲說。

「是李白，李白。」安祿山笑著迎上來。

「高大人，你當著面說清楚，是怎麼個有關係？」金陵子道。

高尚看了看安祿山痴迷的樣子：「這……」

「你就是東平郡王吧！」金陵子問。

「是，是的。」

「高大人，你一定得當著郡王說清楚，到紫極宮上香，你說不准進去，是郡王的命令。是吧？」

「是的。」高尚說。

「我剛進客棧，你就要進來搜尋，又說是郡王的命令，是吧！」

「這……」

「高大人，你當著郡王講清楚，我到紫極宮進香，是你始終跟著我的吧？」

「……」高尚無言答對。

金陵子轉向安祿山：「那麼，請郡王給我一個明白，我到幽州來，有什麼地方冒犯了郡王嗎？」金陵子問道。

安祿山此時根本聽不清金陵子在說些什麼，就憑高尚尷尬的樣子，安祿山就判斷出，定是高尚見了女色忘了公務，李白趁機溜掉。金陵子意外到來使安祿山心花怒放，他揮了揮肥厚的手掌，讓高尚退下，只是對金陵子說：「歡迎夫人光臨！請坐！」

金陵子氣呼呼地坐下。安祿山站起來，走到金陵子身邊，口中喃喃說：「我沒有想到你會在大風雪天到幽州來，這是上天對我的恩賜吧？」

「我這次到幽州祭祖，一路之上，你的部下給我找了不少麻煩，這肯定是你對我的歡迎嗎？」金陵子說。

「對不起，在下……在下對部下管束不嚴，冒犯了夫人，一定嚴加懲處！」安祿山說。他發現金陵子並沒有看他，而是將目光投在那張〈宮中行樂圖〉上，她認真地看了李白，又瞟了一眼畫中的安祿山。他不願她再看，端過桌上的奶茶，遞給金陵子說：「天冷，喝點暖和暖和身子。」金陵子在風雪中奔波了好半天，也確實有些冷，接過奶茶喝了兩口，放在桌子上，安祿山乘勢拉住金陵子的手，輕輕摩挲著。

「你……你要幹什麼？」金陵子吃了一驚，想把手縮回去，安祿山的大手鐵鉗般地緊緊抓住不放。

安祿山感覺金陵子的拒絕，一下子失去了平時的狡猾和威風，結結巴巴地說：「你……你不能聽俺說句話嗎？」

「你講！」金陵子說，一邊伸手在自己的腰間摸到了匕首。安祿山低聲地聲音有些沙啞地說：「俺等這一天……三十多年了，沒想到……今天……你會出現在……我面前，你是唯一的……讓俺看著舒心的……女人，你還是小姑娘……那一次在沙州……我就喜歡上你了！」

安祿山又說：「那時候，人人都看不起俺，俺是娘的『拖油瓶兒』，俺騙人、偷馬、做賊……我知道誰也瞧不起俺！俺終於混出個人樣兒了，俺是四鎮節度使、東平郡王。俺做夢都想你，俺有跟李家皇帝一樣多的軍隊，你答應俺，跟俺一起去看！」

安祿山說著，只覺得自己雙手裡握著的這隻女人的手並不掙扎，而神情越來越淡漠。

「我不想，為什麼要去看？」金陵子淡淡地說。安祿山發現她只盯著〈宮中行樂圖〉中的李白，心中不再激動，臉上掠過一絲失望和悲哀。他看看畫中傲岸的李白，又看著醜惡的自己，像突然老了十歲。

「俺知道你心中沒有我，你心中只有李白，那晚上。你站在高高的金蓮花中，我只希望你看我一眼，可你一眼也沒有看。不錯，李白是個堂堂男子漢，有學問有智慧，活得光明磊落，坦坦蕩蕩……」

說到這裡，安祿山冷笑一聲：「可他什麼也沒得到，就算你幫他逃回長安，向李家皇帝告我謀反，可惜李家皇帝怎麼會相信他呢？等著他的是窮途末路！是的，俺給李隆基和他的婆娘當乾兒子，當小丑，到處給人賠笑磕頭，……俺下賤、卑鄙，俺不要臉，可俺是堂堂東平郡王！」

他看見金陵子美麗的臉上是一臉輕蔑。彷彿一個富豪在看叫化子展示那些破瓢爛碗。

安祿山野粗地笑起來：「你憑什麼看不起俺，俺就要成為皇帝了，皇上不值得敬畏嗎？俺要天下像李白那樣的文士都來讚頌我，讓百官都像狗一樣向俺搖尾巴，讓天下的美女都趴下來舔我的腳後跟！」

「嗖」的一聲，金陵子拔出了腰間的匕首。

安祿山只覺得一道寒光從眼前閃過：「你要幹什麼！」他鬆開了握金陵子的手，但金陵子卻死死抓住他。

「不是要殺你，是讓你看看這把匕首！」金陵子冷冷地笑了，將匕首放在驚惶失措的安祿山眼下。

「回紇可汗的匕首，你是……」安祿山叫道。

「我是回紇可汗摩延啜的王妃。」金陵子說：「為了到幽州來祭拜我的先人，大唐皇帝為我簽發了文牒，並命當地都護府保護我。」

「啊！」

「郡王要是沒事的話，那我就告辭了，我只是告訴你，休得讓你的部下來找我的麻煩，否則……摩延啜的軍隊一天之內就到。」說著轉身走出了東平郡王府。

高尚衝了進來：「郡王，那女人……」

「讓她去吧！」安祿山沮喪地說。

16. 金陵子撲到李白床前，嚎啕大哭起來

金陵子和高尚一離開，胡兵們就開始了大搜查，客棧外面密密麻麻布滿了胡兵，將客棧圍了個水洩不通。幾個副將和軍曹帶著胡兵逐個房間搜查，凡有可疑人等一律捕下。

頡利見胡兵如狼似虎地猛撲進來，忙叫李白藏在櫥櫃裡，自己緊握著腰間蕃刀，站在門首。崔季率胡兵衝進來見回紇人持刀把門，揣想李白就在這裡，忙背對回紇人向胡兵大聲叫道：「快搜呀！別讓李白逃跑了。」

胡兵們折騰了好一陣子，哪裡見李白的影子？崔季與幾個副將商量了一下說：「李白從道觀的後門逃出，那婦人從客棧的前門進來，並未與李白碰面，何以見得李白就在客棧裡？既未搜出什麼可疑的人，還是盡快朝其他方向再細細搜查快快追捕，免得誤事。」眾胡將以為他說得有理，便一窩蜂的離去了。

頡利關好門找到基羅說：「胡兵雖已退去，但我覺這事不妥。」

基羅道：「胡兵都去了，李學士也安然無恙，有什麼不妥？」

頡利道：「你記不記得二十年前，千秋節那個夜晚？」

「當然記得。那時王妃殿下還是梨園掌教，在金蓮花上起舞，李學士那時還是一翩翩少年，在臺上吟詩。」

「你以為那時王妃看中的是李白還是太子殿下？」

「那當然是李白，王妃根本沒看我們太子殿下，你我和兄弟們幫著太子殿下使心計，抬走了李白，在北門酒樓下搶來了王妃，王妃才跟殿下到回紇的。」

「你知道那次我們與王子殿下向唐皇遞交羊皮紙國書的事嗎？」

「不清楚。只知道唐皇那邊有人譯出了國書，殿下拿了〈答蕃書〉怕親人懸望，立即返回回紇。」基羅說。

「你知道大唐寫〈答蕃書〉的是誰嗎？」頡利問。

「不知道。是誰？」基羅問，「難道是……」基羅指了指後面。

「算你說對了。因為他，王子殿下才連夜出了長安，趕回回紇的。」

「啊？」基羅大吃一驚。

「你以為王妃殿下忘了李白嗎？」頡利問。

「那怎麼會忘？你沒見王妃殿下是冒了極大的危險救出李學士的？」

頡利：「我說的就是這碼子事，我們出來已經很久了，要是王妃見了李白，萬一與李學士一起回中原去，我們回去怎樣向可汗交待呢？」

基羅有些張惶失措：「啊呀，我怎麼沒想到這一層，那可怎麼辦呢？」

頡利低聲說：「我們不如……」一席話說得基羅連連點頭，說罷二人向李白房間走去。

李白一個人在房裡，回想起那美麗的婦人與他對視的那一瞬：是金陵子！。

「學士公，我們有話跟你商量。」頡利說。「二位恩公，有什麼話請講吧。」李白說。

頡利躊躇著，吞吞吐吐地說：「在下有件事……不知該講不該講……」

「請儘管講吧。」李白說。

頡利說：「學士公知道，回紇與安祿山向來不和，今日我等拚死救下學士公，安祿山知道後定來報復。為了不連累學士公，我等此時就準備連夜回到回紇。這客棧裡有一條極祕密的通道，通向護城河外的桑乾河邊，這是磁石、乾糧和錢，你出了通道，一直往西南，三五日內便可到獲鹿縣。你到了獲鹿便可平平安安地回到中原。」

李白道：「李白決計不連累恩公，這就告辭。只是在下想謝過救我的那位夫人。」

「學士公跟你直說了吧，那位夫人是回紇的王妃殿下。為了她的安全，我的部下早已把她送走，此時已經在回國的途中了。」

頡利和基羅幫李白打點好行裝，移開櫥櫃，後面是板壁。移開板壁，裡面的地面鋪著石板。基羅搬開石板，下面是長長的石梯，走下石梯，裡面黑洞洞的。頡利遞給李白好幾隻黏著牛油的火把。李白點著火把，看清了前面是一個很長很長的地洞。頡利看不見火光了，返身回來蓋上了石板，裝好板壁，將櫥櫃移到原來的地方，二人才鬆了一口氣。

金陵子走出郡王府大門，直奔燕平客棧，進了後院，來到自己的房間，裡面空無一人，只有頡利和基羅侍立在門口。

「李學士呢？」金陵子問道。

頡利上前說：「啟稟王妃殿下，你走之後，大隊胡兵到每一個房間搜查，我和基羅商量，已將李白從道地安全送走了。」

金陵子一聽震怒了：「誰讓你們這樣乾的？」

頡利和基羅交換了一下眼色，忙跪在地上說：「殿下息怒，當時情況確實十分危急，要是這邊搜出了李學士，而殿下在郡王府那邊也要遇到麻煩，我等無計可施，萬不得已才這樣做的，望殿下恕罪！」

「走了多久了？」金陵子問。

「走了兩個多時辰了！」頡利說。

金陵子復又戴上帷帽，走出後院叫道：「牽我的馬來！」

侍女牽過馬來，頡利一下子抓住馬轡，叫道：「殿下這是……」

「放手！」金陵子恨恨地說，牽馬出了客棧。

頡利追上去，跪在地上哀求道：「殿下請不要走！」

「閃開！」金陵子一下子騎上馬，重重地揮了一鞭，那馬像離弦的箭一般射了出去。

李白在道地裡高一腳低一腳急急走著，直到點燃最後一根火把的時候，已經走到了盡頭。這裡是一個穹窿，到處都是岩石和土，看不見什麼地方有出口。李白舉著火把繞了幾圈，仔細瞧瞧還是不知道哪裡是出口。他想，出口肯定在上方，他順著斜坡爬上去，到了洞的頂端。他拔出劍來，用劍挑頭頂上的土，土塊撲簌簌地掉下來，火把也燃完了，洞裡一片漆黑，沒有聲音沒有光亮。李白一跤跌在土堆上，額頭上的汗珠不斷沁出。握著劍他掙扎著爬起來，忽然摸到一邊軟軟的，是埋在地下的枯草葉！他狂喜地扒開枯草葉，一線亮光照了進來，上面就是雪地！原來洞口就在一叢枯樹旁的一堆枯草下面。

他扒開積雪鑽了出來，四面風雪瀰漫。他取出頡利給的指南針，在風雪中向西南方向走去。頡利和基羅在幽州城外追上了王妃。大雪還在下，百步之外，看不清人影。哪裡去找道地出口的標識？李白走了兩個時辰，早已出了道地，腳印也被大雪覆蓋。

金陵子道：「李學士沒有馬，不會走得很遠，我們分三路去尋找，今晚在易州碰頭。」

頡利和基羅只好答應。為了不引人注目，金陵子換了普通胡婦打扮，基羅和頡利只好一個向西南一個向東南，往易州包抄。

當天晚上，頡利和基羅在易州城外迎來了金陵子，三人都沒有見到李白的影子。原來李白從道地出來之後，在大風雪中徒步走了幾十里，到了一個村落。記起自己前些日子剛來時，在一個酒店裡喝過酒。那酒店的掌櫃綽號叫童酒缸，酒量很大，聽說是李學士前來，硬拉著醉了一個晚上。這次李白進了村子，一打聽童酒缸沒有不知道的。童酒缸見了李白，忙弄了好酒好菜款待。末了，李白說了胡兵追趕的事來，童酒缸道：「不礙事的，就在小的這裡住下吧！」李白哪裡肯停留，託童掌櫃買了一匹馬，吃完飯騎著馬上路了。村裡人把李白一直送到幾里路外。李白比金陵子後一段路，當晚便歇了淶水城外。

李白怕胡兵趕來，頭天晚上便餵好了馬，第二天一早快馬加鞭，向西南方馳去。第二天天氣晴朗，到了下午已在定州城外。

李白想多趕一段路，到了黃昏時分來到一條小河邊，沿河走了好長一段，沒有船更沒有橋。李白看前不著村，後不靠店，只有徒步過河去。李白見河面不寬，便取去酒葫蘆來，將酒喝了大半，牽著馬，一步一步向河心走去。這河看起來是條小河，但河心水深湍急，李白走到河心，已是齊腰深的水，冰冷得像刀子颳著骨頭，凍得他直打哆嗦。一個浪子打來，將李白掀倒在河中。李白丟了韁繩，在冰水中使盡力氣掙扎，好不容易到了岸邊，渾身溼透手足已經不聽使喚。李白死命咬著牙，扶著馬跌跌撞撞向前走。走了一段路，遠遠望見前面有一個村子，李白再也走不動，倒在雪地上。

金陵子也來到定州城外，烏蘭也趕來了。她堅決不要他們跟著，便向東南繞過定州，一直向前，過了定州城外的浮橋，一直又向西而去。雖然沒有下雪，路上也很少行人，金陵子一路走一路問，沒有一點線索。又看看天已黃昏，四下無人，忽然聽見一兩聲馬嘶，金陵子想有馬就有人，順著馬嘶聲尋找，看見了荒野上的一匹馬踟躕不前。

金陵子馳馬過去，見馬下躺著一個人。

李白！金陵子下馬蹲下去，搬過李白的頭，臉色青灰，好像死了一般。

金陵子大驚，把李白弄上馬背，已經是傍晚時分，遠遠望見前面集鎮的炊煙，拚命朝鎮子裡馳去。

這是一個不起眼的小鎮，冬天天一黑便沒有人走動，家家關門閉戶。來了生人後，村巷裡的狗一片亂叫，村子裡只有一個客棧，門前掛著一個破舊的小紅燈籠，上面寫著「平安客棧」幾個字。

「店家！店家！快開門。」金陵子大聲叫著。

一個中年黃胖的夥計把門開了一條縫，又「嘭」一聲把門關上。

金陵子撲上去，用肩頭使勁把門往裡頂，一邊叫道：「喂，怎麼又關啦？快開呀！」

夥計在裡面道：「主人家吩咐，我們這個店不住胡人的。」

金陵子幾乎要哭出來叫道：「店家，我不是胡人，我是漢人，穿著胡人的衣服！快讓我們進去吧！」

夥計又才把門開了一條縫，看見了後面馬上馱的人。

夥計連忙關上門叫道：「哎呀，嚇死我了！客棧不寄放死人的。」

這時候客棧老闆聞聲跑過來道：「什麼事，大驚小怪地叫什麼呀？」

「一個女人馱了一個死人要住店。」夥計說。

老闆說：「死人怎麼可以住店，叫她滾開！晦氣！晦氣！」金陵子看了一眼臉色鐵青的李白，忍氣說：「店家，他不是

死人，只是凍壞了，做做好事吧！」

夥計說：「大嫂，我說什麼也不敢收留，求你快走吧！」說著就要轉身往裡走。

金陵子靈機一動，拍著門叫道：「別走，我把馬當給你，只住一宿。」

老闆一聽「當馬」，立即來到門邊，問道：「什麼？你說什麼？」

「我把馬當給你！」金陵子說。

老闆開門走出來，摸著馬身上緞子般的皮毛，得意地笑了：「當馬當然可以。」然後說：「你可以在這裡住宿，這個人不能住。」

老闆說完就往門裡走，金陵子急了，一把拉住：「你別走……」

小鎮的人愛看熱鬧，聽見客棧門口發生了新鮮事，便三三兩兩地圍攏來看。

老闆見金陵子拉住他，反而上勁了，陰陽怪氣地說：「大嫂，這街市上拉拉扯扯地幹什麼？」

「再給你錢！」金陵子說著朝自己的懷裡摸去，老闆臉上又浮起了笑容。

圍觀的人看見這種情況，喊喊喳喳地議論起來，有的說這老闆真夠貪心的，有的說老闆為了錢把死人往客棧裡弄以後怕是不想做生意了，也有人憐憫婦道人家出門事事難的。

老闆兩隻眼睛一動不動瞄著金陵子掏錢的手道：「這兩匹馬在這裡值不到什麼大價錢。」指望她掏出大把大把的錢來。

金陵子在懷裡摸著，臉上的表情逐漸變得僵硬，懷中根本就沒有錢袋！只有一支篳篥。她在途中換了胡婦的服裝，將首飾貴重物品都扔在雪地裡了。這次與基羅、頡利分開，就是想單獨與李白相會，哪知道……就是基羅趕來也許最少要明天，再摸摸身上除了穿的衣服，也沒有什麼值錢的東西。

老闆看出了她的窘相，似笑非笑地說：「拿出來呀！拿出來好商量！」

金陵子從懷中抽出空手，哀求道：「這位大叔，求你行個好，明天就有親戚到這裡來找我，再補給你，多少錢都行。」

哪知老闆一聽，說道：「你一個婦道人家，帶一個不明不白的死人來住店，還說明天補給我！多少錢都行，你要是真的有錢，也不會走到這一步。你走到這一步，還要拖累我們開店的，我明白告訴你，不行！只許住你一個。」

金陵子像被五雷轟頂一樣，兩腿一軟，跪在地上，絕望著望著黑沉沉的天。

一個好心的老人看見她如此哀痛，走過來，說：「婦人，你帶來的這人肯定是不行了，人就是那麼回事，你又何必救他一時，早晚不就是個死麼？」

金陵子看了看沒有一點生氣的李白，忍不住嚎啕大哭起來：「李白！李白！你為什麼會死在這裡？天啦！」

有人聽見這婦人叫著「李白」的名字哭喊，便過來問道：「你說他是誰？李白？哪一個李白！」

「是不是寫詩的李白？」眾人你一言我一語地問起來。

金陵子從地上爬起來道：「是呀！是呀！他就是醉草〈答蕃書〉的李白，就是讓高力士脫靴，張駰馬捧硯的李學士呀！」

其中一位男子拍拍老闆的肩說：「這樣的好人哪能見死不救，我給錢，鄉親們，幫我把李學士抬進去！」

「好咧！」幾個年輕人一擁而上，正要把李白從馬上抬下來，忽聽有人說：「慢著。」

金陵子見那人一張黃胖臉，像是讀書人的樣子。那人道：「我看這事有點蹊蹺，李白不是詩仙麼?詩仙怎麼會黑更半夜地到我們這小鎮來……」

「對呀！」有人說，那幾個抬人的年輕人又退到一邊去了。金陵子急得眼淚汪汪，忽然心裡一亮，對眾人說：「列位客官，這馬上馱的真是李白李學士，我是內宮梨園掌教金陵子。我們受單于都護府郭子儀將軍派遣，到幽州辦事，不想途中遇到歹人，才來到貴鄉。我給眾位鄉親父老唱一支李學士的歌，請列位賞光！」

「對，她說的好像真是那麼檔子事。」人叢中有人說。

金陵子清了清嗓子，唱道：「誰家玉笛暗飛聲，散入春風滿洛城，此夜曲中聞折柳，誰人不起故園情?」唱罷，對眾人拱手道：「請各位鄉親相信我，救救李白吧！」

那些人哪裡聽過像金陵子這樣的人唱曲，只覺是此曲只應天上才有，說道：「對，她肯定是掌教娘子，這人就是李白。各位快幫著抬進去！」

於是眾人幫著抬的抬人，牽的牽馬，請的請大夫，燒的燒水，還有人從家裡端來熱粥。

客棧夥計看著在一旁不知所措的老闆，埋怨道：「我看你熬過頭了吧?看這架勢，連馬也休想得到，早讓人家進門，哪有這事?」

李白被抬到店裡炕上，有人拿來了乾乾的淨淨衣服，立即給他換上，有人使勁搓他凍僵的身子。不一會有人找來了一個江湖郎中，江湖郎中讓眾人走開，號了好一陣脈，抓了一副草藥，吩咐人去煎，然後給他推拿按摩，折騰了好一陣子。金陵子端了湯藥，一邊流淚一邊用湯匙給餵下去，藥水從嘴裡流出來。江湖郎中見她那樣子，搖了搖頭說：「大姐，如果這藥吃下去不醒，就算是華佗再世，再也沒有法子了。唉，看你大冷天地把他弄來醫治，也不容易。不過，你可要明白，人生一世，草木一秋，不就那麼回事麼？盡到心意就是了。他不過是你一個相知，你也不必難過，像這樣在風雪中死的，我見得多了。不管怎麼樣，你自己要保重！」那郎中說完去了。

房中只剩下金陵子和李白兩個人，閃爍的燭光在金陵子的眼淚中流成一片悲哀迷濛的昏黃。她給李白蓋好被子，把自己的臉貼在李白灰黃的沒有生氣的臉上，企盼了幾乎一生的這天終於到來，但竟是身臨絕境。

「長庚哥哥！長庚哥哥！是我，是月圓在叫你！」金陵子在李白耳邊輕輕地說，忽然她看見李白的睫毛動了動。

金陵子掏出懷中的篳篥，吹起了〈扶桑曲〉。

李白被鋪天蓋地的風雪包圍著，那些雪花好大好大，正像他寫的那樣「燕山雪花大如席」。

但那雪花不是白色的，而是大片大片的晦暗的青色、黑色，在刺骨的冷風中飄著，飛揚著。不是一片片，而是變成了一束束，像瘋婦的長髮，像躍動的毒蛇……他又恐懼又慌張，他想到這種情形只有地獄裡才有，他被黑色的旋風高高地捲起，又被重重擲到無底的深淵……不知從哪裡遠遠地傳來篳篥聲。

這聲音好熟悉，黑色的風雪被箏簫中的暖意逐漸趕走，風雪讓開一條路，遠遠地走著一位穿綠衣的女子，那是在青城山，她端著仙酒對自己嫣然一笑……那不是綠衣侍女，她是月圓，她的臉好美好美，眼睛好亮好亮，黑糊糊的雪花變白，變得粉紅，變得五彩繽紛……她站在金蓮花上，向他散花，那些美麗的桃花，紛紛揚揚地落在他的頭上、肩上……那曲子有魔法，把桃花變成了一片片絢麗的落霞……他和月圓騎在馬上，向鑲了金邊的落霞奔去。

「看啦！快追！」是月圓在叫喊。

他有些渴，月圓從馬上取下一個葫蘆來，給他喝水。

金陵子吹著箏簫，看見李白乾裂的、沒有血色的嘴唇動了動。她急忙放下箏簫，端起藥碗，顫抖的手舀起一匙湯藥，掰開李白的嘴唇給他灌下去。奇怪的是這一次沒有流出來，餵了幾口匙，又掰不開嘴了。

金陵子俯身下去，把嘴貼到李白耳朵邊輕輕呼叫：「長庚哥哥，紫雲山的桃花開了，好多好多桃花呀！長庚哥哥！你回來吧！」

聽到金陵子的話，李白的嘴唇又開始歙動，她又給他餵藥，就這樣呼喚了一回，餵一回，到了天明時分，只見李白喃喃地說話，金陵子仔細傾聽，他說的是：「月圓，月圓等等我……」但見淚珠從李白的眼角沁出，往兩頰滾落。金陵子掏出手絹，擦去他臉上的淚珠，輕聲叫道：「李白，月圓在這裡。」

金陵子雙手握住李白的手，李白好像有些知覺，就這樣握著，昏沉睡去呼吸較為平緩。一直到第三天下午，李白臉上的青灰慢慢褪去，雙目微微睜開，朦朦朧朧中他看見了一個面色蒼白雙眼浮腫、頭髮散亂的胡婦坐在床前。

「我這是到了哪裡？」李白望著布有蜘蛛的屋頂說。「我們在獲鹿城外的客棧裡，你終於醒來了。」

李白搖搖頭兩眼空茫茫地透過窗子看了看，又失望地閉上了。

「李白，李白，你醒醒！」金陵子叫道。

「桃林……桃林在哪裡？……為什麼沒有桃林……」李白夢囈般地說。

「什麼桃林？……」

李白閉著眼不願意睜開，彷彿只想回到那個夢裡去，口裡含糊不清地說：「我夢見，我的月圓妹妹，跟我一起穿過桃林……追趕太陽，她吹起了一隻曲子……好遠好遠……我追不上……」「不，你追上了……她就在這裡。」

「……為什麼沒有……太陽和桃花……」

「會有的，她就在……春天的桃花裡。」金陵子看見李白昏亂的樣子，忍不住又流下淚來。李白怔怔地望著胡婦的淚眼，好像想起了什麼：「你……你是誰……我怎麼不認得你？」

金陵子抹去眼淚，拉著李白的手說：「你認得我，我也認得你，我不是舞伎金陵子，也不是梨園掌教，不是回紇人，我們從出生的那一天就認識了，我是……」

這時一個年輕人推開客房，大叫一聲：「姐夫！」就衝了過來。看見李白躺在床上氣息奄奄的樣子，不由大哭起來。

這年輕人正是宗瑛的弟弟宗璟。自從李白走後，月餘不歸，宗瑛便天天夜裡做惡夢，不是夢見李白被人砍頭就是被人下獄，到近來索性連飯也不吃，成天神情恍惚。宗璟決定去幽州把姐夫找回來。昨天到了石邑，聽人傳說獲鹿城南太平鎮的客棧裡來了李學士和一位女優。宗璟急忙趕到太平鎮一打聽，果然有這麼一回事，宗璟便忙忙趕到客棧。

「姐夫，你怎麼會在這裡病成這樣！我姐為你都快發瘋了。」宗璟哭著說。回頭看見金陵子正怔在一旁，心想這一定是人家傳說的那個女優了。姐夫病成這樣，一定跟這女優脫不了關係。便衝著她叫道：「你為什麼在這裡？這是怎麼回事？快告訴我。」

金陵子見他起了疑心，便說：「我與李先生在路上相遇，恰值李先生有病，我便來照顧他。」

宗璟懷疑地看了看金陵子追問道：「你告訴我，我姐夫怎麼會病倒？你說？」

「你是何人？竟敢對我家夫人如此無禮！」正在宗璟怒氣沖沖的時候，頡利、基羅和跛足道人出現在門口。

「夫人，你叫我們好找！」頡利說。前天沒有找到王妃的時候，他們已經派人回去稟告了摩延啜。跛腳道人對金陵子低聲說道：「殿下，可汗已經在雲州附近率兵等候。可汗吩咐，如果有人膽敢阻擋殿下回到回紇，格殺勿論！」

金陵子看了看在昏迷中的李白說：「請你派人告訴可汗，不管怎樣，我要看到李學士脫離危險，我才能跟你們回去。」

宗璟見這情勢，知道這些人來頭不小，便不再問。

跛腳道人烏蘭本來是回紇最好的醫生，便說：「讓我給李學士看看。」烏蘭來到李白床前，這裡摸摸那裡捏捏，說：「這是風寒壅塞，勞頓焦急致使昏厥，已經醒過來了吧？」

「醒來過，又迷迷糊糊睡去。」金陵子說。「那就好。」

烏蘭拿過一個包袱，裡面大包小瓶都是膏丹丸散之類的。烏蘭取過一包散末，放在一張摺好的紙片上，用小竹管吸進吹入李白的鼻孔，又用湯匙灌了幾匙藥。

「夫人，您瞧，李學士他醒過來了。」頡利說：「夫人有什麼話快說吧，可汗在雲中關隘等著呢！」基羅說。

金陵子只望著李白，沒有回答。

烏蘭看出她的擔心，說：「殿下，李學士他不會有事的，如果您不放心，就讓我一路護送李學士回中原好了，有什麼話快說吧！」

「這樣也好。」金陵子艱難地說出這四個字時，眼眶早已撲簌簌地掉下來。此時此刻她能說什麼？在中原，他一定有一個深愛他的女子，否則在這樣的大風雪中不會有這位哭叫著「姐夫」的年輕人來尋他。幽州一行，她已經完全明白了，他是在為他的國家他的百姓鋌而走險。他的起死回生的機會，不光是自己給予的，是眾多的仰他名望愛他詩歌的百姓士子給予的。李白的事業在中原，大唐不可以沒有李白，不可以沒有李白的詩。而她，早已成了回紇的王妃。她屬於摩延啜，她屬於一雙兒女。……所以……這一次……也許就是永訣！她不顧一切，撲到李白床前，嚎啕大哭起來。

如果她不回回紇，她和李白都不會活著回中原，沒有人能抵擋得摩延啜的憤怒，愛和恨都是一樣強烈。

不能說自己是月圓，如果承認了自己是月圓，無異於讓垂危中的長庚再經歷一次死別。他心中那個月圓已經死了，活著的是梨園掌教、回紇可汗的妻子金陵子，此一去萬里之外後會無期。

「李學士，你已經逃脫了安祿山的追捕，沒有危險了。」金陵子擦乾眼淚道。

李白掙扎著支起身子急切地問道：「你是？……」

金陵子平靜地說：「我是回紇可汗摩延啜的妻子。我讀過很多你寫的詩，讀給我丈夫摩延啜和他的兒女。我對學士尊崇而敬仰……」

不等金陵子說完，李白眼裡放出奇異的光。抓住她的手叫道：「那麼，月圓呢？我的月圓呢？……」

李白的問話像一陣巨浪排山倒海而來，衝擊著她的心扉。金陵子無法抑制住內心的激動，淚光瑩瑩地對李白說：「月圓在你的夢裡……那裡有好多好多的桃花……朝霞……和陽光……桃花盛開，鶯飛草長……」

「殿下，可汗已經為你急壞了，王子們也在等你！」烏蘭急切地說。金陵子覺得再多說一句便不能自拔，她接過侍女遞過來的面巾揩乾了眼淚，咬了咬牙，狠下心來說：「學士公，我這就告辭。烏蘭是一位名醫，由他護送你回到中原不會有事的。請多珍重！」說完掉頭就走。

「等等！」李白叫道。

「請多保重！後會有期！」金陵子回頭向李白看了最後一眼，奔出客棧，基羅和侍女們也緊追了出去。

也許是這一聲「後會有期」還留給李白莫大的希望，也許是烏蘭的藥具有奇效，也許是宗璟帶來他姐姐的脈脈溫情，李白沒有再昏迷過去。

金陵子出了客棧，基羅牽馬來讓她騎上，一行人向西北馳去。馳出客棧，金陵子回頭戀戀不捨地望了望那蒼黃的天穹底下的荒寒小鎮，她的心已經失落在那裡了。

「殿下！」基羅嚴厲的喊叫打破了她的沉思。

她對著基羅冷冷一瞥說：「走吧！」接著對坐騎狠狠一鞭，那馬飛也似的奔跑起來。

朔風蕭蕭，荒野茫茫。

幾年後的一個秋天的夜晚，李白把無論如何也抹不掉的記憶寫入他的詩中：秋風清，秋月明，落葉聚還散，寒鴉棲復驚。相思相見知何日？此時此夜難為情。

17. 那時候安祿山縱有二十萬雄兵，也不得不敗

宗璟將李白帶回梁園，宗瑛見了又悲又喜。有了她的精心護理，在過新年的時候，李白居然能下床走動了。關於在幽州發生的事，李白一個字也沒有提起。有時宗瑛問他，李白也含糊其辭地敷衍過去。

宗瑛吩咐傭人打掃乾淨書房，從園子裡採來一大把臘梅花插在古陶瓶裡。把許久未用的古琴從壁上取下來，擦拭得明淨如新。把書架上的書擺放得特別整齊，書架對面的牆壁是空的，原來李白打算寫一幅〈夢遊天姥吟留別〉，後來李白去了幽州，這面牆壁就一直空著。宗瑛想了想，還是把當初自己寫的那

幅橫帔取出來，正打算掛上，大病初癒的李白從門口走進來，看見宗瑛為他精心布置的書房，讚道：「好清雅！」

宗瑛見李白稱讚，心中十分歡喜，笑道：「還不快來幫我！」。

李白看宗瑛的神情，心裡已經猜到了八九分，倒背著手戲謔地說：「學士公的書房，可不掛無名小卒的字畫啊！」

宗瑛將橫帔的一端塞到他手中，故意說：「對不起大詩人，這幅橫帔就屈尊大學士天天惠顧，有汙清看了！」

李白欣喜地說：「開啟看看。」和宗瑛各執一端開啟橫帔。

「啊！這是五柳先生的〈歸園田居〉呀！我怎麼看不出是哪位大書家的墨寶呀？」李白驚喜地說。

宗瑛有些不好意思地說：「你猜！」

李白看看橫帔，又看看宗瑛的神態，故意說：「工整、秀麗、平和，運筆純熟，功力不凡，不過……」

「不過什麼？」宗瑛問。

李白裝模作樣地看了一番，捻捻鬍鬚略略停頓又說：「蹈蔡邕之覆轍，得歐陽公之精神……不過，在下確實是猜不出出自哪位大家之手。」

宗瑛笑了，捲起一半橫帔，繞到李白背後，伏在李白肩上說：「真猜不出啊！還自稱是學貫古今呢？」

李白順勢摟過宗瑛在胡床上坐下，笑道：「本學士怎會猜不出？就是我懷中這位書家所寫。」說著在宗瑛的臉上狠狠親了一下。

「沒羞，老大不小的，不怕人家看見。」宗瑛道：「快幫我掛起來。」

李白與宗瑛把那幅〈歸園田居〉掛在牆上，李白拉著宗瑛在擺著梅花古瓶的書案前雙雙坐下來，對著那橫軸，不由信口唸道：「少無適俗韻，性本愛丘山。誤落塵網中，一去三十年。羈鳥戀舊林，池魚思故淵。開荒南野際，守拙歸園田。方宅十餘畝，草屋八九間。榆柳蔭後簷，桃花羅堂前。曖曖遠人村，依依墟裡煙。狗吠深巷中，雞鳴桑樹巔。戶庭無塵雜，虛室有餘閒，久在樊籠裡，復得返自然。」

二人唸完了這首詩，李白站起來，在房間裡踱步說：「此時此刻我才真正體會到陶淵明的味道，陶淵明不做官是對的，有聰明賢惠的妻子，清雅的書房，悠閒溫馨的日子，還做官幹什麼？」宗瑛依在李白胸前，深情地說：「夫子，我說過，我要在這裡伴你一輩子。」宗瑛說著，拉李白走到窗前，開啟窗戶說：「你看！這些日子桃樹又長高了好多，人說桃三李四，明年桃花就會結果，你不是頂喜歡桃花嗎？等桃花開了，我就陪你在桃花下弈棋。」

「你想得真周到。這裡就是我倆的桃花源。」李白沉醉在一片溫馨中。

過了新年，李白的身體已經康復，不斷有友人來訪，不斷有人來談起京城的消息。李林甫死了，是在疾病和恐懼中死去的，接替李林甫的是楊玉環的哥哥楊國忠。吉溫被貶為端溪縣尉，羅希奭貶為始安太守。安祿山任閒廄使，為皇上管理宮中馬匹，有人說他用劣馬換了朝中各廄的好馬，又說他借閒廄使差使之便，大量收購良馬……李白聽得那樣專注，使宗瑛不得不擔心，不知哪一天他又會突然離開她，奔向他內心深處的目標。

院裡的小桃樹掛著零零落落的花蕾。宗瑛想起要李白在桃樹下下棋的事，便將石桌石凳打掃乾淨，取了兩個繡墊放在石墩上。又用越瓷蓮花壺泡了一壺劍南的「綠昌明」，叫李白與她下圍棋。

李白坐下，瞧了瞧四周稀疏的桃花蕾，飲了一口「綠昌明」笑道：「瞧你急的，桃花還是花蕾，你就忙著讓我來享受『桃花源』了！」

宗瑛道：「佛說『境由心造』嘛！我陪夫子坐在這裡，已經覺得心裡滿是盛開的桃花了！」

李白笑道：「妙人妙語！我面對世上最聰慧最愛我的女子，好像面對著盛開的桃花！」

「人都說李學士從來不會吹牛拍馬，我看未必。」宗瑛笑道：「真會學人說話！來，一決勝負！」宗瑛拾取一顆白子。

「不，是一決雌雄！這回我該沒學你說話吧！」

「行！」宗瑛瞪了李白一眼說。宗瑛是弈棋的高手，以往常在道觀裡與道士們下棋，宗瑛常常是贏家。說不定李白也可能敗在她的手下。

下到一半，雙方都各自占了自己的地盤，李白與宗瑛各自吃掉對方十多雙子。有道是「金邊銀角草肚皮」，邊角都被彼此占得差不多了，宗瑛舉起一顆白子，想了想在靠稍中的地方放下去。李白隨即緊靠白子放一顆黑子，雙方下了幾子，宗瑛的白子連成珠串向外斜向延長，周圍包圍的全是李白的黑子。李白聚精會神地看著棋盤，放下一顆黑子，自言自語道地：「這是…單于護府……」

宗瑛沒聽清他在說什麼，不解地望望李白，下了一顆白子。「這是契丹和奚……這是回紇……」李白繼續一邊自言自語，一邊下他的黑子，也不管宗瑛出不出子。

「你說什麼？」宗瑛叫道：「從沒見過像你這樣下棋的！我還沒下子呢！」

不等宗瑛下子，李白舉起一顆黑子，下一子把宗瑛的白子封死「打！」

「我還沒下子呢？夫子你在幹什麼？」宗瑛去拿李白下的黑子，被李白一把按住。李白另一隻手的將宗瑛的白子拿掉：「提！」

「你幹什麼？賴棋呀！」宗瑛急了。

「提！這是大唐天兵！剿殺！」李白叫道。

宗瑛還沒回過神來，李白撫掌大笑：「贏了！贏了！大唐贏了！安祿山輸了！」

宗瑛一下子從桃花源的夢中醒來，一把抓住李白叫道：「夫子，你說什麼？」

李白卻完全沒有注意到宗瑛的變化，一邊指點著棋枰，興奮地說：「我是說，大唐要有一支精銳的軍隊，從這裡逼向幽州，同時讓單于都護府的軍隊向東挺進，聯合契丹和奚，還有回紇，形成包圍圈。八千『曳落河』就將都成為甕中之鱉，那時候安祿山縱有二十萬雄兵，也不得不敗！」

宗瑛傷心低下頭，沒想到她一個冬天的精心呵護，也沒拴住李白野馬似的心。此時李白卻以為宗瑛正在看他以棋局來分析戰勢，滔滔不絕地說：「就是沒有契丹和奚的幫助，我也會像謝安那樣，搞他個風聲鶴唳，草木皆兵。韓信對楚霸王的十面埋伏，也不過如此。只有渤海灣一邊沒有包圍，安祿山如果不降，只好下海餵魚！」

李白繼續興奮地說下去：「你信不信？我平時說我滿腹經綸，有的人聽了還冷笑！他們怎麼知道，寫詩作文對我來說只是雕蟲小技。行兵布陣，我是再熟悉不過。告訴你，我五歲的時候就讀兵書了，我的老師趙蕤就是彙集諸子百家為一體有志於縱橫天下的大學者！故拾遺陳子昂也深諳用兵之道。倘若武攸宜用了他的策略，也不至失利於契丹。可惜我飽學用兵之道，只能形諸於文字，在詩詞中宣洩宣洩而已。其實我從幽州回來，每天都想這件事，每晚上，我都在考慮對安祿山的策略。」

李白忽然看到棋子上的水跡，那是宗瑛的淚水！李白一怔，不再往下說，宗瑛低著頭一言不發。李白俯身抬起宗瑛的肩，見宗瑛滿臉淚光。宗瑛拉著李白的衣裾，望著餘興未盡的他，心中的失望無以言表。

李白輕聲說：「阿瑛，在幽州，我真真切切地看到了安祿山謀反的野心，這是關係到國家存亡的大事，我怎能坐視不管呢？我要把在幽州看到的情況稟告給皇上。再說，這就像姜子牙助周文王滅商紂，謝安叔姪敗前秦於淝水一樣的大業啊！」

宗瑛沒有再說話，眼淚汪汪的樣子，使李白心中更為內疚。李白不敢再說下去，收了棋子陪宗瑛回到房中。第二天早上就推說要讀幾本書，便將自己一連幾天關在書房裡。

李白正在整理去年寫的詩賦，正抄寫間忽聞陣陣琴聲，那琴音聲聲悽絕哀婉，足令聞者為之淚下。李白推窗望去，但見古梅樹下，宗瑛正焚香操琴。李白亦是弄琴高手，知道這支曲子名叫〈公無渡河〉，又名〈箜篌引〉。相傳是朝鮮霍裡子高的妻子麗玉所作。子高大清早起來撐船，見一白髮狂人徒步橫涉急流，他的妻子跟在後面呼喊著他不要渡河。那狂人根本不聽，妻子來不及阻攔，狂人終於被風浪淹死。他的妻子彈著箜篌，唱了這支〈公無渡河〉，一曲奏完也投河而死。子高回去告訴擅彈箜篌的妻子麗玉，麗玉將它錄寫下來流傳後世，就是這支〈公無渡河〉的曲子。李白心裡知道宗瑛彈這隻曲子，意思是讓他聽了之後不再進京。宗瑛沒有錯，李白心知在她的琴聲裡自己就是那位白髮蒼蒼的狂人，沒有船想淌急流過河，當然有被河水淹死的可能。長安是權貴們的長安，而不是一介書生的長安。要是皇上不相信他，要是權貴們說他造謠，要是安祿山說他誣陷……他將會得到什麼後果？他由衷地感到妻子對自己的深愛，提起筆來，情思從筆下汩汩湧出，合著〈公無渡河〉的曲子，李白寫下：

黃河西來決崑崙，咆哮萬里觸龍門。波滔天，堯諮嗟，大禹理百川，兒啼不歸家。殺湍堙洪水，九州始蠶麻，其害乃去，茫然風沙。披髮之叟狂而痴，清晨徑流欲奚為？旁人不惜妻止之，公無渡河苦渡之。虎可搏，河難馮，公果溺死流海湄。有長鯨白齒若雪山，公乎公乎掛罥於其間，箜篌所悲竟不還！

一氣呵成，李白想：權且作為贈給愛妻的一瓣心香吧！李白讀了一遍，但願妻子能夠理解自己「大禹理百川」，斷絕了兒女之情的精神。忽然一怔：「虎可搏，河難馮，公果溺死流海湄。」卻是太過愴然，皇上天心難測，猶如急流一般，這件事很可能以失敗而告終，就用自己的這首歌為自己送行吧！至於「箜篌所悲竟不還！」果真有些「歌臨易水」的味道了。

李白寫完心中一陣激動，第二天李白便啟程去了長安，幾天之後，他第三次站在灞橋，望見了春明門雄偉的城牆和城牆上的整齊排列的雉堞。

長安，我李白又來了，懷著一顆赤誠的心，像卞和一樣，抱著璞玉來了！

18. 韋子春說：「這種事搞不好腦袋要搬家的！」

灞橋的楊柳依然青綠如煙。

李白清楚記得十多年前進京的那天，賀知章、李適之、崔宗之、吳道子都來迎接他。今天他獨自進了春明門，到東市看看。出發前他曾寫信給長孫朋，還沒走進聚珍齋，就聽見有人叫：「李學士！你可來了！」李白看一個穿朱衣的官兒掀簾出來，原來是韋子春！韋子春李白叫道：「一日不見如隔三秋，十年不見，想死我了！」

「你還活著？！」

李白想起十年前，韋子春扶著趙奉璋的棺木走出長安城的情景來，問道：「這些年你是怎麼過的？叫人好掛念，我還以為你被李林甫害死了呢！」韋子春說：「李林甫這老賊沒死，我怎能就死？我那年送趙太守遺體出城回到丹州，遇到位俠義的朋友，把我送往沙州避難。在沙州鄉下待了幾年，李林甫死後，我才回到長安。楊右相起用我，眼下在祕書監供職。」說話之間得意之色溢於言表。韋子春將李白和長孫朋請到詩仙閣大酒樓，白髮蒼蒼的董糟丘捧上一壺美酒來，一邊飲酒一邊敘談。

李白道：「十年來，雖無升官發財的指望，倒是做了不少詩！我倒是問你，我從前在京城那些老朋友現在怎樣？」韋子春道：「汝陽王也去世了，張旭去了江南溧陽，崔成甫進了洞庭湖水澤，有人說他死了……」長孫朋插話道：「不可能，前些日子，有人拿著一篇名叫〈澤畔吟〉的詩稿說是崔五的，我仔細鑑別一番確是崔五手跡，用重金買下了。」李白又問起崔宗之和吳道子，長孫朋道：「宗之早就不在趙景公寺了。李林甫死後，他也出京了。我曾到趙景公寺見過他一面，他不承認他是崔宗之。只說『貧僧了空！』臉上連喜怒哀樂的表情也沒有，一副超脫淡泊大徹大悟的樣子。」李白想起當年宗之激動驚恐的情形，嘆了口氣道：「這樣也好。」韋子春道：「這樣說來，飲中八仙的那七位竟連一個也沒有在長安？」李白黯然。少時，夥計呈上一個香色綾面的冊頁來，已是長孫朋命人裝裱過的。長孫朋遞給李白道：「學士公是崔五好友，定然識得真偽。學士公看看。」李白翻開見是〈澤畔吟〉幾個大字，但見恢宏中透著凝重，秀潤中顯著蒼勁，正是成甫的字跡。後面是幾十首詩的殘稿，詩中句句含著悲愴不平之意。李白道：「這就是了，崔五一定還健在，我也可稍稍放心了。」長孫朋命人捧過朱墨來，李白在冊頁上寫下：「唐李白識」。長孫朋斟上酒道：「難得長孫兄這樣有心人。」長孫朋道：「如今李林甫死了，不知崔五兄一案何時得到昭雪？倘若崔五能回到長安，我一定要讓他重新寫一本全的〈澤畔吟〉珍藏，以傳後世。」李白向韋子春道：「可惜鄭虔好佳文，都被糟蹋了。不知鄭虔現在在哪裡。」韋子春答道：「自從那年在佛寺裡脫了災難，便一直在佛寺裡抄寫經卷。李林甫死後，便被召回廣文館，仍在國子監教書，只是聽說回到原來老地方住。」李白見韋子春不忘舊交，又在祕書監供職，這次面見皇上的事，除了他還無人可託，便道：「子春，我這次來京，有一件大事——」

韋子春想李白是個用世之心迫切的人，李林甫一死，無非是求個一官半職，以他的名聲和資歷，都不成問題。便道：「太白兄儘管吩咐，眼下楊右相正在招納天下賢士，只需太白兄開口——」

不等韋子春說完，李白便道：「子春，你誤會為兄的意思了，我此次進京，的確是為了一件大事。」

「啊呀，太白兄，還有什麼大事比做官還重要，不要拐彎抹角了，快直說吧！」長孫朋笑道。

韋子春道：「小弟自然要為兄長效力！」

李白微微一笑道：「子春，我要是把這件事說出來，你可不要推辭！」

韋子春遲疑了一下說：「太白兄請講，小弟一定盡力。」

「那就好。」李白讓長孫朋摒退左右，低聲向二人將自己在幽州所見大略講一遍，最後說：

「我要面見皇上，請老弟想想法子。」

韋子春愣住了，思忖好一會說：「這件事，難！」「為什麼？」

「皇上對安祿山比十年前更加寵信，最近還準備將安祿山升為宰相呢！凡有人上書說安祿山要造反的，皇上就命人抓起來，送交安祿山處置。這種事搞不好腦袋要搬家的。」韋子春說。

李白驚訝，頓時心中一冷。「那怎麼辦？子春你可要給兄臺想出法子來。」

韋子春沉吟半晌說：「李林甫雖死，但奸惡之風更加熾盛，楊國忠當了宰相還身兼數職，身領四十餘使。高力士更加貪婪地聚斂財富，京城的官員多數想著升官發財。我雖被召回京城，但已不是中書省集賢院的著作郎，而是祕書省的著作郎。祕書省如今變成了一個只是掌管圖書經典校改文章、糾正錯別字的機構，朝中的官員根本不辦公，更不用說祕書省了。我這個祕書也只領薪俸，跟其他的部門很少聯繫。再說因為我與趙奉璋的情誼，盡人皆知，現在一心想作奸犯科的那些官兒，走道都繞著我走。我再向太白兄解釋一句，因為幹壞事容易發財，你當了官不幹壞事就是傻子，只有傻子才不想發財。發了財就有威望，越發財就越沒人敢問你那些髒錢是從哪裡來的。所以一般的人，連招呼都不敢跟我打，生怕我像趙奉璋一樣抖出他們的汙穢來。太白兄！人家對我『另眼相看呀！』」韋子春越說越氣憤。

「那可怎麼辦？學士公說的可是一件關係到江山社稷的大事呀！」長孫朋道。

韋子春想：見皇上的風險的確是太大了，而且自己是一個無關緊要的著作郎，既然李白重託，也該有個交待。想起前些日子永王讓他去陪著下棋，還算不錯。不如將李白引薦給永王，不管事成與否也了了李白心願。便說：「小弟前些日子在永王府行走，永王正受著皇上寵愛，跟太子也十分親密，兄臺你看如何。」

李白道：「也好。」

韋子春帶李白到了永王府，來到後苑奎光樓前，見府上妻妾僕婢、門客家丁大小人等圍在朱欄前，正在觀看鬥雞，只聽喝采不絕十分熱鬧。朱欄內身穿鬥雞服的賈昌指揮著永王的紅雞與吳王的黑雞相鬥，朱欄旁軟椅上坐著永王與吳王，二人全神貫注地看著。永王的這隻雞叫「紅將軍」，吳王的黑雞叫「黑煞神」，是長安市上有名的鬥雞。一日，吳王祇在永王璘面前誇耀自己的「黑煞神」，永王不服，特地請了大內鬥雞高手賈昌來永王府為他馴練，前幾日向吳王府下了戰書，要與「黑煞神」一決雌雄，今日正是預戰的日子。

但見「紅將軍」與「黑煞神」在場內兜著圈子，一時怒目對視，一時飛撲起來狠啄對方。賈昌前後左右跳躍著，頭上狀如雞冠的紅帽子，一抖一抖地，活像一隻大公雞。吳王的鬥雞徒穿著黑色鬥雞服也在場內周旋。

「撲上去！啄！啄！」永王雙目圓睜，死死地盯著對方的雞，彷彿他自己就是「紅將軍」。

「紅將軍」在賈昌的指揮下撲上去將「黑煞神」的羽毛啄脫幾根，「黑煞神」落荒而逃。「紅將軍」像凱旋的勝利者，「咯咯」地叫著，驕傲地走來走去，四周響起掌聲和喝采。永王看著眼熱叫聲「讓我來！」跳進朱欄抓過賈昌的紅帽子帶在自己頭上，賈昌忙不迭地脫鬥雞服交給永王。李白和韋子春根本沒有心思看鬥雞，見永王要親自下場，這一去說不定就要鬥到日落西山。韋子春連忙來到永王身邊，在永王耳邊說了些什麼，永王才從朱欄裡跳出來，不情願地將鬥雞服扔給賈昌說：「你們先玩著，我去去就來，快給『紅將軍』換一副鐵爪子！」

韋子春與永王走出鬥雞場進了奎光樓，李白緊緊追上。進了奎光樓，永王大大咧咧往軟椅上一靠，不耐煩地對李白說：「有什麼話，快講吧！」

李白神色莊重地取出早已寫好的奏章道：「啟稟永王殿下，李白去年十月親自到幽州一行，察得安祿山謀反實情，如實稟告殿下，請殿下過目。」

永王接過奏章看了幾頁，感覺到手中的奏章好像著了火，一下子扔在地上。

「這怎麼可能！」永王霍地站起，盯著李白與韋子春，頭上的雞冠狀的紅帽子在發抖。

「千真萬確，在下敢以身家性命擔保！」李白上前說。

永王機敏出眾，聽了李白的話，站起來在室內兜了幾個圈子說：「李學士說的這種事，也許有的。不過，現今父皇在位，我兄長又是太子，我倘若來管這些事，我父皇和兄長知道了要不高興的。」

李白急切地說：「只是希望殿下能將奏章呈給皇上！」

李白還沒說完，一個鬥雞徒飛也似的跑進來喊道：「殿下，不好了！我們的『紅將軍』快被吳王的『黑煞神』打敗了！」

永王氣急敗壞地叫道：「什麼？快！我早就說過要換一副鐵爪子！」

「是！我叫賈供奉馬上就換！」鬥雞徒返身向鬥雞場跑去。永王追上幾步喊道：「快把狐狸的油再多擦一些，還有芥末漿！我馬上就來！」

永王無論如何放心不下外面的那場戰鬥，回頭向李白做了個無可奈何的手勢道：「李學士對不住，這事只有這樣！我鬥雞去了！」

「殿下！」李白和韋子春急忙追上去。

「想玩鬥雞嗎？跟我來！」永王向二人快活地笑了笑。李白失望地站在奎光樓的臺階上，望著跑開的永王。永王跑了一段又站住，向韋子春喊道：「你過來！」韋子春急忙奔過去道：「殿下有何吩咐？」

永王背過李白對韋子春埋怨道：「韋子春，你這人怎麼犯糊塗了？如果有什麼加官晉爵的好事，你早早地來告訴我。這種觸霉頭的事，弄不好腦袋要搬家，你怎麼就不長個心眼，盡往我頭上攬？父王對安祿山那麼好，他會信嗎？他要是信了，派我出征打仗，我還有這樣好玩嗎？」

韋子春聽他一連串地埋怨自己，忙道：「卑職該死！卑職該死！」

永王拍了一下韋子春的肩膀道：「還不快把他弄走，蠢材！」韋子春連連應承道：「是，是。」回頭看奎光樓下，一個人也沒有，李白已經離開了。

19. 右衛率府兵曹參軍杜甫想把武庫裡的刀槍擦一擦

李白從永王府出來之後，聽長孫朋講杜甫在太子右衛率府作兵曹參軍，好像在西市一帶住。李白立即別了長孫朋直奔西市而來。李白到了西市東張張西望望，老遠就聽見一個熟悉的聲音在叫賣，李白一聽連忙奔過去，高叫一聲：「穀子兄！」

穀子客又驚又喜，忙收了攤子與李白一起回家。李白向穀子客打聽起杜甫，穀子客告訴李白，杜甫自從當了右衛率府兵曹參軍，便在附近租了一個四合小院，給穀子客騰出兩間屋子，讓他住宿和堆放草藥。

李白提了一壺蘭陵「鬱金香」，與穀子客剛跨進門檻，就聽得屋裡杜甫大聲吼叫：「老子不幹了！」緊接著就是重重的一巴掌「啪」的一聲拍在桌子上。

「怎麼，當了官了，脾氣也見漲？」李白將手中的「鬱金香」放在桌子上。穀子客幫著把震落在地上的《論語》、《禮記》之類的書拾起來。

「太白兄！你怎麼來了！」杜甫驚喜地叫道。接著紅著臉向李白解釋道：「你不知道，今天的事有多氣人！」杜甫說著幾乎流下了眼淚。

「什麼事？幾年不見，好像變了一個人似的，記得我們和高適在一起的時候，你是最溫良恭儉讓的。」

「太白兄，這事要是換了你，你肯定比我還氣！」杜甫說著，連忙搬過來一個凳子讓李白坐下：「您看，太白兄這麼大老遠的來了，我還說這些，請坐吧！聽說我有了一位賢惠的新嫂子，怎麼不一起來京？都好嗎？」

縠子客笑道：「對了，客人來了，別忙著生氣，先敘談敘談。」

李白坐下道：「我們一邊喝酒，一邊聊，來，先喝杯酒消消氣。」

三人坐下來，杜甫給李白和縠子客斟上酒，喝了一杯，李白道：「到底發生了什麼事，叫你這樣生氣，不妨說說。」

杜甫嘆了一口氣道：「唉，說來話長，前些日子，我得到詔命任太子右衛率府兵曹參軍，你知道這是東宮掌管武器庫的鑰匙的小官。我想，宮中的事不管大事小事，都是國家的事，雖然只是一個很小很平常的差事，但我也要恪盡職守。你萬萬沒有想到，開啟武器庫的門一看是怎樣的景象！」

「是什麼景象？」李白問。

杜甫滿臉悲哀和憤懣，說：「除了太子和一些羽林軍常用的武器之外，大量的武器都鏽跡斑斑，倉庫裡到處亂七八糟放著朽壞的鎧甲和兵器，到處是霉爛的羽箭、蜘蛛網和灰塵，簡直是慘不忍睹！這就是大唐的武器庫，要是一旦國家有事，怎麼得了！怎麼得了！怎麼得了！」

李白還是第一次聽到關於大唐軍備的細節，面臨即將到來的安祿山叛亂，不由心魄悸動。

「更叫人氣憤的還不止於此呢！」杜甫說。一邊喝酒一邊把這幾天發生的事向李白訴說。

杜甫是個極有責任心的人，上任之後，把庫中的武器進行了一次清理，清理的結果讓他大吃一驚：大部分的鎧甲、兵器朽爛生鏽慘不忍睹，一旦有戰事無法使用。杜甫雷厲風行，叫了幾個士兵將庫裡的武器弄出來晾晒。哪知守庫的士兵只有稀稀拉拉幾個人。

原來這太子右衛率府本來是配足了兵額的，應卯的時候差不多都在。這些人不是京官的遠親，就是宦官的乾兒子，都是託人情走門子進來的，為的是在率府領一份清閒俸祿。白天在率府當兵，閒時就在各處為有錢人當奴才，多賺幾個外快，平時互相遮蓋矇騙長官，反正又沒有戰事，來率府值班也是閒著。

幾個士兵把鎧甲往地上「咣噹」一扔，鎧甲裡的蛀蟲、甲蟲鑽出來滿地亂爬。有的刀劍扔到地上就斷成幾截。士兵們懶洋洋地進進出出，一個個沒精打采，幹活也沒個模樣。

一個四十來歲的老兵，蹺腳坐在石鼓上，瞅著晾晒武器的士兵唱著淫曲：「……揭開被窩窩，冤家你好暖和，昨黑裡你男人，把你輸給了我……」

「麻七，幹嘛不來幹活，唱得俺心裡癢癢的。」一個士兵說。

「我幹活？你看我像幹活的嗎？我爹娘託了我表姐的姑媽把我安插到右衛率府當差，就是因我一不會讀書寫字，二不會舞刀弄槍，說句不好聽的話就是，狗屎做鞭，聞也聞不得舞也舞不得。我從來就不是幹活的料，也他媽的在右衛率府幹了二十年了，見過多少兵曹參軍，從沒聽說過要晾晒什麼東西。」

杜甫在倉庫裡清清點點，麻七幾句話飄到杜甫耳朵裡，杜甫氣極，出來叫道：「你們這些人，領了薪俸，為何不該幹活？要是一有戰事，這裡的武器怎能用？豈不誤國！明天值班的人務必到齊，一個也不能少！」

杜甫一離開，這幾個人就喊喊喳喳議論開了，確定這位上司一定是得了瘋癲症無疑，平白無故地要人晒武器鎧甲，說什麼一旦有戰事就不得了。皇上登基四十多年，從來都是風平浪靜國泰民安，整個長安城上至王公大臣，士子商賈包括叫化子都在忙著享受太平，這杜參軍不是瘋了還能有別的？照此下去，這殺才不把我們累死才怪！

麻七取出幾顆骰子，在手裡顛著玩：「就他媽的當個什麼八品，比芝麻還小的芥末官，就神氣起來了，敢叫老子幹活！」麻七對士兵說：「這傢伙的底細我打聽得一清二楚，別看他吆喝起我們來神氣活現，他不就是長安街上賣草藥的麼？再窮一點兒跟叫化子差不多。他會寫那麼幾句文章，不知怎麼搞的讓皇上知道了，賞他個官做。這會兒好了，丫頭戴了鳳冠了，瞧他顫的！想踩著爺們往上爬，沒有那麼容易！麻爺在長安混了半輩子了，不叫芥末官栽到爺手裡才怪！」

「瞎吹牛！」一個士兵說。

「你不信？」麻七說。

「不信！」

「你伸過耳朵來，麻爺給你一說這妙法兒，你就信了。」

那士兵把耳朵湊過去，不知麻七在他耳朵邊嘀咕了些什麼，連連說好。

第二天，那士兵便對杜甫說：「杜大人，小的們早就說過要把倉庫裡的兵器通通拿來磨擦一番，只是……」

「只是什麼？」杜甫問。

「大人不知道，這兵器磨去鏽跡以後，必須上油，才能不鏽，率府年年都沒有將油發下來。」士兵們做出一副老實巴交的樣子，七嘴八舌道地：「我等哪裡敢偷懶，只要大人把油領回來，我等一定把刀搽得亮光光的。」

「我明天就把油領回來，今天快給我晒！」

「是！」士兵們齊聲說。

原來是歷年率府都沒把油發下來，難怪武器庫的情況這樣糟。肯定管理上還有許多漏洞，只要他當上參軍，就一定要想辦法把武器庫管好。杜甫立即去找率府長官南大人說明情況，請求發放擦武器的用油。

南率府掌管率府十多年了，率府的官兵有三、四成是他的親戚本家、朋友和朋友的乾兒子。這些人逢年過節都有孝敬，歷年來上面發的油錢都被他侵吞了，從此多一事不如少一事，下面的官兵們也不擦晒武器。

南率府見新任的兵曹參軍來見，黃胖油光的臉上泛起笑容，因為一般新來的免不了有見面禮，何況自己還是他的頂頭上司。

「啟稟大人，卑職是右衛率府兵曹參軍杜甫。」

「這我知道。」不等杜甫說完，南率府笑吟吟地捋著鼠鬚說。

「稟告大人，在下檢視武器庫，裡面的鎧甲刀槍多半鏽爛了！」杜甫說。

南率府的臉上頓時沒了笑容，叫道：「有你說的那麼嚴重嗎？言過其實。」

杜甫見他動怒，不屈不撓說道：「卑職說的句句是實，確實是鏽爛了！大人若不信請親自去看一看。卑職的意思是想把武器拿出來擦拭、晾晒，好好保管起來。」

南率府的臉色才稍稍緩和一點，白了一眼杜甫說：「那你就安排擦拭、晾晒吧，還找本大人幹什麼？」

「大人有所不知，武器擦拭之後幾天就又生鏽了，請把擦拭武器的油發給在下，這事情方辦得好。否則以後仍然要生鏽的。」

南率府心裡一沉，心想這個新來的兵曹參軍好厲害，剛剛上任就想把油錢從他嘴裡掏出來！這筆油錢早已變成了自己的莊園和豪宅，拿什麼給他？便捋著鬍鬚，慢吞吞地說：「擦武器的用油嘛，有那麼回事，年年都是和武庫的日常維護用度一併下發的，什麼時候擦拭武器，是率府的事，你一個兵曹參軍，管得太過分了吧！」

杜甫吃了一驚，聽出南率府話中有音，分辯道：「大人，卑職完全沒有越權的意思，只是發現武庫裡鏽爛太多，一旦有戰事無法使用，才向大人稟報的。」

南率府冷笑道：「哼，你新官上任三把火，還燒到我頭上來了！怎麼能耐你也是一個從八品的兵曹參軍，一個管武庫鑰匙的下人，你居然還來要什麼油錢，你想變著法兒捅上司的漏子，沒門！看你貌似忠厚老實，其實一肚子壞水，人人都想天下太平，沒想到你心裡指望著打仗，朝廷什麼時候說要打仗啦？真是居心叵測！」

「大人，卑職不是想要朝廷打仗，卑職的意思是……」杜甫急急地分辯著，萬沒想到在南率府口中說出來的自己，會變成一個想染指上司利益的骯髒小人，一個指望著戰爭的壞蛋！

不等杜甫分辯清楚，南率府咬牙切齒地叫道：「還在這裡胡攪什麼，還不與滾我出去！」

「大人！」杜甫憤怒地叫道。「快給我滾！」

不到一個時辰，杜參軍被責罵的事就傳遍了太子右衛率府。從此杜參軍在人們心目有了定義……一個異想天開的瘋子，一個想染指上司利益的不自量力的小人，一個……

「讀書破萬卷」的飽學儒生，在「龍游淺水」的時候往往忽略了一個極細小又簡單的準則，就是這裡的一切都是以利益和得到那些利益來劃線的。

從此以後要「致君堯舜上」的兵曹參軍，只有眼睜睜地看著武庫裡的武器朽壞。人格、世風、良心、責任感也和武庫裡的武器一樣朽壞，發出霉爛的臭味來。這使他日日寢食難安，憂心如焚……

這樣的情形叫杜甫如何不憤怒！

李白聽完了杜甫的訴說，給杜甫斟上一杯酒，神情沉重地說：「我要告訴你的事，比你所遇到的要嚴重得多！」說著便把到幽州的情形說了一遍。

「真的？那可怎麼得了！」

「你二位也不是外人，我已經找過好些人，都說難辦，你說該怎麼辦？」

20. 千兩黃金容易得，知音一個也難求

「這件事……也確實難辦。」杜甫說。「你也這樣說？」李白大失所望。

杜甫長嘆一聲，將酒杯放下說：「不是我拿著難辦，而是確確實實不好辦，你想一想張九齡、李適之這些人的後果……」

「但是，將來接替皇位的，一定會是太子。太子不會對反賊坐視不管吧？」殼子客說：「要是天下太亂了，太子也接不了皇位了。」

李白說：「殼子兄說的是。見太子也是一個辦法，但怎樣才能見到太子呢？」

「眼前就是東宮的參軍，還有什麼進不去的？」殼子客道。

「你這就不明白了。」杜甫嘆了一口氣說：「聽說自從韋堅和皇甫唯明的事情發生後，太子怕皇上起疑心，從不敢到武庫來看一眼，已經有好多年了！我當兵曹參軍已經好幾個月，連太子的影子也沒見到過。」

一定要想法見到太子。李白便在杜甫的小院住下來，到處去找熟人通太子的門路。但長安的這些官兒們成天赴酒宴、打馬球、鬥雞、賭博、玩女人……忙都忙不過來，哪裡還有心管李白的閒事！李白周旋了整整三個月，見皇上和太子的事，八字還沒一撇。

一天杜甫回來說：「太子要為皇上盡孝，千秋節特地為皇上在慈恩寺捐一口大鐘，要請人撰寫一篇高品味的銘文。前幾天將作監要我代筆，他酬謝我白銀千兩。如果太白兄能去撰寫這篇銘文……」

次日杜甫稟告了將作監，太子喜出望外，沒想到隱居了很久的謫仙人從天而降，會親自來作這篇大鐘銘文。當即就叫內侍李輔國作安排。李輔國不敢怠慢，特地在大廳裡為李白準備了長案，案上鋪著一匹雪白的絲絹，一大早由內侍磨了一硯池濃濃的松煙墨。

李白見了太子，談起當年送石榴花的事，太子十分感謝，對李白說：「本御此次為慈恩寺捐贈大鐘，旨在為父皇祈福，求神明庇佑我大唐國運昌隆，江山永固，福祉無窮。謫仙人，你可明白本御的意思？」

「太子殿下對皇上的忠孝仁愛之心，李白早有耳聞，在下一定竭忠盡智寫好這篇銘文。」

侍立在一旁的李輔國說：「明白就好，寫好了這篇文章，殿下不會虧待了你。瞧，一千兩白花花的銀子，都準備好了的，要是寫不好，就沒得這麼大的甜頭嘍！」李輔國說話的語氣就像東家對打短工的說話，要是往常，李白早把他頂回去了，可是這回不成。李白陪著笑臉說：「多謝公公指點，在下會寫好的。」

「這才像話。」李輔國得意洋洋地說。

李白瞟了一眼周圍的人，對太子說：「太子殿下，這篇銘文不同一般的詩文，李白要深思熟慮然後寫出，請殿下摒退左右。」

太子示意所有的人都退出大廳，只剩下李輔國。太子吩咐李輔國為李白斟上滿滿一杯九醞酒，便靜靜地看著李白揮毫。

李白稍一思忖，提起羊毫，在那幅長長的白絹上寫道：「噫！天以震雷鼓群動，佛以鴻鷩警大夢。而能發揮沉潛，開覺茫蠢，則鍾之取象，其義博哉！夫揚音大千，所以清真心，警俗慮，協響廣樂，所以達運氣，彰無聲，銘動皇宮，所以旌豐功，昭茂德……」

李白寫完這一段，擱下筆，朗聲誦出。

「寫得精彩！謫仙人不愧是曠世奇才呀！」太子說，未老先衰的臉上露出笑容。

李白見太子稱讚，心想機不可失，忙上前稟道：「殿下之鐘貴在警醒世人的大夢，李白有一言，亦如洪鐘，可以警醒大唐沉睡的朝廷啊！」

李輔國聽了心想這個不知天高地厚的傢伙，怎敢口出狂言，便道：「你為何說大唐朝廷都沉睡不醒？這裡是東宮，你說話可要小心！」

李白一向討厭宦官干政，此時正要與太子說話，見李輔國無端插進來，便道：「山人講的是有關大唐禍福安危的大事，何用你來多嘴！」

太子見李白生氣，生怕這一篇銘文寫不出色，便道：「謫仙人，有話可向本御稟明，不必動怒。李公公你且退下。」

李輔國狠狠地瞪了李白一眼，氣呼呼地退下。

李白上前一字一句稟道：「太子殿下，你可知道安祿山陰謀造反？」

李白緊盯著太子的臉，卻看不出太子有任何驚訝的神情，但見太子沒精打采地說：「這倒不是新聞，前些時候，也有人說過。」

李白見太子冷淡的樣子，不覺心中一陣悲涼。但轉念一想，自己好不容易才來到此地，無論如何也要達到來此的目的！向太子慷慨陳辭道：「殿下，去年十月，李白到幽州，親眼看見親耳所聽，安祿山已經有二十萬兵馬，養了八千『曳落河』，修築雄武城，暗中製作百官袍服陰謀造反！倘若一旦事發，無異於洪水猛獸，給大唐社稷百姓帶來無邊災禍！依在下之愚見，請太子將此事稟明皇上，調集兵馬，出奇制勝，直搗巢穴，揭其狼子野心以安天下。否則，禍患就在眼前！」

李白滔滔不絕地說著，只見太子靠在躺椅上，已經睡著了。「太子殿下，太子……」李白喊道。

「謫仙人，輕點，你說的那些話聽起來很費力，殿下昨晚為父皇頌經祈福到深夜，已經很疲勞，好不容易睡著了，你還是趕快把文章寫完吧！」不知什麼時候李輔國鑽進來說。

李白無奈，提起筆將其餘段落寫完。回頭見太子已睡得鼾聲大作。

李輔國端著一封銀子過來說：「謫仙人，這是太子給你的賞賜，請笑納吧！」

「李白來此，並不為了這些賞賜，只為了向太子進言，既然太子不願聽，那李白就告辭了。」李白說罷擲筆而去。

李輔國將銀子塞到李白手中說：「太子賞你，你最好還是收下，免得太子生氣。」

李白無奈只好退出，此時心中一萬個不甘心都化作悲憤。他穿過過廳，正要出門，忽聽大廳裡有響動，便返身輕輕走回去，果然大廳裡有人說話。李白閃在窗外，聽說些什麼。

「殿下，李白已經走了。」

太子的鼾聲立即停止，一下子睜開眼睛：「走了？」李輔國點點頭，太子從容拿起桌上的茶碗，呷了兩口說：「走了就好。」

「奴才見殿下不想聽，就把他支走了。但這個酒瘋子，說的也許是實話呀！」

「正因為是實話，所以我才裝睡。」太子說。

李輔國說：「奴才不明白內中玄機，望殿下點撥一二。」

原來太子裝著睡覺，故意迴避！李白強忍著怒火聽下去。只聽太子說：「安祿山是父皇自己認的乾兒子，誰說安祿山反叛，父皇就殺誰，這已是盡人皆知。父皇總不能向天下人承認自己認錯了乾兒子，又承認自己殺錯了人吧？要是父皇知道了李白向我說過這些話，將會對我怎樣呢？父皇養癰成患，勢在必然。唉，即使我向父皇說明安祿山有反意，又能起什麼作用呢？」李輔國聽罷，小心翼翼地說：「殿下貴為儲君，皇上的江山社稷也是殿下的江山社稷，萬一安祿山作亂……」

太子冷冷一笑，壓低了聲音說：「父皇年事雖高，並沒有傳位給我的意思，我當然不能去多管閒事。我怎能用身家性命去救江山社稷，我如果沒了身家性命，父皇百年之後，我又焉能擁有江山社稷？何況像李白這樣的文士，肯為此事冒險犯難，肯定是忠於父皇的。忠於父皇不一定忠於本御，我又何必要去結交他呢？」

李輔國諂笑著說：「殿下所言極是。」

李白聽到此已是怒不可遏，將手中那包賞銀「哐啷」一聲扔到地下，外面的羽林軍聞聲起來，手執刀矛虎視眈眈地對準李白。

「可嘆我一片赤誠，竟遇到這等小人！」李白叫道。

李輔國忙道：「這是什麼地方，容得你如此放肆，還不與我拿下。」

「住手！」

羽林軍正要擁上前來拿李白，只聽太子叫道：「太白先生是本御請來寫大鐘銘文的，他不受賞賜就算了，由他去吧！」

羽林軍這才放下刀劍，讓出一條路來。李白看也不看太子，拂袖揚長而去。

杜甫早就在外面等待，看見李白一臉陰雲，心裡早就明白了七八分，問道：「事情辦得不如意？」

「哼，豎子，不足與謀！」李白說出當年范曾對項羽說的那句話來，只是心裡更鄙視那種蠅營狗苟的小人。

杜甫與李白走出東宮，杜甫安慰李白說：「小弟倒還有一個辦法，不知當講不當講？」

「都到這時，還有什麼不當講的？快說吧！」李白說。

「這鐘是捐給慈恩寺的，廣文先生鄭虔與慈恩寺的長老交情甚好，太子為皇上捐贈大鐘的典禮皇上肯定要出席。那時請長老向皇上一一講明，皇上一定不好對佛門的人動怒，看這樣行不行？」杜甫說。

「這樣好倒是好，只是要到八月才是皇上的千秋節，這中間好幾個月，能保證這幾月之內安賊不造反？真是急死我了！」李白急得直跺腳。

杜甫道：「太白兄先別急，我們先去找到廣文先生，多一個人想辦法總是好的。」說著二人急急地直奔群賢坊的小巷而來。初夏的太陽火一樣地炙烤著大地，朱雀大街上仍是車水馬龍熱鬧非常，一片和平繁盛的景象，像一條花花綠綠的河流平緩地流到遠方，沒有一點波瀾。李白和杜甫像河流裡兩條急進的魚，在花花綠綠的水面逆行。

21. 大唐江山用不著你一個文人墨客瞎操心

李白與杜甫急急橫穿過朱雀大街，彷彿遲到一步就會給大唐帶來厄運。忽然一頭撞到一匹馬前，那馬受了驚，騎馬的人忙勒住韁繩仰頭揚蹄長嘶。緊跟在李白後面的杜甫忙去把李白往後拉，被那馬驚得一個趔趄跌在馬前。那騎馬的人見這人走路彷彿沒看到他的馬一樣，舉起馬鞭正想發作。突然在半空中停住了。

「住手！」一個婦人的聲音高叫道。

李白連忙扶起杜甫，再看那騎馬的人，已經走到前面去了，不知那女人的聲音從哪裡發出。此時大隊車馬從街上走過，香車寶馬僕從如雲，還有羽林軍前呼後擁，揮舞鞭子把行人驅趕到另一條街去。馬隊和儀仗過去，楊國忠騎著一匹高頭大馬，後面幾輛華麗的馬車上坐著幾個婦人，那婦人一個個珠光寶氣冶豔非常。李白離京十年有多，卻不知道這是些什麼人。杜甫看李白猶疑，便道：「太白兄認不得吧，這便是楊國忠和貴妃的三個姐姐啊。騎著馬的走在前面的，便是楊國忠，後面車上坐的便是虢國夫人、韓國夫人、秦國夫人。貴妃得寵，弟兄姐妹皆列土封侯。百姓說：『不重生男重生女』，就是這個意思。李兄還不知道？」李白見那楊國忠，面色豐潤衣飾鮮明身體挺拔，早已不是三十多年前蜀中的小流氓。李白苦笑道：「我多年未到長安，真正孤陋寡聞了！」正說話間，猛見遠遠過去一輛車，車上坐著一位頭髮花白梳朝天髻兩鬢抱面，身穿紫色繡翔鶴衫子儀態雍容的婦人。李白突然向杜甫道：「我們這就回去，這事明天我再辦。」

第二天，李白一早來到昭國坊，想起幾次棄珞薇而去，而今卻又有求於她，一向靈透率直的李白不由猶豫。

「李伯父！」李白猛聽得有人喊，回頭一看，一位美麗姑娘站在他面前。「李伯父，你不認得我是誰了？」姑娘向他笑道。李白覺得這姑娘好面熟。「我是瀟瀟呀！伯父不記得我了？」

「瀟瀟！都長了這麼大了！」記得那年韋堅出事的時候，瀟瀟才八九歲一個小丫頭。「你怎麼在這裡？」

「我在梨園，昨天郡夫人把我留下，命我在這裡等一個人。」

八成昨天珞薇在車上看見了我，李白想。

「我是特意來拜見郡夫人的。就煩你為伯父通報一聲吧！」玉環作了貴妃之後，楊家的地位越來越顯赫。珞薇與李白的那段舊情，其實已成為公開的祕密。

李白在瀟瀟的帶領下，穿過垂拂的紫藤來到了珞薇的書房。珞薇在窗前的書案上看書。窗外一片芭蕉的綠蔭投在書案上，聽見密密的花樹中金翅鳥在鳴唱。一具古琴，靜靜地擺放在牆角，室內銀製鏤花博山爐香火靜靜燃燒，冒出縷縷青煙來。

室內陳設的精漆紅木大書櫥架，寬大的書案，青瓷的畫缸，牆上掛的〈謝靈運遊山圖〉依然如故。而這〈謝靈運遊山圖〉是珞薇知道李白喜愛謝靈運山水詩，而託人請吳道子特意畫的。「郡夫人，李學士來了！」瀟瀟說。李白不知為什麼十多年前隨意進出的這間書房，今日要進去竟有些遲疑。

珞薇在窗前側過身子：「你來了……」

「珞薇……」

珞薇站起身來：「你終於還是記起了我，到長安來了！」

「李白一介布衣，在長安沒有顯赫的朋友，自然想起了郡夫人！」李白走近珞薇。

「你過得好嗎？」珞薇問，看見了李白頭上花白的頭髮和臉上深深的皺紋。

李白笑笑：「無官一身輕，我能過得不好嗎？郡夫人。」

「叫我珞薇。」

「珞薇。」李白笑了，在珞薇身旁坐下來。這大概是成功的開始。

「這回來京，看到我大唐如此興盛，你們楊家也如此興盛，心裡真是高興，但願大唐和你們楊家千秋萬代地興盛下去。」李白說。

珞薇聽了一怔，心裡暗暗得意，反唇相譏道：「不畏權勢的謫仙人是什麼時候學會說奉承話的？聽說你早已入道，難道這些話早是從道經上學來的？為了你的改進，我已經給你準備了長安最好的美酒，學士公今天到此，一定還有事吧？」

一向不說奉承話的李白偏偏被狡黠的珞薇抓住了漏洞，只好直截了當地說：「果然被你看穿。珞薇，我此次來京找你，的確是有一件大事，你是女中英豪，此事要辦成非你莫屬！」李白說。

珞薇想，他終於知道我楊家在朝中的權勢了，八成是為了求官而來，喜形於色道：「太白，你終於瞧得起我這個幕後的女孔明瞭。你的非正式的夫人如今已是當今皇上的姑媽，謫仙人願意繼續供奉翰林還是作別的什麼官，就請開口吧！」

出乎珞薇的意料之外，李白道：「珞薇，我……不是那個意思。」

珞薇搖搖李白肩頭：「別吞吞吐吐不好意思。」

李白淡淡一笑：「我還是三十多年前那句話：大丈夫有志濟蒼生安社稷……」

珞薇輕輕一笑說：「不為功名利祿？膩味，假惺惺的，那謫仙人你來找我幹什麼？邀我和你一起做夢？自作多情！」

要是在平時李白早就反脣相譏了，但今天得忍著，一任珞薇奚落。心平氣和地說：「珞薇，我之所以特意來拜望您，是請您看在我們以前的情分上，向皇上稟告一件大事，這件事關係到朝廷的安危。」

珞薇一怔：「什麼事！快說。」

「我要說出來，請答應我你一定稟告皇上，不管透過什麼途徑。」

「我答應你，快說！」

李白鄭重地說：「安祿山要造反了，大唐江山已經危在旦夕。」

「這早已不是什麼新聞了。」珞薇以眼觀四面耳聽八方的長安人的口氣對面前的書生說。

李白聽出了她語氣中對他的輕蔑，暫且按下不論，認真地說：「珞薇，我去年冬天，聽到一點風聲，親自到幽州去檢視，的確看到了安祿山謀反的跡象，他在北方修了雄武城，還養了八千『曳落河』，目前他的兵力，已接近大唐總兵力的一半！」

不等李白說完，珞薇說：「這有什麼稀奇的？他是皇上的乾兒子，他養的兵就是皇上的兵。他是四鎮節度使，東平郡王，在邊鎮修一個城有什麼大驚小怪的？你們這些文人真是的，文過飾非誇大其辭，我記得你在供奉翰林的時候，不是對安祿山特別反感嗎？你這樣說話不是有挾嫌報復的意思嗎？這十多年都過去了，天下太平，什麼事情也沒有發生。這些事，太白，你讓我怎樣去向皇上去說呢？」

「郡夫人，事情不是這樣簡單，我親眼看到安祿山偽造的龍袍和御璽！」

「啊！你在什麼地方看到的？」

李白：「我在東平郡王府的密室裡！」

珞薇大笑說：「哈哈……大詩人，真不愧是天上下來的謫仙人，你是在做詩，還是在做夢？太富於想像了！駭人聽聞，說起蜀道，就是『難於上青天』，說起發愁，就是『白髮三千丈』，你在哪兒聽見什麼風聲了？按照做詩的慣例，聽見安祿山有什麼風吹草動，那當然會說成蓄謀反叛，要殺得屍骨成山，血流成河的呀！真有意思！」

李白急切地：「珞薇，我親眼所見，大唐現在是危機四伏，一旦安祿山得逞，大唐的江山社稷，黎民百姓，就要遭難……而你們還在歌舞昇平，醉生夢死！」

珞薇微微一笑：「我也告訴你，說安祿山要造反……是要殺頭的！安祿山是東平郡王，他會討皇上的歡心。我的姪女玉環已經成為貴妃，我姪兒楊釗，皇上賜名楊國忠，現在是當朝宰相，官居極品，他們也會討皇上歡心。你是眼紅了吧？妒忌了吧？難怪你一開始就說大唐與楊家興盛，原來你是為了這個！是的，大唐江山現在有一半是楊家的了，不過，歌舞昇平也罷，醉生夢死也罷，用不著你一個文人墨客來瞎操心！」

李白勃然大怒：「你住嘴！你竟敢這樣侮辱我，我會自己去見皇上！」

珞薇反唇相譏：「你不是說，『安能摧眉折腰事權貴』麼，你當年把我的姪女兒玉環比作趙飛燕的事，我早就知道了，你不認為現在登門懇求我——一個權貴，是很屈辱的嗎？我當初是怎樣勸告你的？你自命滿腹學問，連一個供奉翰林都做不長久，難道你不該自己檢點自己？」

李白此時無計可施，忍著氣向珞薇說道：「珞薇，我感謝你曾經對我的勸告，我也是要檢點自己，只要你把安祿山謀反的事上達天聽，我以後什麼都聽你的。」

珞薇：「啊！真的以後什麼都聽我的？這可真是破天荒第一遭呀。那麼，我給你講一個故事，算是班門弄斧吧！從前杞國有一個人，他的眼睛裡只有危機，天天膽顫心驚，擔心天會塌下來，千百年過去了，天還是好好的在那裡……。」

說罷轉過身去，背對著李白望著窗外芭蕉的綠蔭。

李白明白，再說也是無用，鄙夷地說：「我也給你講一個故事：有一位琴師，想用他的琴聲來感化對方，他彈著琴，用世上最精湛的琴藝彈出最美妙的琴聲。彈呀，彈呀，彈了很久，他發覺對方怎麼也無動於衷，原來對方是——一頭牛。」

李白說完，拂袖轉身，走出了昭國坊東河縣君府。

22. 李白決定帶著魚符親自去阻攔御駕

李白下了閣樓直接出了大門，一股無名火在心中熊熊燃燒，頭上像壓了一沉沉重的鉛塊，只覺得胸脅脹痛悶慨慨地。他來到酒店要了一壺「竹葉青」酒，自斟自飲，喝了個半醉，昏昏然回到杜甫住的小院裡。從來自信自傲的他，竟有些一籌莫展起來。

剛一進門，只見是杜甫叫道：「太白兄，你看誰來了！」

「李伯父！李伯父！叫我好等！」

李白抬頭看時，竟是崔季和瀟瀟雙雙向他走來。「崔季，你們怎麼來了？」李白喜出望外。

崔季說：「前些時候我暗中與汪倫聯繫上，在鑄造的工場裡神不知鬼不覺拿走了一副鑄銅魚符，向上司領了個到長安郡王府送山貨的差事，就一路馬不停蹄地來了。路過昭國坊，碰巧見到了瀟瀟。」十年前崔成甫和韋堅同時家破人亡。今日相見，竟有些難分難捨。瀟瀟說剛見過李白，一路打聽便來到了杜甫住的地方。

崔季從衣袋裡取出了銅製的兵符說：「我準備將安祿山謀反的事情，稟告皇上，然後與瀟瀟完婚。不再回幽州了。」

「你能把魚符交到皇上手中嗎？」李白問。「無論如何，要想盡辦法。」崔季說。

瀟瀟說：「依我看，把魚符交給我。皇上命我們為他演唱的時候，我就把它呈給皇上，豈不方便？」

李白拿起那對魚符說：「你們倆趕緊準備完婚的事，交魚符這件事，由我來辦好了！」說著便把魚符裝進自己的衣袋裡。

「李伯父，這件事還是讓我去，我知道會有危險的。瀟瀟剛才已經告訴我長安的情況了！」崔季叫道。

李白笑了，把眼前這一對年輕人從頭到腳打量了一番，英俊小夥的臉紅了，瀟瀟也嬌羞地低下了頭。「杜二，你看這天生的一對美眷，怎不叫人疼愛？『關關雎鳩，在河之洲，窈窕淑女，君子好逑』，這次好不容易回來，好好在一起玩幾天。既然不打算回幽州，準備一下，選個良辰吉日把喜事辦了。魚符的事，你就放心交給李伯父辦好了。」

「行嗎？」瀟瀟問。

崔季從杜甫臉上的表情，猜到了李白辦得並不順利。

李白哈哈一笑：「你們何必不放心，是小瞧李伯父和杜伯父？難道當年讓力士脫靴，駟馬捧硯的李太白會拿這點小事沒辦法？你們儘管去準備辦喜事，我們等著吃你們的喜酒呢！」

崔季看了看笑容滿面的李白，又看了看局促不安的杜甫，將信將疑。

「這院裡正好還有兩間空房，收拾一下就可以用。如不嫌棄就在這裡就可以作新房。」杜甫說。

「那太好了。」崔季和瀟瀟說。

「就這麼定了，我和你杜伯父可不是不知趣的人囉！快去吧，跟我們老頭子在一起是不好談情說愛的呀！」李白詼諧地說道。

李白將魚符收好，放在自己的懷裡，攤開雙手作了個胡人送客的姿勢：「我們等著喝喜酒啊！」崔季和瀟瀟只好出門，說：「多謝二位伯父！」

「喜酒一定要好酒啊！」李白的臉上笑成一朵花。李白和杜甫將一對年輕人送出大門，然後回到房中。

杜甫問道：「李兄，我真不明白，你既然辦不了，由他們去辦豈不很好，你葫蘆裡賣的什麼藥？」

李白爆發出一陣大笑：「杜二，我今天才懷疑你究竟是不是一位詩人？到底懂不懂詩？」

「什麼？本人既然敢言，『詩是吾家事』，怎見得我不是詩人？」杜甫驚訝地叫道。

李白認真地說：「杜二，你沒有看見這一對年輕人本身就是天地間一首絕美的詩嗎？一個不知道自己的父母，一個從小就家破人亡遠離親人；一個在朔漠的風雪中思念不已，一個在長安的歌舞場中苦苦等待，就像春天的陽光，秋夜的明月，含苞待放的鮮花……青春啊，情愛啊，本來說是人間最美的東西，我怎能忍心有一點點破損，有一點點玷汙。杜二，難怪你的詩中不謳歌愛情，也沒有別的女人愛你！」

杜甫聽了一愣，然後哈哈大笑道：「李兄，聽了你這一番話，我倒明白了人家背後怎麼議論你！」

「人家背後怎麼說我？」李白問道。

「李太白之詩，十有八九寫的是婦人與酒！」

李白若無其事地笑笑：「此話不盡然，說這話的人定是沒有讀完我大部分的詩，焉能窺一斑而識全豹？

但本詩人自以為『婦人與酒』的題材寫得很出色，不然，怎麼會讀了我的詩，只記得『婦人與酒』呢？」

「想來，愛你的婦人很多喲？」杜甫笑道。

「然也！」李白洋洋得意地把頭一揚笑道。

二人調侃了一番之後，杜甫問道：「你既不讓他們倆去，那件事可怎麼辦？」

李白收斂起臉上的笑容，認真地說：「我要尋一個機會，親自去面稟皇上。」

崔季回來這一個月，日子過得像閃電一樣飛快，為了逃避安祿山的耳目，二人都不敢張揚。崔季帶了瀟瀟到城外長孫朋的莊園裡住了些日子，自然沒有什麼名勝古蹟，但幾株楊柳，一灣清泉足夠使他們流連忘返。只要能這樣長相廝守，對於崔季和瀟瀟已經是莫大的幸福。在杜甫租來的四合院裡收拾了兩間屋子，別的談不上，倒還乾淨明亮。有了這個小小的天地，二人只覺沉浸在甜蜜與幸福中。

李白仍為了安祿山的事，到處奔走。他到處求人，過去的「安能摧眉折腰事權貴」已無法適應辦事的情形，現在是處處摧眉折腰求權貴了。求過去的友人，求喜愛欣賞他詩歌的人，求認識他的人，甚至輾轉求過高力士。一晃十多天過去了，懷中的魚符越來越沉重。

一天百無聊賴之中，一頭撞見梨園供奉李龜年，李白無奈，只好把安祿山一事告訴了李龜年。李龜年聽了，道：「泱泱大唐，不是到了『盲人騎瞎馬，夜半臨深池』的境地了麼？」李白道：「差不多是岌岌可危了，這如何得了？」李龜年愣了半晌說：「我倒想出一個法子來了！前些日子，聽說安祿山在驪山華清宮飛霜殿西為皇上和貴妃新造了一處溫泉浴叫『蓮花湯』，池內全由瑩徹如玉的白石砌成，石面上雕著栩栩如生的魚龍鳧雁和美麗細緻的蓮花圖案，十分奇妙。過兩天皇上就要到驪山去避暑，享用這新制的

『蓮花湯』，所以命我們梨園準備歌舞隨行。我有個姪兒在儀仗隊，每次他都打著旗走在前面開路。」

「這事與你姪兒有什麼關係？」

「在下冒昧問一句，學士公可見過攔轎喊冤的事？」李龜年說。

「攔轎喊冤？」

「是的，在民間如果有人有了奇冤，久久不得昭雪，屢屢告狀卻被衙門裡底下人擋駕，萬不得已在大官出巡的時候，守候在道旁，見大官的轎子走來，便頭頂黃錢，手執狀紙衝上前去大喊冤枉。這時免不了要挨前面清道的差役一頓飽打，但因為這人跪在道中不肯走，大官的轎子受到阻礙，這時大官人從轎子裡走出來詢問根由，那麼也很可能因此沉冤得到昭雪。」李龜年說。

李白頓時心中一亮，忙問道：「你是說，讓我去攔住皇上的御駕？」

李龜年道：「這主意並不是上乘的辦法，但是如今學士公已經下野，這個辦法倒有可能讓你見到皇上。皇上以往到驪山總是從北門出去，你一早就守候在路旁，待儀仗一過，你就衝上去叫：『有本奏呈皇上』，我姪兒是認得你的，這時，我姪兒就大叫『這不是李學士嗎？』好多人都知道你的大名，縱然必有羽林軍上前驅趕扯打，但你不至於吃大虧。只要皇上車駕一停下來，事情就好辦了。」

「我怎麼沒想到這上頭？」李白說：「這下好了，老弟你真幫我大忙了！」

「哪裡哪裡，太白兄快別這樣說，在下區區一個優伶，能為學士公盡得一份微力實在是幸事。」

於是二人來到寺外一家小酒店，喝了個痛快。李龜年又把他姪兒叫來作了交代，後天便是皇上到驪山的日子。李白高高興興回到小院，將一罈「菊花酒」，放在桌子上，給杜甫講了李龜年給他出的主意，杜甫連連稱「妙」。

李白向崔季的房間走去，他要告訴崔季，李伯父有的是辦法，很快就會將事情辦妥。李白踱到崔季窗下，聽見瀟瀟吃吃地笑聲，從窗格子裡看去，崔季正站在瀟瀟身後，瀟瀟拿著大紅灑金紙正在剪窗花。剪完之後伸出纖纖素手，將窗花展開，剪的是一雙盛開的並蒂蓮，蓮葉下游著一對鴛鴦。

「好不好看？」瀟瀟問道。

「好看，你是這一朵，我是這一朵。」崔季道，又指著那鴛鴦說：「你是這一隻，我是這一隻。」

「要是我倆本來就是一對鳥兒，那該多好，可以在荷塘中飛來飛去。」

李白聽了想，一張紅紙，就能給這對年輕人帶來樂趣，要是成甫不流放嶺南，他們婚事何至於這樣冷清。鼻子一酸幾乎落下淚來。後天一早，自己便要去攔駕奏本，孰凶孰吉未可預料，倒不如明天自己為他們早早地主持了婚禮，萬一自己有什麼不測，也為老友崔成甫了卻一件大事。正想著，只聽崔季說：「瀟瀟，我倆只等李伯父將魚符呈給皇上，我便帶你到江南去，那時我倆變花變鳥，都可以。」說罷接過瀟瀟手中剪的鴛鴦並蒂蓮說：「剪的極好了，讓我們把它貼起來吧！」說著向李白這邊走過來，李白進了門，叫了聲：「瀟瀟，崔季！」二人見李白過來連忙將李白迎到屋裡。

李白道：「魚符的事，我已經有了辦法。你父親遠在嶺南，我想明天為你們主持婚禮把喜事辦了吧！」

瀟瀟滿面飛紅瞟了崔季一眼，低頭不語。崔季忙拉著瀟瀟一起向李白跪下道：「謝伯父成全！」第二天，李白作主婚人，杜甫作證婚人，殺子客忙前忙後為二人辦了喜事。喜事辦得很簡單，只有李白與杜甫的幾個好友參加，還有瀟瀟的幾個女友。李白在附近酒樓訂了幾桌酒席，一整天，顯得特別興奮，忙前忙後，彷彿他就是他們的父親崔成甫。

23. 鮮血從年輕人無頭的軀體中汩汩流出……

晚上，大家將一對新人送進洞房，盡歡而散。李白輕輕將新房的門關上，回到自家房中，臨進門前，回頭望了望對面新房，紅燭映照的紗窗特別明亮，紗窗上貼的並蒂蓮鴛鴦戲水顯得更加生動活潑。隱隱看得見窗裡一對佳偶親暱的身影，李白長長地舒了口氣，返身回到自家房中。殼子客明天要出去賣藥，已自回房去睡了。

李白一進門，便見杜甫坐在燈下桌旁，桌上放著一罈「錦江春」和幾樣小菜，正在等他。「我看你這個酒客今天忙前忙後，自己倒沒喝多少，來，此時慰勞一下主婚人。」杜甫說著給李白斟上酒。

喝了兩杯，杜甫問道：「明天一早，你真的要去攔御駕？」「是的，我意已決。」李白望著杜甫一字一句地說。

杜甫舉起酒杯，剛到唇邊又放下說：「太白，我想來想去，這件事仍有很大的危險……你能不能……另想辦法？」

李白道：「正因為危險，我才親自去做。我到底在皇上跟前做過翰林學士，皇上當年對我優寵有加。

杜二，你不必過慮了，我去不一定有危險的。」

杜甫憂心忡忡地：「如果皇上信任你，為什麼不把你留在身邊，給你一個實實在在的職位？聽說皇上不喜歡你才賜金還山的。如果皇上討厭你，而你又去奏呈皇上最不愛聽的話，這不是比常人的危險更加多出好多倍呢？」

「杜二，你不要說了，我本來不是一個能搖尾乞憐的文人。皇上雖不喜歡我，但為了江山社稷，黎民百姓，這個險一定要冒！再說三閭大夫屈原吧，楚懷王也不喜歡他的，就是漢代的賈誼、司馬遷吧，漢武帝也不喜歡他們。我要用我的生命，來回報大唐，回報皇上，就是遇到不測也無怨無悔！」說罷高舉酒杯長吟起來：「豈餘身之憚殃兮，恐皇輿之敗績，忽奔走以先後兮，及前王之踵武……」

杜甫感動得淚光盈盈，給李白斟上滿滿一大杯酒，雙手捧給李白，然後舉起自己的酒杯道：「太白兄，我跟你一起去！」

李白雙手捧起杜甫遞給他的酒，目光炯炯，面對跳躍閃爍的燭光，彷彿發誓似的：「為了大唐的江山社稷，黎民百姓，乾！」

杜甫的小屋裡，明亮的燭光照著兩位詩壇鉅子激動的臉。

「太白，你還記不記得，我們和達夫三個在黃河邊喝酒，夕陽如血，金濤澎湃，你那些黃河的詩，以山水之崢嶸抒胸中之浩氣，真是了不起呀！」說著拍案高吟道：「『君不見黃河之水天上來，奔流到海不復回。君不見高堂明鏡悲白髮，朝如青絲暮成雪。人生得意須盡歡，莫使金樽空對月！』再過千百年，這樣的詩句也會在人世間鏗鏘作響！」

李白道：「子美，你可記得，那回我們在風雨雷電中登上泰山，你寫的：『憑欄覽八極，目盡長空閒』，『會當凌絕頂，一覽眾山小』，真是千古佳作呀！」

「啊，黃河！」

「啊，泰山！」

「為了黃河和泰山，乾！」

兩位大詩人杯中的酒漿在碰撞中飛濺。

「小時候，讀到俞伯牙和鍾子期的故事，常常覺得很奇怪，為什麼僅僅因為聽懂了一支琴曲，就值得為追隨對方付出生命呢？今天，我明白了，太白……」

「詩，本來就是為了知音而寫的！子美。」

「今生，杜甫最有幸的事是遇到太白兄！」

「乾！」

「杜二，我理解你，你本是個自傲狂放的人，為了你的那個孔夫子的理想，你時時剪拂著你的非分之想，約束著你的狂放不羈，今夜我們哥倆，要暢開胸喝個痛快！」

「好，讓右衛率府參軍見鬼去吧！」

「讓翰林學士見鬼去吧！子美，乾！」

「乾！」杜甫叫道，從凳子上跳起來：「昔日荊軻刺秦王，燕太子丹到易水邊為荊軻唱歌送別。太白，我們兄弟，今夜也彼此唱歌送別吧！」

「好！」李白與杜甫彼此為對方斟酒，敲著桌子，唱道：「風蕭蕭兮易水寒，壯士一去兮不復還……」

「誰唱得這樣慷慨悲涼？」

深夜的歌聲驚醒了在錦衾中相擁而眠的崔季和瀟瀟。

「是李伯父和杜伯父！」崔季坐起身來，清清楚楚聽到李杜慷慨悲歌，他披衣起來，推開窗戶。

「明天一早！我倆一起！不管砍頭也罷！坐牢也罷，我們一起！」

「拼著一腔熱血與忠心，不信君心喚不回！」窗外傳來李白醉意朦朧的聲音。

崔季明白了，就在明天早上，李杜二位伯父，就要去見皇上。他猛想起白天瀟瀟的女友來說，明天一早要隨皇上去華清宮，她們已經代瀟瀟告了半個月的假。那麼，很可能就是明天一早，李杜二人在往華清宮的路上去攔御駕獻魚符！

「崔郎！」聽見瀟瀟在叫他，崔季回到床前，一下子將瀟瀟抱在懷中。

「崔郎，我好怕離開你！」瀟瀟說，將頭枕在崔季寬闊的胸前。

崔季不語，只是輕輕地撫摸著她溫柔的身軀。崔季支起半個身子親吻著她的美麗的雙靨，在她的耳邊說：「瀟瀟，要是有一天，我變成了一陣輕風，一堆黃土，一片柳蔭，一抹夕陽，你愛不愛我？」

「愛，愛到海枯石爛，愛到地老天荒……」瀟瀟不假思索地回答。

崔季緊緊地將瀟瀟抱在懷裡一陣熱烈地親吻之後，將瀟瀟哄孩子似的撫著拍著，瀟瀟很快地入了甜美的夢鄉。

李白和杜甫喝完了壺中最後一口酒，吹滅了蠟燭和衣而臥。崔季悄悄地起來，出了新房的門，來到醉夢中的李白床前，偷偷摸出了李白揣在懷中的銅魚符，輕手輕腳地開啟小院的門。

「崔郎……」

分明是瀟瀟在夢中叫他！崔季的心都碎了，熱淚奪眶而出。他不由自主地向新房奔去，剛走到院子中間猛然停下來，用衣袖抹乾眼淚，向那深夜中黑乎乎的窗戶看了最後一眼。此刻，揭露了安祿山就是挽救了大唐，他不再猶豫，轉過身頭也不回地向門外跑去。

瀟瀟從甜夢中醒來，翻了個身，在黑暗中她沒有睜開眼，而是本能地輕舒玉臂尋找崔季結實的軀幹。她的手摸娑探求，錦衾的那一邊空空的。

「崔郎……」沒有人答應。

瀟瀟驟然一驚，叫道：「崔郎，崔郎！」並沒有人答應，一縷微弱的月光透過窗櫺靜靜鋪在地上。

瀟瀟顧不上點燈，抓起一件外衣披在身上，趿著鞋奔到門邊，門是開著的！瀟瀟驚恐萬狀，衝出門向李白和杜甫的屋子裡奔去，李白的門半掩著。

瀟瀟「砰」地一聲推開門，睡夢中的李白、杜甫一驚而起叫道：「誰！」

「我……瀟瀟！」

「出了什麼事？」

「崔郎，……他不在了！」黑暗中傳來瀟瀟悽慘的聲音。「你說什麼？」李白問道。

瀟瀟已是泣不成聲：「崔郎……他不在了。」

李白一下子站起來，下意識地向懷中摸去，失聲叫道：「魚符不見了！」

瀟瀟和李白心裡全明白了，一定是崔季拿了魚符去見皇上！「是……崔……季，是崔季！」李白急得滿頭大汗：「要……出事的。」

杜甫直跺腳：「那怎麼辦？那怎麼辦？」「快追回來！」李白叫道。

此時殼子客也聽到了響動披衣起來，四個人一齊衝出院子，天邊已出現了魚肚白，天快亮了。李白叫了一輛車向城東奔去。

崔季來到芳林門前時，守城的士兵剛好開門。他慶幸自己準確地把握了時機。他來到修德坊的一條通向大街的小巷裡，等待著皇上的大駕降臨。

不一會，皇上出行的隊伍浩浩蕩蕩地過來了，開路的衛士過去了，鳴鑼開道的過去了，舉著旗幡大傘的過去了，雉尾幛扇過了，華蓋過去了，然後是騎馬的衛士，然後過去的是王公大臣前呼後擁地跟隨著一輛華麗的馬車，那一定是皇上的御駕了。崔季從草叢中跳出來，高舉著寫好的奏章和魚符，大聲叫道：「臣有血書，安祿山造反了！臣有真憑實據！」一邊叫著一邊衝向御駕。立即手執兵刃的羽林軍蜂擁而上將崔季團團圍住，一頓拳打腳踢，崔季任他們拳打腳踢，不停地叫喊，將血書和魚符緊緊抱在胸前。這時王公大臣們也過來圍觀，忽然有人喊「住手！」羽林軍的拳腳才停下來，此時崔季已被打得血流滿面遍體鱗傷，趴在地下不能動彈。

「是什麼人膽敢衝撞御駕？」一位武將模樣的人吼道。

「幽州節度使帳下副將崔季，有血書向皇上稟告安祿山反情……」崔季艱難地爬過去將血書和魚符雙手呈給那位武將，那魚符上已經沾滿了鮮血。皇上與貴妃的御駕緩緩地停下來。

想到安祿山為他們新造的精美的浴池，貴妃心情特別地好，她不止一次地看過「蓮花湯」的圖紙，還對安祿山從幽州運來的玉石裝飾提過意見。她不止一次地想像她與她的姐姐在池中裸身遊浴的歡樂情景，那一定像美豔的蓮花在池中競相開放。只有她們年輕美麗高貴如玉的肌膚才配有這樣豪華精美的浴池，而正在興致勃勃往華清宮「蓮花池」行進的途中，竟又意外地停下來，令她心中很不愉快。

「怎麼車停下來了？掃興！」貴妃垂下眼簾，向身旁坐著的玄宗抱怨道。

玄宗好像沒有聽見她說什麼，他對新浴池的建成一點也不感興趣，他不願想像脫去衣服到池中游泳的情景。年近七十的老皇帝，雖然盡量保養，但是歲月無情的刀劍已經在他的臉上和身上刻下了無數醜陋的皺紋。胸腹臀部的肌膚粗糙鬆弛而下垂，從各個部位耷拉下來，活像拔光羽毛只剩下皮骨的瘦雞。他時時感到疲倦，從宮中出來時他就在車中處於半睡眠狀態，他靜心養神，以便下車後能有精神去觀賞愛妃在浴池中表現的美豔。他沒有回答愛妃的提問，半閉著眼等待大臣的稟告。

「啟稟皇上，是一個瘋子，胡說什麼東平郡王要造反。」太僕卿安慶宗——安祿山的兒子冷笑著說，彷彿這是一件極其荒誕不經的事。

「什麼？說祿兒要造反？」貴妃格格地笑起來。「那麼我們全體都是附合反賊的了！我們今天是到『蓮花湯』裡去謀反的了，真可笑！」貴妃笑起來，一朵紅霞湧上雙靨，使人更覺得她的美麗的確是傾國傾城。

安祿山的二兒子鴻臚卿安慶緒，一見到著渾身是血的人說「安祿山造反」頓時心驚肉跳，此時此刻貴妃清脆的笑聲像仙丹神藥一樣將他的恐懼驅除得乾乾淨淨，於是接過羽林軍遞過來的血書和魚符說：「啟稟皇上，這瘋子居然還有所謂的證據，請皇上過目。」安慶緒將那沾染了鮮血的魚符和血書捧到玄宗面前。

玄宗並沒有接過的意思，那些沾染了鮮血的東西是那樣令人生厭。貴妃立即用衣袖掩了口鼻，作出受驚的樣子往玄宗身後縮了一縮道：「啊，真可怕！」

玄宗瞅了一眼安慶緒手中血糊糊的東西，厭煩地揮手示意鴻臚卿往後退，不耐煩地說：「既然是瘋子，還稟告什麼？砍了算了！叫萬年縣令料理這事。快走吧！」說著摟過貴妃的肩，撫平她剛才受過的驚嚇。一個太監上前放下車簾，龐大的隊伍又恢復了秩序，向驪山方向移動。

羽林軍將渾身是血的崔季拖走交給萬年縣令，處理這種事情是最簡單不過的了，就近叫一輛囚車把犯人裝進去，運到西市一刀斬決，然後叫衙門裡擬一道文書備案，上寫道某年某日奉命處決一衝撞聖駕的無名瘋子就完了。遺憾的是辦完這趟差事已是下午，趕到華清宮時已是晚上，趕不上下午梨園名優表演的〈上雲樂〉了，所以務必讓囚車走快點。

載著李白三人的車在大街上飛馳，車過頒政坊的時候，街對面一輛囚車飛馳而來，後面跟著許多看熱鬧的人在飛奔。瀟瀟一眼瞧見囚車裡滿臉鮮血的人，那囚車與他們背道而馳轉瞬遠去。

「崔季！」瀟瀟尖叫起來：「是他！快停車！」

「你看清楚了沒有？」杜甫問道，以為瀟瀟是過於緊張的原因。「是他！」瀟瀟說。

李白一聽，渾身的汗毛都豎起來了，連忙叫趕車的停下車，但見滿街行人跟著住西市方向奔跑。

「快去看，又殺人啦！」

「西市又殺人啦！」快去看。李白一把拉住一個行人，連聲音都有些顫抖，問道：「什麼地方殺人？」

那人看李白一臉陰雲，嚇得忙說：「是……西市……殺人！」

「殺誰？為什麼？」

「是一個年輕人……聽說今天……大清早……他拿著一件東西……向皇上說……安祿山要造反！」

「崔郎！」瀟瀟撕心裂肺一聲叫喊，發瘋似地跟著人群奔去，頃刻間被捲入潮水般的人流中不見了。

滿街都是奔向西市去看殺頭的人，對很多人來說，看殺頭是一種很刺激的消遣娛樂。車輛已經被人流阻隔無法通行，李白和杜甫一邊大叫「瀟瀟」，一面跟著奔跑，身邊的人驚異地看著這兩個衣衫不整披頭散髮的人在洶湧的人流中狂奔。越接近西市道路越擁擠，李白與杜甫發瘋似地一路嚎叫著。趕去圍觀的人以為他們是死刑犯的家屬，倒是自動地讓出縫隙來讓他們前行。

終於，他們遠遠地望見了背插死標、五花大綁的崔季站在囚車裡，囚車前後是荷槍扛矛的奔跑的士兵。

李白杜甫一邊大叫「崔季」，一邊不顧一切地衝向前去，看見了崔季的臉。他嘴裡塞著白布怒目圓睜，西市的喧譁淹沒了李白與杜甫聲嘶力竭的叫喊，崔季根本沒有聽見。

快要擠到西市殺人行刑的土臺前時，密密匝匝的圍觀百姓將土臺圍得如鐵桶一般。李白的臉可怕地扭曲，他嘶叫著用盡全身力氣掰開前面遮擋的肩膀，透過羽林軍如林的刀矛看到了那可怕的一幕：

羽林軍將崔季從囚車中拉出來，按倒在土臺上，崔季憤激地掙扎，昂頭向天，猛烈地搖頭……監斬官張開嘴喊出了一個字，揮手做了個下劈的姿勢！劊子手揮起鬼頭大刀，向憤怒掙扎的崔季劈下，崔季人頭落地，一腔熱血噴出來！

羽林軍的刀矛撤去了，人群為之鬆動，李白衝出人群嘶聲呼號了一聲：「崔季！」跌跌撞撞地向土臺撲去，衝到土臺邊緣時重重地跌了一跤。他支撐著半個身子向崔季的遺體爬過去，跪在崔季身旁，顫抖的雙手握住崔季逐漸冷卻僵硬的手，生命已經從年輕的軀體逝去。

天上彤雲密布，沉雷滾滾，陣風吹捲著西市的黃塵，落葉從天上飄落下來，墜落到崔季毫無知覺的軀體上……鮮血從無頭的胸腔裡緩緩流出，匯成一道道溝渠流下土臺，浸入地面汙穢的黃土……

李白像被雷擊似的木然不動，他半張著嘴欲哭無淚，只感到一陣椎心的疼痛。他按住胸部一口鮮血噴了出來，和崔季的血融會在一起，流下土臺，流過飄落的一片黃葉……

杜甫在人叢中找到人事不醒的瀟瀟。

李白強撐著病體和杜甫、殼子客埋葬了崔季，將他葬在與瀟瀟分別和團聚的灞橋楊柳樹下。他們從紅樓找來了如意，安慰痛不欲生的瀟瀟。一切辦畢，李白除了與杜甫、殼子客之外，沒有和任何人道別，離開了長安。

杜甫與瀟瀟把李白送到灞橋，遠遠望見長安城雄偉的城樓和雉堞，此時與來時的情景恍若隔世。此次的長安之行像一場不醒的惡夢，毒蛇般地盤踞李白的內心深處。李白向那陰沉的天穹之下的城樓和雉堞望了最後一眼，長嘆一聲，與瀟瀟和杜甫拱手而別。

後來，他把內心的沉痛化為筆下的詩句，帶著他特有的沉雄壯麗的色彩，悲壯宏偉的氣象，清新的悽婉與哀愁，這就是後來被人譽為百代詞曲之祖的〈憶秦娥〉：

簫聲咽，秦娥夢斷秦樓月。秦樓月，年年柳色，灞陵傷別。

樂遊原上清秋節，咸陽古道音塵絕。音塵絕，西風殘照，漢家陵闕。

第五章

1. 天寶十四年，李白日夜擔心的戰爭終於爆發

雖然李白重病在身，但總算是活著回來了，宗瑛也不敢問他為什麼，成天只忙著為他請醫生治病。一個月之後，終於漸漸地停止了吐血，慢慢地恢復了健康。但從此以後李白像變了一個人似的，常常悶聲不響地坐在書房裡，臉上布滿了陰雲。有時朋友來訪，他眼裡燃燒著怒火喊叫道：「出了昏庸的楚懷王了！出了禍國的蘇妲己了！現在是暴君肆虐天下！」宗瑛嚇得心直砰砰跳，以為他已經瘋了，忙捂住他的嘴說：「你找死呀！這樣亂說是要殺頭的！」

這時李白咯咯地怪笑著：「殺頭殺頭，為什麼不殺我的頭，民不畏死，奈何以死懼之！」說著流下淚來，拉著宗瑛的手說：「國將不國，殺頭怕什麼，早晚……有好多人要被殺頭！」宗瑛看見他狂亂的樣子，生怕他真的落下瘋病。

好不容易過了年，天氣轉暖。在洛陽做小吏的宗璟去河北辦公事，宗瑛讓他順便去看望李白的一雙兒女。

一天宗璟回來了神色倉惶，一進門就把門關上。「孩子們怎麼樣了？」宗瑛連忙問道。

「出了什麼事？」李白從書房裡探出頭來。

宗璟說：「孩子們還好，進屋說吧。」說著進了書房。

「頗黎和平陽，丹砂和小梅兒都好。我在回來的路上聽見了可怕的消息。」

「什麼消息？」李白問。

「我到河北辦事，辦完事正準備順運河南下，聽說皇上派去慰問安祿山的太監被安賊扣押，到處的人都在傳說安祿山要造反的消息，百姓人心惶惶，大戶人家都在忙碌著轉移財產，帶著子女往南方奔逃……」

「難怪近來好些北方人來討飯。」

宗璟說：「我回來的路上官兵沿路盤查，說是為了穩定人心，風聲很緊啦！趁著現在還早，趕快收拾東西往南邊去吧！晚了車馬成問題，要是仗打起來，逃命也來不及了！」

於是全家都忙碌著收拾東西。宗瑛將纈染的「百年好合」蚊帳收下來，繡著雙燕春柳的團花錦衾收起來，並蒂蓮的枕取出枕芯，這樣長途的遷徙，不可以帶太多的東西。

從此天下就要大亂了！

李白哀傷地想。一場無法抗拒的大災禍即將來臨。他站在書櫥前：《春秋》、趙蕤的《反經》、《論語》、《孫子兵法》……好像都在嘲笑他的無能。

他默默地將書取下來，宗瑛很快地收拾好了細軟，傭人過來收拾書房。少時，宗瑛為他布置的書房已經空空蕩蕩，一片狼藉，牆壁上只剩下了宗瑛的〈歸園田居〉橫帔。李白將那幅〈歸園田居〉捲起來，太長，箱子裡無法放下。

「姐，姐夫，車在門上等著了。」

宗瑛為他精心養護的一盆春蘭還在癭木花架上，她走到那盆蘭花旁，輕輕用手拂了拂，蘭花幽幽地發出香氣。宗瑛回過頭來，見李白捧著那件長長的橫帔怔怔地站在那裡。

「都什麼時候了，還要這個。」宗瑛辛酸地說。奪過李白手中的橫帔往地下一扔，那橫帔「譁，譁」散開一半，工整秀麗的隸書現了出來。

宗瑛拉著李白出了門，走過下圍棋的石桌，穿過小桃林。桃樹上已結了纍纍的花蕾，一些桃花已經在早春的溫暖中星星點點地綻放了。

「桃花開了，……」宗瑛幾乎哭出來。「桃花開了。」李白說。

宗瑛不忍再看下去，丟下李白捂著臉向馬車跑去。

讓李白極其擔心的事情終於發生了。天寶十四年十一月，安祿山、史思明率十五萬叛軍南下，唐朝政治腐敗軍備廢弛，在短短三十天內叛軍攻克東都洛陽。安祿山在洛陽登上了皇帝的寶座，改國號為「燕」，次年六月九日潼關失守。

潼關失守的消息傳來，宮中上至玄宗下至宮娥無不大驚失色。朝中沒有能抗敵的官員，楊氏兄妹都勸玄宗逃往蜀中。第二天夜裡，玄宗領著貴妃與部分皇親國戚出逃。

為了不讓人知道，要逃的人都悄悄地抄近路到延秋門集中，內侍和宮女扶著玄宗與貴妃往前走，沒有一個人敢開口說話。玄宗老態龍鍾，黑暗中只覺昏昏懵懵高一腳低一腳地向前，不時回過頭來照拂貴妃。長裙曳地的貴妃行動起來特別不便，她腿發軟，宮女們幾乎是拖著她肥胖癱軟的身體前行，她的腳不由自主地踩著長長的裙裾，在過一道小門的時候，一個趔趄幾乎連扶她的人都一齊摔倒，頭上高高的義髻掉了下來。宮女彎下身子想去拾，那義髻被後面的人一腳踢出老遠。那宮女立即撩起貴妃的裙裾，很快地拖著貴妃走了。平時耀武揚威的權貴們此時好像一群惶惶然的喪家之犬，夾著尾巴只顧逃竄。

玄宗的車駕到了延秋門，王公貴族黑壓壓站了一片，因為是「祕密巡幸」，沒有點燈。

「人都來了嗎？」玄宗問。

趁著微弱的星光只能分辨出近處的面孔。高力士睜大眼睛才能在黑暗中尋找熟悉的面孔。突然心裡一沉，怎麼不見太子？在這緊要關頭，太子不來可是件不得了的事。悶熱的夏夜高力士緊張極了，頭上的汗水撲簌簌往下掉。高力士不敢直視玄宗的目光，假如太子有事，他們這一群人的死期就到了。想到此，高力士不覺打了一個寒噤。

「父皇！兒臣來了！」遠遠地傳來了太子的聲音。人們自動閃開了一條路，太子拉著衣冠不整的永王奔了過來。

「亨兒，你來了！」玄宗蒼老沙啞的聲音顯得激動和期盼。已經是好多好多年沒有聽見父皇這樣叫呼自己了，太子心裡一酸，淚珠在眼眶裡打轉。

「父皇，是兒臣來了。」太子低低地應答。

「還有誰沒有來嗎？」玄宗恢復了鎮定。

高力士環視了一周：「太常卿呢？駙馬和寧親公主！」

一個內侍氣喘呼呼地跑過來說：「小人已去過翠華軒，見到駙馬，駙馬說，他的馬不好使喚，他換了馬立即趕來，請皇上先走一步，他隨後就到。」

「皇上，眼看天快亮了，快走吧！」高力士焦急地催促著。大唐天寶十五年六月十二日的後半夜，在「大燕」軍隊進入長安前夕，統治了大唐五十年的玄宗皇帝丟棄了臣子和百姓，逃出長安。

這是一場玉石俱焚的浩劫。

太僕卿張垍並沒有準備上馬追隨玄宗，玄宗夫婦與大臣出逃之後，遠離朝政區和庫藏區的翠華軒顯得特別清靜，太液池上飄浮著淡淡的晨霧，雲雀和金翅鳥在愉快地歌唱。張垍倒背著手在翠華軒門口踱步，等待著一生都在企盼的那個時刻。

他不止一次地暗中埋怨父親，他讓一個寒門出身的張九齡作了宰相。張九齡離開朝廷之後，李林甫與李適之共輔朝政。使張垍更為惱火的是，李適之、賀知章等人又將李白引入朝廷，而李白的才具又是他望塵莫及的，有了李白在朝，無論如何輪不到張垍登上相位。後來李白離開長安，李林甫死去，玄宗詔命的宰相是楊國忠！張垍大失所望，從此對岳丈懷恨在心。楊國忠兄妹一天不死，大唐的相位便與他無緣。潼關失守第二天，章趨偷偷溜進翠華軒，向張垍送上了豐厚的禮品，並轉達了安祿山的意願：「如果你投降，大燕皇帝將會滿足你一生的願望。」皇上「幸蜀」，張垍心裡別提有多高興了。一生等待企盼的這一天，終於到來！聽著遠處嘈雜的人聲，太液池邊走來一隊胡兵，換了胡服的章趨走在最前頭，張垍激動地迎上去。

「恭喜你！中書令大人！」章趨展開一張繡著雲龍紋的詔書念道：「大燕皇帝詔曰：——」

張垍跪下去，叩頭謝恩，激動地接過詔書。

章趨宣旨完畢，向一個胡兵手裡拿過一根綁著一大塊白布的木棍，命令張垍：「請中書令大人舉著它，走過朱雀大街！」

張垍愣了一愣，沒有伸手過去接那木棍，此時，他才覺得「中書令」後面恥辱的成分。

「老神仙，我……」張垍囁嚅地說。

章趨哈哈笑道：「張大人貴為大燕的宰相，難道不想為大燕立一點功勞？」幾個胡兵手執雪亮的兵刃將張垍圍了起來。張垍白胖而文雅的臉上沁出汗珠，浮上一絲苦笑，伸手接過那綁著白布招兒的木棍。

他，張垍，唐太常卿，玄宗的愛婿，前宰相張說的兒子，大唐的重臣，高舉著白旗，從朱雀大街走過。

這天早晨，長安人如夢方醒，他們已經被神聖的皇上遺棄了！於是宮內的嬪妃、宮女、內侍、金吾衛士蜂湧而出，然後是安祿山叛軍長驅直入，一場曠世浩劫開始了！凶悍的叛軍衝入宮內姦淫燒殺搶掠，將左藏大盈庫、東庫、西庫、朝堂庫、東都庫中的金銀珠寶劫掠一空。拿得動就拿，拿不動的縱火焚燒，頃刻間宮闕、園林、街道化為一片熊熊火海，宮宇與街市的房屋在燃燒中一片一片地倒塌。安祿山命叛軍搜尋王子王孫百官貴戚嬪妃宮女，大肆屠殺姦淫，將活人拋入火海。昔日繁華的街市濃煙滾滾烈焰騰騰，到處瀰漫著燒焦的屍體臭味，到處是斷壁殘垣。這是一場玉石俱焚的浩劫，沒有來得及逃走的官員和百姓、男女老幼、窮人和富人、好人和壞人的血染紅了叛軍的刀矛，享受了百餘年太平的人們在頃刻間就成了任叛軍宰割的羔羊。每個人都在噩夢之中，每個人都盼望著噩夢快快醒來。張垍舉著白布招兒從朱雀大街頭走過的時候，衣不蔽體的驚惶的皇親國戚從四面八方奔來，爬著跪著嘶叫著哀求著，乞求一條生路……

幾天的燒殺之後，留下的是一個淒涼、頹敗、狼藉、恐怖的世界。長安城外，廣運渠邊的一個村子裡，兩個農婦拉著一個兩歲的小孩，從草叢裡爬出來，望著遠處長安城內東北角的熊熊大火，淚光閃閃。年輕的農婦說：「我要回去看看，師傅。」

「瀟瀟，不可以。」年長的說。

「那是我們吟唱起舞的地方，怎容豺狼踐踏！」年長的不做聲。

2. 眼下沒有李白礙手礙腳，正是駟馬展露才華的好機會

因為天熱，大燕皇帝安祿山袒裸著肚皮，雄踞在昔日玄宗坐的龍椅上，向張垍等降官發號施令：「朕做了皇帝要比李唐老兒還要威風，朕要大宴群臣，慶祝戰功……」

「臣在。」張垍卑躬屈膝地回答。

「愛卿將李唐昏君宴樂的實情一一道來，朕與眾位愛卿，也要照樣樂一樂。」

張垍立即滿臉堆笑地稟道：「啟稟皇上，那李唐昏君每次大宴群臣，先設太常雅樂，有坐部伎、立部伎，然後還有鼓吹、胡樂、散樂、雜戲，還有《霓裳羽衣舞》、《柘枝舞》、《西涼伎》、《綠麼舞》等表演，又教舞馬百匹銜杯上壽，再引犀像上場，或拜或舞。以歌帝之盛德，壯軍之威武！」

安祿山越聽越高興，不由喜的抓耳撓腮道：「張愛卿，說得好！難怪人家都說當皇帝是最自在逍遙的，你說的這一攤子，數都數不清有多少享受了！哈……」

安祿山「咯咯」地笑了，袒裸的巨大肚腹一抖一抖的，抖得滿肚皮肥腸嘩嘩作響。

殿上的偽官賊將們見安祿山如此喜不自勝，不由也跟著七長八短地歡呼起來。安祿山的侍衛李豬兒，趁著安祿山的興致，忙拿出一卷畫來呈上道：「皇上，張相爺方才說的這些花樣，都畫在這幅畫上哩，奴才見皇上在幽州時愛這幅畫，特地將這卷畫大老遠地帶來。」

李豬兒展開那幅畫不是別的，正是吳道子畫的〈宮中行樂圖〉。這幅畫安祿山不知看了多少次了，安祿山的目光落在了傲然倚欄而立的李白身上。在吳道子的筆下，李白是那麼超逸瀟灑，而自己卻是那麼卑瑣可憎！

安祿山把臉一沉喝道：「那李白和吳道子到哪裡去了？」

侍立在張垍對面的高尚緊盯著張垍，論功勞他本該作宰相，但安祿山又偏偏給了在百官和長安「有名」的降官張垍，自己只撈得一個「中書侍郎」心裡早有妒意。高尚早就風聞張垍屢次排擠嫉妒李白的故事，心想要是李白一來，就更有好戲看了，便道：「想必張垍知道這二人的消息？」

張垍一聽慌了，忙道：「這二人早已不在長安，在下確實不知道。」

安祿山道：「不管怎樣，朕要舉行一次盛大的宴會，慶祝我大燕攻克長安！此次盛典，張愛卿，朕不要李唐的老調，你要為朕寫出〈慶功樂〉，並且選一位畫師把宴會的盛況畫下來，重新畫一幅比這還要長大的〈宮中行樂圖〉！」

「臣……遵命！」「在朕的這幅畫上，朕……一定要比李唐老兒還要威風！」安祿山說罷，又怕張垍辦事不能令他滿意，又派了中書侍郎高尚一同前往。

張垍與高尚從未操辦過宮廷的宴會，心裡沒有底。玄宗當政時有內侍省與梨園太常寺等多個部門合作完成，眼下偽燕朝廷草創，百事無一個頭緒，安祿山自然叫張垍直接辦理這種差事。但張垍想如今自己大權在握還怕什麼？決定恩威並施，一方面以高官厚祿引誘，一方面用酷刑威脅，就是鐵鑄銅澆的人，也禁不起他這雙管齊下。

菩提寺的雲房變成的囚室，幽暗的燈光使王維更顯得憔悴。

夏夜的蚊子異常猖狂，不時叮咬著王維。王維本來在病中，無可奈何被俘作囚。他想，如果安祿山讓他死，他死就是了，反正他對這個世界已經失望；如果不死，他唯一的希望是去做和尚，再也不看令人傷心的現實。他對禪宗，已經有很深的研究，生與死對他來說，只不過是換一個存在的方式罷了。但獄官傳來張垍特別的問候，卻使他憂慮起來。因為，這意味著他死不了也不可能遁入空門，而是要迫使他作為可恥的偽官。作偽官是有罪於大唐、有罪於百姓、有罪於先人的。王維的清淨佛心不由焦慮起來，他徹夜不眠，想不出一個超脫的萬全之策。第二天畫郎來給他送飯，他提筆開了一個方子，上面都是瀉藥，吩咐畫郎去抓來熬好。要是張垍逼他作偽官，他就喝了這付瀉藥，稱病不起。

玄宗「幸蜀」的那天，鄭虔剛夾著書袋走出《聽潮居》，就被張垍派的人抓了起來。李白離開長安後，杜甫預感這場戰爭勢必到來，因此將接到京城來的妻兒送出長安，安排在羌村。聽說潼關失守，急急忙忙拋家別子來赴國難。哪知他還未到達長安，就被投降了賊軍的南率府認了出來，立即叫麻七把他綁送菩提寺。

「宰相大人到……」隨著門外的胡兵長聲吆吆的呼叫，身著嶄新紫袍的張垍與高尚耀武揚威地走了進來。身後的每個胡兵手中捧著一個漆盤，盤中分別盛著二品至七品的各種冠服袍帶。囚官們一陣騷動，後面有的人站起來，看看賣身求榮的人今日的模樣，有的則喊喊喳喳地私下裡議論。獄官見秩序混亂，便大喝道：「宰相大人到來，還不跪下！」

前面的人聽了他這一喝，有幾個膽小的便爬起來改坐為跪，見其他的囚官不予理睬，就又改變了跪的姿勢，索性坐下。

乖巧的張垍見眾囚官不買他的帳，立即將威風收斂起來，自己找了個臺階下，連連拱手道：「諸位同仁不必多禮！久違了！」高尚心中暗暗好笑，冷眼看張垍作何表演。

張垍一團和氣地笑道：「諸位同仁，在下今天到此，來意有三：其一，轉達大燕皇上對諸位同仁的問候；其二，大燕國新立，皇上念昔日與諸公同朝，皇恩浩蕩不究前科，願為大燕臣子而反唐朝者，皇上願意賞賜官職；其三，皇上攻克兩京，將賜宴慶祝，凡有為慶功宴作詩詞歌賦樂曲者賞四品官職。古人云：『識時務者為俊傑』，還望諸公勿失良機！」

張垍一邊說著，一雙眼溜來溜去在人群中搜尋，看見了一個瘦子正在人群中哂笑。張垍正想命人將這瘦子拉出來懲戒，細一看這人正是太子右衛率府兵曹參軍杜甫，旁邊坐的是閉目養神的王維。張垍環視一周，希望有人來回應他的話，但很快令他失望了，人群中多半垂著頭一聲不響。張垍直勾勾地盯著杜甫，他腦海中浮現出杜甫在集賢院參加殿試時那和順老實的樣子。他想如果給他一個四品，對一個八品的參軍來說應該是天大的喜事，不愁杜甫不幹，決定從杜甫這裡下手，以圖有一個順利的開端。

「那不是杜參軍嗎？請到前面來。」張垍道。

然而杜甫將雙手抱在胸前朝他望了望，並沒有到前面來。

「杜參軍，我記得你與李白是好朋友，你二人並馳大唐詩壇，那次在集賢殿當著諸位同僚的面，做了很多好詩，那昏君不過才賞了你一個小小的參軍。今日大燕皇上賜予良機，你不想揮翰高吟麼？」

高尚是第一次見到在大唐詩壇與李白齊名的杜甫，但出乎意料之外的是這位大詩人僅僅是一位從八品的參軍。心想，要是這人肯降，正該給張垍樹一大敵。高尚見杜甫從人群中走出來，向張垍拱手道：「恭喜，恭喜，張駙馬，你沒做成大唐朝的宰相，卻終於做了大燕的宰相了，我倒是想吟詩作賦，又不明白該寫給哪一位皇上，給你駙馬公的老岳丈呢？還是你的新主子安祿山？」囚官群中發出一陣哄笑。

張垍不料杜甫說出這種話來，羞得臉上青一股紅一股，無言可對。

杜甫又道：「你別不好意思，虧你在這種時候記起我來。不過依我看，駙馬公此番春風得意，居一人之下萬人之上，眼下也沒有李白礙手礙腳，正是展露才華的大好機會。再說讚頌大燕皇帝的詩作怎可以由我一個囚官來做？此事正是非駙馬公莫屬呀！況且你現在主子是不識字的胡人，不管你怎樣把李白的詩改頭換面，你的主子都不會察覺。」

「放肆！給我捆起來！」張垍氣極，嘶叫道。

兩個胡兵撲上前去，像老鷹抓小雞一樣把本來不甚強壯的杜甫雙手反縛，雪亮的刀架在脖子上。一時間大殿裡鴉雀無聲，有的人低聲啜泣起來。

「哈哈！」杜甫昂起頭來一聲長笑，尖刻地說「張宰相，你做不出一首讚頌主子的詩，反而遷怒於我嗎？」

「我……我殺了你！」張垍氣得臉色鐵青。

「你以為你殺了我，你的詩才就會有長進？」杜甫反唇相譏道。

「與我拉出去砍了！」張垍叫道。

如狼似虎的胡兵們把杜甫拖出去，這位中原書生表現出來的膽魄讓一直在旁觀看的高尚心中暗暗吃驚。幸好大唐只有一個杜甫，要是多一些杜甫，他們怎能征服大唐！然而征服了杜甫也就征服了大唐，於是高尚叫道：「慢著！回來！」胡兵是慣於聽命於高尚的，立即把杜甫押了回來。

高尚對張垍狡黠地一笑：「張大人，何必為做詩的事殺人呢？你殺了他，天下人不是要譴責你嫉賢妒才麼？」

「這……」張垍一下子回不過神來。

「將此人嚴加看管，改日送往洛陽，本大人要親自審問。」高尚說。

「張大人，再說畫畫的事吧。」

張珀此事只覺得自己像一隻傀儡，被人提著玩耍，只好強壓心中的羞惱，把目光投向閉眼養神的王維。

「王大人……」

王維好像沒有聽見張珀在叫他，旁邊的同仁碰了碰他，王維才抬起眼皮，半睜半閉地瞟了瞟張珀。

張珀走到王維面前說：「自前朝吳道子出京，王大人是長安畫苑首屈一指的人物。」張珀竭力把話說得有一點文人情調，表示自己也是個文人，用以修正杜甫加在他身上的不學無術的醜惡形象。張珀一邊說一邊仔細觀察王維的臉上的變化：「前朝如落花流水去也……大燕的皇上正期待王大人出山哪！」

「前朝……」王維悽然的地想，自從囚禁在菩提寺以來，王維日夜魂牽夢繞的正是那個「前朝」！「前朝」有優美的樂章，有精緻的林泉，高雅的人物，溫柔寧靜的月光，超然的禪意……如詩如夢，這些東西像漬制果品的香料和糖，更準確地說是陽光、空氣、水和食物，已經浸漬了他的每一個毛孔，每一塊肌肉和骨骼，甚至每一條思緒。沒有這些就不成其為王維他本人。張珀的「本朝」如此庸俗粗鄙野蠻，哪堪忍受？隨著「前朝」的敗落，這些都一去不復返，不覺兩行清淚順著面頰掉了下來。張珀見王維不言只是落淚，便進一步說項道：

「送舊迎新乃世間之常理，若王大人肯為皇上作畫，這紫袍金帶就是皇上贈送給王大人的，請王大人笑納。」淚眼悽迷的王維並不想去看那紫袍，只想逃脫這場不忠不義的情形，便有氣無力地嘆道：「在下重病纏身，擱筆已久，畫藝荒疏不堪差遣。」

王維委婉推辭使張垍怒火中燒，張垍恨不得將剛才受杜甫的一肚子氣一下子發洩出來，冷冷問道：「畫藝荒疏？『當代謬詞客，前身應畫師』是王大人前不久寫的吧？」

王維不語，只閉目端坐。

張垍想，這人不過是想裝點假正經罷了，便道：「想大人在年輕時，為了得到狀元，曾經扮著伶人與你的情人為玉真公主歌舞，大燕皇帝很賞識你詩畫雙絕的才藝。如果說王大人肯為皇上作畫，並不需要你扮著伶人去求取，高官厚祿就會送上門來的。王大人，何樂而不為呢？」

哪知張垍不說便罷，如今這番話在王維聽來，一字一句像鋼針般扎進王維他的心裡，只恨當初為一時之名，如今落得被這下流的東西作為話柄。王維狠了狠心，呻吟道：「張大人不必苦苦相逼，王維服藥醫治幾天，再向張大人回話。畫郎，把煎好的藥拿來。」畫郎聽了，忙去後院將煎好的藥端來，王維接過藥碗，咬咬牙一仰脖子將那碗藥喝了下去。張垍不知他到底是什麼意思，但言道：「王維！你做得前朝的文部郎中，本朝的文部郎中為何做不得？」正說話間，只是王維面色慘白，緊皺雙眉，捂著肚子倒了下去。

杜甫心想王維定是服了有毒有害的藥，大叫道：「張垍你這無恥之徒！你要是逼死了王大人，我們遲早要找你算帳！」

張垍恨恨道地：「如果不願做本朝的官，通通拉下去砍了！誅妻子，滅九族！」

張垍說罷，一隊胡兵上前，「唰」亮出雪亮的兵刃向囚官們逼來！

這時從囚官中後面的角落裡，站起來一個鬢髮花白的老人，這人沒有戴帽子，花白頭髮，在頭頂上草草挽個髮髻，身著灰褐布袍。老人叫道：「諸君稍安勿躁，稍安勿躁，不過就是為了慶功宴的事麼？只要二位大人肯通融，樂曲、詩賦、繪畫，些須小事，何必動怒？」

高尚見這糟老頭子竟口出狂言，將弄得張垍下不了臺的這一攬子事情稱為「些須小事」，不禁問道：「這人是誰？」

張垍見了這老人心中一塊石頭落了地，便答道：「是人稱大唐詩書畫三絕，原太常寺協律郎，整理過〈霓裳羽衣曲〉的廣文館主事鄭虔。」

高尚見這邋裡邋遢的老頭竟是所謂詩書畫三絕的大唐廣文館主事，心中暗暗納罕不敢唐突，便吩咐胡兵撤下去，做出一副禮賢下士的樣子道：「老先生之言有理，敢問老先生如何個通融法？」

鄭虔道：「大燕最近開國，唐朝的舊臣哪能一下子就適應大人的派勢？在下以為，願作大燕之臣者授之以官，不願者讓其為百姓即可，只能勸導，不能威逼。」

高尚想，我朝新立，不附我者焉能逃脫死路一條？但只要這老兒答應慶功宴的差事，表面敷衍一下有何不可。適才冷眼見旁邊幾個黃胖官兒已經有些熬不住，只有張垍這蠢才往硬釘子上碰。於是道：「老先生說得極是，都像老先生這樣通情達理，我怎會兵刃相向。像先生這樣的高人在下實在欽佩，在下願意與先生單獨一敘。」

於是命獄官立即在菩提寺安排了一間清靜雲房，備了一壺好酒並幾樣精緻小菜，與鄭虔邊吃邊談。鄭虔將慶功會的事大包大攬一概應承，又囑咐高尚派人去搜尋樂工、歌伶、舞馬、舞像排練事宜，準備在下個月諸般就緒，即可開慶典，並願意遊說杜甫也來就職，高尚聽得滿心高興，末了試探著鄭虔要個何等官爵，鄭虔說出來，大大出乎高尚意料之外。

「什麼？老先生要當攝市令？」

「正是。眼下新國剛立，市面上糧食貨物價格高昂，在下長住長安對此較為熟悉，再說……」鄭虔裝出有些窘迫的樣子。

「老先生請講。」高尚說。

「……為自家買點便宜東西，也好度日。再說做了大官，要按時上朝，老夫閒散慣了，恐受不了朝廷規矩。」

高尚聽了冷冷一笑，心想「人為財死，鳥為食亡」這話真正不假，連大唐三絕的廣文先生骨子裡也貪小利。轉念一想這種話可不是學問高深的人所說的，莫非有詐？瞅了瞅鄭虔那髒兮兮的灰褐布袍和面帶菜色的臉，將信將疑說道：「行！給你個攝市令當當。」

3. 瀟瀟的寶劍像一道閃電直逼安祿山的咽喉

慶功大典在洛陽舉行，洛陽禁苑中有凝碧池，池的兩側有芳樹亭和金谷亭。安祿山與諸胡叛逆高坐樓臺，大典的第一個程式，就是殺李唐王室宗親及大臣，祭奠被玄宗誅殺了的長子安慶宗。安慶宗原被玄宗封為太僕卿，並將榮義公主許配給他。安祿山起兵范陽之後，玄宗命令斬殺安慶宗並賜榮義公主自盡。安祿山命押來霍國長公主以及王妃、駟馬等，將這些人開膛剖肚剜出心來，獻祭於安慶宗的靈前。

又將往日懷恨已久的大臣、皇孫、郡主等百餘人用鐵揞揭開他們的腦蓋，致使腦漿迸裂，流血滿地。慘無人道的虐殺，使在場的降官、梨園的樂工優伶無不慘然。

祭過安慶宗之後，安祿山命梨園樂工奏獻舞，樂工們哪有心思奏樂，一個個面帶淒涼之色，有的垂頭低泣，有的木然不語。張垍見這些人不聽使喚，心裡急得貓抓似的。原來鄭虔作了一首古裡古怪的〈慶功樂〉讓樂工們排練，張垍不懂音律，以為大功告成，便吩咐鄭虔離去，自己親自帶領梨園樂工到洛陽。此時見樂工們這種狀態實在無計可施，便命胡兵持刀上前威逼。胡兵押著樂工走向安祿山的看臺前，腳下盡是王公大臣的鮮血，一個個淚眼相看，好不悽慘。

張垍來到櫃檯裝模作樣地叫道：「太常梨園諸部樂工歌舞伎聽著，大燕皇上有旨，今日慶祝大燕攻下長安，賜宴群臣，爾等快奏樂歌舞！」

樂工們含著淚來到看臺前按秩序排好，領頭的鼓手輕輕敲著鼓點，低聲說了聲「起！」但見那立部伎、坐部伎諸般管弦一齊奏響，男女歌伶齊聲高唱。張垍聽那雅樂聲聲，卻並不是鄭虔作的〈慶功樂〉，先前不知在哪裡聽到過，這曲子好熟！

但聽伶人們哀哀唱道：「雙鵝飛洛陽，五馬渡江徼。何意上東門，胡雛更長嘯。太白晝經天，頹陽掩餘照。王城皆蕩覆，世路成奔峭。四海望長安，顰眉寡西笑，蒼生疑落葉，白骨空相弔……」

原來伶人們常唱李白的歌詞，如「思邊」「對月」一類。李白雖離開長安已久，但這二十年間，「李學士的新詞」卻像長了無形的翅膀，越過萬重關山飛入長安。故爾李白這次描寫離亂的新詩直接套入舊曲，歌伶自如地將它吟唱出來。

李白歌詞中所寫「雙鵝飛洛陽」「五馬渡江徼」乃是寫晉代胡人石勒逆亂中原的故事。安祿山與諸胡叛逆並不懂這些典故，以為奏的宴樂，咿咿呀呀聽來甚是悅耳。張垍一聽唱的是李白咒罵叛胡的詩，嚇得大驚失色，及唱到「中原走豺虎，烈火焚宗廟」，不由得索索發抖。高尚見張垍神色不對側耳細聽，似乎聽出點名堂，又見歌伶們悲泣不已，兩側侍立的偽官也一個個面帶哀戚之色，忙瞪眼叫道：「停下！」歌聲倒是停下來了，樂工伶人們卻已到傷心之處，觸景生情有的人忍不住嚎啕大哭起來。

「哭什麼？嚎喪呀！」安祿山覺得氣氛不對，吼叫道。

高尚「呼」的一下站了起來，喝道：「爾等竟敢在慶典喜宴上悲傷流淚，冒犯天威，與我抓起來！」

胡兵們衝上去一腳將鼓手踢倒在地，把刀架在哭泣的伶人們的脖子上。

高尚惡狠狠地瞪著張垍道：「他們唱的什麼？張宰相，這是怎麼回事？」

張垍此時見高尚將矛頭對準自己，慌了神，對樂工伶人叫道：「你們不奏〈慶功樂〉，竟敢奏李白的詩，該當何罪？」

樂工們見張垍狐假虎威的樣子，一個個義憤填膺怒目而視，那鼓手從地上爬起來，叫道：「要老子為逆賊奏樂萬萬不能！」飛起一腳將那鼓踢了出去「轟隆」滾了好遠。

「大膽！」張垍喝道。兩個胡兵撲上去將鼓手雙手反剪起來。那鼓手淚流滿面地哭道：「李學士的詩，普天下的人都敬仰，只有豺狼才不聽！我這一輩子，不知奏了多少李學士的詩，今日得罪了你們這幫狗賊……」鼓手說著突然搖頭大笑起來，笑得淚珠四濺，鼓手笑道：「張垍！你忘恩負義的狗！你快殺了我，從此天下再也沒有人奏你的狗屁〈慶功樂〉！」

張垍暴怒地叫道：「給我剁成肉醬！」

「死就死，殺就殺！沒有人奏你的爛曲子！」那鼓手叫道。「還不與我砍了！」安祿山恨恨地叫了一聲。

凶殘的胡兵舉起大刀，向鼓手劈頭砍下，一刀又一刀頓時鮮血橫流，染紅了那面羯鼓。

「再有違抗者，照此下場！」高尚叫道。

樂工與伶人一個個恨得咬牙切齒，沉默無聲。

「快奏，唱我的〈慶功樂〉！要是皇上今天不開心，一個個全給我殺光！」張垍氣急敗壞地叫道。

樂工們誰也沒有動手去擺弄樂器，誰也沒有開口唱一個字，一片死寂。整個大唐的太常立部伎、坐部伎、梨園舞伎、歌伎、百戲班的伶人都凝凍在血海深仇之中！

張垍正在騎虎難下之際，突然一聲長笑劃破沉寂。

一位絕代佳人走出佇列，亭亭玉立地站在凝碧池邊芳樹亭的臺階上。

「秦供奉！」樂工們驚訝地低呼。

安祿山、高尚和諸賊將無不驚訝，貪婪地注視這位美麗非凡的女子。瀟瀟走到中央，大聲對張垍說：「張駟馬，你殺了鼓手，那〈慶功樂〉定是沒法演唱了，不如我來舞劍，想必會使皇上開心的。」說完向安祿山輕輕地一笑。

安祿山的魂魄好像被這輕輕一笑牽到了九霄雲外，張垍見狀忙說：「這位是前梨園掌教金陵子的再傳弟子——梨園奉供秦瀟瀟！」安祿山一聽「金陵子」三字立即轉怒為喜，張垍恨不得立即扭轉僵持的局面，忙道：「請皇上恩准吧！」

「金陵子的弟子？好！快獻上來！」安祿山道。瀟瀟輕舒玉臂伸手向安祿山：「劍！」

安祿山向身邊胡將一揮手，胡將把劍抛向空中，瀟瀟穩穩地接住。

瀟瀟握著雙劍來到樂工和梨園眾優伶面前，向他們拱拱手，語重心長地說：「眾位好兄弟，好姐妹，瀟瀟從小入梨園，承蒙各位兄弟姐妹關照，當著皇親國戚、王公大臣、各國使節獻藝不知多少次。今日獻藝非同尋常，懇求盡心盡力奏樂唱歌，助我一臂之力。以免他人言我大唐無人。」說罷將她那清澈如秋水的一雙美目從諸樂工優伶臉上一一掠過。

瀟瀟向樂工說聲「起」，樂工們奏起了健舞〈破陣樂〉，但聽伶人齊聲唱道：

「龍泉生豪氣，劍光動四方。曜如羿射九日落，矯如群帝驂龍翔，來如雷霆收震怒，罷如江海凝清光，魍魎魑魅色沮喪，華夏焉能養豺狼？女兒手中三尺鐵，光復我大唐！」

瀟瀟應和著歌聲將手中的雙劍舞得神采飛揚，一忽兒像一道道閃電劈破蒼空，好不驚心動魄，一忽兒又如萬點梨花競相開放，正如錦上添花。有時如條條遊蛇空，有時又如裹雪的旋風呼嘯。安祿山手中端著一碗酒，竟忘了喝了，只看得目瞪口呆。

突然瀟瀟舞近看臺，猛一轉身手中的一支劍突然脫手，如投槍般呼嘯著，閃著寒光向安祿山飛去

「崔季，我隨你來了！」瀟瀟猛然將劍往脖子上一抹！

安祿山驚惶得叫不出聲來，丟下酒碗，抓過身旁一個胡將擋在他前面，那飛來的利劍直將胡將插了個對穿，劍尖直插入安祿山的肩部。安祿山抱著死人倒在地上，頓時全場大亂。

叛將們三腳兩手地忙將安祿山扶起來，一隊胡兵立即將樂工包圍起來，另一隊胡兵則手執刀矛逼近瀟瀟。瀟瀟已退到凝碧池邊欄杆旁，她傲然而立，將另一支劍橫在自己的脖子上。

「瀟瀟！」樂工優伶們哭叫著。

「殺了她！」安祿山嚎叫道。

瀟瀟凜然不可侵犯的樣子，衝上來的胡兵們驟然停下來。

「崔季，我隨你來了！」瀟瀟自言自語地說，然後猛然用劍往自己脖子上一抹，殷紅的鮮血流出來，身子如玉山般倒在漢白玉的雕欄旁。

安祿山暴跳如雷：「把他們通通關起來，他娘的！」

安祿山抓起桌上的御用七寶玻璃盞往地下一扔，肩上的傷使他立刻痛得面部抽搐，蹲了下去。

4. 我就是赴湯蹈火，爬也要爬到鳳翔

中原的夏天很熱，當上偽皇帝不久，勞心過度的篡位生涯使安祿山特別暴躁，肥胖的身體長了毒瘡，眼睛漸漸的視物模糊。高尚稟報說，六月十二日，玄宗從長安逃往蜀中的路途中來到馬嵬驛。十四

日唐兵譁變，殺了楊國忠，玄宗被迫縊殺了貴妃楊玉環。留太子李亨討伐逆賊。七月，太子已經在靈武登基即位，改元至德。任郭子儀為天下兵馬大元帥，率各節度使起兵討伐偽燕。安祿山毒瘡疼痛難忍，盛怒之下將長安的囚官全部解送洛陽，不降便斬。

一大早，菩提寺的囚官們通通被叫起來，賊將傳來命令，命他們立即到洛陽，全部武裝的胡兵押解他們上路。走到平康坊時，只見坊內濃煙滾滾烈焰騰騰，有人叫道：「不好了，起火了！」囚官們一個個像炸了巢的馬蜂，四處逃竄。胡兵們慌忙去追捕囚官，杜甫冷不丁地轉身溜入東市，來到長孫朋的「聚珍齋」。杜甫對這院子極熟，原來自那年崔度被殺李白離開長安之後，長孫朋感覺天下將亂，便把「聚珍齋」的大部分古董變賣，帶著家眷進了伏牛山。「聚珍齋」的房子大部分空著，就借給杜甫和殼子客住。有的房屋正好用來堆放藥材。安祿山攻打潼關時，高適正在哥舒翰軍中，殼子客聽說潼關吃緊，想起了高適，忙背了草藥，去幫前線醫治傷病。杜甫一人冷清無聊，便找了鄭虔來作伴。所以長安淪陷之前，「聚珍齋」住著杜甫和鄭虔。杜甫溜進「聚珍齋」，慌忙將門關上到了後園柴屋裡，果然鄭虔等在那裡。原來鄭虔做了攝市令後，叫了幾個太學生作他的手下，一邊調查賊軍的防務，畫在〈天寶軍防圖〉上伺機向唐軍密報，一邊救助被賊兵追捕的官民。昨日聽得安祿山要解押囚官到洛陽的消息，當即來到菩提寺。鄭虔向獄官說明自己受中書侍郎高尚之命，來勸降杜甫。獄官深信不疑，便讓鄭虔來到杜甫囚室，鄭虔見到杜甫，如此這般作了安排。

自從叛軍進京，百姓官吏紛紛逃竄，十處住宅九處無人。鄭虔吩咐太學生潛入平康里，待押囚官的隊伍經過便放起火來，杜甫趁亂逃出溜到「聚珍齋」。鄭虔忙拿出一套胡人的短袍馬靴來與他換上，叫他從後門溜出去到「聽潮居」。杜甫溜出後門與囚官的隊伍已經隔了兩三條街道，押囚官的胡兵哪裡找得到他？

杜甫來到聽潮居，進了門繞到鄭虔書房裡揀一個角落蹲下。少時鄭虔手中拎了一個包袱進來，喚了杜甫，將手中包袱開啟，裡面竟是一壺酒，幾個胡餅，一包牛肉。杜甫囚在菩提寺，一個多月哪裡吃過這些東西，狼吞虎嚥地吃了些。鄭虔問：「你可記得到曲江的路？」杜甫說：「記得。」鄭虔道：「你想想原來曲江池與城牆交界的情況，曲江池的水，是從城牆洞底下流到城外的，名叫黃渠。冬天枯水的時候，看得見城牆與外面的通道，還有乞丐在那裡住。」杜甫想了想說：「是了，在芙蓉苑的邊沿。」

「這就對了，夏天雨水多，曲江池水漲了，有些破船堆在城牆下的水道口上，有胡兵巡邏，晚上半夜一過胡兵就睡覺去了，你從破船邊到水道口從那裡出去。」鄭虔說。

「我可是不大會水，這如何是好？」杜甫著急了說。

「到這一步，你無論如何拚命也要摳著城牆捱出城去。不然就沒命了！」鄭虔說。

「我明白。」

「我還有頂要緊的事託你。」

鄭虔從書櫃的後面取出一支毛筆來，鄭虔將筆桿尾部抽出，裡面竟是一張裹得緊緊的辔絹，鄭虔開啟辔絹，上面密密麻麻寫著小字，標記著各種符號。杜甫說：「這裡面是一張賊兵在長安的布防圖，你無論如何也要把它帶到鳳翔，親自呈給皇上。」鄭虔把近來聽到的情況一一告訴杜甫，說郭子儀、李光弼與諸節度使，如何起兵勤王，顏真卿、顏杲卿、張巡等如何拚死守衛。然後收好絹圖放在筆桿裡，仔細地將毛筆給縫在杜甫的衣袋裡。又將捨不得喝的半壺酒，倒在一個白瓷瓶裡用塞子緊緊塞好，將那剩下的饅頭和牛肉用油紙包好交給杜甫，並把番刀給他佩在腰間。黃昏的時候，鄭虔帶杜甫出了「聽潮居」。埋頭跟隨在鄭虔後面。從每個坊裡的小巷穿過，天快黑時來到曲江邊。

臨別鄭虔握著杜甫的手道：「子美，如今國難當頭，大唐的興衰成敗，蒼生百姓的生死禍福都在我等的肩上！」

杜甫含淚道：「先生請相信我，我就是赴湯蹈火，爬也要爬到鳳翔！」

「保重！」

「先生保重！」杜甫說罷鑽入了曲江畔的草叢中。回頭望隨著鄭虔佝僂的身影消逝，濃濃的夜色吞沒了長安。

杜甫躬身在草叢中潛行，像一隻逃避追捕的野獸。自賊兵進了長安，這地方成了殺人場。昔日的花圃園林已一片破敗。因為天氣熱，無人收斂的屍體很快的腐爛，遠處大路上時有賊兵巡邏的腳步聲。杜甫忍住噁心往前爬了半個時辰，望見了前方黑黝黝的亭子，亭子往南就是曲江池寬闊的河岸，河岸往東一裡地就是曲江池透過城牆的出水口。杜甫好不容易向東爬過那片空地，終於來到出水口附近，已是半夜時分。因為賊兵怕唐軍來偷襲，不時有人在出水口處巡邏，每隔半個時辰，就有打著燈籠的胡兵走過來。杜甫伏在一叢茂盛的蘆葦後面，連大氣也不敢出，等著下半夜的到來。此時只覺臉、手、脖子火辣辣地疼，那是被荊棘劃破的口子在流血。杜甫覺得脖子上又癢又痛，伸手一摸軟軟的好幾條螞蟥，正在吮吸他的鮮血。杜甫用手把它們抓下來扔了，只稍停不動，飢餓的蚊子一團團地撲上來，把他當成了美餐，使勁地在他裸露的臉上、脖子上叮咬。杜甫不敢用手拍，只不斷地用手在裸露的地方摸來摸去，不知過了好久好久，胡兵沒有了響動。

杜甫終於摸索到出水口處，輕輕下了水，好在上漲的水還沒把城牆洞封完，城牆與水面的距離不到一尺高，這一段全是黑沉沉的，沒有一絲亮光。杜甫抓住城牆的石磚，慢慢地摸索著往南趟，忽然石壁沒有了，伸手觸控到一團軟軟的黏黏的東西發著惡臭，再抓一把像硬硬的棍棒——是一具人屍！杜甫嚇得幾乎驚叫起來，他腳下一滑，跌入水中，一口臭水灌進鼻子裡，這時巡邏的賊兵聽到了響動，叫道：「誰！誰在那邊？」杜甫嚇得連忙奮起精神浮出水面繞到那堆屍體後面，一手抓著石壁，一手將那屍體撐起遮住自己的臉，把頭埋得緊緊的，整個身子泡在水裡。燈籠的光照射過來，杜甫咬緊牙關忍往噁心和驚駭屏住氣息。也許是涵洞裡太黑暗，胡兵看不清什麼，只聽有人說：「是魚吃死人呢，一具死屍，晦氣！」一會兒燈光消失了，杜甫慌忙扔下死屍摸著石壁往南趟去。趟了好一段，牆壁到了盡頭，手觸到了河岸，杜甫連忙爬上岸，仔細聽四下無人，才翻腸倒胃地嘔吐起來。

杜甫摸了摸那支毛筆還在，驚喜地摸到酒瓶，瓶塞還緊緊塞著，杜甫拔開瓶塞，猛地喝了兩口酒，定了定神，喘了口氣忙向北邊跑去。

接近大道的時候，杜甫忽然看看遠遠地一隊賊兵手執兵器和火把在大道上奔跑「抓住他！別讓他跑了！」賊兵叫道。

杜甫跳進荊棘叢，正要往前鑽的時候，一隻手拉住了他。「別動！動就殺了你！」杜甫聽到一個低沉的聲音。

杜甫只好同那人一動不動地蹲著，聽得見賊兵的腳步聲從他們頭上的小道跑過，過了好久賊兵已經走遠，杜甫與那人才不約而同地從荊棘叢中鑽出來。

東方的微曦使少陵原漸漸清楚起來，杜甫也看清了那人的臉：「胡少府，原來是你，你不是投降安賊了麼，你怎麼跑出來了？」

這人正是少府監胡正，他也認出眼前這個穿胡服的瘦子，正是那日在菩提寺嘲諷張垍的杜甫。

「啊，杜參軍，你也逃出來了？」

胡正黃黃的臉上浮現出從未有過的悲慘的表情。

「胡大人，他們不是給你了個什麼官做麼？你怎麼也要逃？」杜甫問道。

胡正捶胸頓足地說：「唉，全完了，我的積蓄、莊園、財產、妻兒，還有我剛買的小妾『玉芙蓉』，全都沒了！」說著抽抽噎噎地哭起來。

杜甫見他無限辛酸的樣子，問道：「想不到你們這些做大官的，也有這麼多煩惱。」

胡正聽杜甫這麼一說，不由老淚縱橫道：「杜參軍，你不知道，我這一輩子用了多少心思，才得到這些財產！」

杜甫是個天生好奇的人，一輩子刻苦做學問，「其責也重以周，其待人也輕以約」，常為天下寒士鳴不平，但從未研究過大官們發達的細節。往日在場面上看到胡正一副蠢蠢的樣子，也曾暗暗納罕過為何這種人在朝中混得步步高昇。今日胡正自己說出來，何不聽聽。便問道：「原來胡大人的官職財物，皆來之不易？」

二人穿過少陵原快步跑過大路，進入白鹿原的草莽，鑽進渭河邊的樹林子一直往東南，這一段是荒無人煙的地方。胡正已經多年沒有與人交談過自己的心事，今日忍不住將當年自己如何在封禪大典給張說獻溺壺，如何趕走文長田，如何巴結李林甫，討好高力士，如何向楊氏兄妹邀寵，一一說了出來。

杜甫反唇相譏道：「像你這樣的人，怎麼就沒有巴結好安祿山，而跟我這樣的人一樣流亡，真是不可理喻。」

胡正抹了抹眼淚說：「唉，杜參軍，你是個聰明人，怎麼連這個也不明白？安祿山是隻狼，我投降了他，要是像你這樣沒有財產倒罷了，他和他的部下眼睛都盯著我胡家偌大家財。眼見我的財產被他吞沒，我的小妾和女兒被他們糟蹋，老夫只有忍氣吞聲。光是終南山下的那片田莊就有一萬多畝呀！他給我的是一頂紙糊的官帽，我稍有不滿，那賊兵就把刀架在我脖子上，還有我有一個死對頭……」

「誰？誰敢與胡大人作對呢？」杜甫問道。「章趨。」

「章趨老神仙是銀青光祿大夫，超然物外的人，與胡大人你有什麼仇恨。」杜甫故意問道。胡正恨恨地說：「三十年前，被我趕走的那個製作溺壺的文長田，就是章趨，他是安祿山的密探！我要不逃，他早晚會殺了我。」

杜甫詫異道：「章趨？你知道他是安祿山的密探，為什麼不稟告皇上？」

胡正這時有點自以為得計地說：「嗨，杜參軍，你真是書生之見了，難怪你滿腹學問，才做到八品的兵曹參軍！這種事，怎能夠稟告皇上？他是皇上的近臣，我要是說出我識破了他，我還能活命麼？就是韋堅大人也沒能鬥過他。俗語說『宰相肚裡能撐船』，我要是不能容納他又怎能官居二品？」

杜甫冷笑道：「如果沒有章趨作內應，安賊還不至於很快攻破長安吧？」

「這……」胡正無言以對。

「你現在打算往哪裡去？」杜甫道。

「太上皇讓永王坐鎮江南，以圖恢復。江南沒有戰事，依然歌舞昇平，我當然是到江南去。你呢？」

杜甫說：「太子在靈武即位，如今已經在鳳翔召集軍隊討賊，我要到鳳翔去救國危難。」胡正以為自己年近古稀，與杜甫同行路上會有個照應，哪知杜甫要到鳳翔，搖搖頭道：「杜參軍，到鳳翔沿途都有可能遇到叛軍。到江南就安全了，那裡沒有戰事，正是休養生息的好地方，好歹還可以找個官做。杜參軍還是同老夫南下吧！我的好友薛僇是永王心腹，到了江南，老夫一定可以保薦你作比兵曹參軍大的官兒，怎麼樣？」

「胡大人，國家有難，你怎麼還這樣打算？杜甫一定北上，恕不能與你同路了。」

「哈哈……」胡正笑了，「你不信胡某比你高出一轍？人各有志，我倆就一個往南一個往北，就此別過了！」

杜甫輕蔑地一笑道：「好，你走你的陽關道，我過我的獨木橋！」說罷拂袖向北走去。

胡正望著杜甫遠去背影道：「哼，窮不拉嘰的！找死！」然後鑽進向南的莊稼地裡。

杜甫滿身泥汙，衣衫髒破頭髮逢亂，滿臉是血。他有時獨行，有時混在難民中奔走，沒有吃的便乞討，有時偷挖田裡的薯類，有時吃青草和野果，更多的時候是餓著肚子。

驕陽似火，從荒原上走來一個面目黎黑的人，瘦得像只有一張髒皺的人皮包裹的骷髏。他望著靈武城牆上大唐的旗幟走著，乾枯的眼眶裡飽含驚喜，破爛的衣衫已經看不出什麼顏色。因為多次在荊棘中爬行，衣袖已經磨出兩個大洞，裸露出血肉模糊的兩肘，乾瘦的腳掌和手掌像鳥爪長在棍棒一般的腿上，腳上用草繩將破麻鞋捆在腳掌和腳髁上。他望著城頭飄揚著的大唐的旗幟，顧不得看腳下的道路，不時被荊棘絆倒。他昏昏沉沉地爬起來，已經枯槁得沒有眼淚，他如果還有淚的話定會哭泣，他的心流著血淚，投向那旗幟之下。

他終於到了大唐平亂的中心——鳳翔。他又餓又渴，他摸摸懷中，那硬硬的毛筆還在，好像這最後的驚喜已經耗盡了身體中的全部力量，就在這一剎他暈倒在離城牆不遠的地方，散亂的混雜著草梗的頭髮遮蓋著臉，好像死了一樣。

在城樓上巡邏的士兵發現了他，幾個士兵跑下城樓。「好像是死了。」一個士兵說。

另一個士兵用矛桿撥了撥他的頭，頸項沒有僵直。「沒死，你看他手裡握著東西。」

「一支竹管。」

幾個士兵把他抬進城去。誰也認不出這半死的人到底是誰。士兵餵他水，他終於醒來。在兩個士兵的攙扶下，匍匐在肅宗的面前，一滴渾濁的淚流過撲滿灰塵的瘦臉，激動的嘶啞的聲音從乾渴的喉嚨裡發出：「右衛率府……兵曹參軍杜甫……叩見吾皇……萬歲……萬萬歲！」

5. 李白大哭道：「中原橫潰將何以救之？將何以救之？」

李白與宗瑛剛至宋城南下，胡兵便像潮水似的奔瀉而來。各地臨時招募的隊伍沒有經過訓練，無法抵抗安祿山剽悍的騎兵，導致節節敗退。胡兵一路燒殺搶掠，民心大亂，官吏、商賈和手無寸鐵的百姓們紛紛舉家向南方逃亡。

逃亡的路上沒有飯吃，沒有水喝，白天倉惶趕路，夜間像野獸一樣露宿草叢。大運河的船隻遠遠不能供應南逃的需要，超負荷運載的船隻常有船翻人亡的危險。因為戰亂，盜賊大大地增多了，南逃的人攜帶的家產成為盜賊的目標。往往還沒有逃到目的地便家破人亡，沒有一個人不懷念太平的日子，但誰也不知道回到太平的日子要付出多大的代價。

李白和宗瑛、宗璟歷盡艱辛終於來到江南，靠朋友將宗瑛姐弟安頓在豫章，然後又託友人往東魯去接子女。等了個把月，友人把頗黎、平陽、雙喜、小梅兒都接來了。得知族叔李陽冰在當塗作縣令，李白就讓他們在長江以南的當塗縣安了家。

辦完了這一切，李白只覺疲憊不堪，地方官的邀請他都懶於應酬，因為宴會上聽到的差不多是戰事失利的消息，看見的都是一副副無可奈何的臉。當談完那些令人揪心的國事之後，官員和幕僚們仍然大吃大喝，歌舞享樂，彷彿表示出的無能為力是他們為國難付出的全部，好像他們的無能為力就是理所當然。李白沒有心緒再在宴會上作詩，便與李陽冰到處遊山玩水。李陽冰猛記起張旭就在溧陽，給李白一說，李白扔下手中酒杯立即便與李陽冰到溧陽碼頭，已是下午時分。二人下了船，李陽冰帶路到張旭往

5. 李白大哭道：「中原橫潰將何以救之？將何以救之？」

日愛去的溧陽靜虛禪院。二人走到半道，李白指著一處酒樓說：「你瞧！」李陽冰抬頭望一眼瞧見了山下遠遠一座酒樓上掛著一個招兒，那招兒上的字龍飛鳳舞、酣暢淋漓十分眼熟，李白下山仔細一看寫的竟是「李白與張旭相會於此！」李白一見連忙向那酒樓跑去，只見酒樓裡跑出來一個人，穿一件寬布袍，趿一雙麻鞋，搖曳著滿頭皓皓白髮，張開雙臂，沙噠、沙噠向李白跑過來，不是別人正是張旭。李白一把抓住張旭，張旭也抓住了李白，彼此抓住雙方使勁搖撼，搖著搖著，哈哈大笑。

「癲哥，你還活著？」

「李十二，你還沒死？」

「我聽說你被墨水淹死了呢！」

「我聽說你在幽州被安祿山殺了呢！」張旭張著沒有牙齒的嘴，大笑著，一把抱住李白。

老友一見分外親熱，三人就在溧陽酒樓暢飲一番。原來張旭那年離開京城，到江南作了常熟縣尉，後來索性連縣尉也不作了，輾轉於名山古剎，出入裡巷阡陌，時而為州府座上客痛飲狂草，時而為漁樵村夫野老獨釣江雪，倒也無拘無束。前幾天聽說李白到了宣州，便在溧陽酒樓等待。老友相見酒逢知已各抒胸臆，李白便對張旭、李陽冰把自己從天寶三年離開長安如何入道，如何到幽州，如何三入長安之事一一向張旭訴說。說到幽州之行和崔季被害，李白義憤填膺，說到與妻子宗瑛舉家南奔一事，嘆息不已。

「如此好好一個大唐，眼見被亂臣賊子敗壞了！」張旭、李陽冰也扼腕憤恨。李白含淚道：「晉人陸機、謝惠連寫〈猛虎行〉皆言行役艱辛，依我親身經歷，跋涉歷亂之苦雖甚，心中之苦更是十倍有加！」

張旭見他如此悲痛，便道：「李白，何不宣洩出來，癲哥為你書之。」

李白道：「也好。」沉吟片刻悲聲高吟道：「朝作猛虎行，暮作猛虎吟，腸斷非關隴頭水，淚下不為雍門琴……」李白吟一句，張旭寫一句，寫到「魚龍奔走安得寧？」李白聲音裡卻沒有悲悽的意思了，但聽他吟道：「……頗似楚漢時，翻覆無定止，朝過博浪沙，暮入淮陰市……」以下便是漢代名相蕭何韓信的故事。張旭想他沒有看錯李白，國事至此，他仍然以一己之力伺機力挽狂瀾，惜乎英雄無用武之地！少時李白吟完張旭寫就。張旭好久沒有讀李白的詩作，便從頭至尾放聲高吟一遍，只覺浩氣神行渾然無跡，已經到了爐火純青的地步。一時間書興大發，提筆將〈猛虎行〉在一張六尺宣上一一寫下。寫到後來，李白這首長詩還有兩句沒寫完，張旭將那張六尺扔在一邊，索性命人拿了一張丈二宣來，提筆一氣呵成，李陽冰看了連聲叫絕。

張旭在那丈二宣上書寫時，李白一邊大碗猛飲，一邊望著那〈猛虎行〉。張旭寫完時，但見李白兩頰燒紅，精神恍惚，張旭知他一定醉了。

李白拉住張旭眼淚汪汪問道：「兄可知道，洛陽淪於賊手？」張旭含淚點點頭。

李白叫道：「不知何人能守疆土，不知何人能將胡人趕出中原！」

三人正在憤慨，忽聽見陣陣急促的馬蹄聲，出門一看原來是當塗縣一個差役單人獨騎飛馳而來。那差役對李陽冰說：「李大人，州裡傳來緊急公文，說是長安失守，請大人立即回去徵兵設防保衛江南！」

「什麼？」李白大驚。

差役道：「學士公想必不知道，長安已經淪陷，皇上帶著一些王公大臣，向蜀中去了！」李白猶如聽了一聲晴天霹靂，頓時驚呆了，預料之中可怕又絕不願意的一天終於到來！「……長安淪陷了……皇上也……長安……你為什麼會淪陷呀？」李白的聲音變得很奇怪，突然抓住張旭哈哈大笑，笑著笑著，流下淚來：「長安……完了，皇上為什麼要棄都而逃呢？」李白說到此已經泣不成聲了。

「長安呀！……大唐……大唐呀！中原橫潰將何以救之？中原橫潰將何以救之？」李白終於不能自己，抱住張旭嚎啕大哭起來。

李白哭著哭著，一口鮮血噴了出來，身子往後一倒，癱倒在地。

醫生來看說是急火攻心，揀了一帖藥叫煎與李白立即服下。

李白只覺得兩脅疼痛，心中鬱悶。幾天過去，李白的病一天重似一天。李陽冰奉命回當塗，張旭見他病勢沉重，僱了一隻船，要送他回豫章。天天服藥，只不見大好，李白時而昏睡，時而在睡夢中驚呼「中原橫潰將何以救之？」張旭明白李白害的是心病，哪裡是藥石能治癒的？除非是平定了安史之亂，收復了長安洛陽！想到此倒叫張旭一籌莫展。一日，到了潯陽，遠遠瞧見蔥蘢的廬山，張旭猛想起一個人來，便對李白說廬山東林寺乃是陶淵明與高僧慧遠結「白蓮社」的地方，且有高僧善為人治病。不如在此靜養治療，病癒後再回豫章或者再作打算。李白應允，張旭叫了車把李白送到東林寺。

東林寺坐落於廬山西北，為東晉高僧慧遠建立，慧遠是陶淵明的好友。此寺已有四百多年的歷史，在群山環抱之中，廟宇巍峨，背負香爐峰旁帶瀑布水清溪迴流。李白到此頓覺神氣清爽，夏夜甚熱，小僧在神運殿的大羅漢松下搭了一把涼椅，扶李白出來與張旭在松下坐了。小僧給二人捧出一壺清茶來，拿著拂塵給他們趕蚊子。那古羅漢樹亭亭如傘蓋，夜晚涼風習習，甚是清涼宜人。

張旭道：「太白，你可知道此處是什麼地方，這個地方曾有何人所坐？」

李白道：「這地方既是慧遠建立，慧遠與陶淵明又是好朋友，想必是白蓮社諸君曾在此聚會。

「這裡正是慧遠與陶淵明論道的地方。」

只聽得閣樓上有人講經。李白側耳細聽，一人聲音清朗，侃侃講道：「……太子悉達多見世上下等人被奴役、被戕害，窮人為了求生存勞傷痛苦，而另一些利慾薰心之徒奢侈淫樂，爭名奪利以至於釀成禍患，因此發下救世之心，出家修行，去尋解脫人間苦難拯救世人的辦法……他經過多年求索，在菩提樹下悟得真理。悉達多認為，世間之所以苦難重重，乃是因為人的無知愚昧所造的。諸行無常，且事物從有生的那一天起，就開始新陳代謝不停變異以至於毀滅。眾生執著於自性的我，不知道生命是無常的，百年之後還歸於滅。世人對自己在世間的存在沒有正確的認識，不知道一切都是短暫的存在，包括自己的生命也是如夢幻般的一剎，一味的貪、嗔、痴，造惡損人，肆無忌憚，拚命地奪取本不屬於自己的東西，所以造成無盡的紛爭無盡的煩惱……」

李白本是個悟性很高的人，猛想起自己這幾十年，不就是眼見無數貪、嗔、痴熾盛釀亂的世事麼？李林甫、高力士、安祿山等等無不為一己之貪慾明爭暗鬥、貪贓枉法、作奸犯科以至於禍國殃民的麼？李白腦海裡掠過安祿山在沉香亭死盯著太真妃垂涎欲滴的樣子，李林甫向玄宗阿諛奉承的樣子……自己捨生忘死，與這些豺狼一般的人去爭一日之短長，以至於自己弄到油盡燈枯的這一步，是不是太痴呢？

「佛陀為了拯救世人，在西方闢了一片淨土，凡是六根清靜、心地善良的人，都會往生淨土。世上惡人，都會在地獄中遭到報應……」

李白想安祿山李林甫這些惡人，正如了空解釋吳道子的地獄變相圖那樣，他們死後通通會下地獄，遭到萬劫不復的報應！……如果安祿山等不動貪念也就不會有這場戰爭，也就不會有百姓的災難，也就不會有……李白想著，心中豁然開朗。悉達多是真正的智者，所以他成就了宇宙間的大智慧成為佛陀。在佛陀博大的思維面前，在佛法的大慈大悲面前，他覺得他是多麼無知渺小！一切都是空無，站在佛家的角度上看，這場殘酷的戰爭以及戰爭帶來的災難也就微不足道了。

「……正因為萬事萬物相對於宇宙都非常短暫，萬事萬物（這）一切隨緣而生，隨緣而滅……所以佛陀把一切存在都視為『名』，把它比著如露如電的虛幻，……在這偌大的人世間，誰又能真正的理解佛旨要意：色如聚沫，痛如浮泡。皆悉空寂，無有真正呢？世人皆如泛舟於大海，舟船為長鯨所噓吸，所以才遭到滅頂之災。其中有幸生還的，反而在海中得到了明月之珠，卷而藏之，不向別人炫耀，世上的凡人誰也看不出來。這就是比喻人在煩惱海中，為一切嗜慾所沒，醉生夢死漂流無所。其中那沒有泯滅本性的人，反而有緣在煩惱海中悟得如來法寶，其價珍貴無比，……」

李白想不知是哪一位高僧講得如此精闢？自己在峨嵋也曾聽睿法師講過，那時自己還年輕，哪有煩惱？只覺有趣，心想人在世間，本來有很多種活法，睿法師講的，也算其中一種罷了。

聽閣樓上那人講，張旭說道：「太白，萬事萬物皆與緣相連，我看這大唐的興衰成敗也是緣分所至，既是天意，怎能以一己之力逆轉？我等一生為大唐的命運奔走呼叫，輾轉流離，這也是緣分，何必一定要強求一個結果呢？我等於煩惱海中，還要及早醒悟才是。」

李白仔細想大唐被安祿山所亂這回事，緣起已久，自己只望力挽狂瀾而終無能為，想到天意這一層上，也只能扼腕嘆息了。

李白住了幾日，每日聽見梵樂陣陣誦經之聲，不知為何此時聽了竟如此親切？只覺心裡稍稍平穩，夜間再也沒有驚呼。東林寺講經的法師隔兩三晚講一次經，李白少不了在大羅漢松下，與張旭聽一回，談論一回。張旭見李白一天好似一天，心裡也高興。

約莫半個來月，李白大病初癒，那閣樓上的法師也有兩三天沒有講經了。李白想這次的病，是閣樓上的法師給治好的，過幾天要回豫章，少不了要結識結識，當面謝過才好。於是上了閣樓推門進去，只見樓上全陳列著書架，架上擺滿了佛家典籍，一排排放滿了一層閣樓，哪裡有什麼講經的經壇？李白正往裡瞧時，一個小和尚拿著一把掃帚從書架後探出頭來，問道：「施主到此有何貴幹？」李白道：「請問小師父，這是寺裡法師講經的地方嗎？」小和尚笑嘻嘻答道：「這是本寺藏經的藏經閣。講經的地方是在前院。」

李白大惑不解，回房去將剛才所見告訴了張旭，張旭聽了哈哈大笑說：「法師治好了你的心病，你要感謝法師，這有何難？我看你乾脆就在此剃度出家，東林寺又多一位高僧了！」

「癲哥休要取笑我，實話說我在此養病，聽法師講經，就像說到我心裡頭一樣，如此高僧，我有生以來還未見過，怎能不拜識拜識？」李白說。

「這位高僧專門為你設壇講經，特地發心要度你這陷於滅頂之災的人，當然要講到你的心裡去。」張旭說。

「特地為我？」李白問道，又一想的確不錯。他上閣樓看了，那閣樓是藏經閣，無法容納聽眾，法師確是講給他一人聽的。自己的病經好幾個大夫看過，吃了不少藥也沒見好，倒是聽了這法師講經後才豁然而愈的。

李白道：「不知是哪一位德高望重的法師？那我更要當面謝過了。」

張旭笑道：「只是這位法師有些古怪，凡是他救治的人，如果不當他的徒弟，他是斷然不見的。」

聽了張癲的話，李白倒犯難了，說道：「我這個人倒無所謂，說出家就出家，道士都當過了，當一回和尚又算什麼？只是豫章的老妻待我甚好，她貼心巴肝地跟了我，我怎能扔下她不管，一個人去出家？」

張旭笑了個不亦樂乎：「話說到這一步，也算有誠意了。依我看，你索性帶了妻子，一起皈依佛門吧！可惜法師特地為你一人講經，以為你是個有悟性的靈逸之人，哪知你才是個大大的俗人！戀著老婆孩子，怎能成仙成佛？」

李白撫掌笑道：「癲哥知我，我這人孽根太重，作了和尚心不清靜，佛祖也不要的，只能作居士。」

張旭笑道：「你這廝倒講的實話，我只怕你病一好，就把法師給你講的道理全忘了，日後舊病復發，沒有癲哥在可怎辦？因此勸你出家。」

李白道：「此次癲哥為我操心，我怎能忘了？這次回到豫章，就與阿瑛一起尋一個人跡罕至的地方去修行。」

張旭大喜道：「有這句話，法師就肯見你了，其實，這位法師，你是認識的。」

「我認識？這就奇了，我從未到過此地怎會認識這裡的法師？」

張旭道：「隨我來吧！」

李白隨張旭上了閣樓，小和尚帶他們穿過書架，來到裡面一間屋裡，屋裡坐著一個僧人，看樣子不到四十，神清氣爽抱一本佛經坐在書案前。見李白張旭二人進來，起身雙手合什道：「貧僧了空，見過二位施主。」

「宗之！」李白驚喜地奔過去，握住崔宗之的手緊緊不放。「想不到我們還有緣見面。」了空說：「阿彌陀佛。」

張旭高興得像孩子似地說：「大法師，我這位兄弟，已經答應作你的徒弟了呢！」

「別聽癲哥胡說，了空怎教得下學士公這樣的大學者！」

久別重逢三人自是非常高興，提起舊事，李白問起吳道子，了空說：「自從那年給李林甫講了〈地獄變相圖〉之後，便與吳道子一起下了江南。道子仍然不斷地在畫，漫遊名山大川，有時給佛寺和道觀作畫，有時也畫風景人物；技藝越來越精湛，隔幾個月又來東林寺看看。」了空問起崔成甫，張旭說：「崔成甫這人不信佛也不通道，從羅希奭興『排馬牒』的時候起，就買了一隻船，上面裝著他的全部家當，進了洞庭湖。五年前我還找到了他，在他的船上玩了一個月。附近的漁民有好幾個來認乾爹的，乾兒子撐著船，他給我們在船上生火做飯，剖魚燒菜。身體還硬朗，只是提起國事不住地嘆氣搖頭，拚命地喝酒。兩年前還到溧陽來看我幾次，後來楊國忠為宰相，想殺誰就殺誰，說句話就殺人，連文書都不要一張，比李林甫還凶惡。崔五就再沒來看我了，不知他到底是死是活！」

「飲中八仙，也就我們幾個活在世上了，癲哥、太白你們可要保重啊！」了空說。

「我已經說服了太白，他已經打算找一個人跡罕至的地方，與弟妹一起修行。」張旭說。

「不用找了，就在這廬山之中如何？」了空說著領著二人來到閣樓的迴廊上，指著東林寺後的廬山對李白說：「五百里廬山人跡稀少。風景極佳，在那裡修行是再好不過！」

李白看廬山鬱鬱蔥蔥天然秀美，剛出蜀時就來遊過，當時就為山中美麗的風光陶醉，經月不出流連忘返。在此山修行自然是再好不過。

李白長嘆了一口氣：「因為戰亂到廬山隱居，不知這場浩劫，何時才能終了！」了空說：「等到太白入月的時候。」「太白入月？」張旭問道。

「雲龍風虎盡交回，太白入月敵可摧。」了空閉了雙目說道。

張旭見了空說的玄機，便不再深問。

6. 薛修向永王講述淮南王劉安割據的故事

胡正與杜甫分手之後，向西南到了商洛，扮成逃難的商人僱船順丹水而下，一路順風到了江寧。找到了永王幕府，說是老友胡正來見。胡正把自己投降一節瞞過，求老友薛修幫他找個差事幹。

「永王正趕造一批水軍船，兄臺原是少府的，前去監督造船如何？」薛修道。

「造船？」胡正連連搖頭道：「我雖是少府監的，卻從來不懂製作，萬一打起仗來，耽誤了是要掉腦袋的……」

薛儇無可奈何地說：「當然這事不能跟胡兄當年造溺壺相比，小弟那就愛莫能助了。」他故意將胡正那段歷史說出。「再說兄臺年近古稀，……」

胡正苦著臉說道：「薛兄弟你這就不明白了，正因為我現在年紀大了，別的事做不來，只好做官……」胡正一邊說著，一邊在包袱裡掏來掏去，掏了半天掏出個鑲金嵌寶的紫水晶如意，笑咪咪地遞到薛判官面前。

薛儇接過紫水晶如意，愛不釋手。胡正在薛儇耳邊悄悄地神祕地說：「這本是少府為貴妃特製的，上皇幸蜀，沒來得及帶走，我把它悄悄帶了出來……千萬別讓人知道。」

薛儇立即用袍袖將如意掩起來，將它放在抽屜裡。放好玉如意，沉吟了一下道：「近來倒是有京城的老臣來投奔永王，永王也安插了幾個……我替你斟酌一下，你先在我這裡住幾天，等有機會我就給永王殿下提起，你原來做過江寧縣令。不過，只有委屈仁兄做地方官了。」

胡正喜出望外，向薛儇一揖到底說道：「如此謝過兄臺！」此時一個參軍來稟，說是永王要開慶功大會，慶賀第一回合

旗開得勝。胡正心中奇怪，這一路從襄陽起便一帆風順，哪裡有半點打仗的氣氛，永王這是跟誰在打仗呢？便問道：「這裡離打仗的前方有多遠？」薛儇見他驚奇的樣子，笑道：「哪裡是打仗，是永王殿下鬥雞得勝，胡兄來得正好，跟我一起去參加宴會吧！」

永王的宴會設在王府後花園的綺霞樓，薛儸帶胡正來到後花園。胡正但見金桂飄香沁人心脾，菊花品種繁多，五彩繽紛婀娜多姿有勝於長安三月，真可謂不是春光勝似春光！江南富庶，朝廷收起來的租賦如山一般堆積在江陵。永王在這裡比起長安來更為放縱自由，為所欲為。宴會特別的豐盛，且有幾十個嬌聲笑語的舞伎歌伶作伴。參加宴會的是永王帳下的各位將軍和幕僚，氣氛輕鬆而熱烈。胡正已經有三十多年沒有嘗過江南的佳餚美酒，鮮美的鱸魚、香甜的蓮子羹、清爽的蓴菜，還有拼著性命一吃的河豚，香辣酥嫩的烤乳豬……好多北方人從未見到過的佳餚美酒。何況是流離之後，因此胡正感覺如同在天堂一般。

歡宴一直繼續到黃昏，所有的人都吃得醉意闌珊才散去。薛儸與胡正回到府中，僕童捧上一碗香茶。胡正接過小童遞來的面巾，揩了揩嘴上的油酒道：「怎能夠年年歲歲朝朝暮暮安享太平之福！」

「啊，胡兄臺也這樣說？」薛儸問道。

「我為何不這樣說？有永王這樣的主子，我倒巴不得這裡是一個國家！有長江天險，安祿山的兵又不會水戰，永王在此守住長江天險，我等在此安享太平豈不更好！」胡正帶著幾分醉意道。

「低聲，你這酒瘋子，休叫旁人聽到！」薛儸說。

老奸的胡正已經覺察到薛儸的心事，笑道：「你我知己，到這一步，還怕我回長安去告發麼？再說，誰知道天下事怎麼變呢！」

薛儸鬆了一口氣道：「那是自然。」

薛儸試探道：「胡兄可知道淮南王劉安的故事！」

胡正打著飽嗝道：「我哪裡知道什麼六安，七安，我只知道長安不安，江南平安。」

薛僇雖與胡正交往多年，胡正一直寡言少語，但胡正官居三品，薛僇從來不敢想到胡正不學無術上頭來，倒以為胡正城府太深，與他打誑語。便進一步試探道：「兄臺可知三國故事？」

這一下胡正來了勁：「這劉、關、張桃園結義，連小孩都知道，我怎麼不知道？」

「你說的是劉、關、張，我說的是魏、蜀、吳。三國時，曹操據有北方，孫權據有江東，劉備據有蜀中……」薛僇說。

「等等……」

胡正捋著鬍鬚，瞇縫著小眼想了想，頓悟似的叫起來：「嗨！要是永王殿下……對了，太子據有北方，太上皇據有蜀中，永王據有江南，像魏、蜀、吳三國一樣，那我們不就可以永享太平了嗎？」

薛僇心想，連胡正都這麼說，隔江而治的大事，要引古證今，有理有據地盡快與永王籌謀一番。當天夜裡查閱歷代史料，準備不失時機地向永王獻上隔江而治的良策。

玄宗「幸蜀」的途中，下詔命太子李亨為天下兵馬大元帥，領朔方、河東、河北、平盧節度使，南取長安、洛陽；永王李璘為山南東道嶺南、黔中、江南西道節度使；盛王李琦為廣陵大都督，領江南東道及淮南、河南節度使；豐王李珙為武威都督，領河西、隴右、安西、北庭節度使。當時盛王琦與豐王珙都跟著玄宗到了蜀中，只有太子亨北向靈武，永王璘帶著他的幕僚親信南下江陵。高適在潼關失守後跟隨太子李亨，及時預見到玄宗將諸王子分置諸道的後果就是直接導致割據，李亨在靈武即位，是絕不允許割據的。永王派內侍李輔國帶著聖旨，不遠萬里星夜奔赴江南。

聖旨上寫道：「奉天承運皇帝詔曰：山南東道、嶺南道、黔中、江南西道四鎮節度使、採訪使江陵大都督永王璘，立即歸蜀，覲見太上皇。」

永王捧著聖旨謝恩之後半天回不過神來，看看眼前的幕僚一個個面帶秋霜，永王道：「偏偏這時候讓我回蜀中去見太上皇，你們說皇兄他安的什麼心！」

薛儻與眾幕僚面面相覷，誰也不敢吱聲。

「你們快替我拿一個主意，去還是不去？」永王焦躁地叫道。

薛儻定了定神，對永王稟道：「殿下，請迴避左右……」只剩下永王、薛儻兩個人。

薛儻向永王問道：「殿下可知道淮南王劉安割據一方，擁兵而治的故事？」

最後永王決定，先將肅宗的命令隱祕不發，先把江南各路兵馬召集起來再說，有了兵馬糧草不愁大事不成。

「殿下要號令江南，還要借重一件東西，……」薛儻說。「借一件什麼東西。」永王問道。

「人望。」薛儻說：「殿下初到江南不久，江南士族百姓追不追隨殿下，尚在觀望之中。如果殿下將江南名士都請到帳下來，那麼士族百姓就會跟隨殿下……」

「就大事可為！」永王激動地說。「那麼江南有哪些名士呢？」

「李白！」薛儻說：「那可是天下第一的大名士！」

「李白？」永王想，不就是上回在京城打擾我鬥雞的人嗎？

「啊，是他？我記得上回在京城就是韋判官帶到鬥雞場來的，韋判官與他很有交情不是？」永王問道。

「有了李白，不愁其他的名士不來投奔殿下。」薛傪說。「真的？」永王問。

「真的，一點不假！」薛傪說。「把韋子春給我叫來。」永王說。

韋子春是玄宗將永王封為山南東道、嶺南道、黔中、江南西道四鎮節度使、採訪使、江陵大都督後，追隨永王南下的。那年他埋葬了趙奉璋之後，想了許許多多，如果他像李林甫一樣作了宰相，趙奉璋就一定好好的活在人間。他沒有救得了趙奉璋，自己反而落得一個亡命天涯的下場。自己一個微不足道的謄文公，又如何救得了趙奉璋？如果自己能爬升到李林甫的高位……在玄宗百年之後將是誰呢？於是他選中了玄宗最寵愛的小兒子永王，接近他操縱他，為達到那個不可告人的目的去運作。長安的淪陷，玄宗的分制，無疑會給永王帶來半壁江山，他進一步看到那誘人的前景，韋子春毫不猶豫緊緊跟隨著永王到了江陵。

薛傪派他尋找李白，請李白作永王的幕僚。韋子春忽然想起不知為什麼此次到江南，竟忘了會一會老友李白。韋子春知道李白的脾氣，倘若兩年前永王對李白待之以禮，現在好說話得多。那次李白離開長安，沒有與他辭行，聽說崔季死後，李白大病了一場，現在不知是死是活。便道：「聽說李白去年到了江南就不知去向，有人說他憂憤成疾而死……」

永王斬釘截鐵地說：「不管怎樣，上天入地，韋司馬，你要把李白給我找來，活要見人，死要見屍。」

7. 魏顥和蘇渙為爭李白的〈猛虎行〉爭吵起來

韋子春奉了永王之命尋找李白，聽說李白在杭州，韋子春去了杭州，聽說李白又到宣州去了，韋子春趕到宣州。又聽說回豫章去，韋子春找到宗璟，宗璟連連搖頭說不知到什麼地方去了。韋子春馬不停蹄跑了十來天勞而無功，心灰意冷來到潯陽城中一座酒樓。叫了酒菜一個人自斟自飲，思忖著此番回江陵如何向永王交待。韋子春飲酒間，忽聽隔壁有一個人粗聲粗氣叫道：「這詩是我的！」另一個聲音清亮的道：「誰識得便是誰的，為何耍賴？」那粗聲又道：「別人的便送你罷了，李太白的詩，我安能送你？」韋子春一聽「李太白」三字，心裡一亮，連忙丟下酒杯跑了過去。

隔壁原來是兩個年輕人在爭吵，一個十七八歲，長得結結實實，胡服箭袖，腰間佩一把七星寶刀。另一個斯斯文文眉目清秀不到三十歲，一手執一把摺扇，一手緊緊攢住一張六尺草書不放。那佩刀的見韋子春進來，身著官衣氣派不凡，知他不是等閒人物，便向韋子春道：「這位大人，請你評評理，這詩本是我的，他偏偏強要了去。」韋子春看那斯文的手中所拿詩草，卻是水浸過後，那字一眼看出是張旭的狂草。韋子春問道：「你為何強要別人的東西？」那人向韋子春深深一揖道：「大人，在下是秀才魏顥，他是溧陽縣的差役蘇渙。我二人在江州相遇，他去江陵我去宿松，一路上談詩論文，很是投合。他拿出這篇詩文來叫我辨認，說認對了贈我。我認出這是李太白的詩，他又耍賴不送給我了！」韋子春道：「拿過來我看看。」魏顥交給韋子春。韋子春見上面寫著：

朝作猛虎行，暮作猛虎吟。腸斷非關隴頭水，淚下不為雍門琴。旌旗繽紛兩河道，戰鼓驚山欲傾倒。秦人半作燕地囚，胡馬翻銜洛陽草。一輸一失關下兵，朝降夕叛幽薊城，巨鰲未斬海水動，魚龍奔走安得寧，頗似楚漢時，翻覆無定止，朝過博浪沙，暮入淮陰市。張良未遇韓信貧，劉項存亡在兩臣。暫到下邳受兵略，來投漂母作主人，賢哲棲棲古如此，今時亦棄青雲士。有策不敢犯龍鱗，竄身南國避胡塵……

韋子春見以下一片水跡，看不清了，便有心考考這二人，問道：「魏秀才，你憑什麼說這詩是李白做的？」

魏顥道：「這字並不是李白寫的，而是張旭字跡。」

不等魏顥說完，蘇渙把頭一揚道：「這我也早知道了，不需你說。」

魏顥道：「但這首詩是何人所做，你就不知道了。」說罷瞅了蘇渙一眼，蘇渙滿面通紅低下頭。

魏顥接著說：「我看出了是李白的詩，但我沒有說破。我先問你，如果我能夠認出詩的作者並能給你講解清楚，你願不願意送給我？當時你說願意的。」

韋子春問道：「可有此事？」

蘇渙含糊其辭地「嗯」了一聲。

魏顥道：「後來我為他講解了，他一聽說是李白的詩，便不給我了。」

韋子春聽了饒有興趣地問：「你從何而得知這是李白的詩呢？」

魏顥說：「大人請聽，這首詩名曰〈猛虎行〉。〈猛虎行〉，為樂府舊題，詩的內容多為行役苦辛，志士不以艱險改節。在下以為李白為避安史之亂，攜家南奔，蹈險歷亂，自是艱辛非常。到了南方之後，遇見了老友張旭，將自己一腔悲憤訴於知己，就由張旭執筆，李白口述，二人珠聯璧合寫了這篇〈猛虎行〉。」

「說得不錯。」韋子春道。

魏顥又說：「詩的開頭寫道『朝作猛虎行，暮作猛虎吟』。『腸斷非關隴頭水，淚下不為雍門琴』。說的是在國家有難的時候，太白公淚下腸斷，並非是為了一己思鄉之情，而是得知山河破碎，生靈塗炭而憂心如焚，為大唐的安危為百姓遭受災難而失聲痛哭。」魏顥說到此眼眶紅了，停頓一下繼續說下去：「以下八句『旌旗繽紛兩河道，戰鼓驚山欲傾倒。秦人半作燕地囚，胡馬翻銜洛陽草。一輸一失關下兵，朝降夕叛幽薊城。巨鰲未斬海水動，魚龍奔走安得寧？』寫的是胡兵擄掠的洛陽，時局混亂朝政腐敗國勢危殆的慘狀，這才是太白公真正傷心的原因。以下寫身逢亂世不為皇上所用，無法施展經綸之才……」

韋子春見魏顥口若懸河滔滔不絕，便道：「你說得對極了，但不知為何認定是太白公所寫？」

魏顥道：「這首歌行，乍看是信筆寫來，好似沒有著意安排，實是既雕既琢，復歸於樸，乃是大巧之作。其首尾一貫，脈絡分明，浩氣神行，渾然無跡，普天之下，唯太白公方能有此大手筆。所以，在下斷定是太白公的詩作。」

韋子春見魏顥說得頭頭是道，心想這人一定知道李白去處，便道：「對極，秀才對太白的詩如此熟悉，定是常與太白公在一起談詩的文友，不知太白公現在何處？」

哪知魏顥答道：「在下從未見過太白公，只是對他的詩文仰慕已久。聽說李學士到了江州一帶，特意來尋訪的。」

韋子春聽了，大失所望，便向蘇渙問道：「敢問小老弟這篇〈猛虎行〉是從何處得到的？」蘇渙答道：「我是在溧陽江岸向一位船家買的。這首詩讀起來好似體貼著我的心情寫的一般，但我又不知是哪位高人所寫，只心下揣測著可能是李白，便買下了。指望著見他老人家一面，好當面討教，哪知魏兄卻硬要了去！」說得十分委屈。

韋子春轉念一想，既然這二人都想尋李白，何不交好這兩個，叫他們也幫著我找，怎麼也比我一人瞎摸瞎撞強！便道：「原來二位都仰慕李白，幸好今日碰見了我，老夫是李白的好友，也正在尋訪他呢？」

那兩個一聽，連忙問道：「原來老先生是李白的好友，失敬失敬，敢問尊姓大名……」

韋子春道：「老夫是永王帳下判官，前祕書郎韋子春。學士公在長安時，老夫在集賢殿，常到翰林院與太白公下棋飲酒。」

蘇渙與魏顥本是熱血青年，一聽頓時肅然起敬，納頭便拜，口中道：「小輩唐突，望韋大人恕我等冒昧！」

韋子春連忙將二人扶起道：「原來我等三人都在尋訪太白公！老夫正奉永王之命，尋訪李學士，請他到永王幕府為打敗安賊出謀劃策。」

魏顥道：「這下可好了，太白公得以施展他的才能了！」韋子春道：「這位小友正是到江陵永王帳下效勞的吧？」蘇渙答道：「正是。」

韋子春把目光轉向魏顥。

魏顥說：「聽說李白有位好友荀七在宿松，在下明日就要向宿鬆去。」

韋子春說：「那好，我們三人分頭去尋李白，若有消息就到江州知府那裡通報。」

蘇渙指著魏顥手中那詩〈猛虎行〉說：「韋大人，他還沒把太白公的詩還給我呢！」

韋子春笑道：「我有個主意解決你二人這場糾紛，使你二人各有一份〈猛虎行〉不知你們肯不肯。日後只要找到了太白公，求詩的事包在我身上！拿紙筆來，與你抄錄一份便是。」韋子春也是長安有名的書家，魏顥喜出望外，忙備了紙筆，韋子春為魏顥抄了一份，為自己抄了一份。蘇渙收回了自己的詩稿，再三向韋子春道謝。韋子春去叫了一桌酒菜，與二人痛飲一番，酒後二人告別了韋子春，各自往江陵宿鬆去了。

韋子春送走了魏顥和蘇渙，回到桌前將那〈猛虎行〉仔細看了一遍，心裡稍稍有了點眉目。一是李白確在長江流域一帶，二是李白仍自詡為張良、韓信，心藏風雲以圖一朝伸展報國之志。倘若找到李白曉以平亂之大義，不愁李白不跟他走。但使他擔心的是最後兩句：「我從此去釣東海，得魚笑寄情相親。」萬一李白被其他都督府請去，自己就難以完成永王給予的命令。

韋子春猛然想起少府監胡正新任了潯陽縣令，何不叫他也幫著打聽。胡正聽說韋判官來到，連忙將韋子春接到府中。韋子春說明來意，胡正道：「你為何不早說。我上個月剛上任之時，到廬山東林寺燒香，聽東林寺小和尚說，他們那裡曾住過一位寫詩的李白，只不知現在還在那裡沒有。」韋子春道：「你為何不早說？」第二天一早，便叫了胡正一道來到廬山東林寺，一問，寺裡的和尚都說不知。韋子春怔怔地望著莽莽蒼蒼的五百里廬山，說不出話來。

8. 月光下廬山縞素，像弔唁大唐的靈堂

李白和宗瑛在廬山五老峰下的屏風疊安了家，偏人在白雲深處，修造了一座小茅廬，種了幾叢宗瑛喜愛的菊花。這裡人跡罕至，除了偶爾看見山間的樵夫在遠處的林壑中出沒，就只有鳥鳴蟲叫。山風呼呼吹過鬆林，山泉潺潺，不知名的野花自在地開著，一片寧靜，與山外完全是兩個世界。李白平日與宗瑛最大的兩件事就是讀經和看雲賞月。廬山的雲特別能與人親近，它們有時冉冉地從山澗中升起來，攀上峭壁，浸入樹林慢慢地輕柔地繞過山梁，猶如軟舞女伶飄曳的長袖。有時不請自進茅廬的柴門，淹沒了庭院的菊叢，遊戲在打坐的宗瑛的裙裾之下。有時湧進李白的書房，爬上正在翻開的書頁。

兩人世界的生活就這樣過去，李白的身體逐漸好了起來。有時一連幾天與宗瑛輾轉在群山之中，遊了香爐峰、仙人洞、牯嶺、雲母碓、五老峰，偶爾拜訪寺觀的僧人與道士。

轉眼就到了冬天，韋子春帶著隨從踏著滿山黃葉，在廬山轉悠了好幾天，哪裡有李白的蹤影？韋子春心想，一個大活人進山總有點蛛絲馬跡，難道飛上天去了不成？便向山中道觀、佛寺逐個打聽。一日來到仙人洞純陽道觀，找到道觀的住持紫陽真人，向紫陽真人說明永王徵召李白出山的意思。哪知紫陽真人聽了，不理不睬地說：「韋大人，貧道從未聽說過李白有你這麼個朋友，也不知李白現刻在哪裡。」韋子春知道話不投機只好退出。韋子春想，上回李白在長安，為向皇上稟報幽州的事四處碰壁，加之崔季的死，定對世事絕望，故而隱遁深山。但韋子春知道李白官可以不做，人可以不見，但詩是不可一日不寫。只要他還寫詩給人看，就會找到他的蹤跡，於是打定主意回到純陽道觀。

韋子春滿臉堆笑拜見了冷著面孔的紫陽真人，又給觀裡施捨了一大筆錢財。然後向紫陽真人說，自己曾是李白同仁，一向仰慕李白詩作，一日不見如隔三秋，如今一年不見心中甚是思念。適才在石壁上讀到李白詩句十分感動，李白進山不見世人，就是能拜讀到李白的詩句也好。紫陽真人被他糾纏不過，叫小道童把他帶到後廳去看，自己逕自回雲房去了。

韋子春隨小道童到了後廳，但見室外明窗淨幾，正中掛著一幅李昭道的老子出關圖。旁邊一幅字清逸出塵，奔放流麗，正是李白寫的〈望廬山五老峰〉。詩中寫道：「廬山東南五老峰，青天削出金芙蓉。九江秀色可攬結，吾將此地巢雲松。」韋子春大喜：李白定在五老峰無疑！當下謝過小道童，直奔五老峰而來。一天夜裡，宗瑛給李白斟上自釀的松醪，就著黃熟的山芋，

二人飲了一回，李白忽然嘆道：「去年冬天這時安賊作亂，烽火千里，河北州縣望風瓦解。高仙芝副元帥兵敗被斬殺，哥舒翰退守潼關。而今長安淪陷已有五個多月，不知現在情況又是如何？」宗瑛道：「夫子，我倆說好的，入了廬山再不要說山外的事，縱然前方有事，你又能於事何補？一切都會過去，一切都會消逝。我看你還是不要操這份心了吧！」李白無言，飲了那杯酒與宗瑛去睡了。

睡了一會，忽然見一個女子驚惶萬狀從門外跑進來，叫道：「李伯父，李伯父！有人追我！」李白猛然從床上坐起，細看時卻是瀟瀟。李白連忙將瀟瀟擋在身後，只聽外面人聲嘈雜，李白拔出掛在牆上的工布劍。這時一群胡兵從外面湧了進來，氣勢洶洶向李白要人。李白揮劍砍倒了幾個胡兵衝出門去，見朱雀大街一片混亂，興慶宮那邊烈焰騰騰，胡兵正在燒殺搶掠。李白一邊拉著瀟瀟且戰且走，口中高叫：「胡兵來了！……胡兵來了！」「夫子，你怎麼了！」宗瑛剛剛睡著，忽聽李白叫得嚇人，連忙使勁推他。

李白從夢中驚醒，一下子從床上坐起來，只聽窗外松濤陣陣，月光從窗櫺射進來，地上鋪了白晃晃的一片。

「這裡是廬山，哪裡有胡兵呀？」宗瑛道，說完宗瑛又睡去。

李白卻無法入睡，只是想那夢。驚恐萬狀的瀟瀟，暗紅的血汙，悽慘的呼叫，燃燒倒坍的宮殿，在地上翻滾的落地人頭……都歷歷在目。他披上棉袍輕輕地起來，推開柴扉走到月光下。

冬夜的月亮又大又白，像冰盤高懸，白天的山頭都披上縞素。雪白的山，雪白的樹，雪白的地，輕輕的夜霧像孝服的白紗，五百里廬山像弔唁的靈堂，天地也在為我大唐悲哀啊！李白想，我這樣無可奈何地待在這裡等於死了一樣，天地不僅在哀悼一個支離破碎的大唐，也在哀悼一個死了的李白啊。原來的那個睥睨萬物的李白已不復存在，現在李白只是一具吃酒遊山的行屍走肉……月亮是那樣晶瑩皎潔，一塵不染，他將那月光下的世界望了又望，也不知站了多久。只覺心中已經疼痛到麻木，他呆呆地站在那裡，一遍遍地望那天地安設的靈堂，連隆冬刺骨的寒風也感覺不到。忽然他覺得有人給他披上厚厚的霜鸘裘。

「夫子，夜深了，站在這裡會著涼的。」宗瑛說。

宗瑛的話溫熱的軟軟的驅散了李白心中的寒冷與悲哀，李白不想把此時此刻心中所想告訴宗瑛，只說：「今夜月色真好，小時候不懂月亮是什麼，把它叫著『白玉盤』，……阿瑛，你看，整個世界都變成銀色的啦！我年輕的時候在匡山讀書，匡山的月夜，幾乎跟這裡一樣……今夜長安月下，不知是什麼光景……」

「夫子，你又胡思亂想了，太白，『謀事在人，成事在天』你又何必自責呢？你不是一生都在羡慕謝朓和謝靈遠嗎？你現在終於像他們一樣了，這不是很好嗎？」

李白不言，宗瑛又說：「這麼好的月光，照著你照著我，照著廬山，『願隨夫子天壇上，閒與仙人掃落花』不正是夫子為我寫的詩嗎？你看，輕輕的風淡淡的雲，明朗的月色，我們倆在仙境般的世外桃源中，沒有塵世的喧囂，沒有煩惱，只有月光、夫子和我。」

「學士公！」李白和宗瑛身後傳來一個聲音。

李白和宗瑛一驚，回過頭來，只見韋子春與他的隨從笑吟吟地站在他身後。

「學士公，別來無恙！」韋子春滿臉堆笑地叫道。李白辨認出了韋子春：「韋祕書，是你？」

「在這樣的月光下和嫂夫人論詩，瀟灑！」韋子春道。

李白見韋子春穿著三品服色，後面跟隨著幾個參軍，一時猜不出韋子春的來意，只記得他陪永王鬥雞時一副低三下四的樣子，心中頗有些不快，便道：「閣下深夜到荒山野嶺裡來，不知有何見教？」

韋子春一副極其熱忱的樣子道：「太白兄，我找了一個多月才找到你這裡，從牯嶺到仙人洞，從仙人洞到屏風疊，果然學士公在這裡吟賞風月。」

宗瑛不知，冷冷地問道：「閣下這麼辛苦地尋到這裡有什麼事嗎？」

韋子春忙道：「當然有事，是頂頂要緊的事。」

韋子春走近李白說：「學士公，在下自隨永王到江南之後，已不在祕書省任職，現刻在永王帳下任司馬。自太上皇西去巡幸蜀中，已詔命天下，封永王璘為山南東道、嶺南、黔中、江南西道節度使，坐鎮江陵。」說話之前臉上浮起得意之色。「如今安祿山史思明作亂，永王奉詔討逆，永王殿下誠望學士公出山，特派我到廬山尋找學士公。把聘書呈上。」

「永王……」李白聽到「永王」二字，想到在長安見到永王鬥雞的樣子，臉上顯出猶豫之色。

參軍托出一個金漆螭紋盤，盤中放著貢緞冊頁，那就是永王請李白出山的聘書了。

韋子春從金盤中拿過冊頁正要遞給李白，宗瑛上前一步，站在兩人中間，伸出手來，作了個拒絕的姿勢道：「韋司馬，宗瑛與太白所以到這人跡罕至的地方來隱居，目的就是與世隔絕，不再參與塵世的紛爭，請將永王殿下的聘書收回吧！」

「這……」韋子春捧著聘書的手停留在空中。

「是的，我們隱居山林，就是再也不願回到塵世，韋司馬請回吧！」李白也說。

韋子春不知他為何斷然拒絕了送上門來的榮華富貴，難道說僅僅是為了妻子？便叫道：「學士公，韋某遠道而來，正是為了成全學士公為國為民的心願，難道……」不等韋子春說完，李白轉過身去，面對那片蒼茫月色，沉重地說：「我的心，在長安已經死了，今夜的李白，已遠非以前的李白，韋大人還是請回吧！」

李白的回答，大大出乎韋子春的意料之外，一腔熱情倒被當頭潑了一瓢冷水。韋子春想起當年李白來求他引見永王的情形，不由說：「在下也是想著學士公蹉跎半世，被奸相李林甫所誤，壯志未酬，才在永王帳下力薦學士公，看在往日兄弟情分上，領了這樁差事來請你出山，望學士公賞臉。」

李白聽了韋子春的弦外之音，冷冷一笑道：「李白夫婦既已退隱山林，早把功名富貴置之度外，不勞韋大人費心。」

韋子春沒想到屢屢碰釘子，不由心中發毛，窩著一腔怒火，反唇相譏道：「學士公真有伯夷叔齊首陽山的風度呀！可知道『普天之下，莫非王土，率土之濱，莫非王臣』。你隱居的廬山，正在永王殿下的管轄之下！」

李白向來不吃這一套，沉下臉來道：「韋大人，你休要這樣威脅我，對於大唐，我已經儘夠一個布衣草民的責任了！當初在長安永王是怎樣對我的，你再清楚不過。」

「夜深了，夫子，我們回去吧！」宗瑛拉李白向自家的茅廬走去。韋子春站在那裡不知所措，眼見宗瑛陪李白走進柴門。

宗瑛掩上柴扉，在寂靜的夜裡「吱呀」一聲很響。

9. 工布劍在夜間嘯吟放出光焰

韋子春沮喪地回到江州，李白是找到了，但不出山又怎麼辦？恰好魏顥從宿松到江州，等待著給他回話。魏顥告訴他在宿松沒有見到李白，卻將近年李白寫的詩蒐集了一大捆，一一展示出給韋子春過目。韋子春看那些詩作，有〈北上行〉、〈奔亡道中五首〉、〈西上蓮花山〉、〈扶風豪士歌〉、〈贈溧陽宋少府陟〉……，韋子春一看大喜。但見〈西上蓮花山〉中寫道：

西上蓮花山，迢迢見明星。素手把芙蓉，虛步躡太清，霓裳曳廣帶，飄拂昇天行，邀我登雲臺，高揖衛叔卿。恍恍與之去，駕鴻凌紫冥。俯視洛陽川，茫茫走胡兵，流血塗野草，豺狼盡冠纓。

下面一首是〈贈溧陽宋少府陟〉：

李斯未相秦，且逐東門兔。宋玉事襄王，能為〈高唐賦〉。常聞〈綠水曲〉，忽此相逢遇。掃灑青天開，豁然披雲霧。葳蕤紫鸞鳥，巢在崑山樹。驚風西北吹，飛落南溟去。早懷經濟策，特受龍顏顧。白玉棲青蠅，君臣忽行路。人生感分義，貴欲呈丹素。何日清中原，相期廓天步？

韋子春看了心中大喜，想李白內心深處一定仍在苦待報國的機遇，自己又豈能以庸人的尺寸來度量他？只怪自己操之過急。於是韋子春換掉官服，只穿一件香色棉袍，如當年長安與李白飲酒的打扮，將隨從們留在屏風疊附近的道觀裡，自己單身一人來說李白。

天氣晴好，李白登上五老峰，面對北方盤膝而坐。不知為什麼，他常常到這裡一坐就是一整天。山下的雲海在他腳下漸漸去，遠處的長江像一條白練似的橫在天際，依稀看得見山下道路交錯，阡陌縱橫。雖是冬天，青松翠竹仍舊是生機勃勃的綠色。溪雲裊裊飄向遠處，與天際白雲連成一片，天上的雲在遊動，變幻成各種形狀。李白的心也在變幻著，堅決地拒絕韋子春之後，他又隱隱有些後悔，萬一那就是自己等待了多年的報國機會呢？大唐在破碎，大唐在流血……反過來想，自己退隱屏風疊是與妻子再三思考之後作出的決定，怎能一下子又反悔呢？

「太白，你在這裡看什麼？」是韋子春的聲音，是兄弟般的聲音，不是那日的官腔。

「看雲。」李白動也不動，望著天際的遊雲說。「那白雲之下是什麼？」韋子春問。

李白沒有回答，他本想回答，那是「如夢幻泡影」的徒具色相的「名世界」，但不知為什麼，他沒有說出口。

良久，他聽到身後韋子春低低的啜泣聲。

「那白雲之下……是……是大唐的大好河山呀！」韋子春悲聲說。

李白沒有作聲，不知為什麼眼眶漸漸溼潤了。韋子春的話擊中了他心中最要害的一處。

韋子春疾步奔向前去，一下子跪在李白面前，拉著李白的衣襟哭道：「子春此次到廬山，實在有一肚子話要對太白兄說，不料為聘書的事唐突了太白兄，望太白兄看在舊日的情分上，原諒兄弟。」李白見他涕淚相交的樣子，便道：「有什麼話就說吧！」

韋子春拭了拭淚道：「太白兄自離京之後，可知道京中舊友的情況？」

與外界隔絕了好長一段時間的李白，正想知道外面的消息，他連廬山之外變成什麼樣都有不知道，何況是長安！便道：「請講。」

韋子春從懷中取出一簍「石凍春」和兩個竹根杯來，給李白和自己各斟上一杯。便滔滔不絕地講起長安來，講七月十日長安城淪陷之後，賊兵如何燒殺搶掠，玄宗如何棄京城「幸蜀」，如何逃到馬嵬驛，在眾怒難平之下賜死楊玉環，河北顏真卿等如何抗敵，郭子儀率兵護駕擁太子李亨即位，高適在潼關陷破之後如何追隨肅宗呈策獻略……李白聽了，此時只恨自己不在沙場為國驅馳。

「太白兄，你在廬山深處，你怎麼知道，安賊入京後，將京城百官囚禁起來，可憐王維鄭虔他們受盡折磨，杜甫在解押的途中逃跑，可憐的杜甫……」韋子春說著說著已是熱淚盈眶。「子美他怎麼哪！」李白追問道。

「他……死在逃亡途中……還有瀟瀟，她為刺殺安祿山……」

「什麼？瀟瀟她怎麼啦？」

「殉國了！」韋子春悲憤地說。

「瀟瀟！」李白悲憤地叫道。

「大唐啊，大唐朝！你淪落到如此地步，竟沒有人能救你，而我韋子春無能，只能與學士公在此清談，也沒有韜略救你啊！」韋子春說著，掩面大哭起來。

哭罷韋子春說：「大唐朝如此衰亂，難怪太白兄要隱居山林，常言道『夫妻本是同林鳥，大難臨頭各自飛』，何況是君臣？太白兄且在此靜養，改日子春也要退歸林泉了！老友，子春今日到此總算是找到了知音，將我在這幾年的積憤一吐為快。今日就此別過了，我在仙人洞暫住，改日再與兄敘談。」說罷轉身走入山中小徑。

地上的「石凍春」動也沒動。

李白此時哪有心緒喝酒，只覺五臟六腑都在翻騰。想起韋子春這番話，心裡很不是滋味，北邊的戰事，使他耿耿於懷。李白無法再在五老峰坐下去，起身回到茅廬。

「是那個韋大人在五老峰來找過你吧？」宗瑛說。

「……」李白無法回答，韋子春說的是連他自己也要退隱林泉，但李白的確已有了出山之意。

「夫子，明日，我們一起上仙人洞純陽道觀去，有一位焦鍊師要到道觀來講經，據說，焦鍊師能白日飛昇呢！」宗瑛說。

李白此刻已經聽不見宗瑛在說些什麼，全神貫注在想他的心事，宗瑛也沒有在意。

冬夜早早地來臨了，宗瑛將白天在山中移來的一盆蘭花放在李白打坐的窗下，早早地睡了。李白想著白天韋子春說的話，在床上翻來覆去睡不著。猛然間他聽見一陣輕微的奇怪的響聲，像遠處利斧劈柴，又像撕裂綢帛一閃而過。他支起身子，側耳細聽，聽見那聲音是從牆上發出來的，牆上一道青白的光焰一直在顫動。是工布劍！是工布劍在嘯吟！

李白從床上一躍而起，從牆上取下工布劍，疾步奔向戶外，「譁」地將劍身從劍鞘裡拔出，劍鋒的青光在暗夜中寒光閃閃。已經有很多年沒有使用它了，自從前年離開長安之後，作為一名將軍馳騁沙場的希望幾乎成為泡影，這劍就掛在空空的壁上，表面積了一層灰。劍鋒的寒光使他怦然心動，他揮劍望空一劃，一道青色的弧光劃破黑夜，只覺激情震盪，揮劍舞了一回，彷彿回到當年匡山的光景，只覺有些氣喘心跳。李白舞畢用衣襟拭拭劍鋒上的溼氣，嘆了口氣，這劍何嘗不是像自己一樣，被閒置在劍鞘裡蒙著厚厚的灰塵！想到今天的一切，那驅山走海的豪情又回到了他身上。李白反覆地看那瑩瑩青鋒，熱淚盈眶嘆道：「劍啦！工布劍！你是歐冶子用生命鑄成，賽過龍泉太阿，佩在飛將軍的腰間，讓入侵者喪膽，讓作亂者心寒！李白雖然常常拂拭，可惜委屈了你三十多年。像松濤一樣嘯吟，是想喚醒李白死寂的心麼？你的劍氣直衝鬥牛，是想激盪李白胸中的豪氣麼？不！你在嘲笑我，你笑我濟蒼生、安社稷的理想已經變成泡影，磅礡天地的詩才，不過是戲子的表演罷了……你笑我退隱山林，到底還是失敗……。靈性的劍，告訴我，我是不是一個碌碌無為的懦夫？是不是一個苟且偷生的小人？……」

四下裡一片寂靜，只有松濤陣陣。

「天地風雲，你回答我！河漢星月，你回答我……你們都不作聲……好靜啦！」

李白拄劍嗚咽，一下子雙膝跪地，垂下頭來。

宗瑛手裡挽著李白的披風從松下的陰影裡走出，悄無聲息地站在李白身後，一絲淒涼掠過她的臉。

「夫子……」宗瑛低低地喚了一聲。

「不要這樣難過，不要這樣折磨自己，你已經為大唐付出了過多的努力，你的才華招致侮辱，你的熱忱換來的是漂泊流離。如果皇上與權貴們還有明智，大唐又怎會弄到今天的地步？他們不過是在忙著登王位，占地盤，爭權奪利罷了。以你的才華和明智去投入他們的昏暗腐朽，怎會得到好的結果呢？夫子，我們到廬山之前，你已經發過誓……」

宗瑛流下淚來，她心裡清清楚楚，李白今夜在這裡舞劍意味著什麼。

李白被宗瑛的話說得無以對答，擦起披風裹住宗瑛說：「謝謝你提醒我，你不要哭好不好？我不是好好地在你身邊麼？」

「夫子，只要你在我身邊，我很感激你！」

第二天，宗瑛敲著木魚唸經，李白卻再也沒有心思坐在家裡，逕自披了霜鶻裘佩了工布劍踏著清霜，到了仙人洞純陽道觀，韋子春像影子一樣地從廊下溜過來。

「太白兄！」韋子春叫道：「在下正想到屏風疊向太白兄辭行，不想太白兄自己來了！」

「你這就要下山？」李白問道。

韋子春道：「正是。在下此次奉永王之命，限三日請學士公下山，現在三日已過學士公又不願出山，我只好回軍中覆命，任憑永王責罰。此後我也只好再回廬山，與太白兄一樣隱居山林了！」

李白不知他這番話是真是假。

韋子春拉著李白衣袖說：「太白兄既已到此，我也不必到你家中辭行了，我們哥倆就在這裡喝一盅吧！」

於是拉了李白到自己下榻的房裡，一個參軍捧出一罈「郎官清」酒，另一個端來一套紅木鑲銀酒具。韋子春殷勤地給李白斟上，二人對飲。

韋子春道：「有一件小事忘了，前番到太白兄家中送聘書，起因是這樣的：永王坐鎮江南，平亂在即，在下向永王力薦太白兄有管仲諸葛之才，永王想起當年沉溺於鬥雞走馬之事，後悔不迭，悔不該當年不聽先生教誨，以至於國事日非。永王讓我在送聘書之前，向學士公謝罪。哪知子春見了太白兄，只記得當年情誼，卻將這件大事忘了。」說著韋子春向李白深施一禮道：「此時，子春代永王向學士公謝罪！」

李白連忙扶起韋子春道：「子春，你我兄弟，何必如此！」韋子春眼圈紅紅的說：「學士公既認得子春這個兄弟，怎麼認不得天下蒼生！」

李白道：「子春何出此言？」

韋子春舉起酒杯，卻不飲啜，嘆道：「殷深源，是晉代名士，當時朝野都將他比作管仲、諸葛亮，他在墓所幾十年，天下人物都以他出不出仕而判測江左興亡。你好比東晉謝安高臥東山，天下百姓都盼著你哩！學士公名聞遐邇，文韜武略何人能及？江南人才都在觀望，看你這位當代的殷深源出不出山來推測江南前景。如果連學士公都不願出山助永王一臂之力，豈能侈談平亂之事？學士公，你如今是繫天下人望於一身，難道你竟為了隱士的清名而不顧天下蒼生之安危，江山社稷之存亡？」

韋子春代永王為他賠罪，李白已經深深的震動了，及至韋子春說出這番話來，臉上猶如大旱望雲霓的表情，使李白更為感動。想起當年韋子春為趙奉璋一事奔走的正義之舉，李白更感到出山平亂義不容辭。李白飲了韋子春給他斟滿的酒正要說話，韋子春一把拉住李白的手道：「當年在長安，太上皇對學士公就像對本朝的元老一樣，御手調羹，七寶床賜食，力士脫靴，駙馬捧硯。而今國家有難，沒想到學士公竟這等畏縮不前，竟不顧君臣之義，你當年說的濟蒼生，安社稷，早已忘到腦後！……」

韋子春正說時，宗瑛捧著一個青瓷盤，上面放著兩碗茶，出現在房門口。

「阿瑛！你怎麼來了？」李白道。

「我看你與韋大人喝了半天酒，想必有些醉意，想請夫子喝一盞清茶醒醒酒。」宗瑛將茶盞在幾上擺好，提起銅壺為二人沏茶。沏完茶向韋子春道：「韋大人，你口口聲聲說要我家夫子與你去永王軍中，是請他去鬥雞吧？」

韋子春忙說：「嫂夫人說哪裡話來，如今大敵當前，在下請學士公出山，實是為了抗敵平亂呀！永王對鬥雞一事早已後悔不已，特地命我專程向學士公賠罪呀！」

宗瑛為他們續上茶，又說：「當年夫子從幽燕冒死逃回，關於安祿山陰謀作亂之事，朝廷不聞不問，甚至於將崔季殺害，反說安祿山是國之棟梁！怎麼，又要我家夫子去平亂討賊了？他一介書生，有幾條命折騰？韋大人，你饒了我家夫子吧！」

宗瑛犀利的一番話，倒叫韋子春無法應答。

宗瑛對李白道：「夫子，我們有約在先，做一對出世夫妻，如果你決意出山作官，那，我們這個家就散了吧！」

「這……」李白一愣，沒想到宗瑛竟堅決地說出這番話來。韋子春急了，忙拉住李白的衣襟叫道：「學士公，國事也是事，家事也是事，孰輕孰重我想學士公心裡是有分寸的。眼下安祿山、史思明作亂，蒼生塗炭，……」說到此韋子春眼巴巴地望著李白，咽喉哽哽地說：「以學士公之聲望才能，可望救民於水火之中。若學士公能效諸葛、韓信，乃天下萬民之幸也！而學士公猶豫不決，臥龍不出，天下百姓怎麼辦？」說著聲淚俱下地喊道：「大唐呀，天下大亂，我能指望誰來救你呀！」然後跪在地上，仰望蒼天放聲慟哭起來。

李白此時熱血沸騰，心想不管出山之後千難萬險，大丈夫的報國之志焉能轉移？連忙道：「子春，李白豈是貪生怕死苟且偷生的小人？我與你此刻就下山去！」說著扶起韋子春。韋子春不等李白扶起他，連忙向李白納頭便拜，口中道：「韋子春代永王殿下叩謝學士公！」自己並不起身，依然跪在地上，向參軍叫道：「為學士公呈辟書來！」

說罷參軍呈上辟書來，韋子春接過舉過頭頂，雙手呈給李白。李白跪下來接過辟書一看，原來永王一連發出三道辟書，切命李白速到入幕。永王對李白如此器重，使李白感動不已。李白與韋子春互相攙扶著起來。早已有人抬過兩乘肩輿來，韋子春道：「請太白兄，上路吧！」

李白回頭向韋子春道：「韋大人，今日我與娘子安頓一下家事，明日再啟程吧！」

韋子春正色道：「學士公，不可，請看這個。」韋子春從懷上掏出一件公文來說：「這是永王的密命，眼下情況緊急，到如今在下不得不攤牌了。」李白接過那紙公文，只見上面寫道：「……倘不從命，以貽誤軍情論處……」

李白看了心裡一怔，想起韋子春來時以榮華富貴相許的情形，不知永王為何對他如此威脅利誘。轉念又想到統帥以大禮高位求賢歷代有之，不能為之用者殺之，在戰亂時也屬平常，便道：「請韋大人稍候片刻。」向宗瑛走去。

李白向宗瑛道：「娘子，太白只有淺微的學識，不足以濟蒼生安社稷，但眼下大唐處於多事之秋，受到元戎總帥三次徵召，人輕禮重，又嚴格地限了赴軍的時間，我無法堅決推辭，不去是不行的。李白並不是那些故弄玄虛，偽裝清高貪圖虛名之徒，此一去到永王幕府，唯當以報國薦賢為己任，有悖於與娘子初約，望娘子海涵。待平亂告捷，我一定不受他的任何官職與錢財，早早地回到山林，與娘子作伴。」

宗瑛聽了，哽咽道：「……夫子，你並不能真正地像陶淵明似的養晦韜光，蟄居山林。我看得出來，你從長安回來就憂恨相煎，難以解脫。你口口聲聲地要去隱居山林，而內心深處卻是熱情激盪不能自己。太白，我知道，你不是為了我們二人的世界活著……」宗瑛雙淚長流地說著，李白想用手絹拭去宗瑛的眼淚，被宗瑛用一本經卷擋住了。

「學士公的東西，已經給你收拾好了，但我要告訴你，亂世中到處都是泥潭，你不要陷進去。我求你一件事，你一定要答應我……」

「阿瑛！」李白萬萬沒有想到宗瑛把他看得如此透澈，便道：「娘子請講。」

「你讓我先走。」說著宗瑛手執經卷，走出門去。李白不知所措連忙追了出去，見廊下有兩個包袱，一個是自己的，一個是宗瑛的，宗瑛背起包袱，頭也不回地向門外走去。

韋子春說：「來人！」十幾個參軍和士兵在廊下，有捧著錦袍朝靴烏紗帽的，有捧著金銀財寶的，一一排在廊下，一乘肩輿攔住了李白。

李白彷彿沒有看見那些金燦燦的袍服、財物與肩輿，立即去追宗瑛。韋子春攔住李白，軍士們圍了上來，亮出兵刃。

韋子春連忙對士兵們喝斥道：「還不退下，不得無禮！」將李白的包袱示意士兵拿走，說：「把這些金銀，留給宗夫人！」然後對李白說：「學士公，我們走吧！」

李白道：「韋大人還怕我不去不成？君子一言既出，駟馬難追，但阿瑛與我共患難多年，我又背約，容我與她道別。」

韋子春道：「那再好不過，學士公快去快回。」

李白快步走出仙人洞已不見宗瑛蹤影，問了一個樵夫，說是向五老峰南麓白鹿洞去了。白鹿洞是焦鍊師修道煉丹之所在，李白忙趕到白鹿洞，果聽見石室中木魚聲聲。李白匆匆趕到石室前，從窗戶外往裡望。但見老君像前，青燈之下，宗瑛手執黃卷，雙目半閉，一付萬念俱灰的樣子，不緊不慢地敲著木魚，口中喃喃地唸誦經文。

李白感到一陣心酸，向宗瑛凝視良久，看到宗瑛半閉的眼裡含著淚光。李白正向石室外的門裡走去，韋子春不知什麼時候站在他的身後，輕輕把他從窗前拉開。

臘月下旬，在嚴冬的寒風中，韋子春與李白各坐一乘肩輿，下了廬山。

10. 把那個磅礴於世的大鵬圖騰，烙印在他心中

北方的戰事在激烈地進行著。肅宗在靈武即位之後，詔命郭子儀為朔方節度使，率軍向東進攻討伐安祿山、史思明叛軍。郭子儀擴大隊伍，收復了被叛軍占須的雲中、馬邑。肅宗升郭子儀為御史大夫。郭子儀舉薦安北都護李光弼為河東節度副大使兼雲中太守，李光弼攻克叛軍據守的常山要塞與郭子儀會合，一舉破賊眾數萬。又平定槀城南攻趙郡，活捉賊軍四千，殺死偽郡守，回到常山。史思明屢敗不服氣，用數萬軍隊尾隨郭子儀的隊伍。到了行唐地方，郭子儀選五百精銳騎兵深夜襲擊尾隨而來的賊兵，賊兵以為是神兵天降，亂成一團倉皇逃走。郭子儀愈戰愈勇又攻破沙河，鎮守常陽。安祿山見史思明兵敗，又加上精銳扶持史思明。郭子儀率兵與之殊死搏戰，斬賊兵二千首級，俘虜五百，繳獲不少馬匹。於是郭子儀白天不停地發起攻擊，晚上又派兵襲擾，賊兵得不到休息，士氣衰落。郭子儀又聯合李光弼的部隊襲擊賊兵於嘉山，斬首四萬級，俘獲人馬數以萬計，史思明逃奔到博陵。河北諸郡的軍民士氣大振，斬殺了賊偽郡守迎接郭子儀、李光弼所率王師的到來。

肅宗下詔命班師，於是郭子儀、李光弼率步兵騎兵五萬同赴靈武。郭子儀的勝利使國威大振，肅宗拜郭子儀為兵部尚書同中書門下平章事。大閱六軍，一鼓作氣南下打到了彭原。

然而另一條戰線的戰事並不順利。郭子儀接到皇上召他議事的命令，立即來到營帳。見肅宗一副焦頭爛額的樣子坐在那裡，連話也沒有說一句，便將一堆公文推到郭子儀面前。郭子儀拿起公文，正是房琯戰敗的消息。房琯是個不錯的文士，但從未打過仗，房琯自告奮勇率兵進攻陳陶斜，用牛車二千乘，馬步兵混雜出戰。賊兵擂起鼓來，大聲吶喊，沒有受過訓練的牛受驚後亂跑亂跳，賊兵乘機放火燒車，戰場上一片混亂，唐軍死傷了四萬餘人，安史叛賊氣焰再度囂張起來。一時間，東北方的叛軍再次向唐守軍發起進攻，一時間河間失陷，清河失陷，博平失陷，饒陽失陷！告急！告急！肅宗只能依靠郭子儀與李光弼這兩隻軍隊，去面對久經訓練的安史幾十萬叛軍，下一步該怎麼辦？

面如死灰的肅宗將一摞告急文書擲於案下，文書像雪片似的飛灑到地下。郭子儀上前去將地上的告急文書一一拾起來，清理整齊，在案頭放好。輕輕在肅宗耳邊說：「皇上不要焦急，子儀有退敵之策。」

「什麼計策，郭愛卿請講！」肅宗說。

「皇上忘了，當年太上皇在天寶初年，因為李學士的緣故，寬容了一個人，此人對大唐存感激之心，此人現在擁有的軍隊勝過安祿山。」

「誰？」肅宗急忙問道。

「回紇可汗摩延啜。」郭子儀答道。「回紇人素與安祿山不和，倘若派一位使者到回紇，敘之以舊情，曉之以大義，許之以利益，請回紇借兵給大唐，與大唐一起殲滅安史叛賊。」

「好固然好，只是此事派誰去最合適？」肅宗臉上的死氣褪去了。

「目前來看，只有臣親自前去。」

郭子儀手持節杖率一隊輕騎，日夜兼程向北出發。十多年前他被李白救下之後，他帶著李白送給他的詩文回到了雲中都護府。不知為什麼，他覺得他就應該是那「周旋天綱，跨躡地絡」磅礴於世的大鵬。他驚異於謫仙人的神奇，他把他心中最有生命力的部分呼喚了出來，把那個磅礴於世的大鵬圖騰，烙印在他心中。他有了一種氣勢，一種精神，與部將在惡劣的荒漠中，準備將來的騰飛。「彎弓辭漢月，插羽破天驕」，苦苦等待的這天來到了，那竟是在他年過花甲之後，而大鵬的騰飛卻不是那麼飄逸的。他郭子儀歷經數十次的鏖戰，與凶殘狡猾的賊兵艱苦角逐，在瀰漫著血腥的韜略上費盡心機。每當他心力交瘁與敵殊死搏戰的時候，那個圖騰呈現出來，他「脫鬐鬣於海島，張羽毛於天門，……赫乎宇宙，憑陵乎崑崙，一鼓一舞，煙蒙紗昏，五嶽為之震盪，百川為之摧奔……」他要安史叛賊如「巨鰲冠山而卻走，長鯨騰海而下弛，縮殼挫鬣，莫之敢窺。」半年來的浴血奮戰，使他造就了他這支軍隊挫銳克剛的實力。

此次出使回紇，他並沒有一定的把握，回紇人怎樣看大唐這場戰爭呢？想到回紇人敬仰的李白，他心中充滿了自信。

可汗摩延啜特別關注事態的發展。他的部將中有的認為，當年安祿山殺人搶馬是「受大唐天子的派遣，來消滅異類」，安祿山是皇帝老兒的親信，官居尚書右僕射節度東北大權獨攬，大唐昏君哪裡把回紇放在眼裡？現在是回紇報仇的時候到了，趁他們鷸蚌相爭之時，率鐵騎掠土奪財，作一個黃雀在後！白髮蒼蒼的烏蘭說：「大唐天朝是禮儀之邦，不計較我們異邦的過失，寬宥我們，是我們的朋友。那安祿山本是亂唐的逆賊，我回紇念在與大唐多年的交好，應該協助大唐，消滅安祿山！」摩延啜也知道：大唐之所以繁盛，因為大唐以禮義教化天下，百姓皆感恩於國主。雖有安史叛軍作亂，但朝野尚有忠義之士在，忠義不滅，則大唐不滅。素無定居之所的回紇雖驃悍而少禮儀，怎能治理得好一個泱泱大國，大唐的才智之士眾多，人文薈萃，弄不好自陷泥潭反取其禍。據派往中原的細作來報，自安史之亂後，吐蕃人獲悉河西、安西，北庭都護府兵力內調，伺機由北攻取河西走廊和隴西，由南與南詔合力窺伺西南，回紇之實力大於吐蕃，不宜坐失良機。

摩延啜正準備召集部將商議進犯大唐，衛兵進帳來報導：「啟稟陛下，大唐有使者來見！」

「叫他進來！」摩延啜倨傲地說。

往日來了大唐使節，摩延啜親自帶領馬隊儀仗在幾十里外迎接。大唐的使節贈送給可汗許多金銀財寶，絲綢布匹，茶葉香料。而此時，既然安史叛軍已經攻克長安，這使節的身價也就一落千丈，何必到幾十里之外去迎接，隨便叫他進來就是。況且，下一步要犯中原，此時正好在使節身上找岔，製造進犯大唐的藉口。

風塵僕僕的郭子儀手持節杖進了回紇可汗牙帳，望著高倨於上回紇可汗道：「可汗在上，大唐使節……」

不等郭子儀說完，摩延啜哈哈大笑道：「大唐？京都長安已被逆賊攻下，已是偽燕的天下，哪裡還有什麼大唐？大唐都沒有了，哪裡來的使節！」

郭子儀聽他如是說，心中氣憤，但自己有求於人，須得忍下氣來曉以禮義，便道：「可汗遠在回紇，還不知道中原的情況，太上皇已經傳位給太子，太子早已在靈武即位。安史逆賊雖然猖獗，但我大唐雄兵連連取勝，偽燕豈能長久！」

摩延啜故意將臉轉在一邊，看也不看郭子儀說：「既然大唐節節勝利，來人所為何事？」

郭子儀道：「大唐與回紇，乃是友好鄰邦，那安祿山、史思明乃大逆不道之徒，乃是回紇與大唐的共同敵人。在下到此，誠望可汗出兵相助。」

摩延啜意在滋生事端，此時找不出郭子儀的岔兒，便喝道：「那李唐昏君，丟了京城百姓，自個兒逃命，有何面目派使節前來見我！來人啦，與我趕出去！」

郭子儀見摩延啜如此無禮，怒目圓睜地喝道：「摩延啜，只聽說你與安賊勢不兩立，是一個堂堂正正的男子漢，沒想到你竟是一個幸災樂禍、趨炎附勢的小人！」

摩延啜哪裡聽得這等辱罵，大怒拍案而起道：「大膽狂徒，你亡國在即，竟敢在此咆哮，與我拉出去斬了！」

牙帳中的回紇衛士一湧而上來綁郭子儀，郭子儀安肯束手就擒，大喝一聲，「誰敢」！如雷貫耳，將回紇人鎮住，郭子儀叫道：「我大唐待你回紇不薄，你不借兵就算了！竟敢害我，摩延啜，你是堂堂男子漢就下來與我比試一番，為何以勢眾欺人！」

摩延啜本是以武勇縱橫漠北的人，哪裡聽得郭子儀如此激他，從虎皮椅上一躍而起，侍衛立即拋過來一把番刀，摩延啜望空接過，叫道：「比便比！怕你不成！」

雙方正在劍拔弩張之時，忽聽一位盛裝的婦人一下子隔在二人中間叫道：「等等！不要傷了恩公！」

郭子儀驚疑地看著胡服盛妝的婦人，「小兄弟」雖然兩鬢染霜但模樣並沒有大變，依然端麗雍容。

「金陵子！」郭子儀叫道。「郭大哥。」金陵子說。

「可汗，我們的恩公到了！」烏蘭道。「十八年前，在燕山腳下救了我等的，便是郭子儀大人！」

「原來是郭子儀大人！」摩延啜將番刀往地下一扔，帳中的回紇衛士們紛紛後退，金陵子拉了摩延啜，向郭子儀下跪道：「恩公！小弟無禮，望郭兄寬恕。」

摩延啜夫婦設盛筵款待了郭子儀。時過境遷自是感慨萬端。郭子儀此次出使回紇，因戰亂卻沒有什麼禮物贈與回紇。自己隨身帶了一部手抄的《李白詩文集》，準備萬一在回紇打聽到金陵子下落，便贈送給她，誰知在這裡不期而遇。酒過三巡，郭子儀便叫隨從捧出那本《李白詩文集》來道：「大唐遭亂，子儀此行，未曾帶來金銀財寶，這本《李白詩文集》，一直隨身帶著。在下以為李學士錦繡文章，東起日本、南至安南、西到波斯，喜愛的人眾多，有勝於黃金百鎰，權作禮贈，望可汗笑納！」

摩延啜心知金陵子深愛李白，而今一去三十多年，心存愧疚，此時見了詩文，忙恭敬接過道：「學士之詩文我夫婦倆常常拜讀。郭兄這件贈品比金銀珠寶更為珍貴！」說著將書遞給了金陵子。

金陵子道：「郭兄，從涼州到長安，『小兄弟』多謝郭兄的照應！」說著便給摩延啜講了當年路上的趣事。

摩延啜聽了面有得色道：「郭兄竟不知道她不是男兒？」

郭子儀臉上浮現出一絲苦笑，自己已是兒孫滿堂的人了，再說何益？但見金陵子翻著那本《李白詩文集》愛不釋手，心中也隨即釋然。

金陵子一心要助郭大哥一臂之力，促成他借兵平亂，便嘆道：「我們都老了，要不是此次戰亂，我們尚天各一方，縱然相逢也不相識！郭兄相信，可汗絕不會輕饒那盜馬賊。」

金陵子的話頭已經遞到摩延啜嘴邊，摩延啜當機立斷道：「郭兄，回紇人素重道義，此次我兄弟聯手，定殺他個片甲不留！」

郭子儀放下酒杯，向摩延啜夫婦行禮道：「可汗在上，郭子儀代大唐皇上、文武百官、黎民百姓謝過可汗與王妃殿下！」

唐至德元年，郭子儀從回紇借了雄兵，與安祿山大戰於榆林、河北等地，斬首三萬，俘虜一萬。

11. 李白上了永王的樓船順江直下向東而去

韋子春一下山就得到消息，永王東巡的樓船已經到了潯陽，為了盡快趕上永王東巡的隊伍，韋子春加速前進。廬山煙雲，阡陌樹木疾速地被遠遠拋在後面。李白迎著撲面而來的疾風，感覺自己就是東晉的謝安、蜀國的諸葛亮。所謂安天下者，就是安人心，只要天下人齊心，就能打敗安祿山，光復大唐。李白感覺已經馳向疆場，馳向那一生嚮往的一次打拚，「鞠躬盡瘁，死而後已！」要像諸葛亮一樣出茅廬而拯救天下百姓於水火之中。

「如果郭子儀從北面進攻，永王殿下從南面夾擊，皇上西出散關，那安祿山，只能變成魚蝦，逃到大海中去餵鱉！」李白興奮地說，「到了江夏，好好跟永王殿下敘談敘談，只要上下齊心，不愁安賊不滅！」

韋子春沒有回答，車子到了一個三岔路口，向東拐去。「喂，停一下！」李白叫道。

「怎麼！」韋子春道。

「永王殿下不是在江夏麼？怎麼向東走，是走錯了路吧！」李白說。

韋子春道：「沒錯，十天以前，永王已經從江夏出發，乘樓船東巡，眼下已經到了潯陽了！」

「東巡？不是說北上攻打安祿山嗎？怎麼向東！」李白問。韋子春此時，板著一張臉，弦外有言地說：「學士公，這是軍中機密，不可洩漏呀！」

李白看看前後左右，手執利器的衛士們一個個神情嚴肅。李白心中一怔，回頭瞪著韋子春，不知他葫蘆裡賣的什麼藥。

韋子春看李白的樣子，又笑道：「永王自然是要去抗擊安祿山的，今夜我們就可以趕上永王的樓船，學士公的遠見卓識，見了永王還可以慢慢談。」

韋子春的言行使李白不無疑慮，但已經走到這一步，目的是為了去參加抗擊安祿山的戰鬥，大丈夫馬革裹屍尚不足惜還怕什麼？

第二天下午，到達了潯陽。永王一反常態，在潯陽的官邸熱情地迎接了李白，當晚便邀請李白參加在樓船上舉行的盛大宴會。

永王的樓船之高大寬闊是規模空前的，龐大的船體和三層樓艙到處都雕畫著美麗的紋樣，裝飾得金碧輝煌，與其說是戰艦，不如說更像華麗的行宮。樓船上燈火通明如同白晝，是歌舞管弦的世界。

永王向李白頻頻敬酒，一會兒眾賓客中響起陣陣熱烈的掌聲，有人叫道：「出來了！出來了！」李白抬頭看時不知從哪裡飄出來一位麗人輕歌曼舞，合著檀板嬌聲嬌氣地唱道：「麗宇芳林對高閣，新妝傾國亦傾城，映戶凝嬌乍不進，出帷含態笑相迎，妖姬臉似花含露，玉樹流光照後庭……」

永王看得興起，索性跳下福壽床，與那女伶一齊起舞。永王當年就在梨園混過幾天，在歌舞場中正是得心應手，與那女伶相伴好一對搭檔。舞得興起，將那女伶摟在懷中放聲唱道：「妖姬臉似花含露，玉樹流光照後庭……」

永王唱畢，樓船上的人們鼓掌歡呼起來，一時間杯觥交錯，宴會達到了高潮，永王只顧摟著那女伶卿卿我我。永王的幕僚們便把目標指向了李白，以為李白此來必定是永王的近臣無疑，何況對李白仰慕已久的大有人在，很多人都來向李白敬酒，李白酒量甚大也不拒絕。哪知從那次在東林寺養病時起已有幾個月，沒有如此豪飲過，不知不覺已喝得爛醉如泥。

到了半夜，李白在醉夢中只覺床在顛簸，四周一片黑沉沉的，卻不知身在何處，驚叫道：「來人啦！這是什麼地方！」

「來啦！」有人在外面應聲，隨即一個年輕人點了個小白燈籠進來。「學士公不要怕，我們在水軍船上，此時船正在往下遊行駛呢！我叫蘇渙，是季廣琛手下的參軍，永王讓我來伺候您的。」

「我好想吐。」李白呻吟著說。

蘇渙將燈籠掛在船頂上，開啟艙側的窗戶，李白探出頭去，一陣江風撲面而來，李白將吃的酒食翻腸倒肚地吐了個乾淨。蘇渙拿過一張面巾來遞給李白洗了臉，捧過一盅熱茶來。李白喝了茶，呼呼睡去，一覺醒來已是次日下午。

蘇渙見李白醒來，便向李白講述自己如何從溧陽酒樓尋他到永王軍中，如何與魏顥打賭等等。李白與蘇渙交談之下，只覺得年輕人天真純樸又頗有學識，心下歡喜。永王東下，李白在船上又無處可去，便與蘇渙談詩論文。

永王東巡的消息很快地傳到了肅宗所在的鳳翔，引起了高適極大的關注。高適是在潼關失陷後回到長安的。回到長安後向玄宗獻策，請皇上將全部禁藏財物用於招募敢死的士兵，抗擊安祿山逆賊，為時不晚。但玄宗不但沒有採納他的意見，反而西去「幸蜀」。玄宗又命諸王分鎮，高適極力反對分疆封土，玄宗根本不採納高適的意見，高適便追隨太子到了靈武。既然太子已經稱帝，舉國上下都應保證肅宗的統一指揮。永王不聽肅宗的命令使肅宗很氣憤，高適從容奏道：「皇上息怒，關於永王東巡，有兩種說法，一種說法是永王想由水路進兵到渤海，去攻取安賊老巢，一種說法是隻到金陵……」

「到金陵幹什麼？」肅宗問。

高適道：「不管是到渤海或是到金陵，都是與皇上讓永王入蜀覲見太上皇的敕令是相違悖的。皇上已登基稱帝，永王就應聽命於皇上。去年太上皇命皇上經略朔方，恢復兩京和黃河一帶，直接對敵作戰，而命永王坐鎮江南，江南根本就沒有叛軍，永王坐守不出，那裡又是富庶之地。……太上皇的意思很明白——」高適說到這裡停頓了一下。

肅宗微微頷首道：「請高卿講下去。」

高適又說：「太上皇這樣安排，意在保有江表，讓永王在江南坐大。一旦皇上在北方失利，太上皇與永王據守長江天險，效法東晉的樣子——」

「對！這才是永王不聽我詔命的真正原因，依卿之見——」高適立即答道：「天無二日，國無二主，控制江淮，絕不能讓永王得逞！」

肅宗立即下詔，任高適為淮南節度使，揚州大都督府長史，與淮西節度使來瑱，江東節度使韋陟共討永王璘，以求天下一統。

「朕要用朕的刀劍，讓那小子明白，朕——才是當今真正的皇上，太上皇……哈哈……已經不中用了！」肅宗笑著，將詔書交給內侍李輔國，讓他去傳旨。

龐大的水軍艦隊簇擁著永王宏偉的樓船沿長江一路順風而下。沿途的州縣官吏都來獻賀，向代表太上皇的永王致以敬意。李白上了樓船半個月，天天觀妓飲酒，聽不到岸上的消息，沿途也沒有發生過任何戰事。不知永王到底去金陵割據稱王，或是沿水路北上抗敵。

韋子春來的次數越來越少。李白越來越覺得自己只是樓船上的一件擺設，僅僅用於抬高永王的聲望，心裡越來越覺得不踏實，決定在宴會上一探虛實。

「學士公，永王殿下有請！」韋子春滿面春風地進來。

李白沒有回頭看韋子春，只是看著滾滾大江說：「又是觀妓飲酒，點綴風景吧？」

韋子春在李白面前坐下來，親暱地拉著李白的手說：「學士公，這次可與往回不同，過幾天就要到金陵了，金陵乃是六朝古都啊！到了金陵，怎能少得了學士公的絕妙好詩，所以永王殿下關照，請學士公一定出席！」

李白回過頭來，對韋子春正色道：「李白到此，並不為陪著永王飲酒作樂。請你轉告永王，為了消滅安祿山，我會像謝安、諸葛亮一樣，盡心為永王策劃的！」

韋子春假意道：「學士兄，您這就太見外了，我這就向永王稟告您的意思。」韋子春見李白生氣，立即就來到了永王樓船，將李白的話原原本本轉告了永王。

不等永王開口，薛鏐便道：「哼，他要參與軍機大事，還自命像謝安、諸葛亮，真不知道天高地厚！這些窮酸文士，不過借他一個名聲，他就輕狂得什麼都忘了。」

永王道：「本王拿他擺擺門面，還算看得起他呢！真正有事，能讓他知道嗎？」

韋子春忙道：「卑職冒昧，望殿下恕罪，卑職將此情稟明殿下，也就是不要他參與機密，要提防著點的意思。」

「這樣就好。」永王說。

李白像往常一樣，再次參加了永王的盛宴。酒至半酣，李白舉杯站起來說：「永王殿下東巡，一帆風順，此乃賢王盛德之所至，今盛宴之上，李白即席誦詩以賀東巡！」

永王一聽心中大喜，叫道：「請為學士公乾杯！」

眾人見永王如此看重李學士，紛紛乾杯歡呼。

李白清了清嗓子，朗聲誦道：「永王正月東出師，天子遙分龍虎旗，樓船一舉風波靜，江漢翻為雁鶩池。」李白啜了一口酒，又道：「這首詩說的是，殿下東巡，一路和平氣象。」

眾人交口稱讚，唯有薛鏐道：「李學士！請問『天子遙分龍虎旗』一句，作何解釋？」

李白見薛鏐如是問，心想不管爾等心中作何打算，我自是要表白我的心跡，便道：「太上皇西幸途中，分制於諸王子，龍旗自然是分與太子，虎旗付與永王殿下。這就叫『天子遙分龍虎旗。』」

李白瞟了一眼薛鏐和永王，見二人面無表情，又大聲吟道：「二帝巡遊俱未回，五陵松柏使人哀，諸侯不救河南地，更喜賢王遠道來。」李白剛說完，賓客中有人叫道：「學士公說得好！我等要是引兵北上消滅安祿山，安賊滅亡在即！」李白一看正是常在永王左右的大將季廣琛、渾維明，又高聲誦道：「試借君王玉馬鞭，指揮戎虜坐瓊筵，南風一掃胡塵靜，西入長安到日邊！」

諸將聽了，以為李白作詩乃永王授意，無不歡欣鼓舞，叫道：「臣等願為殿下效死，消滅安史叛軍！」

季廣琛道：「消滅胡逆！打到長安去！朝見天子！」

永王見眾人激情奔放，心中暗暗叫苦，但表面又不能不附合，薛鏐情急，高叫道：「傳神雞童，把他的新玩意兒獻上來！」

賈昌與鬥雞小兒聽了，忙將一群鬥雞撲楞楞地趕出來。永王沒看幾個回合，便推醉離席，薛鏐也隨即溜了出去。

「把韋子春叫來！」永王怒氣沖沖地說。

少頃，韋子春上得樓來，不知發生了什麼事，小心翼翼地向永王下跪施禮。

永王面對長江，看也不看韋子春，氣憤憤地說道：「真不知天下有這等愚人！本王自東巡以來，何曾提到過要去河南消滅安祿山？他竟在詩中說出，那些沒腦子的人也跟瞎哄哄。」

「殿下息怒！在下請李學士公下山，他說什麼也不肯，在下只好哄以抗擊安賊廓清中原之大義，李白才跟我下山了！」韋子春跪在地上頭也不敢抬地說。

「大義，大義，什麼大義，這叫飯飽生餘事！韋司馬，你立即去告訴那老書呆子，以後本王沒有說的事情，不准在詩中亂嚷嚷！」

韋子春連大氣也不敢出，口中連連說是，倒退到艙門口。

「等等。」薛(金翏)說：「以後就是宴會，也少讓他參加，早知道請名士這樣麻煩，當初就不該讓他來。」

宴會結束了，蘇渙興高采烈地將李白的〈永王東巡歌〉抄錄了一遍，細細拜讀。蘇渙是第一次聽李白即席吟詩，既羨慕李白的風采超然，更驚異於李白竟將十首詩一氣呵成，如霞綺滿天文采斐然。蘇渙想，要是賈昌不趕出那些鬥雞來，說不定學士公還要吟出更好的詩來。蘇渙是個極聰明的人，仔細一想，不對，那鬥雞是永王叫來的，李學士吟詩的時候，永王和薛司馬臉色都不好看，這是為何？

蘇渙想，要是永王真的對李白不感興趣，自己倒不如早早地跟隨李白離去，到底是什麼事使永王和薛司馬如此不樂呢？蘇渙想了又想，想不出什麼答案來，於是來到兵船上找季廣琛。季廣琛一聽蘇渙的話，心裡愣了一愣，心想，自己身為大將，怎麼揣摩事情還不如這個毛頭小子，永王只說東巡，到底為什麼東巡卻從未與人提起。季廣琛心裡七上八下，只給蘇渙說：「知道了，以後有什麼事再來告訴我。」

便撇下蘇渙，急急地來找渾維明。

蘇渙見季廣琛不回答，一臉疑雲的樣子，便遠遠尾隨季廣琛。船上的士兵以為蘇渙是季廣琛的隨從，便沒有人阻攔他。

季廣琛找到渾維明，渾維明沉吟了片刻道：「仁兄，我有一句話，不知當講不當講。」

季廣琛說：「哎呀，咱哥倆都到這個份兒上了，還有什麼不該說的？」

渾維明說：「我二人跟隨永王，自然要效忠他，如今太子登基，若永王效忠新皇上，我們這回也沒白跟著幹，如果永王與新皇上各存心眼兒……」

「那我們怎麼處？」季廣琛道。

「那我們二人就想到一起了。你知道為何李白吟詩永王不樂？」渾維明道。

「為什麼？我也猜不透這裡頭的意思。」

「我告訴你，你千萬別跟別人提起！亂說是要掉腦袋的。」渾維明道。

「我怎會告訴他人！你但說不妨。」季廣琛道。

「去年臘月，皇上從靈武派了使臣來，敕令永王西入蜀川覲見太上皇。」

「我怎麼不知道？」

「使臣來傳了旨，很快被永王打發回程。我聽鬥雞徒說的。」

「皇上為什麼要讓永王歸蜀？」

「事情很明顯，皇上不需要永王在江南坐大，寧可不要永王掃胡，也要他規規矩矩回到蜀中去。」渾維明說。

「糟了，永王和薛俘把今上旨意隱瞞起來，又不去抗擊安賊，萬一……」

渾維明一下子矇住季廣琛的嘴巴。

「我看李學士在永王面前行走，說的話也跟我們想的差不多。李學士見多識廣，萬一他知道內幕……我們抽個空子，去探探他的口風，看這裡究竟有什麼名堂？」

季廣琛和渾維明說的話，蘇渙隱隱約約聽見了，事關重大，不等季廣琛說完，連忙抽身返回李白船上。

第二天，季廣琛來到了李白船上。

李白不知季廣琛為何來訪，便叫蘇渙獻上茶來道：「季將軍來此有何見教？」

季廣琛道：「在下一向仰慕先生大才，冒昧造訪，只是想向先生請教一二。」

李白見他謙恭有禮，便道：「將軍過謙了，有什麼話直說好了。」

季廣琛看看滾滾東去的江濤，嘆了一口氣道：「先生想必知道『南轅北轍』的故事？」

李白不知季廣琛究竟目的何在，只說：「這個典故出自《戰國策．魏策》，說的是一個人駕著車往北走，卻自稱要到南方的楚國去，這人的願望與實際所走的路線恰恰相反。這個故事就叫做『南轅北轍』，將軍，在下說的可對？」

季廣琛道：「在下只是有一點不明瞭，坐在車子上的人並不想反其道而行之，車子要往反方向走，該怎麼辦？」

隨永王東巡以來，李白心中已不甚了了，聽季廣琛說出這種話來，不由心裡一怔。轉念一想自己與季廣琛素昧平生，又不知他所指何事，如何與他深談？便笑道：「將軍愛談典故，我也講一個典故給將軍聽聽：兩晉的時候，齊王的大司馬東朝椽叫張翰，本是吳郡人，他說：『四海有名的人，要從朝廷退下去很難，我本是山野之人，對當朝沒有什麼奉獻，故爾秋風起時，思念家鄉的菰菜、蒓羹、鱸魚膾。』就棄官不做回家鄉去了。在下跟張翰一樣，也是從山野中來的，不同的是，就是不起秋風，我也想回家了，這就叫『不因秋風起，自有思歸嘆！』」

季廣琛聽了，李白的意思很明白，李白可能也不知永王葫蘆裡賣的什麼藥。便與李白寒暄一陣，回頭又找到渾維明將軍把與李白交談的情況說了。渾維明說：「到這個節骨眼上多長個心眼，見機行事吧！」

李白在永王幕中，可惜不是能進便進，能退便退的。新任的淮南節度使、揚州大都督府長史高適與節度使來瑱，江東節度使韋陟奉命共討李璘，在安州舉行了誓師大會，至德二年正月已赴揚州任上。高適派吳郡太守寫信警告永王李璘，並將討伐李璘的檄文分送到軍中各將校手中。季廣琛、渾維明看到檄文後，明白了肅宗對永王割據的態度。

永王接到高適派人送來的警告信，氣得渾身發抖，命令季廣琛、渾維明等出兵攻打吳郡、丹陽，正派兵遣將之時，薛儚慌慌張張上了樓船。

「殿下，大事不好！」薛鏐神色倉皇地叫道。「發生了什麼事？」永王問道。

薛鏐道：「我剛才接到密報，揚州大都督高適，以殿下派兵攻打吳郡為由，飛報朝廷說抓到了殿下叛逆的證據，要討伐我們！」

從未真正打過仗的永王大驚失色，連聲音都變了：「高適……他們在哪裡？」

韋子春說：「聽說正在集結水軍，隔江相望，看得見他們的隊伍。」

「上去看看。」永王說著，登上樓船的最高層。永王登上樓梯回頭向呆在一旁的薛鏐叫喊：「待著幹什麼！快把幕僚和部將召來聽命！」

永王登上樓船最高層，向對岸望去，只見長江對岸好幾十里長，盡是高適的兵船，旌旗鮮明氣勢雄偉。永王不覺兩腿戰慄臉色大變，連話也說不清楚了：「這就是……高適……的隊伍嗎？……」

「這裡江風太冷，殿下還是下去議事吧！」韋子春說。永王在韋子春的攙扶下戰戰兢兢下了樓梯。

永王在下面一層，坐下定了定神，發現不見了季廣琛和渾維明。

「季廣琛和渾維明到哪裡去了！」薛鏐問。

突然岸上傳來打鬥和喧譁聲，一個部將飛跑來報：「季廣琛和渾維明叛變了！」

永王嚇得一下子癱在座椅上，口中叫道：「這如何是好！這如何是好！」

原來季廣琛、渾維明與高適的一些部將是舊交，近幾天高適派遣這些部將暗中將皇上討伐永王的檄文送到他們手中。季廣琛見了檄文情知大事不好，率自己的六千士兵逃往廣陵，渾維明也領著部將逃到白沙，馮季康等到江寧，紛紛投奔高適。此時永王所率水軍三萬多人，樓船千艘，全線崩潰。只見江中船來船往，岸上人喊馬嘶，亂成一鍋粥。

李白不知發生了什麼事，忙到樓船上一看，見樓船上只有稀稀拉拉幾個幕僚在那裡交頭接耳。永王在上一層樓，正在設法派兵遣將追擊季廣琛等叛逃的人。

李白正要上前打聽發生何事時，見蘇渙飛也似地跑過來，一把拉住李白說：「學士公叫我好找！快跟我來，我有話跟你說。」蘇渙把李白拉到一邊，將季廣琛等的情況一一向李白說明。李白一聽急了，問蘇渙道：「你說的可是實情？」蘇渙道：「在下對學士公仰慕之至，怎會騙你？」

李白道：「永王當真不想對安祿山用兵？」

蘇渙道：「學士公記不得前幾天，季將軍來談的那個『南轅北轍』的故事？再說學士公主張北上抗敵，廓清中原，與季將軍、渾將軍的想法同出一轍。」

李白道：「我倒是早就不想在幕府。」

「眼下永王正在清殺季廣琛、渾唯明的同黨，我聽說已經有人把你在永王面前告發了！」

「有這種事？」李白大驚道，事情複雜到這樣的情況倒是李白始料不及的。

蘇渙道：「學士公，我們快逃吧！學士公寫了清中原掃胡塵的詩，季廣琛又來船上造訪過，要是永王懷疑到你頭上，我們怕逃也來不及了！」

李白見外面一片亂紛紛的樣子，好在蘇渙早已將他隨身物品收拾好，二人下了樓船。蘇渙早已備了一隻小船，與李白乘了，蘇渙是撐船的好手，載著李白東轉西轉，繞過出事的地點，逃離永王的軍中。

從正月的上旬到二月初，李白在永王軍中待了不到一個月左右，世事變化是那樣倉促無情，這一次的結局不幸被宗瑛言中，李白的報國夢再次破滅。事情到了這一步，李白沒有地方可以去，唯一的選擇就是回廬山。沿江一帶都是亂兵，蘇渙護著李白東躲西藏夜行晝宿。

李白在永王軍中，而永王軍正在追擊叛逃的季廣琛、渾維明，李白要逃離，自然遭到一路追捕。而渡江而來的高適的部隊，也沿途截殺永王軍。李白原是永王軍中的幕僚，又怎敢說明自己的身分？好不容易到了彭澤，猜想遠離了交戰的中心，這兩天，天又淅淅瀝瀝地下起雨來，李白與蘇渙已經幾天幾夜沒有睡覺，沒有吃一頓飽飯。拖著疲憊的步伐，在野地裡高一腳低一腳地走著。

離開了平亂報國的戰場，他不願回廬山但又無可奈何。二月的雨夜沒有月光，黑得伸手不見五指，雨水已經浸透了棉衣，冰冷地裹住他日漸消瘦的軀體。蘇渙扶著李白，看見了遠方有一星點兒火光，那火光像螢火蟲似的一閃一閃。有火光就會有人家，到那家人的簷下去避避雨，換乾衣服，求一碗熱粥，李白與蘇渙在黑暗中向那一星點兒火光蹣跚走去。

忽然身後的曠野遠處傳來人喊馬嘶聲。李白回頭看火光閃閃，與蘇渙不顧一切地向前奔跑，跌跌撞撞一次又一次地摔倒在泥漿裡，終於跑到了火光那裡，是一個破敗的河神廟，神像前有香燭的殘火。李白與蘇渙鑽了進去。

「抓住他！」後面傳來士兵的喊聲。

河神廟只有一間破房，沒有躲避的地方，蘇渙繞過後面，無意間碰到了斷垣，「轟」的一聲被雨水浸蝕的半截土牆垮了來。蘇渙跌倒在地，李白俯身去扶他的當兒，一群士兵包圍了他們。

「就是他！」一個士兵咬牙切齒的叫道。「你們是誰？要幹什麼？」李白叫道。

蘇渙一眼就認出了這人原來是永王手下的鬥雞徒賈昌：「你不就是永王帳下的鬥雞徒嗎？你們要幹什麼？」

「我們現在是高適將軍的部下！奉命捉拿永王逆黨！」

將士們寒光閃閃的刀劍對準蓬頭跣足的李白，把他們綁了個結實。

「我不是什麼逆黨！為什麼抓我？」李白大叫道。

「老爺抓的就是你——賣身投靠永王的叛逆李白！」李白背後一個氣喘吁吁聲音叫道。

李白回頭一看，胡正的雙眼像墳場的磷火，在黑暗中幽幽燃燒。

漆黑的彭澤荒野一片死寂，只有雨在淅淅瀝瀝地下，像天在流淚，沒有人回答他的話。

12. 殺了李白，天下人才知道皇上的厲害

至德二年二月初九，永王兵敗南逃至大庾嶺，為洪州刺史皇甫詵所殺。淮南節度使揚州大都督府長史高適，順利地平息了永王的叛亂，捷報飛呈鳳翔肅宗駐地。肅宗立即派人將捷報飛送蜀中。

自玉環被賜死之後，七十多歲的太上皇到了蜀中，他一直躺在天回鎮館驛的病床上，聽著窗外杜鵑

悽然的叫聲，望著布滿陰雲的天空出神。

「太上皇在想什麼？」高力士溫和而恭謹地問。

「……當初……張九齡，李適……之，」玄宗努力地回憶著：「都說過……安祿山……安祿山……有野心。」

「是的，皇上。」高力士說。

「他們……都不在了，還有李白……也罵過……那畜牲……」

「日後回京了，要加封賜爵……不知道他們的……後人……怎麼樣。」

「都被李林甫害死了。」高力士說。

玄宗努力地回想著，他一貫自以為是一位英明的君主，事情怎麼會敗壞到這一步？他那昏聵的頭腦中怎麼也理不出一個頭緒來。

玄宗將渾濁的目光投向高力士，作了個要起床的手勢。高力士示意兩個年輕內侍上前，自己伸手做了個扶的姿勢，玄宗被小心地扶起來。

玄宗望望窗外，接過高力士遞過的枴杖，由高力士攙扶著緩緩走到窗前，窗外細雨霏霏。

「又在下雨。」他含糊地吐出一句話，又緩緩地走向另一邊。

一個內侍進來稟報說：「皇上的信使來了。」

「叫他等一會兒進來。」玄宗說。在兒子的信使面前，他不想有失昔日的威儀。他命內侍們仔細與他梳洗一番，換上「西幸」時帶上的最好的衣冠。

年輕的信使進來呈上肅宗給太上皇的信件。高力士拆開書信，遞給玄宗，那正是肅宗平定江南的捷報。

「永王……他人呢？」玄宗問。

信使恭恭敬敬地回答：「據微臣所知，當時江漢一帶很混亂，一些人興兵作亂，永王殿下在亂兵之中，高長史來不及保護他，不幸遇難。」

太上皇好像被人當頭一棒，蒼老的頭顱低垂下來，手中的信紙滑落到地上，萎頓地坐在胡床上。分制——是他作為皇帝的最後一次決策，最後的打算和運籌落空了。萬一有一天，因為「來不及保護」而輪到他……太上皇只覺得天旋地轉，一頭栽倒在胡床上。

「太上皇！太上皇！來人啦！」高力士驚呼。

在這短短的一瞬，李白出京寫的那首〈遠別離〉突然斷斷續續在高力士腦子裡出現：

……日慘慘兮雲冥冥，猩猩啼煙兮鬼嘯雨。我縱言之將何補？……堯舜當之亦禪禹。君失臣兮龍為魚，權歸臣兮鼠變虎。或雲堯幽囚，舜野死，九嶷聯綿皆相似，重瞳孤墳竟何是？……

都應驗了！都應驗了！

這不是一個酒瘋子的夢囈，這是神人的預言！是自己觸怒了上天被詛咒的咒語。自己一手運作的大唐朝政衰落到這種地步，等待自己和太上皇的只會是悲慘的結局！

此後歷代的許多學者平心而論，高力士只配給李白脫靴。五年之後，高力士被流放巫州的途中，在臨死之前，也是這樣想的。

李輔國暗中常常把自己比作高力士，以為此次肅宗北方戰捷，南方平定都是他運籌幃幄的結果。李輔國曾經參與過誅殺楊國忠的預謀，很早就在東宮跟隨太子左右，李輔國面貌醜陋但行事謹密頗得肅宗親信。到了靈武太子把四方奏章、軍符一一委託給李輔國。李輔國將高適結束戰鬥，清剿「璘逆」的最後結果唸給肅宗聽。

「永王一家，還有人嗎？」肅宗問。

「一個也沒有剩下，全部死在亂軍之中。」李輔國說。「可憐的弟弟！」肅宗臉上浮現出悲天憫人的神色。

完成了平定江南的重大舉措，肅宗嘴邊浮現出一絲不易察覺的微笑。

不由分說，李白被抓進了潯陽縣的監獄，告發他的不止一個，因為人人都看見他在永王的樓船上，告發的人李白都不認識他們，而人人都認得李白。當然幸災樂禍的人大有人在，像這種狂傲自大的傢伙，早就應該受到懲罰。

李白萬萬沒有料到此次下山竟是這種結局！他瘋狂地叫喊，拚命掙扎但無濟於事。沒有人聽他的，他被當作一件沒有生命的什物重重地摔在黑暗的牢房裡，只聽見「哐當」一聲鎖上了牢門，他便到了另一個世界。差役把蘇渙與他分開來，像他這樣名氣很大的人，做官一定是大官，做人一定是名人，坐牢也一定是「要犯」。

牢房裡又黑暗又潮溼，李白喊啞了嗓子用盡了力氣，像一隻被關進籠子的野獸，在絕對找不到出路的時候，僵臥在那堆亂草上，悲哀地抽泣起來。

開始有下級官員來問他的案子，李白才從他們口中斷斷續續知道一些消息。從他逃出永王軍中之後，永王派兵追擊季廣琛、渾唯明，而後高適的軍隊渡江與永王在丹陽作戰，永王兵敗後被殺。薛繆在亂軍中死去，韋子春被抓起來押往揚州。李白知道了這些消息之後，覺得自己彷彿掉進了一個深而且黑的陷阱。

「你知道『從逆』什麼罪嗎？是死罪，凌遲處死！」審問他的官員說。

凌遲處死？李白像突如其來被遭到雷殛一般。別無他法，他請求他們去查清事實，他求他們去季廣琛那裡、韋子春那裡，去取回自己並沒有參與逆謀的證據。

沒有人聽他的辯解，只有威脅和逼迫，抓獲一個永王的「謀主李白」與抓獲一個從永王軍中叛逃出來的「文士李白」，在記功的時候是截然不同的兩碼事，而前者，是可以得到大筆賞賜並且升官的。潯陽縣令胡正，當然是選擇前者。蘇渙是李白的書僮，沒有什麼分量，放出去為李白請醫送飯。

李白被關在潯陽大牢的消息很快傳開來，荀七和他的女兒小玉也趕來了，遠近慕名而來的士子們也趕來探望。不少人願為李白取保，但潯陽縣認為案情重大，不予批准。

蘇渙馬上到廬山道觀去告訴宗瑛，宗瑛當場就昏倒在地。後悔當時為什麼沒有拚命上前拉住李白而是獨自一人回到道觀。宗瑛急急忙忙下山，找到宗璟，二人一起來到潯陽大牢。

宗璟到處打聽姐夫的案子，哪知各地都在拿辦「從璘逆」罪犯，到處都搞得人人自危，沒有人敢多嘴。李白已經被潯陽縣列了若干罪名，雖然李白一再辯解，潯陽縣根本不由分辨。三月，朝廷終於派了處理「從逆」囚官的御史中丞宋若思。宋若思派人找到季廣琛、渾唯明等，多方查實，又有韋子春口供，說明李白實屬脅迫。宋若思將李白的十首〈永王東巡歌〉細細看了一遍，認為李白因脅迫而入永王幕府，入幕後並未參與逆謀，當屬無罪，理應洗雪冤枉。宋若思將李白列在赦免之列，迅速寫了奏章派人到鳳翔上報皇上。

李輔國向肅宗提出到江南監軍，其原因早在高適協助哥舒翰守潼關時就種下了。當初潼關失守後，高適向玄宗呈上〈陳潼關敗亡形勢疏〉分析潼關戰敗原因，大罵監軍的宦官誤國。李輔國由此對高適懷恨在心，只要有高適這人在，就有人藐視宦官的權力。對於日後自己大權獨攬是一個不小的障礙。

平永王亂這一時期，淮南節度使揚州大都督府長史高適頗為志得意滿，在短短的三年間，由詩人而戎帥，有史以來唯高適一人而已。在平定永王一戰中，高適大量使用的離間、策反攻心的策略頗為奏效，原永王部下季廣琛、渾唯明等都被他收編，短短的一個月之內，江南便恢復了正常秩序。

與李白、杜甫的交遊，使高適常縈懷於心。想起當年三人在黃河邊在泰山登臨賦詩的情景常常激動不已。他們三個人應像是大唐朝的三匹駿馬，奔向那憧憬已久的未來。赴任之前，他就告訴妻子說，到了揚州任上一定記住要去置辦一套精美的酒具，弄幾罈好酒，揚州的金銀器特別出色，李白在江南，邀請他來痛痛快快地喝一通。

高適是個勤政的人，重要的公文他都要一一批閱，不用幕僚代勞。一位錄事捧著宋中丞送過來的公文，請長史大人過目，便報呈皇上。高適看那公文，將處死流放、羈押、杖責各類犯人清清楚楚分開，各人下面明確寫著該犯所犯何罪，以何律條量刑。高適認認真真看了一遍，突然在「赦免」那一列中，「李白」兩字躍入他的眼簾。

高適一驚：「李白，怎麼回事？」

錄事答道：「李白是永王的幕僚，被永王闢為從事，在季廣琛棄暗投明的當天，李白也就逃離永王軍中了。李白並不曾參加作亂，宋中丞查明，李白是被永王脅迫的，所以在赦免之列。」

高適鬆了一口氣，心想，像李白那樣嫉惡如仇的人，不可能是叛逆。便說：「就按宋中丞這樣處置吧。」

「可是……」遲疑著說：「皇上派了觀軍容使李輔國大人……」

「又是觀軍容使！」高適不耐煩地說。

「這是潯陽縣令給長史大人的信。」高適拆開信一看，見胡正寫給長史府的，告知大都督府，觀軍容使李輔國大人已到潯陽。

高適只好讓部將們先退出改日再議，然後與錄事說話。

「觀軍容使李輔國大人奉皇上之命到江南來，為的是除惡務盡，此時，親自到江寧檢視處置情況……」

高適聽了，沉吟了片刻。心想，李輔國此次到江南來，所謂「除惡務盡」，無非是以嚴厲處置、拈過拿錯來抖他自己的威風。李輔國在潯陽不走，看揚州大都督府長史會不會遠道從潯陽把他迎到揚州。高適決定不去潯陽迎接監軍容使李輔國，因為江南一平定，立刻就應該將北上抗敵的計畫上呈肅宗。軍情如火不可有絲毫的貽誤，且宦官監軍的事他早有定見。

潯陽縣令胡正，在高適平亂後，殺豬宰羊敲鑼打鼓地犒勞了平逆大軍。又迎來了觀容使李輔國。

李輔國一到潯陽就認出了俯伏在地像一個圓圓的皮球一樣的胡正。

「這不是胡少府嗎？」李輔國說。

胡正抬起頭來，兩眼露出驚喜的樣子：「原來是您老人家！」雖然李輔國比他小三十來歲，胡正還是用了「老人家」這個稱呼。

二人一拍即合。李輔國在胡正的潯陽縣吃到了鳳翔從未沒有過的珍饈美味。胡正形影不離，親自陪同李輔國上廬山，下妓院，玩了個不亦樂乎。

李輔國在酒酣耳熱之際，問胡正：「胡少府，你這個潯陽縣令，是怎麼當上的呀？」

胡正冷不丁地嚇了一大跳，忙說：「我逃出京城之後，想為抗逆出點力，就到江南來了。」

「胡大人，當時的『逆』在哪裡呀！」李輔國不陰不陽地問道。

胡正一下子臉紅到脖子，是呀，當時安祿山在北方，自己是南逃。自己無法分辯，不由急得說不出話來，只是傻傻笑著說：「嘿嘿……李大人……這年頭……哪裡有『逆』就在哪裡抗……」

「胡縣令，你到底在從逆還是在『抗逆』呀！」

到底是圓滑的胡少府，忙湊上前去：「在下這一向緊緊跟隨李大人，當然是『抗逆』，那不跟隨李大人的，當然是『從逆』……」

一句話逗得李輔國也笑了說：「難怪人說『夜壺溜圓』，真有你的！」

胡正一聽，心裡暗暗高興，忙說：「李大人喜歡溺壺，我立即派人給你製作一把。」又在李輔國耳邊小聲說：「純——金——的，跟送給張說的一模一樣！」

李輔國心中一樂：「此次到潯陽算是不虛此行了！」

胡正道：「日後恢復了兩京，回少府的事就盼著你老人家了！」

「回少府的事就包在我身上。」李輔國說。

「要是李大人成全胡正回了少府，掌治署鑄錢那邊，在下專門給李大人留一個爐子。」胡正說。

「呵呵……啊……胡少府！」

李輔國在潯陽住了多日，還不見高適前來迎接，這使李輔國大為掃興。將在外，君命有所不受，何況他本來是一個內侍！李輔國後悔自己小看了高適，但此事弄僵了，高適不給面子，自己豈不落個沒趣？

「這個渤海郡的村夫，竟敢不來參見本使！」李輔國罵道。胡正見李輔國煩躁，忙向李輔國道：「高適不來，難道大人就不可以監督他？」

「怎麼個監督法？」李輔國問道。

「將揚州大都督府處理過的案卷調到潯陽來，不愁找不出漏子。」

李輔國聽了眉開眼笑地說：「胡少府不愧是宦海老鱉。」

李輔國當即下命將大都督府處置的平亂一事案卷調往潯陽，觀軍容使要親自過目。

案卷一調來，胡正便叫底下幾個師爺用心檢視，偏偏宋若思、高適辦事嚴謹，這些一般的下屬哪能抓得到什麼漏子？

「請大人看看這個人！」胡正說：「這叛逆中有一個人罪該萬死，而揚州大都督府居然把他赦免了！」

「李白！這不就是那個叫高力士脫靴，張驅馬捧硯的狂妄傢伙麼？」李輔國。

「大人英明，正是那個傢伙。聽說從前與高適是朋友，還一起做過詩。」

這人既然敢讓高力士脫靴，眼睛裡豈有天下的宦官？這人與高適是一路貨色，怎麼可以赦免他！

「這種人該殺！」李輔國氣呼呼地說。

胡正暗暗高興，沒想到自己這麼容易就抓到了李輔國心中的這根弦，響鼓不用重捶。他欲擒故縱地說：「案捲上說李白是脅從，而且在永王作亂之前，就逃離了。」

「哼，我不管他離開不離開，像他這樣的狂妄之徒死一個少一個！」李輔國把積怨一下子發洩出來：「叫高適也脫不了關係！」

「不過，這件案子是御使中丞宋若思大人親自審理的。還有韋子春等人的口供，證明李白是脅從……」胡正故意裝出一副小心翼翼的樣子。

李輔國想，只要李白跟高適是朋友，那高適的事也好辦了。便道：「胡縣令，你這人怎麼聰明一世，糊塗一時，李白不是叛逆，難道咱不會造一個叛逆，何況李白還在永王幕府待過寫過詩。世界上的事情總是真真假假，假假真真，查無實據，事出有因，還有什麼可說的？」

「李大人高見。」胡正裝出一副忠心耿耿的樣子說：「得罪了李大人，沒他的好果子吃！」

李輔國冷冷地說：「哼，你這人怎麼這麼昏呢？他得罪我什麼啦？我犯得著與這些窮文人計較麼？」

胡正心中暗想，這李輔國可算個人物，做事不露痕跡，便道：「李大人果然大量，宰相肚裡撐得船。」說得李輔國也笑了。

李輔國命一個心腹內侍，連夜將李白從逆應予處死的奏章火速送到鳳翔肅宗手中。

肅宗接到李輔國的稟報，對李白從逆的事實深信不疑，既然他被永王闢為從事，又為永王寫過詩，當然是隨永王反叛無疑。李輔國的奏摺隻字不提李白在永王構亂之前就離開永王幕府，而且並未參與機密。肅宗想，從璘逆的是該殺，但是永王受命分制江南是太上皇的命令，無論如何自己無法向太上皇說永王是叛逆。他向太上皇的稟報中僅僅說他平息了一次兵亂，而永王由於他「保護不周」而「不幸遇難」的。這種舉措使太上皇的「分制」得到實質性的破產，但又不暴露自己為了集中權力剷滅異己的本來面目。

他想起李白代賀知章為他送來石榴花，使他在李林甫的陷阱中轉危為安的事，李白為佛寺的大鐘寫銘文的事，他當時就從內心感到他對大唐江山的一片赤誠，他甚至有過他一旦登基為皇帝，眼前的這原翰林學士，憑著他忠誠和過人的才華應該說是股肱之臣。宋若思呈來的案卷他也看過了，赦免了李白，也不是不可以的。

內侍見肅宗沉吟，便道：「啟稟皇上，小的臨行，李公公告訴我務必轉告皇上，殺了李白這樣的人對大唐有莫大好處。」

「有莫大好處？李白名滿天下，殺了他有什麼好處？」肅宗問道：「豈不顯得朕沒有容人之量？」

「李公公說正因為李白名滿天下，殺了李白，天下人才知道皇上的厲害。倘若盡殺些無名小輩，天下人要到什麼時候才知道服貼呢？所以，殺了李白，正是為了大唐的江山社稷。」肅宗沉默不語，半晌，對內侍說：「今日這事，你知我知，休要外人知道。」

內侍嚇得頭也不敢抬，連連說：「是」。「你下去吧。」肅宗說。

肅宗陰鷙地笑了，在案頭鄭重地取了硃筆在田黃玉硯裡調好朱墨，在案卷李白的名字後面批了「斬決」兩個遒勁的大字。

13. 莫非高大人對肅清永王殘餘，另有見解？

宗瑛和宗璟每天都來探望李白，蘇渙到處託人疏通，焦急地盼著朝廷很快批下宋若思呈上的案卷，早早赦免李白。眼下已是四月，想必宋中丞已經到達鳳翔，皇上已經批了下來，快要抵達潯陽了。

一抹慘紅的夕陽，透過粗重的木柵欄照在斑駁的土牆上，土牆腳下潮溼的草堆上，蜷縮著奄奄一息的李白，在逃離的路上淋了雨，入獄後一直病著。一想到他的無辜下獄，他就悲憤不已，如果朝廷的赦令不及時下達，再過幾個月，他也會病死在這汙濁可怕的地方。

「李白，快起來，你的判決來了！」隨著牢門鐵鎖開啟的聲音一個獄卒在牢門叫道。

李白蠕動著僵硬痹痛的肢體，從草堆上爬起來，接過那張黃麻紙，黃麻紙上寫著：「——罪犯李白，從逆屬實，經有司按准，判斬決，秋後執行。」

「為什麼？」李白朝那獄卒吼叫道，只覺心中一陣刺痛，一口鮮血噴了出來，那拿著黃麻紙的手在顫抖。李白痛苦已極，咬牙把那張黃麻紙撕成兩半。突然覺得一陣天旋地轉，伸手想去抓那土牆，土牆好像向他倒過來，他一頭重重地撞在土牆上，鮮血從額角流出來，身子像一捆沒有生命的稻草被拋擲在地。那黃麻紙片飄飄蕩蕩地墮落在他腳下的亂草上。

李白從昏迷中醒來時，已是深夜，宗瑛和宗璟、蘇渙正在他面前哭成一團。

「夫子……」宗瑛揩去李白額上的血跡，昏黃的油燈下，李白憔悴的臉變得扭曲而可怖。宗瑛的心都碎了，她知道自從李白成了她的丈夫，他雖然遠離長安，但心卻留在朝廷與大唐朝同呼吸共命運。事情的結果是這樣不公正。

「阿瑛，我連累你了……」

李白看著宗瑛說。宗瑛伸出手輕輕地理順李白蓬亂的頭髮和鬍鬚。清瘦的臉上布滿從容和堅定。

「夫子，不要悲傷，不要著急，我要為你的事向天下人呼喊求助，為你伸張正義，不管有什麼事發生，你要挺住。答應我，不要絕望，不要絕望！」宗瑛握住李白的手說。

「阿瑛，我答應你。」李白被宗瑛深深的感動了，他冷卻的內心又激動起來。此刻，他得到人世間最美好的情感。

「明天一早我就出發到揚州去，這裡由宗璟來照顧你，夫子，你好好等待我歸來！」

宗瑛姐弟與郎中離開之後，牢獄中一片黑暗。李白心中念著宗瑛的話，無邊的黑暗中有了一線光明。蘇渙告訴宗夫人，先去求季廣琛帶他到淮南大都督府長史那裡說明情況，事情是會得到公正解決的，宗瑛也以為這個辦法很對。第二天一早，荀七父女的船已經在碼頭上等著，宗瑛與蘇渙帶著李白的冤狀上了船，來找季廣琛。

季廣琛因棄暗投明剿滅永王有戰功，擢升為將軍鎮守江寧，他的部下也都升官受賞，軍中一片歡樂的氣象。

季廣琛試罷皇上賜的新紫袍，心中正在得意，聽說蘇渙來了，便吩咐前廳來見。蘇渙與宗瑛來到前廳，拜見了季廣琛。

宗瑛對季廣琛說：「兩個月前，拙夫與季大人同在永王帳下，拙夫愚魯，未與季將軍一起投明，為避永王之亂與蘇渙落荒彭澤。此次到永王軍中，皆因永王脅迫，而今蒙冤被囚禁於潯陽獄中，望將軍能為我夫洗雪沉冤，開脫罪責，這是冤狀，上面所寫句句是實，請季大人過目。」

季廣琛自從反戈一擊以來，敘軍功、升官職、換防區、理軍務忙得不亦樂乎，李白的事全不知曉，此時聽了宗瑛的話道：「怎麼竟會有這等事？我卻一點也不知道。」

宗瑛將冤狀遞給季廣琛，哪知季廣琛並不伸手去接，季廣琛笑道：「學士公在永王軍中的情形，我知道得一清二楚，還看什麼冤狀，本將軍要是早點知道這事，學士公哪會蒙牢獄之災？」

宗瑛急忙雙膝跪下道：「將軍能使愚夫重見天日，宗瑛感激不盡了！」

季廣琛笑道：「夫人請起，我季某敢打包票，若學士公是叛逆，那天下人都成了叛逆！夫人可在江寧住幾天，待我將學士公在永王軍中的情形一一寫出，送交有司明斷。」

宗瑛見季廣琛如此豪爽重義，心中甚是寬慰，與蘇湊千恩萬謝出了季府。

季廣琛一邊派人照料宗瑛，一邊在軍務之餘將李白在永王軍中之事整理寫出。剛好寫到一半，鎮守丹陽的渾唯明也升了將軍，興致勃勃地過府來與季廣琛飲酒。季廣琛向唯明講起李白蒙冤的事，渾唯明拍案道：「胡正這老兒可惡！他本是薛僇給他求的官，此時為了避開與永王的關係，偽裝清白，便亂抓人來開脫自己。待我明日到潯陽縣去，把那老狗抓到高都督面前一刀砍成兩半！」

次日渾唯明便派一位副將十萬火急趕到潯陽，那副將到了潯陽一問，便連忙趕回，向渾唯明說出一番話來，渾唯明大驚，連夜趕到江寧來見季廣琛。

「小弟探明，這李白不但無法赦免，這死罪也是改不得的。」渾唯明對季廣琛說。

「依大唐律例，凡有冤屈之事都應申雪，怎麼可以冤枉了李學士？」季廣琛說。

渾唯明便在季廣琛耳邊，將李輔國在潯陽的情況一一說出，季廣琛聽了半晌說不出話來。

渾唯明又道：「皇上如今要建立一國之君的威望，將太上皇手下的人，一個個免職降罪絕非偶然。聽說李學士是太上皇寵信過的，凡太上皇寵信過的現在都被剪除，比如楊國忠、貴妃、永王等。季兄你也一定看明白了，為皇上效力，官就升得快，李學士的事只是怕李輔國在其中做了手腳，是皇上親批問斬，即使你我為李白作證，恐怕皇上已有他的定見，弄不好惹火燒身禍莫大焉。季兄是因為一紙不能發揮作用的佐證書而丟官卸職，累及我們跟從大哥的兄弟們呢！還是……」

季廣琛聽了沉吟半晌，沉重地吐出一句話來：「我當然要為我同生死共患難的兄弟們的前程著想。」

第二天宗瑛失望地離開江寧到揚州，目的當然是去求淮南大都督府長史高適。宗瑛曾聽李白講起高適，稱讚其立志高遠，詩意豪雄，是李白志同道合的好友。而此時的高適身居高官，會不會像季廣琛那樣變化無常呢？

揚州大都督的確氣概不凡，驃悍的衛士一個個手執兵器雄糾糾地站在門口。往來的人一個個服飾華麗都是地方上的要人，如果說有閒雜人等混入，立時便會被衛士們執刀叱出。宗瑛又沒有認識的人，自然無人代她通報。為了救李白，她顧不得許多，整了整妝，目不斜視快步急趨大都督府門首，一群衛士立即圍了上來，此時宗瑛已經舉手掣動了門上的絲絳。原來唐代就有門鈴，用一隻銅鈴兒在主人內室，繫上長長的絲絳，讓絲絳一直通到府外，凡有親朋好友來訪掣動門前的絲絳，室內的主人便知道，於是出迎。衛士們見一衣著普通的婦人掣動門鈴，立時便用刀矛逼住了宗瑛。

「你是何人，竟敢在此掣鈴？」衛士惡狠狠地問道。

「小婦人是高大人舊友之妻，有事求見，這裡有書信一封，請交高大人過目。」宗瑛說著從容取出一封信交與衛士。

高適出鎮淮南平亂之後，便託人千里迢迢把妻子接到任上來。高夫人是個極賢德的女子，丈夫做了高官心中自然歡喜，想起丈夫早年說過要是有朝一日得志，一定要與李白、杜甫等好友痛痛快快喝一次酒，自己便瞞著高適，叫婢女帶著用自己的體己錢在揚州一個有名的銀器行，挑選了一套用朱漆魚紋盒裝的六楞嵌珠卷草紋銀酒具，興致勃勃帶回府來交給高適。高夫人一提當年之事，高適大喜，左看右看，盤算著等李白被赦免時，邀他好好喝一通。

高適正與夫人說話，忽然聽得鈴兒亂響不知為了何事。衛士進來呈給高適一信書封，說是掣鈴人交給高大人的，高適拆開一看，見上面寫著「謁高長史適：共工赫怒，天維中摧，鯤鯨噴蕩，揚濤起雷。魚龍陷人，成此禍胎，火焚崑山，玉石相碓。仰希霖雨，灑寶炎煨。箭發石開，戈揮日迴。鄒衍慟哭，燕霜颯來，微誠不感，猶縶夏臺。蒼鷹搏攫，丹棘崔嵬。豪聖凋枯，《王風》傷哀。斯文未喪，東嶽豈頹？穆逃楚難，鄒脫吳災。見機苦遲，二公所咍。驥不驟進，麟何來哉？星離一門，草擲二孩。萬憤結緝，憂從中催。金瑟玉壺，盡為愁媒。舉酒太息，泣血盈杯。臺星再朗，天網重恢。屈法申恩，棄瑕取材。冶長非罪，尼父無猜，覆盆倘舉，應照寒灰。」

這封信正是李白寫給他的，這信中言辭悲憤而激越，使高適為之心痛，想當年同遊黃河泰山何等豪雄，長安相見對國事何等執著，哪知世事翻覆今日竟為階下囚徒。猛然想起前些日子宋若思上呈皇上的公文中李白在赦免之列，為何現在宗夫人又求上門來？不管怎樣，先見見宗夫人問清原委再說。

衛士引宗瑛和蘇渙走進都督府的東花廳，宗瑛見一人氣宇軒昂體魄偉健，年紀與李白差不太多，想必便是高適了，旁邊站著一位端莊的婦人想必是高適的夫人了。走上前，跪在地上，深深地叩了個頭道：「民婦宗氏參見高大人。」蘇渙也忙跪下參見。高夫人見了，忙將宗瑛扶起道：「大妹子，快起來，高適與李學士親如兄弟，這如何使得？」忙吩咐婢女敬上茶來。

宗瑛見高適夫婦尚念舊情，不由眼圈一紅道：「高夫人，太白他……」

高適是個謹慎的人先問宗瑛道：「太白的事，我略知一二，不知宗夫人所求何事？」

宗夫人道：「我與太白本在廬山隱居，永王三次下令要太白下山入幕。太白來到永王軍中，不曾參與機密，在永平構亂之前，我夫已逃離永王軍中，此次將我夫定為叛逆死罪，實屬於冤枉。大人威鎮江南戡亂平逆功高位顯，望大人看在昔日朋友的情份上，秉公昭雪。」

蘇渙道：「高大人，小的蘇渙在永王軍中，一直跟隨李學士，宗夫人所說句句是實。」

高適想，原來宋中丞案卷中明明已把李白列入「赦免」，為何宗夫人又說是「叛逆死罪」，其中定有原委，便吩咐夫人安排她們先住下，自己將潯陽方面的檔案調來查閱。宗夫人感激不盡，隨高夫人到後院。

幾天之後，潯陽的案卷已經在高適書案上，高適翻開一看吃了一驚，原來御使中丞宋若思辦案的公文已經被李輔國的取代，過去韋子春等證明李白是脅從的證詞已經蕩然而無存。而且不知何人在十首永王東巡歌裡加了一首歪詩，詩中將永王比作太宗皇帝。這次判處「斬決」的是皇上御批！高適看了知道是有人做了手腳，那御筆硃批卻是奈何不得。高適想如今要翻這案，除非找到當日知情的人來證實，而此時韋子春等人皆已被斬決，蘇渙雖能被證實只是一名書僮，高適想來想去想不出一個萬全之策。正在此時，一個參將來報說是李輔國已經到了揚州大都督府。

高適連忙出迎，哪知李輔國已高坐在都督府大堂之上。原來李輔國氣的是高適明知他到了潯陽而不到潯陽來迎他，這次他無聲無息來到揚州大都督府，就是要給一向負氣敢言、為難宦官的高適一個下馬威。還有，李輔國只等高適將潯陽的案卷調走，一出手救李白，便說高適與叛逆有關係。現在李白的卷案已經在高適手中，李輔國便迫不及待地到了揚州。

高適見李輔國高高坐在大堂上，猛然間一股怒火直衝咽喉。

高適想：正是這些仗勢欺人的閹奴，本無尺寸之功，竟如此這般地耀武揚威！但又轉念想道這惡奴如今是觀軍容使，既然如此做作，定包含有不測之心。況我王命在身，應以國事為重，何必與小人一般見識，必須小心提防不被惡狗偷咬才是。於是收斂起心中怒氣，換上一副笑容，大踏步進了大都督府大堂，向李輔國道：「揚州大都督府長史高適，參見觀軍容使李大人！在下不知李大人大駕光臨，有失遠迎，望李大人恕罪！」李輔國見高適進退謙恭卻也挑不出漏子來，只說：「本使到此，自然有要事問你。」

高適說著領李輔國和隨行內侍到了大堂後的中廳，讓侍僕捧上香茶，高適從侍僕手中接了親自遞到李輔國面前，李輔國臉上的怒氣才稍稍消了些。李輔國接過，半天不語，呷了一口香茶，慢吞吞地問道：「高大人，自璘逆兵敗之後，有不少璘逆的部下現歸屬高大人軍中，對於這些璘逆殘部，高大人清理得怎麼樣？」

提到這件事，高適卻不能等閒視之，消滅永王璘主要是怕永王割據江南，而永王部下將士棄暗投明在高適帳下的為數頗多。高適從容對道：「在下軍中確有璘逆部下，他們皆因反對永王割據江南而投奔到在下軍中，都有一片報國之心，從未聽皇上有命要對他們進行清理。」李輔國見高適只依皇命行事而對他的意思不予理睬，又說：「高大人屯集重兵於江南，勢力有如永王當初，日後作何打算？」

高適一聽話中有話，正色道：「高適奉命平璘逆之亂，而今逆亂已平，已向朝廷上了奏章，命將士們秣馬厲兵，準備北上征討安祿山，李大人以為不妥嗎？」

李輔國沒有抓住高適什麼破綻，將茶碗重重往桌上一放，用他那女人般的聲音說：「高大人一向負氣敢言，果然名不虛傳，討滅永王，肅清江表是皇上的意思，本使剛才問的便是肅清江表的事，高大人想必明白。」

高適聽了，再也無法按捺對李輔國的不滿，激動地說道：「在下蒙皇上嘉許，已然肅清江表，李大人此言從何談起？莫非硬要給在下加上違抗皇命之罪？」

李輔國見高適終於動怒反而笑了，慢慢地呷了一口茶道：「高大人言重了，李某也是皇命在身，代天子觀軍容……」

李輔國的幾句話，倒叫高適一時語塞。李輔國見高適不言，進一步陰險地說：「莫非高大人對肅清永王殘餘，另有見解？」

高適再次壓下怒火清醒過來，李輔國兜來繞去都在「肅清永王之殘餘」這件事上做文章，不知究竟為了何事，便答道：「皇上詔命，卑職哪裡敢有其他的見解，只是效忠皇上，遵命行事。」

「聽說永王的謀主李白，與高大人有舊？」李輔國問道，看也不看高適，只用茶蓋去撇茶水表面的浮末。

「這……」高適心裡明白按官場中的常情，此時應該堅決否認，但不知為什麼，高適說不出口。

李輔國這才抬起頭來，看看高適局促的臉色，得意地笑了：「我沒說錯吧，聽說過去在一起飲酒賦詩，還算得舊知交吧！本使已經知道，你已經從潯陽調了李白案的卷宗，正是想為李白翻案。」

李輔國最終的目的顯露出來。高適不甘示弱，坦然道：「李大人這麼說，是想把高某與璘逆一起查辦了？不過，高某相信皇上定會明察，李大人對高某有什麼懷疑，儘管向皇上奏明好了！不過李白是冤枉的。」

李輔國道：「高大人，我只提醒你，原永王部下季廣琛、渾唯明都不會證明李白無罪，李白是御筆親批的斬決，你想違抗皇命嗎？」

李輔國說完離座拂袖而去。

高適邁著沉重的腳步從中廳走向後院，李輔國突如其來的發難，是他始料不及的。他想起了十多年前與李白和杜甫在黃河邊飲酒的情形，那時候他責備李白「使酒任性」，他要把「個性悄悄地藏起來，揣時度勢幹一番事業」。但此時身為揚州大都督府長史淮南節度使的他無法藏下對李輔國這個閹奴的怨恨，他無論怎樣都躲不過李輔國那雙邪惡的眼睛！高適走進書房，頹然倒在椅上，營救李白的事還沒有開端，就已經失敗了。

「官人，怎麼啦！」高夫人看高適一臉陰雲，關切地問道。高適道：「當初我還責備李白，何以在長安待不下去，而現要……」

高夫人：「難道……」

高適垂下頭，痛苦地叫道：「我怎麼救得了李白？我怎麼救得了李白……」說著忽地站起來，在房間裡踱步。

宗瑛和蘇渙出現門口，剛才，他們目送高適走進書房。高適的神情和話語使宗瑛感受到莫大的恐懼，她本能地衝進書房，撲通一聲跪下去，悽然叫道：「高大人，你救救他吧，你是能夠救他的！」

宗瑛淚流滿面，高適的援救是李白最後一線生機，而高適臉上的陰雲越來越濃厚。宗瑛跪著向高適爬過去，悽慘地叫道：「高大人義重如山，看在朋友知己的份上，救救他！救救他！」說著不顧一切地叩頭。宗瑛的前額在書房的地板上叩出血來，高夫人忙過去扶起血淚交流的宗瑛，望著高適。高適此時方寸已亂，再救李白只會使他陷進宦官的陷阱，他艱難地從牙縫裡擠出幾個字：「在下……愛莫能助！」

宗瑛被他的話驚呆了，她用手堵住嘴，強忍住抽泣。

跪在一旁的蘇渙再也忍不住心中的激憤，爬起來向高適叫道：「高大人，普天下的人都知道太白先生是好人，我們會找到人給他申冤的。我終於看清了，世界上假仁假義的人不是沒有，太白先生瞎了眼，交上你這樣的朋友！宗夫人，我們走吧！」說著扶起宗瑛走了出去。高適急得說不出話來，重重一拳砸在桌子上，那朱漆描金盒跳起來落在地上，裡面的六楞嵌珠卷草紋杯壺掉了出來，銀晃晃地滾了一地。

李輔國很快回到京師，對肅宗說高適如何不聽號令，如果不將他調離江淮奪去兵權，謹防他也和永王一樣割據一方，劃江而治。肅宗一聽深以為然，立即下命削去高適的兵權，降為太子詹事。李輔國心中好不快活，心想自己一連禍害了本朝兩個大名人，日後哪個還敢不怕他？

14. 想起對權貴的驕矜作態，李白死到臨頭哈哈大笑

蘇渙扶著宗瑛出了揚州大都督府，舉眼一看大街上人來人往，宗瑛此時卻不知何去何從。蘇渙見她兩眼發直，也急得不知如何是好。兩人在街頭站了一會，蘇渙想起一個主意來，對宗瑛說：「御使中丞宋若思原來就在大都督府右邊小巷裡住過，聽說還有家人在那裡，我們要打聽到宋中丞的去處，找到宋中丞，或許有一點希望。」宗瑛點頭稱是，二人穿過小巷，果然有一戶整潔人家，蘇渙上前敲門，出來一位

老僕，那老僕說，宋中丞早已離開揚州，回京覆命去了，院裡是宋中丞的家眷概不見客。宗瑛聽了只是落淚，蘇渙扶著宗瑛高一腳低一腳穿過小巷，蘇渙道：「宗夫人不要傷心，我們想法到鳳翔去，去求宋中丞。如果太白先生不能得到赦免，蘇渙願意代太白先生去死，以我的命換太白先生的命！」蘇渙的話剛落音，忽聽有人叫道：「想用你的命換李白的命，太遲了！」唰唰地從小巷旁的樹上跳下幾個人來，一掌推開宗瑛，拔刀直撲蘇渙，蘇渙見勢不好拔出腰間長劍拚死抵抗。蘇渙好身手！殺倒了兩三個人，拉著宗瑛便跑。眼看快跑到運河邊，不知是哪裡鑽出五六個人來，把蘇渙圍了個水洩不通。蘇渙急了叫道：「列位兄弟，在下蘇渙，並沒有得罪各位，為何要害我性命？」對方其中一人回答道：「你不是要為李白作證麼，送你到陰曹地府，你到那兒去作證吧！」說著揮刀便砍，蘇渙想這是要殺人滅口了，橫下一條心來，拚命往河邊跑。眾敵手以為把蘇渙逼到江邊，便可殺他，蘇渙無路可走，縱身跳入運河，河水又深，一剎那間連蹤影也沒有了。眾殺手連忙開船往下游去追殺。

宗瑛見蘇渙跳水只覺心中劇痛，一下子栽倒在運河邊。

宗瑛醒來時，只見荀七在一旁垂淚。荀七扶宗瑛坐起身來，但見悽風陣陣河水滔滔，宗瑛望著陰沉沉的天出了一回神，心想：當初若在廬山死在他的面前，也不至有今天如今蘇渙被逼投水，最後一線希望也沒有了，她與李白並沒有做錯什麼，不知為什麼就到了山窮水盡這一步。李白沒救了，為什麼我獨自一人活著？想到此宗瑛仰天高呼：「老天，你不公，你太不公了！」說著猛然向河邊狂奔。荀七猛見宗瑛向河邊奔去，像是要尋短見，叫聲不好，撲上去拉她。此時大路上一隊人馬飛馳而來，為首的是一位身著戎裝的女人，後面跟著一隊女兵。冷不防撞見宗瑛和荀七橫穿過來，那女的猛地勒住馬轡，那馬一雙前腿高高騰空而起，宗瑛和荀七早已被撞倒在地！

宗瑛跌得很重，滿臉是血，衣服也破了，不顧一切向河邊爬去。那女的提著鞭子跳下馬來，大聲吼叫道：「不想活啦！」隨行的女兵也紛紛下馬。

荀七爬起來，撲上前去一把拉住宗瑛叫道：「宗夫人，你不能死！」

馬上的婦人不是別人正是金陵子，帶著軍命到江南來為回紇軍隊籌辦糧餉，十萬火急兼程趕到揚州，途中突然遇到兩個人橫衝直撞。

金陵子一聽當真這婦人要尋死，向女兵們道：「快，把她拖住！拖過來再說！」幾個女兵上前，不由分說，把宗瑛抬了過來。宗瑛想自己活不了又死不成，萬般悲痛急得嚎啕大哭起來。金陵子上前去，看那坐在地上嚎哭的女人，頭上包著一圈白布，沁出一大片血跡，頭髮蓬亂，面目紅腫，手上臉上被擦傷的地方流著血，衣衫不整，像是歷經一場大難的樣子，便問道：「這位娘子，你有什麼為難的事，但說不妨？」

宗瑛只哭叫道：「不要攔我，讓我去死！」說著又掙扎起來。荀七急忙攔住向金陵子道：「女將軍，你有所不知，她有天大的冤枉呀！她丈夫蒙冤下獄，被皇上判了死罪。知情的熟人，過去的朋友，明明知道他受冤枉，見死不救。跟隨我們一起的知情人，也被追殺淹死在河中……眼下已是走投無路……大妹子，你千萬不能死，你一死，叫我怎麼回去向太白先生交待呀！」

金陵子一聽「太白先生」，急忙問道：「你說誰，向誰交待，誰被判死罪了！」

荀七老淚縱橫：「還有誰，就是做詩的李太白，謫仙人，李學士呀！」

金陵子一聽「她是……」

「她就是李白的妻子宗瑛啊！」

「宗夫人！」金陵子蹲下來，端詳著眼前這個女子。就是這個並不靚麗的女子，陪伴了李白的後半生，為李白的憂而憂，樂而樂，為李白經受了太多的苦難。金陵子的眼眶溼潤了，接過女兵遞過來的手絹，揩去宗瑛臉上的血淚，輕輕地擦著宗瑛血肉模糊的額頭。

「這都是為了求人，磕頭給磕的。」荀七說。

「你為他……竟這樣！」金陵子被深深打動了。對宗瑛說：「我們今日相遇真是有緣，太白的事你放心，交給我好了。」一邊叫女兵給宗瑛治傷，一邊詳細詢問案情，然後說：「大妹子，你先回去，好好侍候太白先生，告訴那官兒們，誰要是敢殺了李白，我就非殺他不可！我辦了糧草就回京城去找宋中丞，你一定要等我回來，一定！」

荀七見金陵子說得真誠，從懷中掏出那份冤狀來，雙手遞給金陵子說：「這是李白的冤狀，上面詳細寫著冤情，我們正打算去長安尋找御史中丞宋若思大人。」

金陵子接過狀紙揣在懷中說：「這事交給我辦好了，你二人也不必到長安去，你放心，我一定辦到。」

宗瑛與荀七忙跪下一拜：「我和太白先生永遠也忘不了你的大恩大德。」

金陵子連忙將宗瑛扶起。

宗瑛望著眼前這個不同凡響的女人，問道：「請問恩人尊姓大名，我回去也好與太白說知。」

金陵子一時怔住了，想了想說：「你告訴太白，我是拜讀過他很多詩句的人。」拉著宗瑛手又道：「宗夫人，太白先生拜託給你了，你們一定要等著我的消息，請多保重。」宗瑛只覺得金陵子的手好溫暖，那雙流露出無限關切的眼睛好明亮。

金陵子說完翻身上馬，狠狠地抽了一鞭，一行人馳馬遠去。突如其來的際遇，宗瑛想不出個頭緒來，明明是她求那女人的事，怎麼又是成了對方來拜託她照看好太白先生。她心裡無法全部相信那女將軍的話，但又不得不相信她眼裡流露的真情。宗瑛目送著那一行人消逝在沉沉暮雲與天際交接處。

李白對昭雪沉冤不抱多大希望，他想起了屈原、賈誼和遭受摧殘的先賢，又何嘗不是如此？亂世魚龍混雜，給人們種下禍災，雞狗得到寵幸，鳳凰被囚禁在籠子裡。梁木摧折，忠直的人被剁成肉泥。道義衰亡的世上長滿荊棘，昏庸的君主濫用刑罰讓美玉和頑石一起毀滅。為什麼要來殺我李白？因為我是一介布衣登上朝堂，想把真誠與智慧奉獻給這個世界，他們恨我讓力士脫靴駟馬捧硯的狂傲，又恨我與奸佞勢不兩立的膽魄。恨我尊嚴，恨我不阿諛卑屈！

為什麼要殺我？因為我自然地存在於天地之間，帶著與生俱來的放逸與坦率，真誠地哭過，真誠地笑過，痛快地喝酒，朗聲地唱歌！

為什麼要殺我？因為我胸襟中蘊含著太陽的輝煌，月亮的皎潔。三山五嶽從這裡挺拔而起駕凌青天，揚子黃河由此而出奔瀉大地……

我來到這世間只有一生一世。

不必像野草一樣感謝春天的榮澤，也不必像落葉一樣怨恨秋天的肅殺，因為誰也不可駕馭自然的變化，正像浩瀚的大海不能淹沒太陽的光輝。就是那暴戾的魯陽公，也無法用暴力使太陽停止運轉。我既是浩然正氣，已經和自然一起執行，誰也無法使我消亡，也無法阻止正氣的萌生！

此時李白早已把生死置之度外，心想著明日宗璟來時，囑他將他所有的文稿帶進獄中，算了算到秋天的日子還有四五個月，他還來得及把所有的文稿逐一清理一遍，託一個穩妥的人，待日後刊印成書流傳後世。宗琰走後，李白意外的平靜下來，潯陽成了江南士子的熱點，不斷地有友人、學子到潯陽獄中來看他。致使胡正不得不叫人騰出一間寬大囚室來讓李白臨時接待來探監的士子。

金陵子突然出現，使宗琰不再感到走投無路，在揚州她拜訪了李白一個又一個的詩友，託他們營救李白。幾天之後江南各方面為李白請命的信函從不同途徑越過千山萬水，飛向宰相張鎬、御使中丞宋若思和左拾遺杜甫手中。

李白一一翻閱那些稿紙，發黃的和未發黃的，宗璟是個有心的人，給他帶來了那本《陳拾遺文集》。他翻開扉頁，赫然躍入他眼簾的是那首悲愴曠遠的〈登幽州臺歌〉。他想起青城山那神祕莫測的夢，那時候他的一些歌還帶著沈宋體的痕跡。陳子昂在〈修竹篇〉中說：「文章道弊五百年矣，漢魏風骨，晉宋莫傳……僕嘗觀齊梁間詩，麗彩竟繁而興寄都絕。每以詠嘆，思古人常恐逶迤頹靡，風雅不作，常耿耿也。」因為有了他，陳子昂在九泉之下可以不必「常耿耿也」了。是他——李白，以他超凡的智慧和才華，如「皋陶擁彗趨八極，直上青天掃浮雲」，將皮毛綺麗而缺少風骨的「齊梁頹風」一掃而空，以他的詩歌寓褒貶、別善惡，從而匡時濟世。他一一翻閱那些詩稿，有的寫名山大川，有的寫風花雪月，有的寫醇酒美人，有的寫神仙幻境。他想起那些放逸於名山大川勾欄酒肆的日子，想起了年輕時徘徊殿闕之下報國無路之情。就是這些詩歌其中，最為滿意的要算樂府詩了，從蜀中作的〈巴女詞〉到〈江夏行〉、〈白紵辭〉，他像一隻鳳凰一展翅就高翔在歷代詩人之前。賀知章稱為驚天地、泣鬼神的〈蜀道難〉，像橫空出世的崑崙遺世獨立。先後寫出的〈梁甫吟〉、〈梁園吟〉、〈將進酒〉……如千峰競秀各具奇姿……是他登上盛唐詩壇，才使歌行大放異彩；他在盛唐詩壇上實現了繼往開來的宏圖，他開創了一代以至百代的詩風。想到此他欣悅地笑了，他忘記了在監獄，忘記了死期迫在眉睫。

想到歌行，那個純情美麗的影子悄然襲來，事隔三十多年之後，他還記得那清脆甜美唱〈綿州巴歌〉的聲音。婉娘說這首歌裡有一種說不清道不明的東西，表面上聽起來沒有關聯，而意思卻不間斷，使你越唱越有味兒。從婉娘唱〈綿州巴歌〉之後，他開始寫歌行，這種詩可以是五言、七言也可以是長短句，可以短到一兩個字，也可長達十幾個字，可以一韻到底，也可以隨意換韻，可抒情、可敘事、可寫情，可議論。最合適不過李白這種奔放自由的性格，跳蕩不羈的情思，他把它發展到非詩，非賦，非文，非辭，而又亦詩，亦賦，亦文，亦辭。這種繼往開來的詩歌，躍動著巴山蜀水的靈性，躍動著大唐山河的靈性，恢宏著華夏的陽剛之氣。他像一隻挾著風雲帶著雷電的大鵬，扶搖直上，騰搏萬古，磅礴於大唐文壇！

想到此李白釋然了。他這個為陳子昂的目標而努力的「來者」已經超越了前面的古人，他無愧於這個時代。想到鳳凰臺上酹酒長江，與杜甫高適壯遊黃河泰山，想到幽州臺豪俠的登臨，他有那麼多不平凡的體驗，那是存在於世上的別的生靈所不曾有的。他想到他在萬邦使者注目之下走上麟德殿的時刻，想到他對張垍和高力士的驕衿作態，對安祿山的橫加指罵，對章趨的恣意愚弄……他突然哈哈大笑起來，笑得眼淚都流出來了。發自肺腑的響亮的笑聲使整個監獄都聽到，使房瓦都在震動。是的，沒有人像他這樣活過！沒有人能企及！

「哐鐺」柵外一聲巨響。

「笑什麼？你這瘋子，死到臨頭，還在笑什麼！」

獄卒的喝斥聲使他回到現實。獄中難聞的臭味和黑暗，腳下沉重的鐵鐐，使他想到眼下的處境，他像一隻野獸被鐵鏈鎖著，就是在這地獄一般的潯陽獄，也只有四個月好活了。他想到他死到臨頭還是驕傲自負，如果不是這樣自負、這樣獨樹一幟，也許不會招來殺身之禍。但做人怎能少了自信自豪？事已至此，他不再想下去。整理文稿使一天的日子過得很快，天很快就黑得無法辨認稿紙上的字，只有明天再繼續。多年積存的稿子有滿滿幾竹篋，光是詩有兩三萬首。李白一張一張地清理分類，除了他的文稿，彷彿世界上生與死都不存在。

一天，李白正在埋頭校點，牢門的鐵鎖鋃鐺作響，宗瑛出現在牢房門口中，荀七的女兒小玉也跟在宗瑛身後。

「夫子，我回來了！」

李白扔下手中的筆向宗瑛奔過去，眼前的宗瑛與半月前離開的宗瑛大不相同。她衣衫破舊風塵僕僕，一邊面頰有青紫的瘀塊，額頭上包纏著白布。

「阿瑛！你這是怎麼了？」李白直視宗瑛包纏著白布的額頭。

「沒什麼，夫子。」

「阿瑛，你平安回來就好。」

宗瑛把到揚州的大致情況告訴了李白。為了怕李白傷心，她沒有把高適出爾反爾的情形說出來。

「那麼，事情是有希望了！」李白猜測出那回紇女將軍是誰。「她怎麼會到中原的？」

「她是誰？」宗瑛問道。「她就是梨園掌教金陵子呀！我曾經告訴過你的。」

「她告訴我，要你一定多保重，等待她的消息，一定。」宗瑛見李白臉上有了喜色，沉重的心也輕鬆了一點。

「阿瑛，額頭上是怎麼了？讓我看看。」李白把宗瑛拉在長凳上坐下來，伸手去撫摸宗瑛的額頭。

「別，沒什麼。」宗瑛按住李白的手。「你是病了，為我累病了。」

宗瑛搖搖頭，想到高適府上的一幕，宗瑛眼眶裡飽含了淚水。

站在一旁的小玉，流著淚說：「宗夫人在高大人府上，磕破了額頭。」李白的手從宗瑛的手中抽出，輕輕解開宗瑛頭上纏的白布，額頭上的傷疤露了出來，黑紅的血痂赫然擺在那裡，原來瑩白光潤的額頭傷痕累累。李白顫抖的手輕輕地撫摸妻子受傷的前額，熱淚從憔悴的臉上流下來。無須問在高適那裡遇到了什麼，無須問妻子對高適說了什麼，一個弱女子為了他的一線生機，在世人面前怎樣哀痛的求告啊！

李白心中一陣絞痛和酸楚，聲淚俱下地說道：「阿瑛，你是李白的妻子，怎麼可以這樣地去為李白求生？你為我遭受了莫大的屈辱啊！我恨不得現在就死，免得你遭受更多的磨難！」宗瑛一把按住李白的嘴說：「別胡說，女將軍已到鳳翔為你請命，很多人都在為你奔走，你怎麼可以絕望呢！還有蘇渙，他被人逼殺投水，也是為了你的生命啊！」

「蘇渙，他只有十九歲啊！」說起蘇渙李白更傷心了。這個生龍活虎聰明博學的小夥子，竟慘遭如此下場，李白更悲傷了：「阿瑛，要我死的是皇上，天意難改。我根本沒有被赦免的希望，我明知道這些，還讓你和蘇渙去冒這麼大的危險，我該死！」

看著李白痛不欲生的樣子，宗瑛無可奈何，只有在心中向上蒼默默禱告：老天，你快睜開眼，救救人間的苦難吧！

15. 請皇上將臣押至潯陽與李白一起就地正法

李白被皇上定為死罪的消息在鳳翔的百官中傳得沸沸揚揚。好多人知道肅宗的脾氣，不敢在他面前提起有關太上皇和永王的事，更不敢在他面前求其赦免李白。但是肅宗的案頭還是出現了張鎬、崔渙、宋若思以及杜甫的奏章，異口同聲地要求皇上赦免李白，這使肅宗很煩惱。

「你看，這些人都幫著李白說話了，尤其是這個杜甫，官兒不大，口氣還不小。在他筆下，李白簡直是不可多得的救國英雄——滿堂蛤蟆叫！」肅宗將那奏章扔得滿桌子都是。

李輔國忙湊上去，一邊清理桌案上的東西一邊說：「皇上，據奴才查實，這些人都是向著太上皇的……」

肅宗停了半晌沒有說話。至於杜甫，當時冒死來靈武投奔他倒是令他感動，但是杜甫當了左拾遺之後，就經常當面頂撞他，這是有損他一國新君的威望的。這個不知權變的書生，真是討厭透了。

李輔國清理著桌上的奏章，這些人當中他最恨杜甫。照他看來，杜甫一副窮酸相，不知從哪裡來的叫化子一般的人，也配與他在一個朝堂上說話？於是他說：「關於李白的事，這個杜甫議論得特別厲害……」

「杜甫……什麼？」肅宗問。

李輔國說：「他裝出一副公正的樣子，說什麼『世人皆欲殺，吾意獨憐才』。還把李白比作賈誼，把皇上比作妒才的漢文帝……」

「真的？」肅宗問。「千真萬確。」

肅宗生氣了，把杜甫的奏章一摔說：「哼，這些不安份的文人！讓他滾蛋！」一個月之後，杜甫被貶為華州司功參軍。

金陵子日夜兼程回到鳳翔，她命手下將糧草的事作了安排，便直奔郭子儀的大營。郭子儀屢屢立下戰功，又在回紇借了精兵來救急，肅宗封為他大司空，位列三公。郭子儀屯重兵於武功，日夜忙於軍務，準備近期與賊兵決戰攻下長安。今年正月，安慶緒指使侍衛李豬兒殺死了安祿山，若攻下長安洛陽，指日可使逆亂平息。郭子儀報國心切，經過精心策劃，明日便要整裝待發。郭子儀步出營房，看見軍容整齊的將士，獵獵卷舒的旌旗，看見一個個精神抖擻的唐營健兒，一場空前的鏖戰即將來臨，他心中一陣激動，他要與這些將士用膽識與才智、鮮血乃至生命重新扶起一個國泰民安的大唐。

忽然郭子儀看見大道上一支馬隊向他飛馳而來。郭子儀看清了那是金陵子，以為糧草出事，連忙迎上去。

「糧草出事啦！」郭子儀忙問。

「沒有，糧草馬上就到。」

「有什麼事嗎？」郭子儀見她神色緊張的樣子問道。

金陵子氣喘吁吁地從馬背上下來，將馬遞給隨行的女兵：「我們進帳再說。」然後與郭子儀進了營帳。

金陵子並不入座，立即在懷中取出李白的冤狀說：「皇上要殺……」

「殺誰？」

「李白。」

「為什麼？」郭子儀大吃一驚。

金陵子坐下，把永王如何派人把李白從廬山弄下來，李白如何做了永王的幕僚，後來李白又為何離開永王幕，如何入獄，如何被判斬決的事細細說了一通。郭子儀不勝驚訝，萬沒想到這種事會落在李白身上。

郭子儀立即問道：「怎麼辦？我該怎麼辦？」

「你立即去救他，對皇上說明他是被冤枉的。」

「對，等我打完這一仗，攻下長安，就去救他。」

金陵子道：「現在是天下大亂的時候，不知道隨時會發生些什麼情況，等到你打完仗，李白早已不在人世了，你得現在就去。」

郭子儀道：「眼下收復長安在即，我身為統帥，怎麼可以離開？」

金陵子著急了：「是皇上要李白死，你明白嗎？你是大臣，總知道：『君要臣死，臣不得不死。』這個道理吧？如果說有人救得了李白，我也不來求郭元帥了。正因為你重兵在握，立即就要攻打長安為皇上收拾山河，所以，只有你求情，皇上才會恩准赦免李白。李白才高傲世，奸邪小人都欲置他於死地。他是冤枉的呀！」

「對！沒有李白，我早成了安祿山的刀下之鬼，哪能有今天統帥大軍收復長安？明天大軍就要出發，離明天出發還有十二個時辰，武功離鳳翔八十多裡，」郭子儀說：「我現在便與你一起去鳳翔，向皇上討了赦書，後面的事，由你和宋中丞一起來辦。」金陵子說：「這樣最好。」當下與郭子儀跨上馬背星夜前往。到了鳳翔皇上駐地，已是二更時分。

自郭子儀從回紇借兵回來，各地忠勇之臣與敵軍拚死搏鬥捷報頻傳，李輔國也不斷地給肅宗講些順心的話，肅宗的心情好多了。李輔國一邊侍候肅宗寬衣就寢一邊說：「待郭子儀收復了兩京，皇上就可以威風凜凜地在長安登位了！」

肅宗得意地笑了，李輔國剛脫下肅宗的鞋，突然一個內侍報告：「啟稟皇上，郭子儀有急事求見！」

這時候郭子儀來求見，軍中莫不是出了大事！

肅宗嚇得心一下子提到喉嚨上，什麼也不顧，光著腳站起來問道：「有什麼急事，這麼晚了來找我？

快叫他進來！」

肅宗話未落音，郭子儀已經闖了進來，見肅宗一身寢衣，方覺自己唐突，忙跪下稟道：「郭子儀叩見皇上萬歲，萬萬歲！」

肅宗緊張得話也說不連貫：「郭卿……都什麼時候了……不……不必多禮，有什麼事快起來說吧！」

李輔國忙把剛脫下的衣服給肅宗披上。

郭子儀沒有起身仍跪在地上，從懷中取出那份冤狀來，雙手呈上說：「臣郭子儀專程為前翰林學士李白鳴冤而來，這是李白的冤狀和臣的奏章！」

原來是為李白！肅宗和李輔國才長長地鬆了一口氣。李輔國從郭子儀手中接過遞給肅宗，肅宗滿臉的不高興將訴狀接過，看也不看「啪」的扔到桌子上，叫道：「哼！大戰在即，你竟然為這些區區小事而來！」肅宗正要拿李白作法以儆天下，剛剛判決就受到阻礙，為何不生氣？

郭子儀道：「啟稟皇上，依臣之見，李白確屬冤枉。李白懷報國之心誤上永王賊船，還望皇上寬宏大量。臣郭子儀此一戰志在奪回長安，收復兩京。臣拼性命而不顧，十有八九馬革裹屍而回，那時臣已不在人世，則李白沉冤永無昭雪之日，所以臣星夜趕來呈上奏章，請皇上御覽。望皇上洪恩浩蕩收回成命，郭子儀感恩不盡！」

肅宗緊緊攥住奏章並不看，在他看來殺一個文人，不過是日後少幾篇奉承文章罷了，有什麼要緊的？也值得放下軍機大事星夜趕來求情。

郭子儀見皇上不言，趕緊接著說下去：「皇上，李白名滿天下，所著詩文，囊括大唐之氣象，海內外人士莫不景仰。景仰李白的文章，亦是景仰大唐之風採。皇上，恩之則積德，殺之則招怨，皇上以萬乘之尊何以與一個布衣詩客計較，臣望皇上三思！」

雖然郭子儀所言句句是實，但肅宗登基之後，卻變得小心眼起來，尤其厭惡直言相告，怕這些臣屬不把他放在眼裡。郭子儀一句「萬乘之尊與一個布衣詩客計較」，反把他怒火又挑了起來。不等郭子儀說完，拍案叫道：「夠了，你身為元帥，不理軍務，違反軍紀！卻為一個逆臣喊冤叫屈！朕是皇上，會與一個區區草民計較嗎？」

郭子儀見肅宗怒氣不息，堅決不赦李白，索性橫下一條心來，膝行上前道：「皇上息怒，子儀十多年前為奸人陷害，若非太白學士救我，早已成了安祿山的刀下之鬼，怎能今日為皇上驅馳疆場？臣請以攻克長安之功，贖取李白死罪，待天下太平之後，請皇上削去子儀官爵，放還鄉里。皇上若要治罪，請皇上這就將臣押至潯陽與李白一起就地正法，免得天下人笑臣不仁不義！」郭子儀說著取下頭盔。

郭子儀態度堅決，出乎肅宗意料之外，肅宗一時語塞。

李輔國見雙方僵持不下，湊到肅宗耳邊道：「皇上息怒，奴才有一言相告。」

肅宗對李輔國向來是言聽計從，便叫郭子儀暫且退下，此事他想一想再作商量。郭子儀退下後，李輔國對肅宗說：「李白固然該殺，倘若今天不免李白死罪，誰又去長安為皇上恢復半壁江山？再說郭子儀重兵在握，萬一激起事變，後果……」

肅宗頭上滲出汗珠，李輔國拿出手絹給肅宗揩去，道：「皇上不必著急，奴才倒有一個兩全其美的主意……」

「快講。」肅宗迫不及待地說。

李輔國附在肅宗耳旁說了好一陣，肅宗頓時陰雲消散，連連點頭。叫李輔國請郭子儀進來，然後溫和地說道：「方才因朕只一心唸著收復兩京的戰事，一時性急，未能明斷，愛卿所言赦免李白死罪之事，朕准卿所奏！」

郭子儀一聽，忙跪下道：「謝主隆恩，吾皇萬歲！萬歲！萬萬歲！」

「朕就派御使中丞宋若思前往江南宣旨。」

郭子儀走出行宮，金陵子還在門前等候。宋若思拿出赦免李白的聖旨交金陵子看，金陵子欣喜若狂，救人心急如火，決定當夜與宋若思動身前往江南。郭子儀星夜回到武功。

三人剛走出鳳翔不遠，兩個百姓打扮的人在黑夜中馳馬向南。那是禁軍中郎將姚將軍和鄧將軍，奉了皇上密詔，火速前往潯陽，趕在宋若思之前斬殺李白，這就是李輔國的兩全其美之計！

16. 李白覺得自己要乘船遠去，汪倫踏歌來送行

姚、鄧二人一路上換馬不換人日夜兼程趕往潯陽，金陵子與宋若思在漢水邊買快船東下，也是僱了兩批水手日夜兼程下江南。哪知到了江夏遇見暴風雨惡浪滔滔，竟把船也打翻了，水手們奮力搶救，救下了人卻沒有救得船。只好又去買船，永王東巡與高適平叛時已把沿江船隻徵搜一空，哪裡買得到？好不容易買了一隻船來，已經是第二天下午，時間已經白白地耽誤了兩天。

姚將軍已經帶著密旨搶先來到了潯陽城。胡正親自與姚將軍來到大牢，宣讀了聖旨。

李白自知一死在所難免，白了胡正和內侍們一眼，便就返身又去清他的文稿。

「快謝恩吧！」姚將軍催促道，從沒見過這等倨傲的犯人，不知道他是讓力士脫靴駟馬捧硯的李白。

「不謝。」李白不卑不亢地說。「無辜被處死，為何言謝？」

姚將軍知奈何他不得，便吼道：「哼，死到臨頭，還如此狂妄，我叫你今天就人頭落地！」姚將軍二人宣了聖旨出來，胡縣令立即在本縣藏春樓為之設宴接風，並派了一干婊子曲意奉承，二人喜得抓耳搔腮，命胡縣令準備好斬殺事宜，今晚行刑。

最後時刻來臨了，宗瑛強忍著悲痛，弄幾盆熱水給李白洗臉擦身子，然後開啟李白的頭髮，用一把角梳仔細地梳理起來。昏黃的油燈下，牢獄裡一片死寂和黑暗，只聽見宗瑛面巾扭出的滴水聲。宗瑛為李白換上乾淨衣服，一切都像丈夫要出遠門。

門外的獄卒等得不耐煩，在外面大聲咆哮道：「快點！快點！時辰到了！」宗瑛也不理會，只是慢條斯理的一件件做好。

宗瑛給李白檢查一下骨簪，骨簪將髮髻別得穩穩地。鬢邊有幾根頭髮滑下來，宗瑛用手在盆裡沾了一點水，將頭髮抹上去，妥妥貼貼。

李白望望宗瑛說：「好了？」

宗瑛緊咬著嘴唇，忍住眼淚不讓掉下來，埋下頭去。

兩個獄卒將李白五花大綁插上死標，帶李白走出牢門。李白剛出門，猛然聽宗瑛叫道：「等等！」

李白停下回過頭來，宗瑛撲上去，雙手環抱著李白，仰起頭來已是淚流滿面，對李白說：「太白，答應我，來生來世，永遠不要涉足……這醜惡的人世！」

李白看著悲痛欲絕的宗瑛，點了點頭。獄卒上前，惡狠狠地拉開宗瑛，將李白押走。宗瑛痛叫一聲：「太白！」昏倒在地，宗璟忙放下竹篋，上前去扶姐姐，被獄卒將竹篋踢翻，稿紙撒了一地。李白聽見宗瑛慘叫，不顧一切回頭衝去，這時驚動了獄外的士兵和劊子手，幾個人如狼似虎地衝進來拖了李白就走。

「住手！誰在此膽大妄為？」忽然間有人一聲怒喝，衝進來幾個將士，一個個披堅執銳，嚇得劊子手和獄卒們都往李白身後躲藏。

「李兄弟！你不認得我們了，我是汪倫呀！」為首的軍官叫道。

「汪倫兄，真的是你嗎？」李白又驚又喜，認出了汪倫，跟隨汪倫一起的將士正是大山、楠竹和小柱子等人。

潯陽大牢裡的牢頭也認出了汪倫，叫聲：「汪爺，你老人家怎麼來啦！」連忙招呼其餘上前參拜。

原來汪倫他們趁安祿山、史思明南下攻取長安之時逃出幽州，投奔河北抗敵唐軍，一路立下不少戰功。當時戰亂時期沒有財物來賞賜軍功，便用官爵來賞賜，汪倫封了武威將軍，大山、小柱子也是校尉。論品秩遠遠超過了七品縣令。自永王璘被消滅之後，肅宗不放心江南，便將北方的軍隊與南邊的換防，汪倫等奉命駐紮江州。當時胡正為了掩蓋自己與薛儫的關係，把自己裝扮成「平璘逆」的「英雄」，胡亂抓人激起民變。汪倫剛駐紮江州，胡正求汪倫來平息民變。汪倫見了胡正這等人就生氣，哪裡肯幫他平民變？幾天之後汪倫便聽到李白被關在潯陽獄，判了死罪的消息，於是與大山幾個商議到潯陽縣衙來救李白。此時胡正陪同姚、鄧二將軍在藏春樓飲宴，汪倫久等胡正不來迎接，便衝了進來。

牢頭不敢得罪汪倫，便把奉旨立刻處決李白的事說了，汪倫便命差役把胡正找來。

「膽大胡正，竟敢假造聖旨斬殺無辜，該當何罪？」汪倫先發制人，厲聲叫道。

胡正仗著有人撐腰，便取出聖旨來一五一十地將事情說明。汪倫心想且將事情緩一緩，再想法救下李白，便道：「哪有如此急著要殺人的道理，我等與李白兄弟一場，今夜與他話別，且等過些日子再斬也不遲！」

胡正想前幾天求你平民亂，你抖著將軍的架子理也不理我，今日你來求我，我怎能與你方便。便從鼻子裡哼了一聲道：「胡某是皇命在身，怎敢違抗？汪將軍，你們兄弟有什麼話，留著來世再談吧！」

大山在一旁聽得急了，拔出刀來架在胡正脖子上，叫道：「今天的事，你答應也得答應，不答應也得答應，你若不答應，老子就砍下你的狗頭來，抵當李白的首級，報到皇上面前，大熱天的送到就爛了，哪個能認出是誰的？再報一個胡正失足落水而死，大不了我拿腦袋賠你！誰也別想活！」胡縣令嚇得兩腿直打顫道：「將軍饒命！」牢頭獄卒們見了，一個也不敢聲張，哪個敢多嘴！楠竹對牢頭道：「我們只找胡大人一人說話，沒你們的事，你們散去吧！」眾人巴不得他這一聲，連忙躲到一邊去了。

汪倫道：「胡縣令，這個主意怎樣？你說，若不要我兄弟聚會，這就把你辦了！老子的寶刀，可不是吃素的。在這兵荒馬亂的年頭，死個把縣令算不了什麼。」

胡縣令嚇得連連說道：「萬萬……使不得。」又忙向李白宗瑛哀哀求告：「李學士……求你饒命吧，宗夫人快幫我求求情。」李白眼見大山就要殺胡正，忙說：「汪兄且慢，我蒙冤被判斬決，是因為朝廷不能明察，若真殺了胡縣令，一來連累各位兄弟，二來恐怕李白的叛逆之罪永遠也無法洗雪了！」

胡縣令忙說道：「學士公說的有理，各位將軍饒了我吧！」「那你答應一個月之內，不殺李白。」宗瑛說。

胡縣令說：「一個月太長，我怎保不出事，眼下姚、鄧二將軍還在潯陽，立等著回去覆命呢！」

「半個月！」汪倫說。

胡縣令幾乎要哭出來：「在下如何辦得到呢！」

「那你說個數。」汪倫說。

「三天。」胡縣令上牙打下牙地說。

汪倫想，三天就三天，只要不是立即處決，三天之內再想辦法把李白救出去。

「行，就依你，三天。」

胡縣令無奈，左想右想想出一條妙計來。叫心腹收買了幾個婊子，陪著姚、鄧二將軍飲酒作樂，或是乘船遊江，或是登山朝寺，只說已斬了李白，裝好了人頭，只等將軍回京覆命。那姚、鄧二人哪裡捨得溫柔富貴，以為李白人頭落地便萬事大吉，只囑胡縣令將李白人頭拿過來驗看，並不提回鳳翔的事。

這邊汪倫連夜請了郎中來為宗夫人診治，又拿出銀錢來打點了牢頭和獄卒，命他們在牢中打掃了一間寬大房子供李白居住，擺了酒菜陪李白飲酒敘話。汪倫心中拿定主意，三日之後，以平亂為由製造事端，將李白劫走隱藏深山，再託人在皇帝面前斡旋昭雪的事，眼下只與李白飲酒不提。

汪倫弄來一罈桂花酒，給李白斟了滿滿一大盅，舉杯道：「一別多年，今夜我們兄弟重聚，乾一杯！」眾人舉起酒杯一飲而盡。

敘過別情，眾人為了使李白高興，都揀高興的說。楠竹說起李白那年與吳道子坐桐花的花轎，小柱子在花轎面前放爆竹嚇新媳婦的事，李白也暫時忘記了死神正向他走來，微微一笑。

汪倫說：「往年我在金陵看過一齣戲，是〈李太白醉草嚇蠻書〉，演的是高力士脫靴，楊貴妃捧硯。」

李白問道：「當時是張垍為我捧硯，怎麼變成了貴妃？」

大山說：「我當時也是這樣問編戲的先生，我說我是李學士的朋友，學士公親自告訴我捧硯的是張駙馬，怎麼會變成了一個女的？你猜他怎麼回答？」

「他怎麼說？」李白問。

大山喝了一口酒，然後說：「那編戲的先生反問我：人家李太白是天上的詩仙酒仙，到了人間，不給配個美妞陪著行嗎？」

一句話說得眾人哈哈大笑，李白也哈哈大笑起來。汪倫再次將酒杯斟滿，一齊豪飲。

楠竹念過幾年書，自從認識了李白，讀了李白不少的詩，不由信口說道：「學士伯伯的詩歌，我還背得不少呢，日後定是流傳千古的。千百年之後，可真成了『屈平詞賦懸日月，楚王臺榭空山丘』啊！」

楠竹這句話一說出口，眾人突然都不笑了，舉起的杯子都停在空中。原來四人約好，今晚飲酒千萬不能提有關「死」呀，「千古」「百年」之類犯忌的詞兒。

楠竹自知說失了口，悔得不得了，含淚說道：「我真混，我們早就說過，今晚飲酒，不提那個事的。我只想，像李伯父這樣的人，我們會永遠記在心裡的……」說著向李白跪下，抽抽噎噎地說：「李伯父，你罰我吧！」

李白深深地感動了，忙扶起楠竹道：「快起來，見了你們，我高興還來不及，怎會怪你！」說著給楠竹斟上酒，拭去他臉上的淚，對眾人說：「我死到臨頭，要感謝的，正是你們這一番深情厚誼啊！來！我好久都沒有好好喝酒了，今天喝個一醉方休！」

「好！喝個一醉方休！」汪倫和眾人舉杯道。

李白飲罷說：「今日能看見你們，我心裡真高興，我真想回宣州再做些好詩。我記得二十多年前，第一次到宣州，做過一首詩，那詩中意境，倒像是現在，山青水綠，桃花潭兩岸桃花盛開，我就要乘船遠去，你們踏歌來送我……」

「對呀！讓我們唱起來，你們還記得那首〈贈汪倫〉嗎？」汪倫說。

「怎不記得！都會唱！」大山說。

李白樂了，說：「好啦！我先唱！」說著用筷子敲著杯盤，輕聲唱道：「李白乘舟將欲行……」

眾人和道：「忽聞岸上踏歌聲，桃花潭水深千尺，不及汪倫送我情……」

李白與汪倫等人牽起手來，圍著桌子聯手而和，投足而歌，唱了一道又一道，唱得濃情似酒，涕淚交流……

一天時間飛快的過去，胡正卻像熱鍋上的螞蟻急得團團轉。姚鄧二將軍雖身在煙花妓女的懷抱之中，但仍念念不忘李輔國的重託，多次派人來催要李白的人頭。胡縣令慌了神，萬一被姚將軍發現李白沒死，自己也犯下了欺君之罪。想來想去橫下心來，不如待李白與汪倫等酩酊大醉之時，派獄卒把李白悄悄抬出，到大堂的廂房綁好，插上死標，裝在囚車裡運到城外殺人的土丘上，一刀砍了，天明便把首級送與姚將軍過目。自己與姚鄧二將軍乘快船逃往揚州，再請大都督府派兵來懲治汪倫這夥目無法紀的傢伙。

此時正是下半夜天明之前，潯陽郊外漆黑一片，獄卒將李白從囚車上推了下來。李白從醉夢中驚醒，睜開醉眼見士兵們手執刀矛，差役們高舉火把站在土臺上。臺上一棵只剩半截的枯樹，以前是專門用來綁死囚的。劊子手手執雪亮的鬼頭大刀站在一旁，李白頓時心裡什麼都明白了。

士兵們把李白綁在枯樹樁上。

胡正草草地宣讀完聖旨，問李白道：「李白，你還有什麼話說！」

李白望望四周，一片漆黑，想自己一生為了實現濟蒼生、安社稷的理想，卻終不能為君王所用，終於死在這黑暗荒郊，一代詩雄落得如此下場，不由仰天大笑。

「死到臨頭，你笑什麼？」胡正氣歪了臉叫道。

「笑我李白生逢大唐盛世，遇到了兩個好皇帝！……」李白叫道。

「斬！」胡正叫道。

雪亮的大刀砍下去！忽然劊子手慘叫一聲，刀落在地，一支利箭將手臂射了個對穿，血流如注。

「住手！聖旨到！」一個女人的聲音高叫道。

宋若思與金陵子一隊人馬飛馳而來。胡縣令見御使中丞宋若思前來，急忙跪下參拜。

宋若思在馬上，捧出聖旨念道：「皇上有旨，敕：原翰林學士李白從璘逆一事，經有司按察，實屬脅迫，罪不當斬，且赦免之，欽此。」

胡正匐伏在地，向李白叫道：「學士公，快謝恩吧！」

此時金陵子早已從馬上下來，直奔李白，揮劍割斷了繩索，扶起李白。

「月圓，這不是夢吧！」李白緊緊握住金陵子的手說。「太白，……」「快！快來人呀！」野地裡有人叫喊。

幾個女兵拿了差役手中的火把跑過去，原來是宗璟在叫，地上躺著的是面如死灰的宗瑛。宗瑛本來身體虛弱，憂病相煎，醫生說假如李白一死，宗瑛便無藥可救治。這天晚上，宗瑛聽見街上狗叫，支起身子從窗戶向街上一望，見潯陽縣衙的差役士兵們正押著囚車中的李白往城外走。宗瑛忙叫醒了宗璟，拚死也要趕來，當宗璟扶著姐姐匆匆追來，還未走近土臺，只見劊子手揮刀砍向李白，宗瑛只覺五內俱裂，慘叫一聲昏死過去。

「是她，是李學士的夫人。」金陵子的貼身女兵認出了宗瑛，三腳兩手幫宗璟把宗瑛抬了過去。

「阿瑛！阿瑛！」李白叫了幾聲，不見宗瑛回答，摸摸口鼻氣息全無，急得渾身發抖沒了主意。

「讓我看看，」金陵子把宗瑛抱在懷裡，一邊用手掐她的人中，一邊輕聲叫道：「宗夫人，我回來了，皇上已經赦免了太白，你聽聽他在叫你呢！」李白忍不住淚珠滾滾，哀聲在宗瑛的耳邊叫道：「阿瑛，阿瑛，你快醒醒，我還活著，皇上已經赦免了我了，你聽得見我的聲音嗎？阿瑛，阿瑛呀……」

宗瑛在冥冥中聽見有人呼喚，好半天幽幽地嘆了口氣，雙目微睜。金陵子道：「好了，總算醒過來了。」便把宗瑛小心翼翼地交給李白。宗瑛見李白淚眼相看，周圍站了很多人，火光閃閃，恍若隔世。問道：「我這是在哪裡呢？這不是在夢裡吧？」李白道：「這不是做夢，是宋中丞帶了皇上的赦令來，赦免了我了。」宗瑛對金陵子說：「女將軍，果然……言而有信……」宗瑛微弱的聲音，字字扣動著金陵子的心弦。經不起驚喜交加，她又暈了過去。

金陵子正在狐疑間，只見李白哀聲叫道：「阿瑛，是我害了你了！」汪倫摸摸手腕脈搏還在微弱跳動。汪倫忙道：「李兄弟你好好抱著她，我去叫輛車來，回城去診治吧。」李白抱著宗瑛，一點兒也不敢掉以輕心。少時汪倫叫了車來，李白抱了宗瑛上車。

在揚州宗瑛捨命為李白求救，已使金陵子感動不已。今日之事金陵子更是看在眼中，心想自己心上的長庚哥哥，有這樣一位痴情女子愛他，何嘗又不是自己心願？緣份本是天賜，自己又何必在他們圓滿的姻緣上投上陰影。金陵子目送在慌亂中載著李白和宗瑛的車向潯陽城駛去，自己與女兵們返身走進了黑暗的荒野。

17. 好大的口氣，竟敢稱「盛唐詩酒無雙士，青蓮文苑第一家」

新任的淮南大都督府長史已經到來。高適很快地交清印鑑公事到北方赴任。高適的行裝簡樸，除了隨身衣物，便是一些書籍。高適來到書房，吩咐家奴將書籍收拾起來，裝車帶走。自從入仕作官以來，高適最滿意的就是這間書房，青磚地面明亮的軒窗，窗外一叢素心臘梅，他剛到揚州時這叢臘梅正開著，整個書房裡瀰漫著馨香，現在臘梅花落長出一片綠蔭來。窗下是江南特有的小池，池邊有紅蓼。接到降為太子詹事的聖旨，這間書房猶如戎帥的高位一樣也隨那紙黃敕一起剝離。高適不免心中沉重，離開前依依不捨地看了書房最後一遍。目光掠過書架，掠過桌椅，掠過地面。忽然發現青磚地面上有一片黑色帶暗紅的跡印——血跡！誰的血跡？對了，是李白的妻子宗氏，那一日在這裡向他叩頭，磕得前額鮮血淋漓。宗瑛走後，他一怒之下拂袖而去，好幾天都沒有進這間書房。宗瑛的血滲透到磚縫裡，成了黑糊糊的一片。他想起李白，想起李白的熱誠和胸襟，想起他的超逸和豪放，想起他如揚子黃河般奔流不息的詩歌，想起對他深厚的友誼。他是不該死的，他被判斬決了，他當時是可以救他的，假如他不在乎淮南大都督府長史這個官職！沒錯，宗夫人一定認為他是見死不救的卑鄙小人，那年輕的蘇渙惡毒的目光他至今記憶猶新。他想起「有權不用過期作廢」的俗話，那曾經叱吒風雲於一時的權力已經不屬於他。

高適攜家眷離開揚州沿運河北上，太子詹事本是閒職，便樂得與夫人一路觀山望景緩緩走來。一日船到了安宜，高適上岸便衣素服逛街市遊玩，但見鬧市中央高聳一座酒樓，樓前高掛一幅匾額，上面篆書「醉仙樓」三個大字，兩旁的楹聯上寫著「盛唐詩酒無雙士，青蓮文苑第一家」。那字鐵劃銀鉤，高適想，不知是哪一個狂人，好大的口氣，竟敢稱「詩酒無雙士」，「文苑第一家」！便信步進去，有堂倌招呼道：「先生想是要吃酒？」高適說：「正是」。堂倌道：「看樣子先生是外地來的，先生是一人自飲，還是與人共飲？」高適道：「你這酒樓，哪有這麼多規矩？客人來飲酒，你只管把好酒上來便是。」堂倌道：「先生有所不知，這酒樓與別的酒樓確有不同。近來江南來了一名高人，專在酒樓上作場說書，聽的人很多。這樓前的楹聯匾對皆是他書寫的。先生若要聽他說書，小的便請先生到樓上大廳，若要自飲，樓下雅間請便。」高適聽了說：「那就樓上大廳吧！」小二帶高適上樓，高適見大廳前方中央臺上坐著一位老夫子，兩鬢斑白身著銀灰白紗袍外套一香色錦半臂，頭戴烏紗幞頭，神清體健氣度不凡。旁邊一人身著寶藍團花錦袍，模樣像酒樓主人的人，正在陪著那老夫子說話。高適上前拱手道：「請問閣下是題寫酒樓匾額的先生麼？」那老夫子竟連看也不看他一眼說：「我知道你要問什麼？你且在下面坐下，少時聽我說書後你自然明白。」高適只好獨自坐到酒桌旁，要了一壺好酒自斟自飲。不一會晌午時分，酒客們陸續來了，滿滿坐了一樓，十分鬧熱。只見那老夫子將驚堂木一拍道：「列位看官，在下無為堂主，一不經商賺錢，二不作官弄權，專在這酒樓上說一番當今大唐驚天動地的人物，抒一番日月昭烈之正氣。今日在下所講乃是李青蓮怒斥安祿山……」不等老夫子說完，滿堂的客人鼓起掌來。

老夫子在臺上抑揚頓挫，滔滔不絕講的正是李白供奉翰林時，在凝碧池怒斥安祿山的事。但聽他講道：「……那狗賊安祿山睡在大搖籃裡，被學士公一頓臭罵，罵得他頭也不敢抬，眼也不敢睜，只裝作嬰兒在襁褓中哇哇哭叫……奸賊亂國有人識，太白學士好眼力……」高適聽了不覺有些悵然，放下酒杯步下酒樓回去了。

高適繼續向北行進，一日來到宋城一個集鎮上，適逢廟會，大佛寺前人來人往進香的人也多。高適陪了夫人走進廟來，見廟中有一座戲臺，臺下黑壓壓擠了一壩子人，鴉雀無聲專心看戲。

高適與夫人來到臺下在後面站了，見臺上一個扮醜的太監執著一支拂塵與一個扮作書生的正在做戲，書生一手執筆一手拿紙坐在一把交椅上翹起腳來。示意那醜太監為他脫靴，那醜太監將拂塵插在腦後雙手捧住書生的腳。書生得意洋洋，將腳伸到太監下巴上，那太監抱住書生的靴往下一扯，連忙將鼻子捂上，接著用手作揮去腳臭狀，霎時臺下的男女老少哈哈大笑。那書生用河南土語長聲吆唱道：「你這禍國殃民的狗奴才！恃寵弄權欺今上，進讒生謗黑心腸，與爺脫靴正合適，威風掃地臭名揚！」這不消說就是演的李白讓高力士脫靴的故事。「李白」唱著，一腳向「高力士」下巴踢去，「高力士」兩腳朝天，向後翻了一個滾，狼狽不堪地爬起來尋找掉了的拂塵和帽子。「李白」還未唱完，臺下已響起一片如雷的掌聲。

高夫人在一旁見高適悶聲不響，忙拉了高適回館驛去了。次日僱了一隻船沿汴水北上，免得沿途觸景生情，惹得丈夫傷心。高適上得船來，一直默默不語。到了汴州，船泊在碼頭，只見明月當空，河中銀波滾滾，遠遠傳來琵琶的彈唱聲。高夫人見丈夫一言不發，盡望著河中的波浪出神，生怕悶壞了高適。便叫僕婢備了幾樣精緻小菜和一壺葡萄酒，叫了個姿容美麗的歌妓來唱曲。

那歌妓懷抱琵琶進來，小心翼翼地向高適道了個萬福。高適好像沒有看見那歌妓似的把臉轉向一邊，隻手持酒杯在船艙裡踱步。高夫人示意歌妓在一邊坐下，那歌妓見高適不理睬她，只是不安地望著高夫人。高夫人上前輕聲問道：「達夫，你要聽點什麼，叫她唱吧。」高適也不回話，只望著船外的粼粼波光嘆道：「人有窮達，月有圓缺，把酒問月，明月可知？」侍立在一旁的歌妓，曼聲應道：「大人，小女子正有一首把酒問月的歌唱給大人飲酒助興。」說著在繡墩上坐下，彈奏起琵琶曼聲唱道：「青天有月來幾時？我今停杯一問之。人攀明月不可得，月行卻與人相隨。皎如飛鏡臨丹闕，綠煙滅盡清輝發。但見宵從海上來，寧知曉白雲間沒？白兔搗藥秋復春，嫦娥孤寂與誰鄰？今人不見古時月，今月曾經照古人。古人今人若流水，公看明月皆如此。唯願對酒當歌時，月光長照金樽裡。」那歌妓聲音優美，唱得十分動聽，高適不由漸漸步入勝景，伸手端起酒杯。高夫人見自己的一招奏效，不由滿意地笑了。

高適聽了只覺詩中有一股無形的超逸之氣浸潤著他浮躁的心田，自做官以來，已經多年沒有進入過這種境界了。這首詩無疑是超然出塵的，詩中的月光世界逍遙快樂，是迷人心魂的清涼之鄉。詩人將明月的高潔永恆與人世滄桑作了對比，讓人悟到萬物不居時光流逝古今變遷的道理。既然人無力挽回那永遠流逝的世界，為什麼還要自尋煩惱憂心忡忡呢？不如舉起金樽對酒放歌，善待人生吧！此時被貶官兩級、剝去兵權時的煩悶已蕩然無存。想到此由衷地佩服寫這詩的人，真寫到自己心中去了。一貫不輕易稱讚人的高適不由脫口而出道：「唱得真好，這是誰寫的歌詞？」

那歌妓又對著高適燦然一笑，美潤的紅唇間露出潔瑩如碎玉的牙齒：「大人，您真是的，難道你不知道天下還有誰能寫出這樣的好詩！」

「哦……一定是李……」高適恍然大悟，話說了一半，突然停住。

那歌妓卻不理會高適的隱衷，壓根兒不知道高長史貶官由汴水北上的事。格格地銀鈴般地笑了起來：「當然是李太白的詩，聽說高長史不救他，他被殺了，唱他歌曲的反而更多了！」

高適執杯的手顫抖了，殷紅的酒液從杯子裡溢位來，一滴一滴流到甲板上，像一攤攤血，高適想起揚州大都督府的青磚地面，想起宗瑛悽慘的求告和蘇渙憤怒的言辭，再也忍不住，一下子坐在窗前，眼淚如泉水般的湧出。只是自己已被宦官搞到了這一步，就是拼了性命去救李白，也無濟於事了。

18. 李白是大唐山川河流、日月星辰的一部分

宋若思把李白帶出了可怕的潯陽縣，叮囑李白夫婦先養好病再說。汪倫將李白夫婦送到宿松，安排好飲食起居，請了郎中常來診治。宋若思到了揚州，派人暗中查清胡正如何投降安祿山，如何由永王謀主薛僇安插到潯陽作縣令一事。

到了初夏時節，李白和宗瑛的身體已漸漸康復，荀七與女兒往來揚州與江夏間作水上生意，不時回宿松來看望。一天，荀七興高采烈地帶回來一封宋若思給李白的信，信中說他即將回京述職，願意推薦李白再度出山作官，請李白為他寫一份薦表由他呈給皇上。李白讀罷大喜，當下拿過紙筆一揮而就，交給荀七託他帶給宋中丞。

宗瑛默默地看著這一切，李白奇怪這一次為什麼沒有阻攔他。李白的身體一天比一天好起來，到了盛夏，宋若思那裡也沒有音訊。

五松山的夏夜涼爽而幽靜，宗瑛陪了李白到小山坡上散散步，但見明月的清輝，映照著錯落有致的古松，野花野草在夏夜裡散發著幽香。螢火蟲在灌木叢中飛來飛去，陣陣夜風吹來使人清涼無汗甚是

宜人。

「長安快要收復了，多麼令人振奮。」一邊散步，李白一邊把近期荀七帶來的消息講給宗瑛聽。

宗瑛說：「長安收復了，你又夢想著到京城去做什麼官去了，就又要離我而去了。」說話間帶著淡淡的傷感。

「阿瑛，我什麼時候說要離開你呀？我不是說過我們永遠不分開嗎？我要永遠陪著你。」李白撫著宗瑛的肩，拉著她從一個高坡上走下來。

宗瑛說：「我實在是不願你離開，我們在一起十多年，只有你生病遭難的時候和我在一起……我常常懷念我們在廬山的日子，每一個月夜都是我們自己的，我釀酒，你寫詩，寫美麗的山川，寫超脫的神仙世界……」

「和我們夫婦的生活！」不等宗瑛說完，李白接過話頭。

「寫我們倆的生活？你什麼時候寫過我們的生活？」宗瑛反問道，李白寫男女之情的詩很多，也寫得很美，只是寫妓女、寫採蓮女、寫少年情人……唯獨沒有寫她，對這一點她一直耿耿於懷。

李白心裡明白她的意思，陪著她對著月亮，在一塊大石頭上坐下來說：「我有一首得意之作，專門寫我們倆的事，夾在書裡，在牢中清理文稿時，我還特意抄了一回，你不知道。」宗瑛搖搖頭說：「沒看見。」

李白緊捱著宗瑛坐下來說：「我背給你聽，題目叫〈公無渡河〉。就是說老夫子你別過河去。」

「是了，是那年去幽州寫的吧？我在黃河邊沒有阻擋得了你，心裡很苦，眼睜睜看你去冒險犯難，虧你還記得，寫進詩裡。」宗瑛說。

李白說：「你說對了，就寫的那件事。詩中是這樣寫的：『黃河西來決崑崙，咆哮萬里觸龍門。波滔天，堯諮嗟，大禹理百川，兒啼不窺家。殺湍堙洪水，九州始蠶麻。其害乃去，茫然風沙。』」

李白一字一句地唸著，為的是讓宗瑛聽得更清楚，當時寫這首詩特別動情，為了治理洪水三過家門而不入的大禹，在他心目中占著重要的位置，他相信任何安定和平都是治理的結果。因為有了獻身於治水的大禹，因為大禹艱辛的努力，人們才得以安居樂業。「你寫的是大禹治水，並沒有寫我們倆的事，夫子你記錯了吧！」宗瑛說。其實宗瑛看過那首詩，因為李白不聽她的阻攔而屢屢招致失敗，所以宗瑛故意說不知道，要聽李白在失敗之後有什麼說法。

「沒錯，我說的意思是：世上出了禍害，就要有大禹那樣的人出來治理，百姓才有生路。下面就是寫的我們倆了，你聽著。」李白又念道：「『披髮之叟狂而痴，清晨徑流欲奚為，旁人不惜妻止之，公無渡河苦渡之！』就是說有個披頭散髮的老頭又狂又傻，這就是指我了，大清早起來涉水過河想幹什麼呀？旁人都不同情那瘋老頭，我的妻子你來阻攔我說：『老爺子，你千萬別過河去！』老頭我堅決不聽，硬要過河。」

宗瑛聽了李白詩句，本來心中一清二楚，但見李白繪聲繪色解釋得極認真，不由嬌嗔道：「胡說些什麼呀你。」

李白見宗瑛笑了，更加饒有興味地說下去：「下面就特別寫你確有先見之明瞭：『虎可搏，河難馮，公果溺死流海湄。』這不聽話的老頭果然被淹死在黃河裡，被水衝到大海盡頭，可見你事先警告得不錯。」李白趁機吻了妻子一下。

宗瑛聽到「公果溺死流海湄」臉上浮現出一團陰雲，舉手推開李白伸過來的臉。

「還沒完呢，死老頭隨著黃河的波浪流進大海，大海裡有長長的鯨魚，白色的牙齒像雪山一樣：『有長鯨白齒若雪山，公乎公乎掛罥於其間，箜篌所悲竟不還！』哎呀！你瞧我死後被掛在長鯨的牙齒上，我的妻子彈著箜篌唱著歌哀悼我，我再也不會回來了！怎麼樣，不錯吧！」

宗瑛嘆了口氣，傷感地說：「不錯，每一次我都阻攔過你，每一次你都失敗得那樣慘痛。第一次是去幽州，第二次是去長安，第三次——唉，我知道，若是皇上准了宋中丞的薦表，你又要離我而去……」

「知我者，阿瑛也！」李白見宗瑛傷感，故意調侃地說：「阿瑛，你說得很對，但是，事情也並不完全像詩裡說的那樣，雖然每次都被你說中，但我這死老頭並沒有被河水淹死，算我們扯平了吧！大丈夫活著不能老為自己，保全自己很容易，你就不能理解我一點？」李白急切地說著，一陣夜風吹來咳嗽了兩聲。

「夜涼了，我去給你拿件衣服來。」宗瑛說著順著小路下了山。宗瑛不想再說什麼，對於眼前急切地要投身於治理戰亂的李白她早已無可奈何，她覺得她已被李白的用世之心所感動。他說得有道理，只有更多的人出來為治理天下盡力，這個世道才會安泰祥和。儘管心中不願李白再去冒險犯難，但已無話可說。

宗瑛的背影在山道上消失。李白望著一片蒼茫月色想到：假如不是戰亂，今夜真是如佛家所說的一片清涼世界，假如不是戰亂，大唐會是怎樣的景象？過的是怎樣的一種日子呢？也許皇上會重新起用他，讓他回到翰林院供職，也許在梁園的桃樹下與妻子讀書下棋……

「人生真是無常啊，莊周變成了蝴蝶，蝴蝶又變成了莊周，是詩仙還是罪人……」一個女人的聲音從背後的樹叢中傳來。

「誰在那裡說話？」李白轉過身去。

「我呀！」樹叢裡悉悉窣窣一陣響，鑽出一個身著簡樸道袍的老女人，幽靈般地向他走來，「你是誰？為什麼到這裡來？」李白問。

老女人道：「你不認識我了？」

李白注視著那老女人，臉部鬆弛而浮腫，細長的眼睛沒有神采，眼角和乾癟的嘴唇向下耷拉著，就是在月光下也看得到臉上深深的皺紋，這面孔似曾相識，這聲音好熟，但一時想不起來在哪裡見過。

那女人看著李白臉上的重重疑雲，嘆了口氣說：「看起來你真的認不得我了……」聲音裡透著悲涼。

「對不起，您是……」

老女人的嘴角抽動著，哀哀地說：「我是珞薇呀！我一定又老又醜，連你都不記得我了……」說著淚珠從眼眶掉下來，流失在臉上那些溝壑裡。

「你沒死？」

「我沒死，安祿山攻破潼關之後，我就找到了日本遣唐使的住處，和他們一道逃往江南。日本的船隻在潤州，把一批批留學生運回日本。」不等珞薇說完，李白問道：「那麼，阿倍仲麻呂回日本沒有？」

「他已經死了！」珞薇很不高興李白沒有首先問到她的近況，然後說：「就在崔季死後的第二天，阿倍與日本藤原大使就南下到揚州，東渡日本，路過琉球的時候遇到海盜，全部的人都已經遇難了！」

「啊！」

珞薇望著李白驚訝的神色，又說：「我在潤州入了道，改了姓名，現在是青霄觀的易鍊師。我找了好久，才打聽到你在這裡。」

「啊，郡夫人也學起道來了？你找我有什麼事？」李白問。珞薇對李白有意與他保持一段距離頗感不滿，停頓了一下，但終於還是說出：「我事後才知道你在潯陽坐了牢……聽說他們給你判了死罪。玉環死後，我對大唐是死了心的了。我來找你，就是要找一個跟我一樣死了心的人，與我同去。你不是常說要散髮扁舟麼，這一回我可是來邀你與我一道淩滄浪、越萬頃，散髮扁舟……」

「你要到什麼地方去？」

珞薇說：「我已經說通了日本大使，與他們一起乘船到日本去。日本大使聽說你要去，高興得不得了。你不知道日本是多麼崇拜你，日本俳句已經在大量的學習你的詩作，日本的皇上要以隆重的禮儀來迎接詩仙的到來，大使已特意為你運送很多大唐的筆墨紙張到日本，我已經把你歷年的詩文收拾好，裝了箱。太白，跟我走吧！」

李白看了一眼珞薇那充滿熱望的眼睛，沒有回答。

珞薇走近李白面前，柔聲說道：「太白跟我走吧！我知道我曾經讓你失望，但在大唐，你已經是死過幾次的人了，哪一次沒有讓你蛻幾層皮，你獻給世間的是珠玉，而這個世界只把你當成浪蕩人間的酒瘋子，叫化子！」

「別說了！」李白厲聲喝道。

珞薇乾笑了一聲說：「我偏要說，你怕我捅你的痛處？聽著，你這種人自以為了不起，流芳百世，可從來不知道保全自己。文章是什麼？文章不能吃不能穿，歌唱正義到處碰壁。你拿些莫名其妙的仁義道德來捆綁自己，到頭來落得什麼？你長了眼睛不睜眼看看，是誰放出那些奸佞亂賊來殘害大唐的？賊兵一來，皇上連老婆孩子都不顧，把山盟海誓的妻子拋給下屬處死，自己倒率先逃到最安全的地方。太子看準時機登上寶座，首先拿自己的親弟弟開刀。你所忠的君王，不過就是這種貨色！我早就猜到你這種傻子要上永王樓船，因為你還想著為國捐軀，到頭來上斷頭臺的叛逆還是你。你沒有理由不跟我走！」珞薇滔滔不絕地說著，彷彿又恢復了舊日的犀利。

李白聽了她說的似乎也有些道理，但不盡然，上回在長安如果這婦人沒有驕矜不可一世的樣子，也許大唐的事還不會糟糕到這一步。李白心裡不是滋味，他甚至不想跟她說話，就算句句為自己打算，也覺得面目可憎。李白不言，轉過身去仰望天上的那輪明月。

「你也許還指望著郭子儀、宋若思能夠給你搞到一官半職，那時候你就仍然要去報效這個十分對不起你的大唐，和你那險惡的君王是吧？」

這女人真是少有的聰明，她可以鑽到他的內心深處，窺視到他的心要怎樣跳動，李白想。突然珞薇大笑起來：「我猜對了是不是？謫仙人，你是從天上下凡到人世上來的，你還是這麼天真！你難道不明白，皇帝為什麼要殺你？依我看皇帝一定明明知道你不是叛逆！」

這倒是出乎李白的意料，於是問道：「你說什麼？為什麼他知道我並不是叛逆而要殺我？」

珞薇從容說道：「皇上知道永王也不一定是叛逆，永王不過聽從了太上皇的分制的命令，為太上皇保有江南的半壁江山，妨礙了新皇上統攬大權，所以永王雖不一定是叛逆，他一定該死。如果新皇上認為你是太上皇的人，你該不該死？你自己說吧。你名滿天下，無兵無權，殺你以儆戒天下追隨太上皇的人，鞏固新皇帝的權威最合適不過。」

「原來是這樣……」

「我看你還是少做作官的夢，跟我走吧，離開這個該死的地方。」珞薇說。

「不，我不能離開這裡。」李白拒絕了。

「當然，郭子儀會收復長安，將半壁江山收復獻給皇上，給你一個小小的閒職，這點面子恐怕是要給的。不過，『狡兔死，走狗烹』，自古君王毫無二致！也許我說得太過分了。但大唐這地方對你太危險，跟我到日本去吧！」珞薇換了一種口氣，更加溫柔地說：「日本是道家所稱的蓬萊仙國，再也沒有人傷害你。我再告訴你一個消息，崔成甫在揚州改名換姓，為你說書傳名，被李輔國的爪牙抓起來，折磨得人不像人，鬼不像鬼。離開這個苦難的地方吧！」

李白見她一再勸說，便給她一個圓滿的答覆：「我不能跟你走，這裡是生我養我的土地，親人、朋友、百姓，我的生命就是他們給的；有壯麗的山川、風雲、日月星辰，我的靈感就是他們給的；沒有他們，也就沒有了李白。我知道在他們那裡，李白也成了他們心中的一部分，李白也是大唐山川河流、日月星辰的一部分。大唐的苦難和榮耀也是李白的苦難和榮耀，因為有了那些苦難，李白才發誓為恢復大唐的完整和安定而奮鬥。此時此刻大唐正在受難，我才覺得故土難離……」

「故土難離?只不過在你這塊土地上，有你心中的那個女子罷了。就是後來嫁到回紇去的梨園掌教，那曾經在千秋節之夜，在燈塔的金蓮花上給你灑花的人。」珞薇一下子心中升起騰騰的妒火，要是那一夜李白不離開她，她的生活又會是怎樣一個樣子啊!因為那一夜，她一輩子都在渴求、等待。

「你說得對。」李白說。「我很懷念她。」

「你愛戀著一個也許永遠不能見面、不能得到的女子!」珞薇叫道:「難怪我無論怎樣對你好，你都不愛我!我曾經有容貌、有地位、有財產、有過人的聰慧，你為什麼不愛我?」

李白沉吟片刻，嘆息道:「你不會跟我一起去追趕太陽。」

「追趕太陽?!」珞薇驚愕地叫道。

「你感到不可思議吧?當太陽昇起，美麗的光焰照耀大地，那樣令人目眩的輝煌，那樣的神祕的壯麗，你的整個身心都向他飛去，不知道前面的禍福成敗，不計較追索的後果，去探求不可知的未來，去創造發掘新的生命的力量……她跟著我，一起……而你……不能。」

珞薇格格地笑了起來:「謫仙人，你一輩子都在做詩，做夢!我比你現實得多，我要的是現實的享受，我可不願意委屈了自己，為自己的一個空想耗盡心神!」

李白不願意再聽到她海闊天空地談論，幾乎是祈求地說:「那，你就去求你所求的，快快離開此地吧!」珞薇忽然傷心地哭了，淚眼婆娑地望著李白說:「太白，難道命中注定我們兩人永遠不能在一起嗎?我來這裡以前，想了好久，我以為我是把你帶到一個能治療你心靈創傷的地方去，我要好好待你，彌補我過去的過失。我以為你馬上會跟我走了!沒想到……會這樣……我想的好好的全都成了泡影!」

李白心中有些酸酸的，沉吟片刻說：「過去的就讓它過去吧！就像這月亮，也有圓有缺……何況……」

珞薇揩了揩眼淚，不等李白說完，冷冷地說：「哼，你不說我也要走了，你別以為我會為你傷心，這是我為你做的最後一件蠢事！好了，我這就告辭了，日本那裡仍然有筵席有歌舞，有詩文有享受，要是你哪一天想通了，就來找我，後會有期！」說完鑽進樹林子走了。

李白望了望被珞薇撥動的草樹，嘆了口氣。

遠遠的山下小道上，宗瑛拿著為李白新做的一件葛布半臂走上來。李白忙迎上去，接過半臂。

宗瑛一轉身看見了遠處月光下搖動的樹，宗瑛問道：「那是什麼？」

「是風吹樹動。」李白說。

宗瑛把半臂給李白穿上，皎皎月色照著他們。

19. 玄宗說：「他是李翰林……我記得。」

這一年的九月，郭子儀終於收復了長安，十月又收復了洛陽。十月，肅宗從鳳翔回到長安，成為皇宮的新主人。收復兩京的有功人員都受到了封賞。

浩劫之後的長安一片蕭條破敗，士兵挨戶搜尋安祿山賊軍的殘餘，肅宗下令把投降過安祿山在偽燕朝任過偽官的人通通抓起來。一支隊伍包圍了翠華軒，那是偽燕宰相張垍的住地，安祿山特意恩准與寧親公主住在原來的地方。翠華軒裡空空的，僕婢們都四散奔逃，蓬頭垢面的寧親公主跪在地上嚶嚶哭泣。

「張垍在哪裡？」為首的伍長厲聲喝道。寧親公主渾身發抖不敢抬頭。「快說！不說宰了你！

「你們這些賣國求榮的狗東西，把你們零割了餵狗！」另一個士兵罵道。

「快說！」一個士兵用矛桿戳了一下寧親公主的背部，寧親公主一下子倒在地上，另一個士兵用刀架在她脖子上。

寧親公主一隻手支撐著身子，另一隻顫抖地指了一指床下。張垍是沒有地方可逃的，認得他的人太多了，逃出去可能死得更慘。

「出來！」士兵吼叫道。

床下沒有回聲，一個士兵用長矛在床下面亂搗，床下發出悽慘的喊叫：「不要哇……我出來……出來……」不一會兒張垍抖抖索索像一隻癩皮狗似的從雕花床下爬了出來，花白的頭髮披在臉上，身上滿是塵土。士兵們把夫婦倆五花大綁押走了。

肅宗對長安進行了全面清理，十二月，把太上皇從蜀中迎接回長安。十二月的長安寒風凜冽，太上皇御駕的鑾車的車輪，從凍結著冰霜的道路上碾過「軋軋」作響。儘管車外面很冷，太上皇還是掀起車窗的棉帷，探頭往外看。大道兩旁站著的多是舊日的僚屬和皇親國戚，一個個面容灰黃衣衫不整，像一片被霜打萎了的枯草。苦難的人們看見了太上皇從車窗裡伸出來的頭部，不顧一切地圍上來，叫喊道：「太上皇，您可回來了！」頃刻間喊聲夾雜著哭聲，鬧成一團。

渾濁的老淚從玄宗臉上流淌下來。皇城內一片荒涼，到處是賊兵敗走時拋下的破爛。內庫已經燒成了一片廢墟，斷壁殘垣上一群烏鴉在啄覓食物，不時大聲地「呱呱」叫著，好像它們是這裡的主人。

太上皇在大明宮前下車，幾個內侍抬過肩輿來。太上皇正準備上車，忽然聽得一陣「嗚嗚」的哭聲，一大隊衣衫不整蓬頭跣足的人被羽林軍趕押著，從大明宮的側門前走過。原來這群人正是在安祿山的偽燕朝作過官吏的人。兩京收復之後，除了死於戰事的之外，幾乎全被唐軍捉住，還有不少投案自首的。將士們對這些變節者無不痛恨，今天將他們押往大明宮含元殿前，一一聽候發落。

張垍面色青灰，緊縮著頭走在最前面，幾次想混入後面的人群，都被羽林軍的刀槍逼了出來。此時，悔不該嫌官小當初沒跟太上皇西去，一輩子爭名爭利結果是爭上斷頭臺。這時裝著俯身下去繫靴帶，想讓後面的人走到前面去，哪知後面的人半步也不想上前，也一個勁的往後縮。一個校尉用長矛向張垍靴帶的手撥了一下，張垍趁勢倒在地上。

「脫掉！把靴子脫掉！」校尉怒喝道。

張垍對著憤怒的校尉，無可奈何脫下長垍靴，寒氣立即浸入骨髓，走在凍了一層霜花的地面上，跟走在刀子上一樣。

「脫掉襪子！媽的！裝蒜！」士兵吼叫道，讓所有的偽官都脫下鞋襪。

那校尉用槍尖一挑，揭掉了張垍頭上的渾脫帽。張垍哀叫著兩手抱著頭，像鬥雞般地跳起來，假如停止跳動，腳就會被地上的冰霜黏脫皮肉。所有的偽官無一例外地跳著前進，不少的人涕淚交流嗚嗚地哭了。

王維和鄭虔走在一起，杜甫因為在肅宗面前直來直去而被貶為華州司功參軍，因此沒有人能證明鄭虔為戰事提供了〈天寶軍防圖〉，也沒有人敢說出王維裝病逃避作偽官的事。不知為什麼押他們的士兵沒有叫他們脫下靴子，王維和鄭虔是率先去自首的。當初王維和鄭虔被賊將劫持到洛陽之後，給王維授官給事中，王維稱病不上朝，回到輞川別業，整日在家念佛經。此時，王維怎麼也想不通的是，賊兵破城那天，王維在府中已經收拾好，準備追隨皇上的，但皇上卻把他這樣一個文弱的人拋棄給了賊兵。他想，一定是前世作下惡業，今生才得到如此痛苦和屈辱的果報。

肅宗說：「這些人都是作過偽官的，全被抓住了。」太上皇看著這一群在寒風中瑟瑟發抖的俘虜，突然眼光落在了前面那個人的身上。那人頭埋得很低，兩隻手呵著氣遮住了大半個臉，兩隻赤腳交換著不停地跳動。

「那個人……那個人……」高力士遞給了太上皇一根枴杖。太上皇指著那人喃喃地說。

「抬起頭來！」李輔國喝道。

那人抬起頭來，撲通一下子跪在地上，哀嚎道：「太上皇饒命呀！張垍罪該萬死！」

「果然是你！你有何面目來見我！」太上皇氣得全身哆嗦起來，舉起手杖就要打，被兩旁的內侍扶住了。

「兒臣自會罰處他們的，太上皇息怒吧！」肅宗說。

高力士扶太上皇坐上步輦，內侍們把他抬起來，前往興慶宮，走過凝碧池邊。

「等等，讓我下來！」太上皇叫道。內侍把太上皇從肩輿上扶下來，高力士挽著他。

這是一幅多麼悽慘的景象啊！池裡的水骯髒泛綠，池中殘破的荷葉像廢棄的抹布一張張掛在臘月的寒風裡。池邊是雜亂的衰草，掩沒了漢白玉雕花欄杆。欄杆的一段又垮坍在水中，通向池邊的路已經被荒草侵占。大概是因為有人走過，在草叢中安居樂業的一隻老鼠賊眉賊眼地探出頭來，又撲簌簌地鑽進草叢跑了。

太上皇站在池邊悵望良久，轉身走向傾頹的宮殿。昔時綠蔭濃重的芭蕉已經枯死耷拉下來，上面鋪著一層薄薄的白霜。枯死芭蕉的旁邊，一樹臘梅被人劈去一半，剩下的一兩枝在寒流風中悽惶地開著。太上皇痛苦地閉上眼睛，肅宗不動聲色地看著太上皇。

「太上皇，外面冷，別看了，還是進去吧！」高力士說。

太上皇睜開眼睛，由高力士攙扶著，顫顫巍巍地走了幾步，又轉身回來看那株殘梅。殘梅腳下，枯黃的芭蕉葉蓋著一軸畫，畫軸的一部分露在外面。

「那，那是什麼……」太上皇說。

一個內侍跑過去，從枯黃的蕉葉下將它拿起來，畫的一小半已經朽壞。內侍把畫交給高力士，高力士將畫在太上皇面前展開，這正是那幅吳道子畫的〈宮中行樂圖〉。太上皇看著那幅畫，彷彿又回到了當年。那是天寶初年，安祿山拜了玉環作乾娘，就像畫中描繪的那樣。安祿山赤身露體穿著紅肚兜，手裡拿著一個碩大的撥浪鼓，睡在大搖籃裡，被宮女們抬著，敲鑼打鼓，好不熱鬧。當時玉環的笑聲多麼清脆甜美，正像畫上畫的，她笑得前俯後仰，快樂得像一隻小鳥。那時，安祿山在搖籃裡學小孩的聲叫道：「媽媽，爸爸！」是的，當時的大臣和貴戚，都像畫上這樣醜惡地笑著。那時候靠欄杆站著的這個人，他是侍詔翰林學士李白，穿著白色的宮錦袍，他走過去抓起搖籃裡的安祿山。安祿山當時嚇壞了，驚惶失措地喊道：「你……你要幹什麼？」當時他就罵開了，因為沒有人敢在皇上面前用如此惡毒的語言

19. 玄宗說：「他是李翰林……我記得。」

罵一位皇上寵信的大臣，所以他至今還清楚記得李白罵的是：「……你這個骯髒小人，你這隻陰溝裡鑽出來的狗！」李白罵得好，安祿山就是陰溝裡鑽出來的一隻骯髒的喪心病狂的瘋狗。可是，他當時便命內侍們將李白抓起扔進凝碧池。他從中爬起來便對他一陣大笑，那時候，他就嘲笑了身為皇上的他日後的失敗……他記得他曾想封他為中書舍人，一次又一次都不曾封賞他。要是……沒有「要是」，自己的兒子當今的皇上就站在他身後，他要彌補永遠是不可能的。他不禁有一種想見一見李白的願望，於是他指著圖中的李白說：「這人……是李翰林……我記得……」太上皇覺得一陣眩暈，高力士連忙扶住了他，幾個內侍把他抬上肩輿。

肅宗對高力士說：「把那幅畫給我看看！」

李輔國走上前，一下子把畫從高力士手中奪走。高力士垂下浮腫的眼皮，轉身隨肩輿走了。

作了偽官的人分六等論罪。張垍和他投敵的哥哥被定為處以斬刑，後經張垍多方求告，肅宗念在他父親張說曾經為他入主東宮盡過力的情份上，改為流放嶺南。王維因為長安陷賊期間暗中寫詩懷念唐朝，託人帶到靈武，因此免罪，降為太子中允，鄭虔則被貶為臺州司戶參軍。

20. 長流是流刑中最重的一種，根本沒有生還的希望

兩京收復的消息，像春風一樣吹遍了大江南北。在宿松養病的李白，也知道收復了兩京，意味著全殲安史賊軍的勝券在握，天下很快就要太平。李白只覺得這個江南的冬天特別暖和，皇上下令天下賜大

20. 長流是流刑中最重的一種，根本沒有生還的希望

酺五天，意思是在這五天之內人們可以聚在一起，盡情地飲酒作樂。為了慶祝收復兩京，汪倫特意派人送來酒肉，紀良也老遠地送來了兩罈好酒，宿松準備了一次迎神賽會表演，小小的宿松縣城也要大大的熱鬧一番。百戲班的班主也特地來拜訪，請李白為之改寫〈太平謠〉，用於慶祝時踏歌表演，李白自然是欣然允諾。在宿松的日子雖不長，宿松的藝人們都認得李白，爭著和他親近。賜大酺的日子到來，百姓們一個個穿著整潔，從四面八方湧來。聚集到宿松道觀門前的大壩子觀看迎神賽會。道觀門前有賣糖人的，賣酒的，賣燈籠的……賣藝的藝人們抖著空竹，玩著刀槍，荀七父女和李白夫婦在對著道觀的酒樓上叫了一壺酒幾樣小菜，一邊飲酒一邊敘話，等著迎神的隊伍出來，酒樓上正好觀看。

李白與荀七剛好坐定，楠竹手中拿著一個大儺面具，風風火火地跑上樓來，對李白叫道：「學士公！好不容易排好您的〈太平謠〉！待會兒你一定得看！」李白斟了一杯酒，楠竹接過說：「怕你看不著我。我特意來請你看我演的高蹺大儺，我們都說你給我們寫的〈太平謠〉極好了，只可惜太短。」荀七笑道：「你看，竟敢指點起大詩人的不是來了！」李白說：「楠竹說得對，我倒是幾十年沒見過迎神賽會了呢！還不知江南的怎麼樣，怎麼寫得出好詞兒來。」楠竹說：「在下倒有一首好詞兒，百個人聽了百個人笑，就寫的是迎神賽會的事，不怕學士公您見多識廣學問淵博，我要吟出這首詩來，只怕學士公不懂！」荀七笑道：「你這癩蛤蟆打哈欠口氣倒不小，你念出來我聽聽。」楠竹喝了一口酒道：「你聽著，我唸出來，你們不准笑。」接著便念道：「六月觀輔駕，板望吼來嘛，柏過娘睛眨，鞭飛光帕抹，五花黃過指，一聳黑行斜，人拱圈崩炸，叭嗒一哇媽！」李白聽了，只覺他一字一句的奇音怪節，的確不知他唸些什麼，荀七也不知，只瞪著眼道：「胡唸些什麼呢?像外國人的話。」楠竹洋洋得意道：「我說對了吧，不怕學士公醉草『嚇蠻書』，我今天倒把學士公難住了。」荀七一把抓住楠竹的耳朵道：「猴崽子，你敢胡弄我們兩個。」楠

竹「啊呀呀」的叫著：「荀大叔，你鬆開手，我就講給你們聽。」楠竹鬆開了手，裴九說：「『六月觀輔駕，板望吼來嘛』，說的是六月看輔德大王出駕，因為很擁擠就站在凳子上，遠遠地看見神像抬出來了，就吼叫道：『來了嘛！』神像出來之前，先有一隊人拿著點燃的柏樹枝在前面跑，使圍觀的人讓出一條路來，點燃的樹枝冒著煙，燻得站在前面的老太婆直眨眼睛，這就叫『柏過娘睛眨』。」李白想的確村氣十足半通不通，但民間的東西確是生動活潑，便笑道：「那『鞭飛光帕抹』想必是開路的人手揮皮鞭，抹掉了男人頭上的頭巾只剩下光頭，是麼？」楠竹笑道：「學士公果然聰明，正是這個意思！」又道：「然後是花花綠綠的過去，穿黃袍的輔德大王過去，這叫『五花黃過指』，看的人指指點點，輔德大王身後便是側身執鞭的周倉隨行。周倉身著黑衣身材魁偉，所以叫『一聳黑行斜』。神駕過去，人跟著神像湧去，為了看到前面的神像好些人在人群中亂拱，像炸了圈的豬，一下子弄翻了板凳，凳子上的人『叭噠』一聲，跌下來叫：『哇呀，我的媽也！』這就叫『叭噠』一哇媽！」

楠竹繪聲繪色地說著，宗瑛早已忍不住，「噗哧」一口酒噴得老遠，噴到小玉衣服上，小玉笑得直不起腰來。李白笑得上氣不接下氣，舉著筷子，指著楠竹笑道：「你……你這猴兒……」楠竹笑道：「好了，好了，大家說這些日子從來沒見李學士開懷大笑了，今兒被我逗得大笑！」李白掏出手巾來遞給宗瑛，宗瑛接過來揩了小玉身上的酒。楠竹道：「學士公能給我們賣藝的寫詞，我們大家感激不盡哩。窮人沒有什麼感謝的，給學士公說個笑話兒逗樂兒，就算是孝敬學士公吧！」李白心裡覺得暖乎乎的，忙道：「往後天下太平了，要寫什麼詞兒，儘管來找我。」楠竹道：「小的們就此謝過了。快到演出的時候了，我這就過去，我待會兒演出，就帶這個面具，學士公一定看得見我！」說著將李白斟給他的酒一飲而盡，拿起大儺面具飛也似的跑下樓去了。

少頃，果然聽見爆竹陣陣響徹雲霄，一群戴著虎頭帽豬頭帽的孩子們歡呼道：「來啦，來啦」！飛快地奔跑，臉上抹著鍋墨的小夥子，揮著一把冒白煙火花的柏樹枝在前面開路。人們像潮水般後退，後面的小夥子手中的皮鞭揮得山響，將那些未及躲閃的人趕開，一下子就讓出一條路來。緊接著走高蹺的，划採蓮船的，打著鼓兒燈，星星燈，蓮花燈，走馬燈的隊伍過來，然後是最熱鬧的大儺隊伍。藝人們帶著顏色鮮豔的面具，踩著高蹺，打著鑼鼓，舞著花枝，一邊唱著〈太平謠〉：玄彼穹蒼，景星慶雲。頌我聖皇，光復兩京。神州黎庶，沐此隆恩。快哉樂哉，永享太平」。樓下百姓們也在跟著唱「快哉樂哉，天下太平。」歡樂的人群一邊跟著隊伍奔跑，一邊歡呼著「天下太平咯！」

「天下太平咯！」看著歡樂的人群，李白的心激動了，李白也舉起酒杯高喊：「天下太平咯！」說著提起酒壺奔下樓去，荀七、小玉和宗瑛也跟著奔下去。人們互相敬酒也給李白敬酒，李白盡情地喝著，已經好久沒有這樣開懷暢飲了，已經好久沒有這樣快樂了。李白喝了個半醉，提著酒壺在人群中轉來轉去，給鄉親們敬酒。

「哐當！」李白聽到一聲熟悉的金屬撞擊的聲音，吃了一驚，不知什麼人已經奪去了他手中的酒杯。李白轉身一看，兩個很面熟的差役手提鐵鏈站在他面前。

「你們……」李白頓時酒醒了大半，宗瑛和荀七跑過來，楠竹和高蹺採蓮船也跑過來，沸騰的場子裡頓時鴉雀無聲。

李白望見了遠處一乘轎子面前的胡正，胡正手一擺，一隊披堅執銳的軍士跑了過來。

「罪犯李白何在？」差役大聲叫道。「我就是李白。」

20. 長流是流刑中最重的一種，根本沒有生還的希望這時候，胡正在軍士的保護下大搖大擺地走過來，從懷中取出一張公文念道：「李白乃附璘逆要犯，死罪可免，活罪難逃。皇上有旨，判罪犯李白長流夜郎，不許上訴！」

這對於李白猶如晴天霹靂，在場的人都愣住了。荀七上前說：「胡大人，太白先生的案子，是郭元帥親自擔保，求得皇上恩赦的呀！」

胡正從鼻子裡哼了一聲：「郭元帥先前是擔過保，但這回郭元帥的確沒有給他擔保，難道皇上還錯判不成！」

人們向李白投去同情的眼光。宗瑛扶著李白，叫了一聲「夫子」眼淚掉了下來。小玉「哇」的一聲哭出來。

楠竹和藝人們圍上來喊道：「你們還講不講理！」

胡正叫道：「把他捆起來！」軍士們上前要捆楠竹，被李白擋住了。李白說：「不關他的事，我跟你們走就是！」

對著鐐銬和枷鎖，誰心裡都明白，兩京收復了，皇上不會再讓郭子儀想怎麼辦就怎麼辦，皇上並沒有改變嚴懲李白的初衷。

「郭子儀到底沒能救得了我。」李白想，為了保證新的皇上穩穩地坐在寶座上，嚴懲李白成為一種政治的必需。因為他的被嚴懲，天下所有的臣民百姓都不敢對新皇帝的權威稍有忽視，不敢再懷念玄宗的恩惠。他——李白就是這樣客觀地維護了皇上的威嚴。他酸楚地想到，這也算是一種報國的方式吧？我不入地獄誰入地獄。求諫死於廟堂不可得，求馬革裹屍戰死沙場不可得，命運如此捉弄人，偏偏把叛逆的屈辱降臨在他頭上，要他忍受到終了的那一天。突然，李白仰天大笑，笑得眼淚都流出來。「哈……，你們，踐踏的不是我一個李白！你們踐踏的是天地間的忠直正義，是整個華夏神州啊！」

胡正氣得花白的鬍子一抖一抖的，尖叫道：「瘋子！打這個酒瘋子！」

雖然胡正叫得凶，但沒有一個差役敢動，因為周圍密密匝匝站滿了人，一個個攥著拳頭，一旦引發事端便不可收拾。

胡正見勢不妙，連忙命差役們把李白押走，一邊高叫道：「誰敢亂動，跟這個叛逆同罪！」

21. 你是我所愛的夫子，永遠的太白

長流是流刑中最重的一種，僅次於死刑。夜郎離潯陽兩千多裡，是朝廷流放犯人最遠的地方。沿途窮山惡水，土匪出沒，瘴癘流行。有的囚犯走不到夜郎就在中途遭不測。皇上給他們安排了這樣的命運，不得不服從。李白的心情沉重到了極點，一連許多天不與人說話。

許多朋友來看望他，出發的日子一天天迫近，宗璟卻沒有為他收拾行裝，只是默默地把他生活起居的事安排得細緻入微。宗璟也在洪州衙門告了假來陪他。想到宗璟姐弟對他的深情厚誼，李白負疚不已。這最後一段平靜溫馨的夫妻生活很快就要結束，幾天之後，他便走上流途與宗璟永遠不會再見，想到此李白的心情與死別幾乎沒什麼差異。宗瑛只是默默地幫他整理那箱文稿。他最放心不下的是那一大竹箱的文稿，那是他留給大唐的紀念。萬一大唐因為他是流囚而要毀壞這批稿子，那就會給宗璟帶來麻

煩。他已經連累了宗瑛姐弟，不能再因為這批稿子而給宗瑛帶來不幸。但這箱文稿就是他在中原的化身，幾天之後他便永遠從中原的土地上、從大唐的文壇上消失。把這箱文稿託給一個穩妥的人，這件事至關重要。

他不能讓宗瑛與他一起，去承受僅次於死刑的長流，不能讓她與他一起走向蠻荒的絕地。他趁宗瑛不在，找出往日出遠門用的竹箱，將他的衣物一一取出，箱子裡有一個繡了大鵬的書袋，那是他的第一個妻子雅君為他繡制的。在她生命最後的時期，她仍熱切地希望她的丈夫能實現他的理想，像一隻大鵬一樣翱翔於九天之上。自雅君去世後，他一次也捨不得用這個書袋，將它珍藏箱底，有時拿出來看看。自從與宗瑛成婚以來，已經有好久沒有拿出來了，書袋還是嶄新的，而雅君的希望永遠不能實現了。他如今再也不會有翱翔於九天的機會，倒像一匹被獵人追逐的受傷的野獸，在人世間落荒而逃。李白想著放下書袋，將自己的衣物一件件取出。

這時一隻纖纖素手按住了李白取衣物的手。

「阿瑛。」李白抬頭返身望著身後的宗瑛。與宗瑛的目光相遇，宗瑛的目光溫和而又平靜。他推開李白的手，將李白取出的衣物一件件放還箱子裡。

「你……」李白大惑不解。

宗瑛將手放在李白的肩上，望著李白的眼睛平靜地說：「我跟你一道去。」

「你瘋了！阿瑛，夜郎離這裡兩千多裡，荒涼不毛，是朝廷流放犯人最遠的地方。長流是流刑中最重的一種，是流放至死，根本沒有生還的希望！」李白說。

宗瑛平靜而堅定地說：「我一定要跟你一道去，分擔你的歡樂與痛苦，以沫相濡，一生一世不分開。」

「阿瑛，我欠你的，已經太多！」

「不，太白，是這個世界欠你的太多了，你為這個世界嘔心瀝血，冒險犯難，你受盡汙辱、誹謗，而今又要去遭受最大的痛苦與磨難。」宗瑛說。

李白眼睛溼潤了，握住宗瑛的手說：「我這樣連累你，真讓我愧疚得無地自容。想到你要跟我一起去那蠻荒之地受苦，我恨不得一頭撞死！」

宗瑛用手絹揩去李白臉上的淚滴，說：「夫子，你難道不明白，你的生命對我多麼重要，你已經不是皇上的李白，官場的李白，但你還是我的夫子，永遠的太白！我們相伴的許多年，我真正地解讀了你，你就像你的詩歌一樣，至真至善至美。你是一隻大鵬，你的翅膀並沒有被折斷，你依然那麼真誠、靈慧，翱翔在在大唐讀者的心中……」

李白凝視著宗瑛，聆聽著宗瑛這番發自肺腑的訴說，不由雙膝向宗瑛跪下，嗚咽著說：「我要感謝上蒼，在我萬般不幸之中，有你這樣一個好妻子，就是得到了天下最大的幸福！」

宗瑛內心無比感動，向李白跪下來，依在李白胸前，深情地說道：「夫子，就是要死，也讓我們死在一起！」

風雨如晦，在潯陽客棧的客房裡，李白和宗瑛，漂泊在人世間的一對患難夫妻，緊緊地擁抱在一起。他們緊緊地擁抱著，彼此用自己的體溫，暖和著對方的身心，也不知在地上跪了多久，敲門聲把他們驚起。

李白放開宗瑛走到門邊，宗瑛急忙將衣箱整理好關上。「誰？」李白從門縫裡看去，外面站著一個年輕人。「是我，魏顥。」

宗瑛急忙來到門邊，見是魏顥，忙把門開啟，請魏顥進來。

「您就是學士公吧，晚生魏顥有禮了！」魏顥見了李白，倒頭便拜，李白連忙將他扶起。

魏顥接著把他如何在十年前到王屋山尋找李白，如何又到溧陽與蘇渙同船而下，如何受蘇渙之託，帶了狀子到鳳翔交御使中丞宋若思的事一一講給李白聽。一提起蘇渙，李白與宗瑛十分難過，魏顥萬沒想到年輕的蘇渙竟會慘遭迫害投水自盡。魏顥說此次宋中丞盡了最大努力，都無法挽回皇上的龍心，請李白原諒他辦事不力。他此次來潯陽，目的就是想知道學士公還有些什麼未竟的事，他一定效勞。

李白見他說得誠懇，猶豫地看了看那箱詩稿。

「倒是有一件要事相托，只怕連累了你。」宗瑛說。「請儘管吩咐。」

宗瑛指著那滿滿一竹篋的詩稿說：「這些詩稿，是夫子一生的心血，如果先生能將他刊印成書，夫子和我對您就感激不盡了！」

「詩稿？」魏顥驚喜地叫了一聲，蹲下去翻閱那些曾經令他夢寐以求的文字。這些文字在他眼裡，每個字都閃耀著金子般的光輝。

「魏顥定不負學士公重託，請學士公放心！」魏顥再次跪拜下去。

李白的眼睛再一次溼潤了，他萬沒想到在這個時候有人來承擔此事。詩稿交給魏顥是再穩妥不過的事，李白心中一塊石頭落了地。

第二天一早，荒涼的潯陽碼頭，黑壓壓站滿了男女老少，有江南的文人墨客，方圓幾百里內的士子塾師，有僧人道士，也有官吏將士、商賈、伎女、樂工、游俠，乃至漁人村夫各色人等。好多人李白不認識，他們之間有一點相同的是，他們的心都曾經因為李白那閃光的靈慧的詩句而振奮過，激動過，愉悅過，悲傷過，歡笑過和哭泣過。李白的詩句把他們的心靈帶到過那從不曾到過的境界遨遊。他們有的捧著食物，有的提著酒壺，有的拿著柳枝……，好像並不是與詩人訣別，而是迎接凱旋而歸的將軍，去赴一個慶功的盛宴。

汪倫、紀良、楠竹他們都來了，紀良特地給李白帶來一罈多年的陳釀。李白喝了前來送行的人許多酒，由魏顥攙著上了船。

看一切事宜安排停當，魏顥對李白說：「學士公且放心去，在下與宋若思大人、郭將軍定要在皇上面前為你求情，求皇上早早赦免。」此時紀良實在忍不住，嚎啕大哭起來：「李兄弟，你這一去，我還釀酒給誰喝呢?不管流途多麼凶險，學士公，你定要記住這一點，紀良天天為你盛一壺好酒，一直到我嚥氣的那一天都等你回來，我們老哥兒倆好好痛飲一回！」說罷老淚縱橫。

汪倫、魏顥、宗瑛姐弟眼圈也紅紅的，岸上不少的人也涕淚唏噓。

那船伕聽到差役催促，舉起篙便要開船，苟七上前一把抓住篙竿一面對李白說：「李兄弟，這一回苟七就不送你了。你走後，我和我兒子立即進京去找郭元帥他們，請皇上恩赦你早早回來，你一路要多保重，保重！」

「保重！」李白站在船頭，向送行的親友們喊道。

肅宗至德二年春，五十八歲的李白從潯陽出發，走上長流夜郎的路。

胡正心中說不出的高興，因為此次辦事賣力，將來少府監這個肥缺，李輔國會給他安排的。他監視著李白的船離開，立即就回縣衙準備打點行李，只等李輔國的好消息一到，自己就兼程趕到長安赴任。胡正吩咐家奴收拾行李，忽聽外面響起急促的腳步聲。胡正隔著窗戶一看，見魏顥身著御史臺公服，領著一隊羽林軍已經衝進內院。

胡正心知大事不好，慌忙轉身想從後門溜出。

「站住！」胡正剛剛轉身聽見身後一聲怒喝，回過頭來，見身著公服的魏顥怒目圓睜盯著他。胡正正想發作，猛聽魏顥高聲叫道：「叛逆胡正，往哪裡逃？」此時魏顥身後的士兵衝上前去，將胡正的兩手反縛，五花大綁。

「老夫是奉李監軍之命行事，爾等不得無禮！」

「大膽胡正，你身為大唐朝廷命官，先投降安祿山，後投靠永王。貪贓枉法，叛國投敵，本御史今天奉命將你捉拿歸案！」說著魏顥將御史臺拘捕胡正的公文，放在胡正眼前。

胡正像一灘爛泥癱倒在地。

原來御史中丞宋若思發現胡正在李白一案作了手腳，便派人暗中查訪，終於查實胡正先投降安祿山、後投靠永王的罪行。此次派監察御史魏顥將其捉拿歸案。

船緩慢地逆流而上，浩浩蕩蕩的長江，一瀉萬里流向歸宿東海。李白心中說不出的酸楚，他的歸宿卻是與長江流向相反的遙遠的夜郎。三十多年前，他也是乘著船在長江行進，不過那時是順流而下。那時青春年少，精神抖擻的他站在船頭，清楚的記得那時兩岸青山迅速後退，長江勝景一一向他迎來，連頭頂的天空都是那麼湛藍，連船伕悠長的號子聲都是那麼悅耳動聽。歲月無情流逝，這一切都歷歷在目，好像才發生在昨天。

李白靠在船舷，失神地看著江流中的漩渦一個一個地過去……宗瑛見他獨自沉思冥想，無言地斟上一碗酒，遞到李白面前。

「夫子，」宗瑛叫道。

李白漠然地看了看那杯酒，沒有伸手去接，嘆了一口氣閉上眼睛。

宗瑛給自己也斟上半杯，說：「太白，我……陪你喝一杯！」說著眼圈紅了，她不願李白看到她的眼淚，掉頭去望江水。

李白覺察到宗瑛用心良苦，從宗瑛對面移過來，緊靠著宗瑛坐下，端起宗瑛那杯酒送到她唇邊，裝作若無其事的樣子說：「你傷心啦？」宗瑛咬了咬嘴唇，忍著眼淚說：「沒有。」李白笑笑：「沒有就好。」李白讓她的眼睛正對著他，「你看我一點兒也不傷心！」說著向她做了一個鬼臉，將酒杯遞到宗瑛手中。宗瑛「撲哧」一聲笑了。李白舉起酒杯說：「阿瑛，你讓我陪你喝酒，你說我們為什麼而乾杯？」宗瑛沒想到李白要問她這個，一下子愣住了。「那我說：我們慶賀慶賀！」李白道。

「慶賀什麼？」宗瑛想不出到這個份兒上，還有什麼慶賀的。「我要把我的〈公無渡河〉改寫一下。」

「改什麼？」

李白道：「原來寫的是那個又瘋又傻的老頭兒，一個人獨自過河，現在不對了。」

「為什麼？」

「現在我倆坐在一條船上，有兩個人渡河了，還有你，痴心的娘子！」

宗瑛笑了：「真有你的！」笑得眼淚流下來。「那我來說一個乾杯的理由。」

「你說。」

「為我們夫妻坐在一條船上乾杯。」

「乾！」

22. 崔成甫捧著血寫的序言熱淚湧出

長江沿途，李白有許多朋友和傾慕李白的士子百姓，聽說李白長流夜郎，都紛紛前來看望，邀請李白飲酒作詩。到了初夏，方到洞庭湖。

洞庭湖邊，一彎新月照著三閭大夫祠。因為戰亂，這地方沒人管，房屋垮塌了一半，三閭大夫的神像暴露在外面，日晒雨淋，已經面目模糊，四周亂草叢生。神像的臺龕上，歪七倒八插著不知什麼時候燒殘的香枝和燭梗。有個人鶉衣百結頭髮蓬亂，雙手抱膝朝江邊張望，這人正是崔成甫。他聽說李白被處死，再也忍不住，走出草澤改名換姓在揚州說書為李白揚名。他被李輔國的爪牙抓住，才聽說李白並沒有被殺頭而是長流夜郎。他從揚州逃回洞庭湖畔，官府還在緝拿他。這幾天來，他都在這裡等候，白天看遍江中的上水船，晚間就在三閭大夫祠的廢墟上過夜。不知多少次他把陣陣江濤聲當成了故人的吟哦，把風搖樹影當成了故人的腳步。他站起來望了望天空，月色悽迷星光黯淡。只要有一線希望，他都要等待，等待他生命中最珍貴的友誼再一次出現，與老友作最後的告別。

他拄著竹杖，返身望著三閭大夫神像，說道：「三閭大夫，我們一樣的作詩，一樣的被放逐，不同的是你已經以身殉國，再不會有煩惱和憂愁。而我，在二十年的煎熬中，眼睜睜看到大唐衰敗、戰亂、生靈塗炭……我憂心如焚，我再也忍不住，我要回到北方去，去收復那淪陷了的土地。我的李十二兄弟，被流放到夜郎，我希望在我離開之前見他一面，我已經等了好久好久……三閭大夫，你若神靈有知，你把他送來吧，你把他送來吧！」

崔成甫在屈原像前跪了下來，也同泥塑木雕的一般。

崔成甫不知跪了好久好久，忽然遙遠的地方，江風江濤送來一個人深沉的吟詠：「……乘鄂渚而反顧兮，欸秋冬之緒風，……船容與而不進兮，淹回水而凝滯，朝發枉渚兮，夕宿辰陽，苟餘心之端直兮，雖僻遠其何傷？……」

自從到了江南，李白心裡就揣著洞庭湖，因為洞庭湖裡有崔成甫，還有匯入洞庭湖的汨羅江，那是詩人屈原的歸宿。湖邊有三閭大夫祠，早年曾去過，因為屈原和崔成甫，洞庭湖畔無論如何是必需要去的。

李白和解差說好，晚上去湖畔的三閭大夫祠。宗瑛含著淚再三囑咐要早去早回。三閭大夫祠在洞庭湖與長江交會的江岸上不遠處，往年太平時，人們就在這裡舉行龍舟賽會紀念屈原。趁著一彎新月，岸上的道路依稀可辨，李白此時的心情極像去拜訪一位知己的朋友。此地的夜晚，只有天、地、他和長江，已經有好久沒有放聲高吟了，想起三閭大夫的詩歌，李白不由放聲高吟起來：「……哀吾生之無樂兮，幽獨處於山中。吾不能變心而從俗兮，固將愁苦而終窮！」

崔成甫看見那人越來越近，是他！

「……接輿髡首兮，桑扈裸行，忠不必用兮賢不必以。伍子逢殃兮，比干菹醢，與前世而皆然兮，吾又何怨乎今之人！」

李白已經走近，崔成甫不想打擾李白的行吟，聽著聽著流下淚來。只聽李白對著神像喊到：「三閭大夫，你的詩寫得真好，過了一千年，還像與我促膝談心一樣親切呀！」

「李十二！」崔成甫哭著從神像的陰影裡奔出來。

「崔五兄！」李白從他的聲音辨別出眼前的老人就是崔成甫：「上天有靈，我果然見到你了！」

崔成甫叫道：「我在野地裡出現，你一定以為我是哪裡的孤魂野鬼吧！二十年了，沒有人給我申冤，我幽靈似地過了二十年。我把我的悲憤冤屈寫成了二十篇文章，叫〈澤畔吟〉，你看！」崔成甫蹲下來，扒開神像底座的石塊，取出一個布袋來，拍去塵土，交給李白。「我在這世上無人可託了。我幾次想來找你，而你……又要到夜郎去了！」

李白不忍心告訴他崔季的事，只說：「我在江陵有朋友，我會託他好好收藏的，你放心。」翻看前面幾頁，都是空白，崔成甫說：「你看這是寫序的地方，我留著，你日後慢慢給我寫吧。這些詩章中有不少是寫我對賀老賓客、適之、張旭、道子還有你的思念的……」

李白珍惜地撫摸著說：「我這就給你寫。」

「沒有筆墨……」崔成甫猶豫著說。

「不用。」李白攤開書頁，放在神像腳下的神座上，半跪下來把食指伸進嘴裡，使勁一咬流出鮮血來。

「李十二！你……」

「崔兄，我願意你此刻就看到這篇序。」

就著微弱的月光，李白很快就寫好，交給崔成甫。

崔成甫捧著血寫的序言熱淚湧出，抓住李白的手說：「我總算了了心願了，人就是那麼回事兒，再過幾十年，人們挖出我這副白骨的時候，有誰知道當年的血肉之軀，怎樣地活過呢！李十二，記得我們在鳳凰臺、在廣運渠，怎樣在唱歌嗎？」

「記得！記得！」李白連連說：「你唱得極好了！我們第一次見面的時候，你的歌聲把月亮都呼喚出來了，你唱著歌，唱的是——」

「唱的是你的詩，其中有兩句是：『莫怪無心戀清境，已將書劍許明時』。」

「你唱得真好，所有的人都給你讓開路……」

「李十二，記不記得當年我們在金陵喝酒，連月亮都醉了啊！哈！……哈哈！……還想這些幹什麼？」崔成甫聲音哽咽著說：「那時候，你拔劍起舞，唱著『北溟有巨魚，身長數千里。仰噴……三山雪，橫吞……百川……水！」崔成甫一邊唱著，一邊歪歪倒倒地舞著，忽然一個趔趄，李白連忙把他扶住。

崔成甫抬起頭來痛苦已極，面孔都扭曲了，叫道：「李十二，這就是一生，一世，一生，一世……」

李白無法忍受，緊緊抓住自己的頭髮，將身體靠在神像前，忽然想起：「啊，崔五兄，我這裡有酒！」李白解下酒葫蘆，遞給崔成甫。

崔成甫接過骨碌骨碌喝了幾口，對李白說：「我好久沒喝酒了，真痛快！」說罷把葫蘆交給李白。

李白喝完了最後一口，將葫蘆拋在地上。

忽然蘆葦叢中「唰唰」地露出了雪亮的刀矛。

「幹什麼的？」一隊士兵包圍了李白和崔成甫。

為首的軍官認出了崔成甫，叫道：「啊，是你！今天總算抓到你了！你不就是忿忿不平，到處咒罵朝廷的崔成甫嗎？」

「不錯，是我。」崔成甫說。

軍官把他的矛頭指向李白：「你是誰？」

「我是李白。」

「啊，你是有名的叛逆！為什麼鬼鬼祟祟跑到這裡來？想謀反嗎？可疑得很，幸好你們今天撞在爺的手裡，現在是戰爭時期，我有整治你們的權力。」那軍官嚴正地說：「把他們抓起來打死！」

幾個士兵上前，崔成甫大聲道：「住手！不用你打殺，我自己會死的。我本來想到前線去，死在敵人刀下，……只是，我沒救得了這個災難深重的國家，沒救得了苦難的百姓！」

「這些人通通是瘋子，死到臨頭，自己都沒法救自己，還說要救國家、救百姓，真真可笑，來呀！」那軍官叫道。

崔成甫咬牙切齒地：「我早就活夠了，李十二，來生再會！」

崔成甫說完，一頭撞在神像的石座上，倒了下去。「崔五兄！」李白發出一聲撕心裂肺的長嚎。

「他倒來得痛快！凡是瘋子通通殺死。」一個士兵舉刀就砍。

「住手！」一個聲音怒喝道。

一柄拂塵擋住了士兵的刀劍，軍官一看，是一個老道士，老道士身後的年輕道士懷中抱著一個兩歲多的小兒。

「你是誰？竟敢管我們的閒事？」那軍官叫道。

「貧道是長安太清宮的住持煙霞真人，奉太上皇之命來為李學士送行。」

「煙霞子！」李白叫道。

「太上皇是什麼玩意兒？我們奉命掃清叛逆餘黨，你管得了嗎？」軍官氣勢洶洶地說。

煙霞子不動聲色地說：「太上皇就是當今皇上的父親，太上皇的旨意也是皇上的旨意。違背了太上皇的旨意——知道該怎麼樣嗎？」

那軍官被嚇懵了，連忙與士兵們一齊跪下，哀求道：「真人恕罪，真人恕罪！」

聲音驚醒了他懷中的幼兒，哇哇哭叫起來。

「崔五兄！」李白撲通一聲跪下，撲在崔成甫身上大哭起來。

「他就是崔成甫？」煙霞子問道，俯身下來看看崔成甫的傷勢，已經沒有了氣息。

「我來晚了一步。這就是他的孫兒，崔季和瀟瀟的兒子。」年輕道士把小孩抱到崔成甫跟前。

「崔五兄，你醒醒，你醒醒吧！你有一個好兒子，你還有個好孫子啦！」李白搖著崔成甫的肩膀叫道。

崔成甫好像聽到了什麼，慢慢地閉上了眼睛。

「還待在這裡幹什麼？」煙霞子喝道，巡邏的官兵們忙不迭地幫著李白與煙霞子安葬了崔成甫，然後走開。

煙霞子告訴李白，崔季死後的第二年夏天，瀟瀟在如意的照顧下生下了這個孩子。瀟瀟刺殺安祿山之前，將孩子放在如意床上，一個人到了長安。如意把孩子帶到長孫朋在伏牛山的莊園。半道碰見了煙霞子和閒鶴帶著太玄的骨灰南下，才將孩子交給煙霞子。

煙霞子說：「瀟瀟還沒有給孩子取名字，如今成甫已經去世，太白師弟你給他取個名字吧！」

李白點點頭想了一會兒，說：「可憐這孩子的父母爺爺，都相繼慘死，算是不幸到極點，常言說：『否極泰來』，我看就叫泰兒吧，師兄，你看可好？」

煙霞子點點頭：「這個名字再好不過。」「師父他……」

「賊兵要師父到京城率大唐所有的道士為他們戰死的偽官作道場，師父不從，自焚了……」「師父……」李白又一次流淚了，在這場空前的浩劫中，連師父這樣和平慈祥的人也在所難免。

埋葬了崔成甫，李白在崔成甫的墳前坐下，萬念俱灰，一動也不動像一段木頭。

「太白，」煙霞子示意閒鶴把他扶起來。

李白望著煙霞子，好一會才說：「師兄！這裡的一切，你都看見了，我拜託你一件事……」煙霞子大驚，連忙叫道：「不！不要說！」

李白憤激地喊到：「不！你不答應我也要說。你在這裡已經看見了，崔成甫的今天，也就是我的明天，我們這些人，像草芥一樣被拋擲、踐踏……師兄，我是不會自己去死的，我要求你的是……宗瑛，她跟著我來了！」

「宗瑛……」

李白又說：「她把全身心都給了我，我現在獲罪於皇上，只有死路一條。從我被判長流的那一天起，皇上改元、享九廟、冊太子，已經大赦天下三次，連投降安祿山的偽官都恩赦了，唯獨沒有赦免我！皇上把死罪改成流刑，就是讓我這幾年慢慢地死，讓天下人看我怎樣受盡屈辱而死！師兄，你明白嗎？可宗瑛是無辜的，我不願意她跟我沒完沒了地受折磨。求求你……」

「太白！你別往絕處想了！」

「有了宗瑛，我不想死，但是我沒有選擇生死的權力。我怕有一天，像崔五兄……那樣，血淋淋地死在她面前，那就是我把她的心撕碎了！」李白聲淚俱下地說。

煙霞子慘傷地點點頭說：「你說，要我怎麼辦？」「你把她帶走，等北方完全平定了，送她回梁園。」

此時天已大亮，李白與煙霞子一行人來到碼頭，宗瑛早已等在那裡，面色蒼白顏面浮腫。李白猛想起宗瑛昨夜再三叮嚀早去早回的話來，不由快步上前向宗瑛叫道：「阿瑛，我回來了！」宗瑛流下淚來。但嘴裡還是說：「見到朋友了嗎？」

「見到了，你一夜沒睡？」

宗瑛點點頭：「這一夜，像一年那樣長……」

李白扶住宗瑛，像是自言自語地說：「我再也不能讓你操心了……你看煙霞子師兄他們也來了。」

23. 看著你的眼睛，就足以回味一生

李白的突然到來，使韋良宰激動不已。韋良宰是從淮南大都督府帳下派遣到江陵的。這之前他聽說李白已在潯陽被斬決，心中十分悲痛。想起寫給他的那些詩歌，今生今世是再也不會遇見第二個像李白那樣打動人心的人了！當錄事告訴他李白就在衙外的時候，他幾乎驚叫起來，立即奔了出去。

「李十二！」

李白即將入蜀前夕遇見韋良宰，心中一塊石頭落了地。過了江陵，前面就是危峻的三峽和險急的長江，再往下走就是蜀南黔北的蠻荒之地。此去萬重關山，他不敢想像把宗瑛帶到蠻荒的夜郎會是什麼結果。過了三峽就是另一個世界，遠離他一生的追求一步步遠去，他的將來就是被埋沒在一片草莽中。宗瑛絕對不願意跟煙霞子一起回廬山。韋良宰全家隆重地接待了李白，到了晚上李白、煙霞子和韋良宰在一起的時候，三個人商量出了一個辦法。

江陵的官吏士紳，聽見李白到了江陵，蜂湧而至爭相款待。李白在江陵逗留的時間較長，到了臨行前的一個晚上，韋良宰特意在西山紫極宮後的望江臺，安排了一桌酒菜，與李白夫婦、煙霞子一起共飲。酒過三巡，韋良宰為宗瑛斟上了滿滿一杯說：「弟妹，我這個做兄長的與弟妹初次見面，請飲了此杯！」

宗瑛舉起杯來一飲而盡。

韋良宰的夫人，接過酒杯也為宗瑛滿滿斟上，宗瑛笑道：「嫂夫人怎麼也給我斟？叫弟妹如何消受得起？」韋夫人笑道：「嫂子也是頭一回才認得弟妹，怎麼就不可以與嫂子飲一杯？嫂子早就聽說太白有一位賢惠端麗的夫人，從來沒見過面，今日不飲，不是白白地叫嫂子想了這許多年？」宗瑛臉上早已泛起紅雲，只好接過酒杯飲了。

此時煙霞子提起酒壺，先為自己斟了一滿杯，又為李白與宗瑛滿滿斟上道：「太白師弟與師妹本是道友，太白一生心志高邁，旨在為國為民，難得有弟妹緊緊追隨，歷盡坎坷。我明日便要返回廬山，這杯酒權當辭行。太白、弟妹，此一去萬重關山，保重！」

李白舉杯一飲而盡，宗瑛本不勝酒力，此時面有難色，望望李白道：「夫子……我……」

李白往日遇到這種情況，一定接過宗瑛的酒杯飲盡，此時卻笑道：「師兄盛情難卻……你就喝了吧！」

宗瑛端起酒杯道：「謝煙霞子師兄！」然後一飲而盡。

韋良宰夫婦道：「今夜月色正好，你夫妻二人出了門，難得自由自在。依我之見，朋友之情明日再敘，今夜我們也不打擾了，如此良宵，你們夫妻就在此賞月吧！」

「謝韋兄盛情！」李白說罷與宗瑛將韋良宰夫婦和煙霞子送出山門。

李白與宗瑛回到望江臺，但見一輪明月高懸中天，清輝萬里，看得見山下如帶的長江和江邊的村落。江陵在月光下像一塊平原上被翻耕過的大地，淡淡的夜霧和炊煙融和在一起。在這樣的月色中賞月，頗有些超塵出世的感覺，彷彿是在夢裡。

李白望著月下的一片山河，嘆道：「今晚的月色真好啊！」宗瑛道：「夫子有兩句詩『月下飛天鏡，雲生結海樓』就像是今夜的景象呢！」

李白揮著拂塵，一邊給宗瑛趕蚊子，一邊說：「難為你還記得，那是我出蜀的時候寫的詩，如今，又要沿著巴山蜀水到夜郎去了！」李白說到此停了停，又道：「宗瑛，你知不知道，當年在武當山道觀的時候，我靜靜地站在山石後面，看你在月下徘徊，聽你一字一句地吟哦著我的詩句，那時，我心裡多麼喜歡你！」

宗瑛深情地看著李白道：「那是你？難怪有時候我覺得，好像有一雙眼睛在我身後盯著我。」

「我在齊州紫極宮受道籙的時候，我看見了窗外你注視我的雙眸。每天期盼著你的出現，如果不是在這樣的盼望中，我早就倒下了。啊，看著你的眼睛，就足以回味一生！」李白說著給宗瑛斟上一杯酒。

「夫子……」

「娘子，此去蠻荒之地，這也許是我們夫妻最後一次在中原的皓月下對飲，謝謝你對我的鍾愛，幹了此杯！」李白說著將那杯酒遞到宗瑛的唇邊。

宗瑛接過酒杯一飲而盡，醉眼迷離地望著李白說：「時間過得真快呀！從武當山道觀認得你的時候起……齊州紫極宮，廬山以至現在都二十多年了呢！到今天想起來，好像是一場夢……。」

李白對著月亮坐下來，讓宗瑛倚在他的胸前，無限酸楚地對宗瑛說：「阿瑛，自從我們結合在一起，我沒能帶給你幸福美滿，帶給你的只有痛苦憂傷，漂泊流離。阿瑛，我太對不起你，你不怨我嗎？」

宗瑛緊緊地握住李白的手，深情地望著李白說道：「夫子，我不怨你。你就是人世間的良心，你就是神州山川的靈氣。你是為大唐而生的，為天下黎民百姓而生的，為整個萬物之靈的『人』而生的啊！你給我的一片真愛，伴隨我半生，我願化作你裝有筆墨的行囊，跟你走到天涯海角，不管以後遇到千難萬險。我能夠追隨你到夜郎，也就不虛此生了！」

李白動情地將宗瑛摊到自己懷裡說：「阿瑛為了我們的『不虛此生』乾一杯！」說著為宗瑛和自己斟滿了酒。

宗瑛乘著醉興與李白把杯中的酒喝乾。

李白又說：「阿瑛，你不是喜歡修仙學道麼？到了夜郎，我們就到道觀去，陪你學道，以補救我的過失……」

哪知宗瑛說：「夫子，別說了，我早就知道你學神仙的意思，以不可求之事求之，藉以消磨壯志，耗費心神……」

李白的眼睛溼潤了，他從來沒有想到懷中的這個女子，竟把他看得如此清清楚楚。於是他又斟滿了那酒杯，幾乎帶著哭聲說：「要是有來生，我一定要好好報答你，愛護你，照你的心意超脫世俗，好好照顧你，安安靜靜和和美美，過一輩子桃花源裡的日子。」

宗瑛流著淚說：「要是有來世，我要早早地認得你，理解你，讓我們做一世夫妻，而不是半世夫妻！」

李白又為宗瑛斟滿酒道：「阿瑛，為我們來世作夫妻乾杯！」

「為……來世作夫妻……乾杯！」宗瑛斜乜著醉眼說。

李白將那杯酒一飲而盡，沉醉在宗瑛對他的溫情中，說道：「我這一輩子最安慰的事情，是你對我的愛，勝過了天下所有女子對丈夫的愛！阿瑛，我真正感激你！我遇見了你這樣一位好妻子！你看，連月亮和山川都為我們沉醉啊！來，為照臨我們的月亮乾杯！」

宗瑛醉意朦朧地喃喃道：「我真高興……為……月亮……乾杯！」

李白將一杯酒送到宗瑛唇邊，宗瑛凝笑著把酒喝下去，在李白的懷中沉沉醉去。李白抱著宗瑛，望著月亮大滴大滴的淚珠掉下來，滴在宗瑛身上。這時韋良宰夫婦出現在望江臺上。

「她醉了。」李白哽咽地說。

「一切都已經準備好了，安歇吧！」韋良宰說。李白抱起沉醉的宗瑛，上了車回到韋府，進了東廂房。韋良宰手執燭臺站在床前。李白將宗瑛放在床上，為她蓋好被子。韋良宰夫婦將燈放在桌子上，退到門邊。李白拿過燈來，坐在床沿，凝視著宗瑛端莊的容顏，久久凝視著額頭上那塊褐色的傷疤。

李白在心裡輕輕地說：「阿瑛，我走了！」李白給宗瑛蓋好被角，李白的手剛要拿開，醉夢中的宗瑛突然抓住了李白的手，口中囈語喃喃地說：「為……月亮……乾杯！」李白此時已經泣不成聲，只咬咬牙輕輕地抽開宗瑛的手，掉過頭去，把燈放在床前的幾案上。李白擦乾淚水，把頭深深地埋在自己的臂彎裡，另一隻手握住宗瑛的手，輕輕地摩挲著，好一陣抬起頭來已經沒有眼淚。李白從床前站起來，在宗瑛床前振衣肅立，然後向沉醉中的宗瑛莊重地深深一揖，快步逃離宗瑛的床前。

李白與韋良宰夫婦與煙霞子快快出了韋府，大道上車馬和解差早已等在那裡。

「內人的事，拜託了！」李白拉著韋良宰和煙霞子哽咽地說。

「放心吧太白，我們會盡力把事情辦好的，等弟妹心情平靜下來，我與你嫂子、師兄一起把弟妹送回廬山。」韋良宰說。

李白聽了，向韋良宰和煙霞子「撲通」一聲跪下，「咚咚咚」磕了三個響頭，然後上了車。車伕一聲吆喝，馬車在月光下跑了起來。

「保重！等著你快快回來。」煙霞子叫道。「保重！後會有期！」韋良宰叫道。

韋良宰心中十分痛楚。前幾天因為兵災和乾旱，皇上已經大赦天下，減輕死刑和流刑犯的刑罰。而浩蕩天恩對於李白來說是那樣吝慳。幸沐天恩的有盜賊，有殺人犯，有貪官汙吏，有奸佞不法者……唯獨沒有李白！韋良宰不相信自己的眼睛，把下發的赦文看了又看，確實沒有李白。煙霞子與韋良宰夫婦目送載著李白的馬車消失在大道盡頭。

24. 李學士是太白金星下凡來給人間寫詩的

李白離開江陵乘船繼續上行，將宗瑛留下後，心中稍稍平靜了一點。兩岸的山也逐漸高峻起來，江水湍急船又是上行，走得十分緩慢，走了兩天，還沒走出一百里。幾天之後船進了西陵峽，江水湍急兩岸山石險峻，船行上水本來就很困難，每天只能上行一小段路程。李白想，像這樣慢慢地前行，不知哪年哪月才能到夜郎？恨不得一下子走完流途，心中不免焦躁。正在這時，見前面的江面上堵了黑壓壓一片客船貨船，對面駛來一隻官船，船上的官差手揮紅旗叫道：「過來的船隻，別走了，封江了！」「為什麼不讓過？」有人問道。那官差答道：「前方水道有強盜，攔劫船隻，不能過了！走陸路吧！」

「船上的貨物怎麼辦？」

「誰知道你怎麼辦？想找死啦？」官差沒好氣地回答。

李白無奈，只好同二位解差徐三郭四下船，取道陸路。曉行夜宿，走了兩天進入丘陵地帶，兩個解差停下來說：「對不起，委屈你一下。」說著拿出鐵鏈來鎖李白雙手。

徐三說：「你在江陵把你老婆丟了，敢情是想逃跑，老爺是二十年的公事人了，這點花樣還看不出來？現在你無牽無掛，又無朋友擔保，你若跑了，我們找誰去？」說著把李白鎖了個結實。

接近西陵峽兩岸的山路越來越陡峭，李白從未受過這種折磨，心中憤恨不已。幾天崎嶇的山路走下來，面目黧黑消瘦，衣服也被路旁的荊棘撕破，腳被麻鞋打起一串串血泡。天氣越來越炎熱，山中人煙也越來越稀少，有時甚至找不到人家只好露宿。兩個解差也說三道四，一個說「這到夜郎少說也有五千里，算我倆倒楣，攤上了你！」一個說：「像這樣下去，連我們都得在這條路上累死！」李白哪裡聽得這種話，一陣眩暈，從山路上栽下來。徐三郭四又只好下去把李白抓起來，向他吼道：「你找死呀？巴不得你死快點，我們好回去交差！」

這天好不容易捱到黃昏，遠遠地看見山中有村落，近處有一小院。兩個解差押著李白一瘸一跛地到了這家院前，望望對面山上的村子，還要走好一段路。兩個公差也不想再走，李白一屁股坐在院前的大青石上，一個解差去院裡與主人交涉。李白看了看院中，三間茅屋，屋前一棵大柏樹，樹下有一具石磨，一個五十出頭的老婦人在推苞谷面。竹籬笆上爬滿青綠瓜藤，柴門外的幾叢木槿開著粉紅的花朵，幾隻雞咯咯叫著跳進雞圈，院裡也還乾淨。

那婆婆停下磨，聽差人說完，便道：「進來吧。」將李白帶進門，自己在外面把苞谷面收了，進屋燒火煮飯。

一個小童牽著一頭黃牛進來，把牛趕到牛欄裡拴好。那小童想必是老婆婆的孫兒，老婆婆對小童說：「今天有人來吃飯，你去那邊燒些香蠟錢紙，快去快回。」那小童答應，提著個裝了香蠟錢紙的竹篼去了。

老婆婆一邊煮飯，嘴裡一邊嘀咕：「這年頭，也說不清哪來那麼多犯人，要不了幾天，我這裡就住上一個。」

老婆婆端了兩碗茶給公差，看了看李白說：「請二位老爺把他的鐵鏈開啟，讓他喝口水吧！」

郭四沒好氣地問道：「你擔保他不會跑？他可是朝廷要犯。」

老婆婆答道：「跑？這一帶一條獨路，往哪兒跑？」又說：「他腳已走壞了，你們明天還要趕路，這人怪可憐的，就算行行好吧。」

郭四聽了，才取出鑰匙來把鐵鏈開啟，李白伸展了一下手腳，頹然靠在土牆上。

李白接過老婆婆端過來的茶，想自己竟淪落到一個山野老婦對他可憐的地步，不禁心如刀絞。老婆婆給他端了一木盆水來，讓他洗臉洗腳。李白看著老婆婆佝僂的身子，心裡充滿感激之情。忙道：「多謝婆婆！」

那婆婆打量著李白說：「我丈夫我兒子都到前方打仗去了，他們的境況恐怕比你也好不了多少。出門事事難，到了我這裡都是一樣的客人，客官何必言謝？」說罷到廚下去了。

李白坐在院子裡洗腳，望見遠遠的山坳裡火光一閃一閃，記得那是來時看到的一片墳塋。那火光想必是小童在燒紙，老婆婆家定是有親人去世。看來自己也不久於人世，死後在這荒山中誰也找不到他，有誰來給自己燒紙錢呢？想到此不由萬念俱灰。長流夜郎，五千里！這才剛剛開始，與其受盡折磨而死不如早點一死了之。

李白洗完腳及趿了麻鞋，吃了些老婆婆煮的苞谷飯，徐三過來給他用鐵鏈鎖了雙手。小童也回來了，老婆婆把兩個公差安頓在她兒子的房裡，把李白安頓在她丈夫的房裡。

老婆婆點著松明子把李白送到房中，臨走出房門時回頭說：「晚上千萬別出去，這裡有鬼，過幾晚就哭叫一回，可怕人啦！」說著與孫兒出去了。

李白在床上怎麼也睡不著，不多一會兒，隔壁響起兩個公差如雷的鼾聲，用鐵鏈鎖了犯人絕對不會有什麼差池，所以安然入夢。李白從床上起來，用雙手緊緊攢住鐵鏈以免發出響聲，側耳細聽沒有什麼響動，確認所有的人都睡熟了，輕手輕腳走出門去。天上沒有月亮，只有微弱的星光，李白繞過白天老婆婆推苞谷面的石磨，走近爬著青綠瓜蔓的籬笆，小心推開柴門，向黃昏時有人燒紙錢的墳塋走去。走了一段路，白天磨破的腳椎心地疼痛起來。李白咬咬牙繼續往前走，猛聽見遠處傳來一陣陣哭聲，李白屏住氣息仔細聽，像是一個男的在嚎啕大哭，十分悲切。他想，這就是那老婆婆說的「鬼哭」了，他倒是希望世間有鬼神的，一旦有通靈的鬼神明察秋毫，世間所有是非曲直在死後都會得到公正的裁決。想到即將得到的公正和馬上離去的冤枉和屈辱，李白顧不了許多，加快腳步向前走去。這時身上的鐵鏈發出響聲，那哭聲沒有了。李白來到墳塋，摸索到一幢大石碑前，嘆了口氣叫道：「阿瑛，我們只有來生相見了！」說完用盡全身力氣向石碑撞去！

忽然間一個黑影閃出，猛地將李白撞倒在地，李白還未來得及爬起來，就被人緊緊按在地下，只聽那人叫道：「快來人啦！」

此時山對面村子裡的狗叫起來，鄉民們打著火把跑過來，有人叫道：「抓住他，別讓他跑了！」李白被按在地上動彈不得，只聽見急促的腳步聲越來越近。一會兒，好多村民打著火把圍攏來。

「我剛到這裡蹲下，像狩獵那樣，這傢伙就賊腳賊手悄悄跑過來。我聽見鐵器撞響的聲音，連忙起來繞到這傢伙身後。這傢伙正要打壞這石碑，被我一下子撞倒在地下，按了個結實。」那人說。

眾人用火把照著那獵人腳下的「獵物」——一個頭髮蓬亂，臉上流血帶著鐵鏈的老人。

「你是幹什麼的？」打火把的人厲聲喝道。

「我……我……不是，」李白囁嚅著，獵人把腳從他的背上鬆開，有人把他從地上抓起來。「快看看，石碑弄壞了沒有？」

「我看誰敢毀壞李翰林的墳墓？」村民們七嘴八舌地說。「他帶著鐵鏈，不像是破壞墳墓的人！」

李白想，不知這裡埋的是何等樣人，這些人竟對這墳墓如此保護？

幾隻火把，湊集到石碑前，村民們去檢查他們的石碑。李白只覺渾身的骨頭散了架似地，努力抬起頭來去看那石碑。那是一座青石新碑，上面還有樸素的花紋。李白看那碑上的文字，不由驚奇得張大了嘴呆在那裡。那石碑上刻的竟是：「大唐故翰林學士李公太白之墓。」碑前殘香猶還青煙裊裊，插著密密麻麻的香棍蠟棍，擺著一堆堆紙錢的灰燼。

李白掙扎著向石碑爬過去，摸著石碑上的字，禁不住手不斷顫抖，世人沒有忘記他！

「聽說李學士被皇上殺了，這是我們為他建造的衣冠墓。你是誰？」里正模樣的人說。

李白萬分激動地望著村民們誠摯的面孔，一揖到底，向他們跪下說：「鄉親們，我就是李白，這裡謝過了！」

「你就是李白？」

老婆婆和兩個公差趕過來，徐三不知道發生了什麼事情，擠進人群吆喝道：「你這該死的囚犯，半夜三更的怎麼跑到這裡來了？你以為你還是翰林學士？在這裡鬧什麼，還不快給我回去！」

「他真是太白先生！」有人歡呼道：「李翰林沒有死！」

那獵人上前對公差吼道：「你是哪裡鑽出來的臭鳥？敢這樣對太白先生！」

徐三冷笑道：「他是朝廷要犯，你管得著嗎？」

幾個年輕鄉民也上前吼道：「老子今天就是要管！」

兩個公差越看越不對勁，面對怒視他們的人群害怕了。郭四忙說：「我們也是奉命行事，不干我們的事，不干我們的事。」

「快把鐵鏈給他開啟！」里正叫道。郭四隻得給李白開啟鐵鏈。

一個老者拉著李白說：「太白先生，自從建成這座墳墓，遠近的人都來燒香，都說李學士是太白金星下凡來給人間寫詩的，是真神仙有求必應。官府卻說是妖孽作亂，揚言要剷除墳墓。本鄉的人每晚暗暗守在這裡，今晚卻不知先生到此，以為是官府的人來毀墓，因此唐突了太白先生，還請先生見諒。」說著就向李白跪下謝罪，李白忙扶起道：「李白怎敢受此大禮，快快請起！」

眾人把李白抬到村子裡住下，挨家挨戶款待。村民們在西陵峽臨江的山上搭了一個涼棚，遠近的士農工商絡繹不絕提著美酒來到這裡，邀李白開懷暢飲。兩個公差再不敢怠慢了李白，只樂得跟著吃喝。

李白將酒倒入陶碗，給鄉親們一一斟滿，面對山下蜿蜒的長江，想起了洞庭湖邊屈死的崔成甫，壯烈遇難的崔季和瀟瀟，想起了李適之、賀知章，李白將陶碗高高舉起，對著長江高聲喊道：「崔五兄，崔季、瀟瀟、老賀監，適之兄！你們地下英靈有知，李白敬告各位：大唐的黎民百姓沒有忘記我們，世人沒有忘記我們！一生一世雖短，但足以告慰，我沒有失敗！我們沒有失敗！」

群山和著李白的呼嘯，在千峰萬巒中迴響跌宕。李白說完將碗中的酒潑入長江。

夜晚李白回到老婆婆的小院，在石磨旁坐下，老婆婆給他端來一碗茶。李白呷了一口，只覺清淳無比，連連讚道：「好茶！好茶！」

老婆婆說：「山野人家哪有什麼好茶？這是孫兒從山上採來的。」

李白再喝了一口，猛想起那晚婆婆叫孫子去燒紙錢，便問道：「大姐，你那晚叫孫兒去墓地燒紙錢，難道你家……」

「我家哪裡有人過世？那就是給先生您燒的！」說著老婆婆笑起來，那笑容好親切，彷彿李白真正是她的親人突然起死回生似的。

李白一愣，這笑容好熟！滿懷著關愛如同燦爛的星光，蘊含著深情而又不求報答，好比這碗清茶，他想不起在哪裡見過，心中不勝感激，忙說：「你對我這樣好，不知怎麼感謝你才好！」

老婆婆說：「先生，我是一個窮婆子，不值得你謝我。你一輩子做了很多好詩，以後好好過活，好好寫詩，便是謝我了。」

李白想起來了，在成都郊外的小茅屋裡，婉娘美麗的眼睛注視著他說：「我是窮家小戶的女兒，不值得你這樣感謝的。李公子你答應我，你以後多寫些好詩，奔個前程，便是謝我了！」李白驀地放下茶碗，盯住老婆婆那飽經風霜的臉，問道：「你是誰？」

她臉上的笑容消失了，從容地答道：「我就是這山裡的一個窮婆子。」

李白在她臉上再也找不出溫情的痕跡，不甘心又問道：「我好像認識你。」

老婆婆說：「早年在下江賣唱，興許先生見過。啊，不不，我從來沒有見過先生。」她轉過身子面對牆壁。

李白端起茶碗，吹去水上的浮末，又道：「下江的歌妓，大都會唱我的歌，你會唱嗎？」

老婆婆的眼光有些活動，說：「別的曲子都忘了，唯獨先生的還記得起來。我唱得不好，先生你願意聽嗎？」

「我願意，請唱吧！」李白連忙答道。

老婆婆喝了一口茶，清了清嗓子，站起來唱道：「渡遠荊門外，來從楚國遊。山隨平野盡，江入大荒流。月下飛天鏡，雲生結海樓。仍憐故鄉水，萬里送行舟。」老婆婆的聲音有些嘶啞，但唱得很動情。曲子唱了一半，她把臉扭向一邊，不讓李白看到她臉上的淚水。

「她就是婉娘。」李白想，記得金陵的碼頭上，她不願見他，月光下流不盡的粼粼金波，這首歌在水中蕩漾……他不能再問她是誰，他前面是遙遠的流途，她再一次唱這首歌為他壯行。

「你唱得真好！我年輕的時候，有一個女友，唱得跟你一樣，她弟弟說她被人害死了。有一天晚上，我聽得真真切切是她在唱歌，唱的也是你剛才唱的這首。她的弟弟跟著我到處漂泊，現在在南陵安了家，已經有了一雙兒女。」

老婆婆自言自語地說：「……哦……在南陵……已經有了一雙兒女。」

忽然一陣夜風吹來，風聲送過來陰慘慘的哭聲，好像一個男人在哀嚎：「你……死得好冤啦……你死得好慘啦！……」李白聽了，覺得和那天晚上那男人的哭聲一樣。

老婆婆叫道：「快！快進屋，鬼魂來了！」

兩個公差從外面跑回來，神色緊張地問道：「這……這是怎麼回事？」

老婆婆說：「自從李翰林的墓一修好，每個月沒有月亮的夜裡，鬼魂就出來哭叫。有一次鬼還打傷了守墓的人，好怕人！快進去吧！」

「有這種事？我去看看！」李白道。

老婆婆拉著李白的衣袖，叫道：「去不得！你聽！又來了。」

李白側耳細聽，鬼魂哀哀哭道：「太白先生哪！你死得好冤哪！……」

「那是在叫我，我去看看！」李白說完，掙脫婆婆的手向墳地跑去。兩個公差連忙跟上說：「先生你前面走，我們在後面跟著，如果有人來害你，我們就上前相救！」

25. 寫詩的蘇渙已經被世上的奸惡淹死了

李白摸索著走到墳地，藏到一座墳塋的後面，屏住氣息看到底發生什麼情況。只見半明半滅的香燭在「故翰林學士李公太白之墓」的石碑前一閃一閃，一個黑影跪在墓前失聲痛哭道：「太白先生，你死得好慘哪！老天爺呀，你沒有長心更沒有長眼！你儘讓那些惡人掌握權勢。他們像毒蜂一樣害人，像蛆蟲一樣不勞而食，誰也不敢管他們。先生，是你寫的詩揭露了他們的罪惡，他們才要害死你！他們是不學無術的蹇驢，他們是雞狗不如的東西！」

那黑影說著站起來，仰面朝天罵道：「李家皇帝父子，你們多麼卑鄙！你們以為殺了一個李白，天下再也沒有人敢鄙視你們，你們把真正的英才當作螞蟻一樣踐踏，你們不過是一群活蛆！你們不過是一群毒蜂的蜂王，與天下所有的人為敵。你們是罪惡的劊子手，逃不脫覆滅的下場！先生呀，我遲早要給你報仇！我要砍下他們的人頭，來祭奠你的英靈！太白先生，你死得好慘哪！」最後一句是一聲長嚎，呼嘯著穿過黑暗中的群山。

李白從墳墓後面走出來，喊道：「別哭了，不散的幽靈，不知你是人還是鬼魂？李白並沒有死，在蒼茫的天地之中，明白地找到了自己的所在。此時李白就站在你的面前，你要是生人，請不要這樣悲傷；你若是鬼魂，請把你的仇恨消散了吧！」

那黑影問道：「太白先生，真的是你？」

李白答道：「是我，我真的沒死，我被長流夜郎，經過這裡，你是誰？為我這樣哀痛？叫我都不忍心聽下去！」

「啊，先生，我不是鬼，我是人，你真的沒死？」「真的沒死，我是李白。」

「先生！我是蘇渙呀！」那黑影驚喜地叫了一聲，朝他奔過來，在李白面前跪下，抱住他的腿，像孩子一樣嗬嗬而哭。

李白扶起蘇渙，和他在墳前坐下來，李白抬起蘇渙的臉，在黑暗中用手撫摸著說：「你也沒有被淹死？」

「沒有，我的水性好著呢，我從河裡游過去，約了幾個朋友逃到這一帶，聽說你被殺害，我痛心極了，我一直被官府追捕，白天不敢來祭奠你，只好在沒有月光的夜晚來，村裡的人認為我是鬼，不敢來捉我。我每次在這裡大哭一場，宣洩我胸中的積憤！」

李白拉著蘇渙的手說：「蘇渙，我來到這裡，明白了很多事情，真正對我好的是天下的百姓啊！我真慚愧，我這一生為他們寫的詩、做的事太少了。我恨不得立即就到了夜郎，重新為他們寫更多的好詩！」

蘇渙聽了說：「先生，我會專門為你準備一條船，秋涼之後，我在二十里外的南津渡口等你，我親自送你到夜郎。今夜的事，千萬不要向任何人提起。」

「不過，」李白說：「我聽人說，這一帶有一個名叫混江白龍的強盜，專門攔劫船隻，因此官府命過往人等不得走水路，我們就是因為這個原因才改走陸路的。」

蘇渙笑了笑：「你別提什麼官府了，你聽我的。這個強盜，我也認識，他也是我的一個朋友，我給他講講，斷不會攔劫先生的船。」

「那就好。」李白說。

「那我們就一言為定，再過幾天，我在二十里外的南津渡口等你。我這就走了，先生保重。」蘇渙說完鑽入附近的樹林子。

蘇渙還活著，這使李白感到莫大的安慰。李白回到小院裡，老婆婆正在門口等候。兩個公差說：「你好半天沒有回來，我還當你被鬼吃了呢！嚇得我們直發抖。」李白說：「我向那鬼祈禱了好一陣，他隨風去了，不會再來。」

幾天之後，李白告別了鄉親們，又走上流途。與小院的老婆婆告別的時候，李白告訴她，他日後一定好好活著，還要給人間寫很多很多好詩。里正叫人用滑竿抬了李白，兩個公差隨後跟著。翻過一座大山到了離南津渡口不遠的地方，李白從滑竿上下來，向他們謝過，請他們迴轉，自己與公差往南津渡口而來。果然有一艘船在渡口等著。「我是渝州船行的王掌櫃，來接李學士上船。」蘇渙說。

蘇渙扶李白上了船，公差也跟著上來。這船外表與普通的貨船沒有兩樣，裡面卻十分講究，陳設的家具擺設件件精美。河邊一字兒排著二、三十名拉縴的縴夫，甲板上站著幾個水手。蘇渙請李白在鋪了錦縟的椅上坐下，僕人們奉上香茶，排場與大都督府的長史差不多。李白心中正在疑惑，船到江心，蘇渙向水手使了個眼色，兩個水手來到公差面前道：「我們掌櫃有話要給太白先生說，你們二人到後面去。」

「我們是解押公差，怎麼聽你們使喚？」二人叫起來。

水手沉下臉來說：「到了這裡，就得聽我使喚！聽不聽與？不聽我把你兩個扔出去餵魚！」

「你們……不是……」兩個公差看看長江湍急的水流，心中有些明白，跟著水手出去了。一到後倉，水手說：「來到這裡若聽我使喚，保你有吃有喝平安無事；如若不然，這長江淹死個把人是常事。這裡的事不准到外面亂說，若要亂說，饒不了爾等性命！聽明白沒有？」兩個差人嚇得身子像篩糠一般，忙說：「明白！明白！」水手說：「明白就好。」命二人把鐵鏈拿出來，將二人捆了，回到前倉向蘇渙覆命。

李白見蘇渙如此行事，問道：「蘇渙……你……這是為何？」

蘇渙笑而不答，一個水手端上酒肉來，蘇渙給李白滿滿斟上道：「先生，請飲此杯，我慢慢給你講來。」

李白心中忐忑，遲疑著飲了一杯，且聽蘇渙說些什麼。

蘇渙給李白再次斟滿，說：「先生，我前幾年也像你一樣，奔走豪門散發詩文，希望權貴們能賞給我好臉色，謀求一個出身，實現我為大唐驅馳的願望。受夠了冷遇之後，我看穿了，他們賞給我的殘羹剩飯，也是他們從百姓那裡盤剝的血汗。崔季死了，瀟瀟死了，大唐多少忠直之士死了……，自從我被迫跳下揚子江，我已經變成了另一個人。我不是渝州船行的王掌櫃，先生，我告訴你我是誰，你不要怕！」說著蘇渙拉著李白的手。

李白覺得蘇渙的手在顫抖，心裡已經明白了幾分。但他多麼希望他就是那個才華煥發的詩人，而不是其他。

「你……你不就是……蘇渙麼？」

「那個寫詩的蘇渙已經被世上的奸惡淹死了，還魂的是三峽大盜——混江白龍！」

「你？蘇渙！」儘管李白猜到幾分，但蘇渙說出的話仍然使李白驚愕。

「想必你已經知道我的事了，先生，你不怨我吧？我在這世上已經被逼得無路可走了呀！」蘇渙見李白驚愕的樣子，眼裡飽含著淚水，蘇渙咬咬嘴唇極力不讓淚水湧出，一剎那間，他看見李白的眼眶也紅了。

李白點點頭，長嘆了一聲。

蘇渙轉過身去，擦乾眼中的淚水。說：「我從知道你被判斬決的那天起，就橫下一條心來幹起這不要本錢的買賣。先生，正因為你一生真率，才被他們迫害到這種地步，陳子昂、崔成甫、李適之、崔季，不都是官府刀下的冤鬼麼？老子說：『君視民如草芥，民視君如寇仇！』其實，李隆基父子及其僕從，不過是一群強盜罷了，跟我沒什麼兩樣。我再也不會去彈鋏豪門，也不指望在他們高興的時候賞給我一官半職！」

對一個被官府逼上絕路的年輕人，李白無話可說，默默地端起酒杯。

蘇渙又接著說：「我在這裡集結了些兄弟，滅豪強，行天道，叫官府聞風喪膽，他們怕我，把我比作強盜盜蹠。我不怕當盜蹠，我要點起一把火來，把這毒蜂的巢穴燒個精光！來呀，拿酒來！」蘇渙把酒給李白的杯子斟滿說：「先生，你是我最敬重的人，我也不勉強你贊同我的看法，我只把你平平安安送到夜郎，也算我們師生一場，了卻我的心願。」

蘇渙就這樣與李白日日對飲，曲折的峽江，險急的水流，船被縴夫拉著緩緩地西去，兩岸高峻的群峰慢慢向東移動。有時來到州府衙門所在，蘇渙便命僕從冒了徐三郭四的名頭，拿了公文到衙門裡去註冊，官府沿途也沒有察覺。走到蘇渙兄弟的所在就停下來玩個十天半月，反正在地勢險要的三峽，官府也不敢來管，兩個公差更不敢吱聲。如此一路平安，過了西陵峽、巫峽時已是隆冬。

過了春節來到瞿塘峽，瞿塘峽邊的奉節縣有白帝城，是劉玄德臨終向諸葛亮託孤的地方。春日天氣轉暖，蘇渙便陪了李白上岸來到白帝祠覽勝。蘇渙想，李白已經有好久沒有作詩了，春天是萬物生機勃發的季節，或許先生詩興大發作幾首好詩，那是再好不過的事情。

蘇渙陪李白走上白帝祠上山的路，沿石階拾級而上。李白登上石階，回頭望時瞿塘風物盡收眼底。回想起去年此時離開潯陽走上流途的光景，不由嘆道：「離開江南已經一年了！」蘇渙說：「今天天氣真好，想來先生有吟詩的雅興啦？」

李白自走上長流夜郎的路很少作詩，這時蘇渙提起，覺得雖然時過境遷倒也有些感慨，正想間，一個衣衫襤褸骨瘦如柴的老婆婆牽著一個四、五歲的小孩拄著一根竹棍，攔在他們面前。老婆婆哀聲道：「二位老爺行行好，我兒子打仗死在前方，媳婦得病死了。大旱年，一年都沒有下過一場透雨，莊稼顆粒無收……就剩下我們婆孫兩個……不知哪天餓死……」看著老人和小孩飢火煎熬的樣子，蘇渙從衣袋裡掏出一把銅錢。哪知沒走幾步一大群乞丐蜂擁而上，有的缺手臂少腿，有的氣息奄奄……。李白一想，確實近兩年沒有下過大雨，自己在水路上還不覺得。看見那些乞丐悲慘的樣子，李白心如刀割，要不是連年戰亂，老百姓怎會到如此地步？蘇渙把衣袋裡的錢全拿出來，分給那些乞丐。見李白憂心如焚的樣子，蘇渙忙拉了他快走。

蘇渙向李白問道：「先生是來登臨作詩的，此刻可有了？」

「這……」見了剛才的情景，「日草萬言倚馬可待」的李白道：「民不聊生哀鴻遍野，我也將被流放而死，哪裡還有作詩的心緒！」

「大旱之年，朝廷賦稅不減，又不知要餓死多少百姓？」蘇渙道。

蘇渙見李白臉色越來越沉重，終於忍不住說道：「先生，你孤身一人流落天涯，最終也是一個死，你何必到夜郎去呢？你不如跟我們……」

蘇渙話沒說完，只見派往奉節縣衙冒充公差的僕從，飛也似地跑來，歡叫道：「大喜大喜！太白先生，我們在奉節縣得到文牒，說是因為旱災，特赦流刑罪犯，你得到赦免了！」李白驚喜道：「真的？快給我看看！」

蘇渙拿過文牒交給李白，李白念道：「……大旱三年，降死罪為流刑，流刑以下一律赦免。」

「我得救了！」李白向著瞿塘峽兩岸的群山歡呼道：「我得救了！」

李白抓住蘇渙叫道：「我要感謝皇上的恩德，朝廷沒有忘了我，老天有眼！」

蘇渙頗有些失望地對李白說：「先生，我這就送你回江南。」

回到船艙，李白提筆寫道：「朝辭白帝彩雲間，千里江陵一日還。兩岸猿聲啼不住，輕舟已過萬重山。」

26. 村裡人不知道你是安祿山派來的國師吧？

因為李輔國的包庇，胡正沒有被處死而是流放到嶺南。不久，胡正與張垍兄弟等就被赦免了。胡正好不容易來到潁州地界，身上僅有的財物已被路上的強人搶光。他面目骯髒齷齪，一路乞討來到這裡。這一帶連年遇到旱災加兵災，農田顆粒無收。日過正午到此時已經有一整天沒吃飯了，看見村頭有一座破廟，便跌跌撞撞進了破廟，一屁股坐在廟前。

這時村裡的里正走過來，身後跟著兩個叫化子，里正一邊走一邊給叫化子發給吊著一串串黃紙錢的木棍。說：「棺材一起動，就哭，大聲點！完了就給餅吃！知道了嗎？」

「知道了。」其中一個老叫化子說。

胡正一聽「麵餅」，不知哪裡來的力氣，一下子站起來叫道：「等等，好人！讓我也來一個吧！」

里正停下來，瞧了瞧蓬頭垢面的胡正道：「瞧你這熊樣！」

「老爺，我……我嗓子好著哩！只是衣裳……破一點……」胡正哀求道。

里正不耐煩地瞪了他一眼，也發給他一根吊黃紙錢的木棍：「拿好！跟我來！」就轉身向村子裡走去。

「是是。」胡正接過黃錢，看見了里正身後的乞丐，不是別人正是章趨！章趨也看見了胡正。

「你……你怎麼跑到這裡來的？」胡正大吃一驚問道。

章趨說：「如果我沒有認錯的話，你就是胡正吧？聽說你還要官還原職，怎麼會弄到這種地步？」

胡正不敢抬頭看章趨，口中喃喃說道：「我……不是……」章趨上前躬著身子，探頭看看胡正的臉叫道，「哼，你這個該死的傢伙！燒成灰我也認得你！為了那溺壺的事，我……」

胡正被逼急了，冷笑道：「老神仙！你以為我不知道你的底細？」胡正湊近章趨的臉低聲說道：「我早知道你是安祿山派來的奸細！這村裡的人不知道你是安祿山的國師吧？要是我叫起來——」

「別……你千萬別叫……」章趨說。

「好了，」胡正見章趨害怕了，低聲說：「我們彼此都落到這一步，還是不要互相爭鬥殘殺了吧，好歹這事做完了，會有一個餅吃。」想到會有餅吃，胡正的聲音裡帶著哀求。

「你們在咕咕噥噥說些什麼？還不快走！」里正回頭叫道。「好吧，這回就饒你！」章趨恨恨地說。「本來我可以得到兩個餅的。」章趨瞅了一眼站在不遠處的另一個乞丐，連忙跟上。胡正可憐兮兮地說：「只是，我想請教一下老神仙……」

「不准這樣叫我！」章趨嚴厲地說。

「我想請教一下，嚎喪怎麼嚎——」

章趨不屑地從鼻子裡哼了一聲，道：「當年我在江寧縣衙就知道你這種人一點用處也沒有，人家叫什麼，你就跟著叫得了，然後就是哭。」

「我……我又沒有眼淚……」

「你心裡想，過去的好日子全沒了，落到這種地步……眼就出來了！咳……真是的！」章趨不耐煩地說道。

「我……倒見過嚎喪的，嘴裡還要有詞兒，」胡正生怕賺不到那一個麵餅，又問：「那麼，請問……」

章趨道：「活該我倒楣，怎麼到節骨眼上偏偏遇到你這個混蛋……這樣，聽好了：『天門開，地門開，我的爹呀，我的娘。牛頭馬面走出來，我的爹呀，我的娘……』」

「快點，磨蹭什麼？」里正叫喊著。「來了來了！」章趨忙答應道。

「謝謝章趨先生賜教！請問，日後常有人要我們嚎喪嗎？」胡正問道。

「什麼？你居然還想幹一輩子？老實告訴你，」章趨鄙夷地對他說：「這回是村裡一個女人死了，她的兒子一年前去前方打史思明陣亡，所以她臨死之前，將她的財產捐給前方平亂的將士。所以村裡人才讓我們來給她嚎喪，權當她的兒子，明白了沒有？」

「明白了。」

另一個乞丐聽他們說得起勁，湊過來道：「那個女財主的錢可多啦，安史之亂的時候，她把財產藏在山洞裡，聽說還有一把金溺壺！」

「金溺壺？在哪裡？」章趨和胡正不約而同地瞪大了眼睛問道。

「已經捐給前方抗敵將士換軍餉了！」那乞丐說。「那死去的女人有多大年紀？」章趨問道。

「差不多有七十了吧。」

「是什麼地方的人？」章趨忙問道。

「你這人真怪，死在這裡當然是這個地方的人。」那乞丐說。

「你聽她口音是什麼地方的人？」章趨問道。「你這人真怪，問這個幹什麼？」乞丐說。

胡正瞅了章趨一眼，陰陽怪氣地問道：「想老婆嗎？」

里正領著他們進了村子，來到一家門前，村裡的人圍了好大一堆在那裡，院子裡放著一具棺材，幾個人正在把臉上蒙著白布的死者遺體從屋裡抬出來，準備往棺材裡放。

章趨猛然摔掉手中的黃錢，朝遺體奔過去說：「讓我看看！」一下子揭開死者臉上的白布，一眼看見死者臉上的三顆大黑痣，叫道：「果然是你！這個賤人，你竟敢把我留下的金溺壺送人，你給我起來，回答我！」

說著將死去的老女人的頭髮抓住使勁往起拽，眾人見這乞丐瘋了似地，嚇得驚叫起來，有幾個膽大的連忙上前阻攔。

原來三十多年前，文長田把從製作山水溺壺的款項中貪汙的錢，也製作成一隻溺壺，交給妻子吳氏。此後那年從泰山腳下逃命哪管得了許多，當時又不敢回到江寧，從此在北方多年，後來更名章趨作了銀青光祿大夫更是不能回去，自從當了安祿山的國師，每日裡花天酒地，自是把老婆兒子忘到九霄雲外。自安祿山死後，章趨就嗅出大事不妙的味道來，喬裝改扮偷偷離開洛陽想到江南找到老婆兒子還有自己當年留下的金溺壺，自己晚年也有人伺候。哪知剛到汝陽，隨身攜帶的財物就被敗下來的胡兵搶光，差一點送命。就一路乞討到了穎州鄉下這個村莊。三十多年前，吳氏見文長田跟隨胡正封禪泰山一去不返，到處打聽也沒有個確實消息，帶著兒女和金溺壺北上尋夫。到了穎州鄉下，已經將盤纏花光，吳氏臉上長著三顆黑痣面貌醜陋，但做得一手好針線，便以幫人做針線為生，母子省吃儉用，寧死也要把丈夫留下的寶貝儲存下來。

此時章趨一見死人果然是自己的妻子吳氏，又知道金溺壺已經不在，因此絕望地撕打死人。眾人上前阻攔時，胡正早已衝上前去，用棍子戳著章趨身上，上氣不接下氣地叫道：「你這殺才……果然……那金晃晃的東西……應該是……我的！」

章趨此時已經氣紅了眼，指著胡正罵道：「你這不要臉的老匹夫！你先投降安祿山後投降永王，盡人皆知，你還不去死，還要幹嘛？」

胡正聽了頓時急得火冒三丈，向章趨喊道：「文長田！你這挨千刀的殺胚！我當時在李右相前就該戳穿你這老狐狸，你這個安祿山派來的奸細！這村裡的人不知道你是安祿山派來的國師吧？」

里正聽了，原來這兩人都是投敵的壞人，忙大聲喊道：「快把這兩個壞人抓起來！」

眾人一湧而上，把二人按倒在地用繩子把他們捆起來送到官府。胡正哪經得起這般折騰，半道上就一命嗚呼。章趨被送到官府，穎州知府查明他就是那騙人的妖道，命官兵押著他遊街示眾三日，一邊遊街一邊坦白自己禍國殃民的罪行，到第三天，押往十字街頭斬首，拋屍荒郊。

27. 李白在悠長的鐘聲中走下廬山

蘇渙把李白送到江陵，自己回到巴渝。李白想起去年韋良宰夫婦對他的深情厚誼，自然是要前去拜訪一番，再打聽宗瑛和泰兒的消息。到了韋良宰的住宅，卻令李白大吃一驚：這裡早已人去樓空，後院已經變成了野草叢生的荒園，只有一個守宅子的老僕在門口打瞌睡。李白叫醒老僕，問他韋良宰一家的情況，老僕說：「走了，全家都走了。去年上頭髮來緊急文書，要山南東道、淮南道等長江沿岸的州縣百姓交足從安史之亂以來六年的租賦，江南大旱民不聊生，哪裡有那麼多錢糧？韋太守不忍煎熬百姓，已經掛冠歸隱了！」老人一邊說著，一邊帶李白走到後院。李白下意識地在宗瑛住過的那間屋子門前站住，不由自主推開房門，眼光落在那張空床上，輕風悄然吹起羅帷，空空如也。守院子的老人告訴李白，煙霞子帶著宗瑛和孩子，可能去了廬山。

煙霞子帶泰兒和宗瑛回到廬山，宗瑛的意思讓泰兒與她在一起，煙霞子把宗瑛送到屏風疊的小木屋，自己帶著太玄大師的骨灰回了一趟蜀中，把太玄大師的骨灰埋葬在青城山朝陽洞。

年近七十的煙霞子辦完了所有的事情回到廬山道觀，身心交瘁一病不起。整整一個冬天，煙霞子一閉眼就看見太玄大師和那場熊熊大火。太玄大師點燃了腳下的柴禾正襟危坐，火焰呼啦啦地吞沒了他的軀體。叛賊胡兵們獰笑著，用大刀把他著火的身體砍成幾塊，用長矛戳穿他的頭顱，挑起他腸子戲耍。他不顧一切發瘋似地衝上去，撲向胡兵的刀矛……醒來時他遍體鱗傷，他在道觀的廢墟上爬行……。以後遇到了在附近採藥的殼子客，幫他把師父的骨灰收在一個陶甕裡。他養好了傷，帶著師父的骨灰和崔季的兒子回到江南。

他無論如何也無法把這鮮血淋漓的事實化為虛無，無法忘卻也無法接受，他的心充滿仇恨。他想找回以往那個平靜超脫的煙霞子，卻怎麼也辦不到。在血淋淋的現實與修持者的道義間，他受到雙重的熬煎。他一天比一天虛弱，一天比一天衰老下去。三個月前他把連年大旱與為政苛酷聯繫起來，寫了一封信讓道士帶到長安為李白請命，從那天起他就盼望著李白回來。

這個月他不時發燒、昏迷。「師父，你好點嗎？」閒鶴走近煙霞子床前，探著身子問道。

奄奄一息的煙霞子半閉著眼睛說：「怎麼……還不來，不是說……赦免了嗎？」

「我已命人到九江尋他去了，就會回來的。」閒鶴說。閒鶴見煙霞子痛苦的樣子，想起師父在平時安慰別人的的話說：「師父，不知樂生，不知惡死，故無夭殤；不知親己，不知疏物，故無愛憎……」煙霞子搖搖頭，把眼光投向床頭的《李太白文集》。閒鶴拿起那本書翻開，念道：「吳山高，越水清，握手無言傷別情。將欲辭君掛帆去，離魂不散煙郊樹……」煙霞子平靜地閉上眼睛，閒鶴一直守候在他面前。

到了下午，煙霞子突然醒來，閒鶴給他餵了一點水。「是什麼……在響？……」煙霞子側耳細聽。

「是山泉在響。」閒鶴答道。

「還有……」「是風在吹。」

三分鐘熱風吹開窗帷，一束夕陽進來，映照在牆壁上的豁洛圖上。

煙霞子迷惘地看著豁洛圖，生命從他軀體中消逝。

李白來到廬山腳下，廬山青綠的峰巒擋住了西墜夕陽。李白安葬了師兄煙霞子，向五老峰走去。

這一天天氣特別晴朗，屏風疊一帶也少有堆積的雲霧，一片薄雲輕紗似的飄遊在山腰，陽光映照著宗瑛的小木屋，木屋前盛開著一叢叢報春花，鳥兒在林間鳴唱，山澗歡快地流淌，木屋裡傳出陣陣敲擊木魚的聲音，像是為鳥兒歌唱配製的節奏。

「回家，回家！小船兒回家！」李白正要往小木屋走去，突然聽見一個小孩的聲音叫道。

李白在林間小徑停住腳步，看見不遠處的溪流邊，一個約莫四歲的小男孩在山澗下的溪邊玩，把用樹葉折成的「小船」一隻隻放到「河」中，一邊歡叫著用一枝野杜鵑花催趕。

「泰兒，快回來！別摔到水裡！」

李白聽到喊聲，見宗瑛從小木屋裡出來。她——穿一件灰布長袍，頭上插一枝檀木如意釵，瑩白的額頭，細長的鳳眼，站在陽光下在報春花圍繞的院子中，平靜而祥和。

泰兒飛跑過去，一下子抱住宗瑛的腿，把那枝野杜鵑花舉到宗瑛眼前。「阿婆，給！」

宗瑛微笑著接過那枝粉紅色的野杜鵑，將泰兒抱起來走進小木屋。不知為什麼，李白的雙腳好像被釘了釘住，再也不能向前移動半步。他站在樹後，向那小木屋望了好一陣，然後轉過身來，往來時的路走去。黃昏的時候，李白在道觀悠長的鐘聲中，走下廬山。

從廬山上下來，李白就乘船到了宣州，來到敬亭山下。幾年沒到這裡來，這一帶變得認不出來了。連年大旱和戰爭，使原來青綠的田園變成一片赤紅的荒土。有的地方長著一叢叢荊棘，有的地方寸草不生。路邊倒斃的餓殍，成了烏鴉的食物。幾十里路看不見一個男丁，連樹木都一片焦黃。只有憔悴得像枯樹一樣的老婦和羸瘦的小孩，有的捧著陶碗在村頭乞討。

李白找不到紀良的酒店。到村子裡敲開幾戶人家詢問，一連幾家都沒有人，屋子裡空空的，布滿蜘蛛網。李白來到村頭，一個老乞丐倒臥在一個破落的馬棚邊，紅腫的眼睛望著他。李白從懷中掏出一個麥餅，那是宣州客棧的掌櫃知道他要到鄉下去，囑咐他帶上的。他掰了一塊給老乞丐，乞丐狼吞虎嚥吃了。

「你知道賣酒的紀良家嗎?」

老乞丐點點頭:「唔,唔。」伸長脖子把嘴裡的餅硬吞下去。

「在哪兒?」老乞丐抬起手,指了指遠處的廢墟,廢墟上有一棵只剩下枝幹的枯樹。李白記起來了,那樹原來枝繁葉茂亭亭如巨大的傘蓋,他和吳道子還在樹下乘過涼喝過茶。

李白拄著杖走近那堆廢墟,這哪裡能辨認出昔日酒店的面貌?牆垣傾頹,院裡長著野草。倒塌的門板油漆剝落,依稀看得出一個「酒」字。垮塌的磚頭堆填了往日蒸米糧的大灶裡。大灶的磚頭間,插了一根穿著黃紙錢的竹棍。壓酒的糟床早已散架,地下散落著橫七豎八的木塊。一隻老鼠從破酒甕中「嗖」地跑了出來,鑽進灶洞底下不見了。不遠處就是當年鄉親們唱喜歌的那條河了,只剩下乾的河床和亂石。一個白髮蒼蒼的老者提著竹籃,拄著一根竹杖,蹲在河床中間長草的地方挖野菜。

「老人家,請問這家人都到哪兒去了?」李白來到老婆婆跟前問道。

老婆婆抬起頭來,李白認出她就是當年在船上唱喜歌的女子田氏!

「學士公,是你!」田氏也認出了李白,顫巍巍地起身,手裡提的竹籃掉在地上,籃子裡的野菜灑了一地。

田氏老淚縱橫,哭著說:「老哥哥,你怎麼這時候才來呀?」

李白猜到了那蒸米糧的大灶上的那串黃紙錢的意思,心中好像一座大山崩塌,兩腿一軟,在一塊石頭上坐了下來。

「紀良他……半年前就去世了。楠竹在前線陣亡了……桐花聽說楠竹陣亡，跟著到了軍隊上，聽說在前方給士兵們做飯。沒有音信……也不知現在是死是活……去年，夜裡來了一夥強盜，把家裡值錢的東西都搶了。官兵來收租賦，說一下子要我們交出六年的。紀掌櫃說沒有，官兵闖進屋裡，把所有的糧食、吃的穿的都搶光了。他的孫女兒……被官兵糟蹋……當天晚上就……自盡了！過了幾天紀良就得了重病……去世了，……」老婆婆說著雙手捂住臉，只搖頭。

李白把剩下的半邊麥餅從懷中拿出來，把灑在地上的野菜一根根拾起來，放進老人的竹籃。「楠竹的兒子紀陶呢？」李白問道。

「紀陶跟荀七的女婿一起，給官兵駕船。聽到家裡的消息，就逃亡到巴渝地方去了。聽說，那裡有個人叫混江白龍，要給天下百姓找一條活路，紀陶他就跟去了。這是上個月荀七的女婿捎信說的。」說到紀陶，老人彷彿還有一線寄託，漸漸止住了哭泣。

「你來看，你來。」老婆婆領著李白跌跌撞撞來到紀良家的斷壁殘垣中，指著那蒸米糧的大灶，咽喉哽哽地說：「這裡……就是他了！他再也等不到你來喝他的酒！聽人說他臨終的時候說：『有一天李學士兄弟來了，你代我告訴他：『老哥哥對不起他，我實在等不到他了！』』」

李白再也忍不住，淚水「譁」地流下來。兩個老人在一片悲涼中走著。

28. 這是平亂的最後一戰，我一定要參加

李白離開宣州，漫無目的地向長江邊走去，他想只要到了長江邊就會有路，再決定到什麼地方去。大路兩旁蘆葦夾道蘆花似雪，李白背著行囊好像在雪浪中穿行

「等倒起，等倒起！前頭是哪個？等倒起！」

李白正走路，忽然聽見一個蜀中口音在後面呼叫，李白轉過身來，只見一個白髮蒼蒼大嘴巴招風耳的老頭，背著揹簍拄著木杖，邊叫喊邊向他走來。

「殼子客！是你！」李白驚叫道。「李白，硬是你嘞！」殼子客叫道。

兩個老人彼此都一齊丟了自己的枴杖，緊緊擁抱在一起。戰亂之年居然還遇到生還的老友，怎不令人感嘆唏噓！

「兩京光復了，我這個賣草藥的在軍中也沒事幹了。好些人爭著當官，我不識字，也沒啥好爭的，就從長安回到蜀中。聽說你大難不死，特來會你。」殼子客說。「那年我在過秦嶺的時候，遇見了你的好朋友杜甫。」

「杜甫？」

「我走到秦嶺，天下著大雪，正想找地方住店，見瘦骨伶仃一個人帶著一個孩子，拿著一把鐵鍬在雪地裡挖什麼東西，看樣子是個使不來鐵鍬的人，挖得很吃力。你曉得，我是個愛幫人的，跑過去一看，

才是他老先生在那裡刨。我上前去給他說，這荒坡上連草都長不高，你刨得出來啥子？杜甫回過頭來看我，臉都餓青了。我才把他叫下山來，把我背篼裡的乾糧，拿給他和娃娃吃。他跟我說，皇上見不得他嘴臊，愛給皇上抬槓，所以皇上就不要他當官了。他到蜀中去投奔他的朋友，我跟他一造成了成都。」殼子客滔滔不絕地說。

「嗨，這個杜二，他曾經告訴我，說他日後當了官，就把他的個性悄悄藏起來，規勸皇上多為天下百姓作好事。這樣看，不盡然……」李白說。

「依我看，皇上把好心當作驢肝肺，還當啥子官喲，湯老官！杜先生後來帶著娃娃在成都西郊修了幾間草房子，我前一晌去看過他，他說他做夢都在想你。他叫我帶他遊了紫雲山、戴天山、竇圌山、大匡山，他說只有綿州的奇山秀水，才出得了李白這樣的詩仙！啊，我還有一件要事給你說。」

「要事？啥子要事？」李白問。

殼子客說著從揹簍裡取出一個長長的布包來，開啟布包，是一幅單條。「你看，這就是杜老二交給我的，叫我務必當面交給你。」李白接過，見單條上正是杜甫清瘦遒勁的行書寫道：「匡山讀書處，頭白好歸來。」

不知何處傳來聲聲杜鵑的啼叫，李白看著看著感慨萬端。

殼子客見李白髮楞，拿過單條來捲好，又說：「李老弟，依我看，皇上把你關也關過了，殺也殺過了，流放也流放過了……你人也老了！還是跟我回到蜀中去，跟杜二一起喝點劍南燒春，吃碗昌明綠茶，看下杜鵑花，吹吹殼子，過幾年散淡日子算了！」李白想了想，點了點頭。「對頭！」殼子客臉上笑成一朵花，掏出腰間的酒葫蘆，交給李白，兩個你一口我一口，一邊喝酒一邊歡呼：「好嘞，回家！回蜀中！」

「豆腐乾加花生米。」殼子客說。

「老臘肉下燒二哥。」李白用蜀語說。

「對頭！」二人仰天大笑起來。

兩個老頭醉意闌珊步履不穩地走著。

遠遠的大路上一個人騎著馬迎面飛馳過來，看到這兩個醉醺醺的老頭繞開了一點。馬上的人忽然發現老頭有些面熟，回頭一看認出了李白。那人從馬上跳下來，朝他們喊到：「學士伯伯！」原來那年崔成甫被吉溫抓捕時，機靈的柱兒逃到「八里香」酒店，馬掌櫃夫婦收留了他，後來參加了郭子儀的軍隊平叛南下。

李白也認出了騎馬人原來是故去漕吏陳永基的兒子小柱：「小柱，是你！」當年的小機靈鬼已經長成了英俊少年。

小柱從馬上跳下來，興高采烈地說：「學士伯伯，早就聽說你被赦免了，真想見到你！我和汪倫叔叔在郭子儀元帥帳下。我們正準備與史朝義在徐州決戰，這是平定安史之亂的最後一戰。打完這一仗，天下就太平啦！我們就好回家種田打鐵啦！」

「平定安史之亂的最後一戰？你們在哪裡？」李白忙問。

「我們的隊伍在安宜駐紮。汪倫叔在揚州調集糧草。」小說。

「真的？」李白的醉眼放出光芒來。

小柱見他高興的樣子，忙說：「你要是跟我們在一塊，那該有多好！汪倫叔常提起你曾經對他說的話。」

「他說什麼？」

「他說現在苦雖苦，哪有一個現現成成的盛世明時擺在我們面前，等我們去享受？一切都等待我們歷經艱險去收拾，等我們盡心盡力去開創！現在長安收復了，比偽燕害人的時候好多了，你說是吧？」

這不正是當年自己在大匡山立下的志願嗎？當它被殘酷的現實消磨殆盡時候，突然從眼前這年輕人的口中說了出來，此時酸甜苦辣一齊湧上心頭，真說不出是什麼滋味。

小柱見李白呆在那裡，忙說：「我還有緊急軍務在身，我得走了，打贏了這一仗，我們再相會！」小柱說著騎上馬。

「等等！告訴郭元帥，我馬上就來！」不知為什麼李白脫口而出。

「好嘞！」小柱狠狠抽了一鞭，飛馳而去。

兩個老人一直望見小柱消失在大道盡頭，才回過頭來。「你真的要去？」

李白激動的說：「真的要去，這是平亂的最後一戰，我當然要參加。彀子客，我要用我的學識來為郭子儀出謀劃策，我要以我的行動來洗雪我所蒙受的冤枉！他說得對，大唐的山河有待我們去收拾，大唐的百姓有待我們去安濟，我怎麼能就此不管，回去吃我的安樂茶飯呢？」

「說了半天，你不跟到我走了？」穀子客說。「穀子兄，你的心意我領了！」

「你當真要跟他去？」

李白點點頭。

穀子客嘆了口氣，拉著李白的手說：「那你……好生保重……我就一個人……回蜀中去了！」

李白把手中的葫蘆遞給穀子客：「穀子兄，保重！」

穀子客提起葫蘆喝了一口酒，拿起李白的手，仍然把葫蘆交到李白手中，眼圈紅了，問道：「我們還見得到面不？」

李白不言。

穀子客看看李白說：「那我走了。」

李白目送穀子客消失在蘆花深處，然後轉身走了。

幾天之後，李白來到瓜州渡口。這裡十分擁擠，亂哄哄的一片。渡口的碼頭上聚集了大批逃難的人群，還有北上的官兵和忙於公務的官吏公差，長江上船來船往十分繁忙。李白從這裡渡江到揚州，只要找到汪倫，再到安宜就方便了。

渡口有士兵守衛，檢查過往人等的身分。李白背著行囊，腰間佩著長劍，精神抖擻地走來，取出懷中的文牒，交給渡口的士兵過目。士兵略一看文牒，揮揮手讓李白上船。

船上已經擠滿了渡江的人，士兵吼喊著叫船伕開船。正在這時，忽然有人叫道：「等等！等等！」碼頭上一個穿著綢緞長袍的胖老頭，身後跟著兩個夥計，拖著一個年輕女子往船上走。一個老婦人在後面聲嘶力竭地叫喊，緊緊追趕。

「娘！我不去！」那女子拚命地掙扎。

那兩個夥計不由分說，將那女子拖上甲板。那女子跪下哀哀求告：「大爺行行好，放了我吧！」

那胖老頭從鼻子裡哼了一聲道：「放你？大爺的錢不白花啦！」

李白聽這聲音好熟，仔細一看這人不是別人，正是張珀！又聽有人說道：「張爺，弄過江去又多一棵搖錢樹啦！」張珀一邊揩著臉上的汗水，一邊罵道：「賤貨！」

那女子從甲板上站起來，咬牙切齒地朝張珀罵道：「不要臉的禽獸！」緊接著「呸」的一聲，一口唾沫吐到張珀臉上。張珀氣得七竅生煙，撇開船客，舉起老拳就要打那女子。

「住手！」李白一聲大喝，擋在張珀和那女子之間。

「你？！」張珀立即認出了李白。「你怎麼幹這種勾當？」

張珀惡狠狠地叫道：「這種勾當怎麼啦？她是我拿錢買的，關你屁事！」

「你要多少錢，我給你。今天這事，我非管不可！」「他只扔給我娘五個銅錢，把我搶了就走！」

李白從懷中掏出一把銅錢：「給你！」

張珀想了想，向夥計使個眼色，示意他收下，悻悻地說：「便宜了你！」

「你這個卑鄙無恥的傢伙！」李白罵道。

「你竟敢罵我？真可笑。還是讓我來教訓你幾句，以鄙人愚見，你這種人當了一輩子文人，連道家的『隨遇而安』，儒家的『明哲保身』都沒學懂，可笑你還想來管我的閒事！」

「無恥之尤！張埍，你這個敗類！你賣國求榮，矇騙皇上，還有臉對我說這種話！」李白恨恨地說。

張埍冷笑道：「我是敗類，那你是什麼？你是查實了的朝廷反叛！老實告訴你，皇上早就赦免我了。我這一輩子總算當過了太上皇的駙馬、大燕的宰相，我現在在安宜開一家妓院，慰勞前線抗敵的將士，也算我為平叛付出一份力量！生意好著呢！我們彼此彼此，誰也不比誰乾淨！」

李白氣得拔出寶劍：「我宰了你！」

船上的乘客怕出事，攔住李白說：「這位大爺，犯不著與小人一般見識，下船再說罷。」一會兒渡船靠岸，李白叮囑那女子過河，回頭見張埍早已溜走。

李白下了船，迎面過來兩個士兵叫道：「站住！」

「怎麼啦？」李白見士兵叫他，問道。「你不能走。」「為什麼？」李白怔住了。

「剛才那位告你是附逆作亂的叛賊。」士兵指著遠去的張埍的背影說。

「叛賊？」李白只覺頭腦裡「轟」的一聲，氣急叫道：「他胡說，我不是叛賊，讓我過去！」

「對不起，」士兵說：「我們奉命行事，現在前方戰事緊急，嚴防奸細，凡有嫌疑者一律不准過去！」

說完舉起手中的刀矛攔住他。

的刀矛。

「不行，我一定要過去！我是李白，我要去參加平亂的最後一戰！」李白氣急敗壞地喊到，推開士兵

「把他捆起來！」

兩個士兵上前扭住李白的手臂。

「我不是奸細！讓我過去！我要去參加平亂！我要去打仗！」李白拚命叫喊。

過往行人見了，說道：「這老頭敢情是瘋了，前方打仗危險，他偏要去送死！」

「這人真的瘋了！乾脆把他送回去算啦！」兩個士兵把李白往回拖。

這是最後一次機會！怎能就這樣失去！

「放開我！我要到前線去！」李白竭盡全力嚎叫道。只覺得胸口有什麼東西堵住，猛地一口鮮血噴了出來！李白捂住胸口，眼前一黑倒在地上。

29. 李白張開雙臂仰天大笑，縱身向月亮飛去

「這老頭怎麼哪？」碼頭上的人們一湧而上，將李白團團圍住，好多人擠進來看熱鬧。

「嗨，這年頭怪事多，這瘋子別的不裝，冒充李學士！」一個看熱鬧的人說。

「誰說他是李白？」一個扛著一張漁網的老人問道。

「喏，那兒，躺在地上的瘋老頭，說他是李白！」看熱鬧的人說。

扛漁網的人正是荀七。荀七將漁網扔給小玉，擠進人叢，看到了地上躺著的面如死灰的人。

「李兄弟，你醒醒，李學士，你醒醒！」荀七在李白面前蹲下，搖著他的肩膀叫道。

「他真的是李學士？」兩個士兵問道。

「是的。」荀七點點頭，叫小玉把他的漁船撐過來。兩個士兵嚇懵了，連忙幫著荀七把李白搬到船上，請了個大夫來診治。大夫摸摸脈，只覺遊絲一般，緊皺著眉頭開了個方子，荀七把他拉到一旁，大夫說：「這病少說也有七、八年了，怎麼這時候才治？」荀七問他：「這病能治不？」大夫搖搖頭說：「這病人好比一棵枯樹，早已經被病魔掏空了身子。再好的大夫，也沒有回天之力。這兵荒馬亂的年頭，人活夠一個甲子就差不多了。」荀七聽了含淚掐指一算，李白今年六十有三。

荀七催著小玉給李白煎藥餵了，李白總算甦醒過來。荀七問他怎麼樣？李白說覺得心裡好些。荀七見李白病重，住在船上醫治不方便，想來想去，想起一個人來，說：「學士公可記得有個好朋友李陽冰麼？」李白道：「怎的記不得？哪年我到江南吳中，他幾百里地大老遠地趕來與我喝酒。」荀七道：「你可知道他如今是當塗縣的縣令？」李白道：「還不知道。」荀七與李白商量，還是到當塗縣李陽冰那裡好治病，於是將船駛到當塗。

李白躺在船中，只覺陣陣胸腹疼痛，飲食難進。他試著掙扎起來，全身一點力氣也沒有，時而清醒時而迷糊。比身體的疼痛更加嚴重的是心靈的創痛，他一生孜孜以求報國的最後一次機會永遠地失落了！失去了這次機會，活著還有什麼意義？從未有過的絕望向他襲來，像有一股不可抗拒的力量，把他捲進一片深不見底的黑色波濤，使他陷於滅頂之災。

「我怕是再也到不了郭元帥軍中了！」李白悲傷地說。

「好兄弟，你彆著急，慢慢養著，會好起來的。」荀七說著，努力向前駛船。

李白覺得他好像一片枯葉從大樹的枝幹上墜落，再也恢復不了生命的綠色。難道就這樣再也不能站起來，再也不能回到陽光之下？再也……不，一定要站起來，還有好多事情要做！一定要去見到郭子儀，為平亂的最後一仗出謀劃策。仗打完了，與汪倫他們好好團聚一回……找到杜甫和高適，那時高適一定不認為我是叛逆了，邀請他們一起去蜀中綿州，遊一回竇圌山、大匡山、痛痛快快喝一回酒，寫很多好詩……到西陵峽的小山村去看看婉娘，把阿丹和小梅兒也帶上……把流放夜郎以後的詩稿交給魏顥刊印成書，送一冊給金陵子，不，是送給月圓。還有宗瑛，泰兒該有六歲了……更重要的是，他要到長安去，為皇上、為天下講述大唐的成敗得失，把他的〈宣唐鴻猷〉再次獻給皇上……讓大唐重新興旺發達，讓老百姓有好日子過……還有好多好多的事要做，我怎麼能躺在這裡呢？李白想，拼了全身的力氣也要爬起來！他側身支起半個身子，好像也不怎麼費力。太好了！

「讓我來幫你。」一個女子溫和的聲音說。

李白回頭看她，是一個綠衣女子攙著他的肩膀，這女子好面熟，是宗瑛？或是月圓？綠衣女子輕輕一拉，李白就站了起來。身體像一片鵝毛輕輕地飛了起來，李白往下一看下面是波濤滾滾的長江，抬頭是又大又圓的月亮。

「我們到哪兒去？」李白問道。「到你來的地方。」女子道。「我從什麼地方來？」

綠衣女子吃吃笑著，也不答話，李白只聽耳邊風響，一會兒在一塊長滿鮮花和芳草的地方停了下來。眾多的仙女在向他們觀望。綠衣女子說：「客人來了，請讓一讓！」仙女們徐徐向兩邊讓開，環珮叮噹，鮮花發出瑰麗的光彩，空中瀰漫著一層薄霧。虛無縹緲間有富麗典雅的亭臺樓閣。

「這地方我來過。」李白說。

「是李白來了嗎，是東方那顆美麗的星星迴來了嗎？」一個溫柔悅耳的聲音透過薄霧在說。薄霧消散，李白發現自己正站在青城山的飛龍鼎旁，一位雍容華貴的婦人，正看著他微笑。

李白想我在青城山見過她的，那婦人對綠衣女子微微一笑說：「你帶他去看看，他從什麼地方來。」

神女說完，空中響起陣陣悅耳的仙樂。細聽那仙樂好像從自己心中發出，十分奇妙。李白聽著仙樂，綠衣女子說：「我們曾經在這裡看過軒轅皇帝出行。你記得嗎？」

「記得。」李白答道，「還有陳子昂走過的地方！」

綠衣女說：「對了，我帶你去。」轉眼之間，李白已經到了幽州臺下的路口。當年的漫天風雪和枯木老樹已經消失得無影無蹤，代之而起的是一片蔥蘢的花木。

「這不是我當年看見的地方。你帶錯路了吧？」李白問道。

「沒有，自從你從這裡走過，這裡就長出了美麗的花朵和茂密的森林。」

李白望著那條路，想起陳子昂獨行的情景，綠衣女好像看透了他的心思說：「陳子昂早就不在這裡。你也別看了。」說著走過來拉著李白的手，說：「你看！那就是你來的地方！」李白身不由己隨她向澄蘭的夜空中飛去。但見星星月亮大放異彩交相輝映，李白驚喜地在空中盤旋。

「我們飛向月亮！」綠衣女說。

「好的！」李白說，忽然他聽底下一陣喊殺聲，李白低頭一看，腳下茫茫大地火光沖天，濃煙滾滾。安祿山正領著好多好多胡兵，個個手持兵刃殺向中原百姓。百姓們死的死傷的傷，慘不忍睹。

「我怎麼還在這裡呢？我是去參加平亂的呀！」李白丟開綠衣女的手，叫道：「我要去找郭子儀，參加平亂！」

「你等等！」綠衣女一把抓住他叫道：「你不能去！」

李白掙脫綠衣女的手，大聲叫道：「我要到前線去！我要……」

李白只覺向急遽墜落，前方是一個好大的黑洞，他立即被黑洞吞沒。

「李兄弟！李兄弟！你醒醒！……」李白聽到荀七的聲音。睜開眼，見荀七含淚坐在他身旁。一天黃昏，船到了當塗，泊在彩石磯。荀七立即找到李陽冰，告訴了發生的一切，李陽冰馬上帶著僕人抬著轎子來了。

「陽冰，我要到平亂前線去。」李白說。

李陽冰含著淚說：「太白，你這是何苦呢？就是到了前線……」李陽冰沒有把話說完，戰爭中的一切法令都是無情的，絕不會顧及一個刑餘的詩人。「太白，你就在我這裡好好養著，等治好了病，我送你回廬山去吧！」

「我明白了。」李白的眼光從李陽冰臉上移開，茫然停在空中。等了一會兒，李白有氣無力地說：「扶我起來，給我一支筆。」

荀七和小玉把他扶起來，李陽冰遞給他紙筆。李白提筆寫道：「大鵬飛兮振八裔，中天摧兮力不濟。餘風激兮萬世，遊扶桑兮掛左袂。後人得之傳此，仲尼亡兮誰為出涕？」李白寫完把詩稿交給李陽冰。李陽冰看了心如刀割，忍住眼淚說：「先生不必傷心，且到寒舍住下醫治，待身體好起來，我一定陪你一起去郭元帥軍中。」李白也不說話，叫小玉把他的行囊拿過來，將此次帶在身邊的詩稿全部取出交給李陽冰說：「把這些都交給魏顥。」李陽冰接過，小心翼翼地裝進胸前的衣袋裡。

做完這些事，李白覺得心中清爽了好多，李陽冰命人將李白扶上軟轎。剛扶到船頭，李白回頭看一輪明月從波濤滾滾的長江上冉冉升起，十分壯觀。李白說：「今夜，我想在這長江上……一個人……看看月亮……」李陽冰點頭，與荀七扶著李白登上長江邊的那片巨石，無言地去了。他明白，這時候李白唯一需要的是一壺好酒。

荀七將船上帶的兩個酒碗和酒葫蘆放在李白面前，斟滿酒。

「有了月亮和酒，你會好起來的。」荀七說。李白將酒碗高高舉起，對著月亮一飲而盡。

李白端起酒碗，月亮的影子映在酒碗中。李白迷惘地看看天上的月亮，月亮在很高很高的深藍的天上清輝萬里，淡淡的遊雲從月亮身邊緩緩飄過，江中的月沉在水底搖曳著片片銀波。李白喝了一口酒說：「天上的月亮，江中的月亮，哪一個更美？」

「都美。不過，天上的月亮和水中的月亮，都是看得見摸不到的。」荀七說。

「酒碗裡還有一個月亮。」

李白端起酒碗，痴痴地看著碗中，碗底躺著一個寧靜多彩的月亮：「我把月亮喝下去……」說著端起酒碗一飲而盡。

一碗酒液澆灌了冷卻的軀體，給精神注入溫熱。

「真痛快！」李白笑著說。

李白提起葫蘆，給荀七和自己斟滿酒。

霜天無際，銀波萬頃，李白拄杖而立。看看天上的月亮，江中的月亮，天上地下盡收眼底。

「這地方真美，叫什麼名字？」李白問。

「叫彩石磯。」

「好美的名字！你知道為什麼叫彩石磯嗎？」

「聽人家說，很古很古的時候，從天上掉下來一塊五彩的石頭，是女媧補天的時候用的。補天剩下的石頭，被拋擲在這裡，變成了這面石坡，人們就叫它彩石磯。等著有補天的時候，再用上它。」

李白聽了呆在那裡，口中喃喃地自言自語：「……女媧補天……剩下的，拋擲在……這裡……女媧補天——剩下的……」

李白將酒葫蘆中的酒倒在自己碗裡，一仰脖子喝下，哈哈大笑道：「原來，我腳下這片石頭……也為尋求補天的機會……在這裡等待了千萬年！」

荀七不懂他說些什麼，見他狂亂的樣子，不知如何是好。這時，小玉跑過來喊到：「爹！李縣令派人送酒來了！」

「我去去就來！」荀七說。

李白端起酒碗，對彩石磯說：「你可以在這裡等待千年萬年，我可是只有一生一世！我沒法再等，我要到前線去，參加平亂的最後一戰，把入侵的胡兵趕出中原！」

李白一碗接一碗地喝著，只覺熱血沸騰，心情激動：「是了……了空說過『雲龍風虎盡交回，太白入月敵可摧』，太白入月？我就是太白呀！我是天上下凡的謫仙人，我要飛進月亮中去，搬來天兵掃胡塵！我還要苦苦等待什麼機會？」

李白將酒碗高高舉起，對著月亮一飲而盡，把酒碗望空拋去，那酒碗劃過天空的明月直墜入長江中。

李白張開雙臂仰天大笑，向著天空的明月喊了些什麼，縱身向月亮飛去！

唐代宗廣德元年正月，李白去世後的一個月，史朝義兵敗自縊，歷時八年的安史之亂終於結束。

過了不久，江邊來了一個女人，在彩石磯下的江邊種了一片桃林，此後這裡開遍了燦爛的桃花。她在桃林之下偶爾彈一曲《扶桑》，望望東昇和西下的太陽。

一個晴朗的早晨，一個穿灰布袍，頭上彎著檀木如意簪的女人牽著一個七、八歲的孩子，走上彩石磯，望了一回彩石磯下的滾滾江濤。孩子聽了遠處的琴聲，向那片桃林跑去。

長江金波滾滾，托起一輪鮮紅的太陽，天地間一片光明，滿天的朝霞像金色的怒濤，流光溢彩的太陽，迎著孩子升起來。

「看啦！太陽就在樹林子那邊！」孩子叫道。

李白去世後的一千多年間，有人看見他乘著蛟龍在長江出沒，有人看見他騎著鯨魚在大海中破浪而行，有人說他回到闊別多年的故鄉，在如畫的蜀中山水徜徉，有人說他至今還在黃河長江一帶飄遊，舉杯邀月狂歌痛飲……

（全書完）

主要參考書目

📖《李白全集編年註釋》，安旗主編

📖《李太白全集》，（清）王琦注

📖《李太白文集》，（宋）宋敏求、曾鞏等編

📖《資治通鑑》（宋）司馬光編

📖《新唐書》，（宋）歐陽脩等編

📖《隋唐史》，岑仲勉著

📖《唐五代史綱》，韓國磐著

📖《中國道教史》，卿希泰主編

📖《杜詩全集今注》，張志烈主編

📖《李白論》，喬象鍾著

📖《李白研究論文集》，聞一多等著

主要參考書目

📖《李白十論》，裴斐著

📖《李白思想藝術探驪》，葛景春著

📖《李白家世之謎》，張書城著

📖《唐詩與政治》，孫琴安著

📖《李白與唐代文化》，葛景春著

📖《中國李白研究集萃》，胡支農等主編

📖《李白與杜甫》，郭沫若著

📖《李太白別傳》，安旗著

📖《李白考異錄》，李從軍著

📖《陳子昂論考》，吳明賢著

📖《高適研究》，余正松著

📖《覺解人生》，馮友蘭著

📖《中國詩學研究》，胡傳志主編

📖《李白研究論叢》李白研究會、李白紀念館編著

📖《東方妙智慧．金剛經白話演繹》，陳一陽著

📖《莊子集釋》，（清）郭慶藩撰．，王孝魚點校

📖《李白文選》，牛寶彤主編

📖《李白皖南詩文千年遺響》，何家榮著

📖《唐人生卒年錄》，王輝斌編

📖《增訂李太白年譜》，王博祥編

📖《中國古典詩歌選注》，劉讓言、林家英、陳志明注

📖《李白與馬鞍山》，李子龍、韋桂枝編

📖《李白與地域文化》，蔣志著

📖《走進李白故里》，蔣志著

📖《李白在安徽》，常秀峰、何慶善、沈暉編

📖《李白在安陸》，朱宗堯主編

📖《李白詩歌藝術論》，霍松林著

📖《謫詩仙魂》，孟修祥著

📖《道家密宗與東方神祕學》，南懷瑾著

📖《莊子現代版》，流沙河著

📖《中國歷代著名文學家評傳》，呂慧娟、劉波盧達編

📖《唐詩故事》，慄斯著

主要參考書目

📖《唐詩故事續集》，慄斯著

📖《古代文史名著選譯叢書》，章培恆等編

📖《中國古代服裝參考資料》，周峰著

📖《長安春秋》，劉慶柱編

📖《中華名勝古蹟概覽》，陳裕等編

後記

我的家鄉江油，是唐代大詩人李白的故鄉，古代屬「禹貢梁州之域，周秦氐羌之地」，如今是蜀道樞紐，這裡人文薈萃，山水奇特美麗，青山聳峙，碧水蜿蜒，北達九寨，南通成都，東接翠雲廊，西靠龍門山脈。在這片神奇的土地上，產生了冠絕盛唐的大詩人李白。我喜愛李白浪漫的詩歌、熾烈的愛國熱情、奇特的想像、狂放不羈的思想，李白的詩歌陪伴我度過了很多時光。

1982 年，我終於有機會鑽進唐代的故紙堆去探尋盛唐詩歌的形成，和造就中國文學高峰的那些曾經鮮活的生命。40年過去，我創作的長篇歷史小說《李白》出版並再版，更贈送給法國前總統希拉克。

這部書出版以後，得到很多專家學者的肯定和鼓勵：

著名書法家邵華澤先生為之題詞致賀道：「李白乃世界詩壇巨星，其詩作代表了中華民族之智慧與氣魄，筆下物像萬千琳瑯滿目，慧清同志在公務繁忙之餘，潛心研究李白生平及作品，歷時十八載寫成鉅著，在李白一書出版之際，特書此致賀。」

苟建麗先生說：「王慧清用國畫家那精細傳神的筆法描繪了李白輝煌的文學成就，驚風狂濤般的情感世界。傲視權貴並為崇高理想奮鬥不止的精神，揭示了李白鮮為人知的家世和綺麗浪漫的愛情之謎。

同時刻劃了盛唐燦若群星的大詩人和大藝術家的生動形象，以及他們與大唐興衰成敗緊密相連的個人命運。他們的個性和生活層面在作者筆下都活靈活現、栩栩如生。」

著名作家魏明倫先生說：「『李白』這個題材較難，像一隻老虎。王慧清為此書嘔心瀝血，慘淡經營，大改八次小改多少？她以老嫗鐵杵磨針的精神，像古代善伏虎的英雄馮婦一樣，降伏了『李白』這隻老虎。」

著名作家克非先生說：「以我讀60年小說和寫50年小說挑剔的目光來看，認為這本書非常好讀。它情節起伏跌宕有懸念，人物和生活的細節處理得也好。達到了我們許多人心目中想像的李白形象，是一部不錯的小說。」

著名評論家吳野先生在他的〈翻江倒海寫詩魂〉一文中寫道：「王慧清積十八年之功，嘔心瀝血，慘淡經營。大改八次，小改無數，鍥而不捨，堅韌不拔終於完成以文學筆法為詩仙李白寫魂的心願。王慧清這十八年的勞作，苦！但王慧清在這十八年間，深潛於浩如煙海的史料之中，放飛奇瑰絢麗的想像，思接千載，視通萬里，以工筆畫的細膩手法，活脫脫地畫出了李白那特立獨行、狂傲不羈的個性，讓詩仙的心路歷程、大唐的歷史悲劇突顯於紙面之上。王慧清這十八年的辛苦，值！」

「李白是光照千秋的世界級傑出詩人，是中華民族靈魂中最富情最有浪漫色彩方面的突出顯現。他一生居無定所，職無專任，激情飛揚，狂放不羈，四海為家，浪跡天涯。這既是借文學之筆寫照詩人心靈的巨大誘惑，而又給寫好以李白為傳主的長篇小說造成了巨大的困難。王慧清是作家，也是畫家，她以描繪巨幅畫卷的氣勢，以細膩入微的工筆手法，在這部作品中，既全景式地展現盛唐政治、軍事鬥爭和社會生活，又纖毫畢露地刻劃李白胸中如江海翻騰如烈火燃燒的情感湧動。表現政權傾覆、社會動盪的大局面大格局，她筆力遒勁，大開大闔，氣勢如虹；描繪人物的內心世界，她筆致細膩，刻縷於無形，入情入心。」

「李白是中國的，也是世界的，我們不能沒有這樣一部長篇力作，不然我們將愧對前人，也將愧對後人。」

「在這種極具畫面感，極具動作力度的世相描繪中，王慧清才能力透紙背地突顯李白的狂放不羈驚世駭俗的個性，刻劃了李白大開大闔大悲大喜的人生悲劇，並且把李白的人生悲劇和性格悲劇揉和在一起，顯示了李白精神獨有的深刻內涵。」

令我非常感動的是，李白研究學會名譽會長安旗先生，她的視力處於半盲狀態，她是請人把這本小說讀給她聽的，然後 2006 年親自寫信給我說：「感到驚喜，有志者事竟成！不鳴則已，一鳴驚人。」

李白研究學會副會長、杜甫研究學會副會長、古典文學研究室前主任葛景春先生說：「這是一部我所讀到的最好的『李白』小說，是一部塑造李白形象最豐富最完整的小說，是一部已出版的寫李白題材的文化含量最高的文學作品。這部小說具有豐富的想像力。」葛先生在列舉了他所讀過的數本描寫李白的文學小說後說：「王慧清對李白思想的掌握，形象的塑造遠遠超過了他們。此書對唐代的三教九流、士農工商琴棋書畫都有生動的描寫，展開了盛唐波瀾壯闊的歷史畫卷，且富於戲劇情節，奇思妙想不斷，時有神來之筆……」

杜甫研究學會副會長、李白研究學會理事、博士生指導教授孫琴安先生說：「這本小說從文筆到寫法上都極具個性……至少有以下三個方面值得注意：個性鮮明的人物性格，深厚濃郁的文化底蘊，富有戲劇的布局結構。有些方面儘管展開得很具體，但仍符合其性格邏輯發展。非但沒有弄巧成拙，造成其性格的出入與矛盾，反使李白的性格更完整，也更符合實際的發展。作者多側面地描繪李白，使李白這個偉大詩人顯得更加有血有肉，有立體感，避免了概念化、簡單化的傾向。在《李白》這部書中處處都能感覺到濃郁深厚的文化底蘊，特別是書中表現出的對西部地區包括少數民族在內的習俗、歌舞與音樂的熟悉與了解這方面，對唐代京城、宮廷、服飾的熟悉與了解方面，對當時特殊的典章制度的了解與把握方面，顯示得非常突出。由於王慧清寫過劇本，有過這方面的創作經驗，因而當她在寫長篇歷史小說《李白》的時候，就有許多富有戲劇性的場面，考慮到李白這個主要人物與其他人物的關係，並在這種關係交往中塑造其形象，揭示其性格。除了以上三個方面，還有一些特色，如豐富浪漫的想像，氣勢恢宏的場面，瑰麗流暢的語言，等等，也都值得我們探討。」

前李白研究學會祕書長、大型叢書《中國李白研究》的執行主編李子龍說：「王慧清對李白的研究，走到我們許多專家的前頭。更廣泛、更深入、更全面……小說中用了很多紅樓筆法，有紅樓韻味。選材和剪裁得體，成功處理好了李白人際關係複雜、一生行蹤不定的難題。」

杜甫研究會會長和創始人、著名國學大家鍾樹梁在本書出版之前看了部分小說之後回信寫道：「你塑造了太白的豐滿形象，顯現了李白的高尚情操，文筆也極為優美，甚佩。」

……

在各位專家同道的鼓勵之下，在工作之餘和退休之後，我先後創作出一系列關於李白的作品：在報刊雜誌上發表了中篇小說《李白出川》和《夢繞長安》；創作了大型歷史電視連續劇《李白》45集劇本、川劇電視連續劇《太白進京》20集劇本、戲曲劇本《詩酒太白》、《太白祭龍脈》、《太白進京》（上下本）、《書劍許明時》、《太白渡河》，兒童劇《鐵棒磨成針》等6部。作為一個中國女性，我有幸生活在這個時代，有幸進入「李白」這個題材，有幸深入到唐代的資料中去學習和探尋。在這部長篇小說中，我想告訴讀者一個接近真實的李白和他的時代，那個時代自主開放、思想活躍，產生了燦若群星的大詩人、大藝術家；產生了李白這樣天姿英縱、豪放不羈、自由浪漫、智慧超人的大詩人。李白的詩歌千古不朽，影響著中華民族的思想、人格和生命史，光照全球、光耀世界！

這一次出版距首次出版已經過去了整整20年，在這20年中，這本小說得到讀者朋友的喜愛好評如潮，根據該書部分章節改編的川劇榮獲「巴蜀文藝獎」，贏得了觀眾熱烈的掌聲。人生如「白駒過隙」，當年幫助我的師長、親人和友人不斷地離我而去。在長篇小說《李白》第四次出版之際，我謹在此對這些年逝世的尊敬的師長和朋友、指導教授、李白研究學會名譽會長安旗先生，李白研究學會祕書長、大型叢書《中國李白研究》的執行主編李子龍先生，文學研究所老所長、著名評論家吳野先生，杜甫研究會會長和創始人、著名國學大家鍾樹梁先生，著名作家克非先生，著名戲劇家肖賽先生和著名作家胡小偉、于宏笙夫婦，以及我故去的老母親王繼蓉和我的老伴王昌傑致以深切感謝、哀悼和懷念！

衷心感謝石惠敏博士、林得楠先生和陳思齊女士，衷心感謝關心支持我創作的長官和師長，衷心感謝李白研究學會和從事李白研究的學者們，感謝李白紀念館、圖書館！

王慧清

李白 —— 舉杯邀月：

細說詩仙的一生歷程，再現大唐磅礴的悲劇

作　　者：王慧清
發 行 人：黃振庭
出 版 者：崧燁文化事業有限公司
發 行 者：崧燁文化事業有限公司
E-mail：sonbookservice@gmail.com
粉 絲 頁：https://www.facebook.com/sonbookss/
網　　址：https://sonbook.net/
地　　址：台北市中正區重慶南路一段 61 號 8 樓
8F., No.61, Sec. 1, Chongqing S. Rd., Zhongzheng Dist., Taipei City 100, Taiwan

電　　話：(02)2370-3310
傳　　真：(02)2388-1990
印　　刷：京峯數位服務有限公司
律師顧問：廣華律師事務所 張珮琦律師

定　　價：550 元
發行日期：2024 年 06 月第一版
◎本書以 POD 印製
Design Assets from Freepik.com

國家圖書館出版品預行編目資料

李白 —— 舉杯邀月：細說詩仙的一生歷程，再現大唐磅礴的悲劇 / 王慧清 著 . -- 第一版 . -- 臺北市：崧燁文化事業有限公司 , 2024.06
面；　公分
POD 版
ISBN 978-626-394-438-1(平裝)
857.7　113008235

電子書購買

爽讀 APP

臉書